O PLANO INFINITO

Da autora:

Afrodite
O Amante Japonês
Amor
O Caderno de Maya
A Casa dos Espíritos
Contos de Eva Luna
De Amor e de Sombra
Eva Luna
Filha da Fortuna
A Ilha sob o Mar
Inés da Minha Alma
O Jogo de Ripper
Longa pétala de mar
Meu País Inventado
Muito além do inverno
Mulheres de minha alma
Paula
O Plano Infinito
Retrato em Sépia
A Soma dos Dias
Zorro
Violeta

As Aventuras da Águia e do Jaguar

A Cidade das Feras
O Reino do Dragão de Ouro
A Floresta dos Pigmeus

ISABEL ALLENDE

O PLANO INFINITO

14ª edição

Tradução
Rosemary Moraes

Rio de Janeiro | 2022

EDITORA-EXECUTIVA
Renata Pettengill

SUBGERENTE EDITORIAL
Luiza Miranda

AUXILIAR EDITORIAIS
Beatriz Araujo
Georgia Kallenbach

CIP-BRASIL. CATALOGAÇÃO NA FONTE
SINDICATO NACIONAL DOS EDITORES DE LIVROS, RJ

A428p Allende, Isabel, 1942-
14. ed. O plano infinito / Isabel Allende ; tradução Rosemary Moraes. - 14. ed. - Rio de Janeiro : Bertrand Brasil, 2022.

Tradução de: El plan infinito
ISBN 978-65-5838-087-0

1. Romance chileno. I. Moraes, Rosemary. II. Título.

22-76671

CDD: 868.9933
CDU: 82-31(83)

Meri Gleice Rodrigues de Souza - Bibliotecária - CRB-7/6439

Copyright © Isabel Allende, 1991

Título original: *El plan infinito*

Texto revisado segundo o novo
Acordo Ortográfico da Língua Portuguesa.

Todos os direitos reservados. Não é permitida a reprodução total ou parcial desta obra, por quaisquer meios, sem a prévia autorização por escrito da Editora.

Direitos exclusivos de publicação em língua portuguesa somente para o Brasil adquiridos pela:
EDITORA BERTRAND BRASIL LTDA.
Rua Argentina, 171 — 3º andar — São Cristóvão
20921-380 — Rio de Janeiro — RJ
Tel.: (21) 2585-2000,
que se reserva a propriedade literária desta tradução.

Seja um leitor preferencial. Cadastre-se no site www.record.com.br
e receba informações sobre nossos lançamentos e nossas promoções.

Atendimento e venda direta ao leitor:
sac@record.com.br

Ao meu companheiro, William C. Gordon, e às outras pessoas que me confiaram os segredos de suas vidas. Também à minha mãe, pelo seu carinho incondicional e pelo implacável lápis vermelho com que me ajudou a corrigir esta história.

I. A.

Graças à vida, que me deu tanto
me deu o riso e me deu o pranto...

Violeta Parra, Chile.

Estou só no cume da montanha ao amanhecer. Na névoa leitosa vejo os corpos dos amigos a meus pés; alguns rolaram pelas ladeiras, como bonecos vermelhos e despedaçados, outros são pálidas estátuas surpreendidas pela eternidade da morte. Sombras silenciosas sobem em mim. Silêncio. Espero. Aproximam-se. Disparo contra essas silhuetas escuras de pijamas negros, fantasmas sem rosto; sinto recuar a metralhadora, a tensão queima-me as mãos; cruzam o ar as linhas incandescentes dos clarões, mas não há um único ruído. Os invasores tornaram-se transparentes, as balas passam através deles sem os deter, continuam avançando implacáveis. Rodeiam-me... silêncio...

Meu próprio grito desperta-me, e continuo gritando, gritando.

Gregory Reeves

Primeira Parte

Iam pelos caminhos do oeste sem pressa e sem rumo obrigatório, mudando a rota de acordo com o capricho de um instante, ao sinal premonitório de um bando de pássaros, à tentação de um nome desconhecido. Os Reeves interrompiam sua errática peregrinação onde o cansaço os surpreendesse ou encontrassem alguém disposto a comprar sua intangível mercadoria. Vendiam esperança. Assim percorreram o deserto numa e noutra direção, cruzaram as montanhas e, uma madrugada, viram nascer o dia numa praia do Pacífico. Quarenta e tantos anos mais tarde, durante uma longa confissão em que reviu sua existência e fez as contas de seus erros e acertos, Gregory Reeves descreveu-me sua recordação mais remota: um menino de quatro anos, ele próprio, urinando sobre uma colina ao entardecer, o horizonte tingido de vermelho e âmbar pelos últimos raios de sol, às suas costas os picos das colinas e mais abaixo uma extensa planície onde sua vista se perdia. O líquido quente escorre como algo essencial de seu corpo e de seu espírito, cada gota, ao fundir-se na terra, marca o território com seu nome. Alonga o prazer, brinca com o esguicho, traçando um círculo cor de topázio sobre o pó, percebe a paz intacta da tarde, comove-o, com um sentimento de euforia, a imensidão do mundo porque ele é parte dessa paisagem límpida e cheia de maravilhas, uma incomensurável geografia a explorar. A pouca distância aguarda-o sua família. Está tudo bem; pela primeira vez tem consciência da felicidade: é um momento que jamais esquecerá. Ao longo de sua vida, Gregory Reeves sentiu em várias ocasiões esse deslumbramento perante as surpresas do mundo, essa sensação de pertencer a um lugar esplêndido onde tudo é possível e cada coisa, desde a mais sublime até a mais horrenda, tem uma razão de ser, nada acontece por acaso, nada é inútil, como apregoava seu pai aos gritos, ardendo de fervor messiânico, com uma serpente enroscada a seus pés. E cada vez que tinha esse lampejo de compreensão recordava aquele pôr do sol na colina. Sua infância foi uma época demasiado longa de confusões e penumbras, exceto esses anos viajando com sua família. O pai, Charles Reeves, guiava a pequena tribo com severidade e regras claras, todos juntos, cada um cumprindo seus deveres, prêmio e castigo, causa e efeito, disciplina baseada numa escala de valores imutável. Vigiava como o olho de Deus. As viagens determinavam a sorte dos Reeves sem lhes alterar a estabilidade, porque as rotinas e as normas eram precisas. Foi esse o único período em que Gregory se sentiu seguro. A raiva começou mais tarde, quando o pai desapareceu e a realidade começou a deteriorar-se de maneira irreparável.

O soldado iniciou a marcha pela manhã, com sua mochila às costas, e no meio da tarde já estava arrependido de não haver tomado o ônibus. Partira assobiando contente, mas com o passar das horas doíam-lhe os rins e a canção misturava-se com palavrões. Eram suas primeiras férias depois de um ano de serviço no Pacífico e regressava a seu povoado com uma cicatriz no ventre, resquícios de um ataque de malária e tão pobre como sempre havia sido. Levava a camisa pendurada num galho para improvisar sombra, suava, e sua pele tinha o brilho de um espelho embaçado. Pensava aproveitar cada instante dessas duas semanas de liberdade, passar as noites jogando bilhar com os amigos e dançando com as garotas que haviam respondido às suas cartas, dormir de pernas abertas, despertar com o cheiro do café recém-coado e das panquecas de sua mãe, único prato apetitoso de sua cozinha, o resto cheirava a borracha queimada, mas a quem poderia importar a habilidade culinária da mulher mais formosa em cem quilômetros à volta, uma lenda viva com grandes ossos esculturais e olhos dourados de leopardo? Há muito não passava uma alma por aquelas solidões, quando sentiu às suas costas o ronco de um motor, e divisou ao longe a silhueta imprecisa de um caminhão tremelicando como uma forte miragem na reverberação da luz. Esperou que se aproximasse para pedir-lhe carona, mas ao tê-lo mais perto mudou de ideia, assustado com aquela inusitada aparição, uma quinquilharia pintada com cores berrantes, carregada até o teto com uma montanha de tralhas coroadas com uma gaiola repleta de frangos, um cão amarrado a uma corda e sobre o teto um alto-falante e um cartaz onde se lia, em letras garrafais, O Plano Infinito. Afastou-se para deixá-lo passar, viu-o parar poucos metros adiante e à janela assomar uma mulher de cabelos cor de tomate que lhe fez sinais para levá-lo. Sem saber se ficava feliz, aproximou-se cauteloso, calculando que seria impossível entrar na cabine, onde viajavam apertados três adultos e duas crianças, e seria preciso perícia de acrobata para subir na parte traseira. Abriu-se a porta, e o motorista saltou para a estrada.

– Charles Reeves – apresentou-se cortês, mas com inequívoca autoridade.

– Benedict... senhor... King Benedict – respondeu o jovem, secando o rosto.

– Estamos um pouco apertados, como vê, mas onde cabem cinco, cabem seis.

Os demais passageiros também desceram, a mulher de cabelos vermelhos afastou-se na direção de uns arbustos, seguida por uma menininha de uns seis anos que, para ganhar tempo, ia arriando as calças, enquanto o menino menor mostrava a língua para o desconhecido, meio escondido atrás da outra viajante. Charles Reeves desamarrou uma escada da traseira do caminhão, subiu com agilidade sobre a carga e desamarrou o cão, que deu um salto temerário e começou a correr pelos arredores, farejando o mato.

– Os meninos gostam de viajar atrás, mas é perigoso, não podem ir sozinhos. Olga e você tomarão conta deles. Vamos pôr Oliver na frente para não incomodá-lo; é ainda um cachorro novo, mas já tem manha de animal velho – disse Charles Reeves, fazendo-lhe sinal para subir.

O soldado atirou a mochila sobre o monte de objetos e subiu, esticou os braços para receber o menino menor, que Reeves havia levantado sobre a cabeça, um garoto frágil, de orelhas de abano e sorriso irresistível que lhe enchia o rosto de dentes. Quando regressaram, a mulher e a menina subiram também atrás, os outros dois entraram na cabine, e pouco depois o caminhão punha-se em marcha.

– Chamo-me Olga e estes são Judy e Gregory – apresentou-se a de cabelo esquisito, sacudindo a saia enquanto distribuía maçãs e biscoitos. – Não se sente sobre essa caixa; aí tem uma jiboia, não pode tapar-lhe os buracos de ventilação – acrescentou.

O pequeno Gregory parou de mostrar a língua logo que se deu conta de que o viajante vinha da guerra; então, uma expressão reverente substituiu as caretas brincalhonas e começou a interrogá-lo sobre aviões de combate, até ser vencido pelo sono. O soldado tentou conversar com a ruiva, mas ela respondia com monossílabos e ele não se atreveu a insistir. Pôs-se a cantarolar canções de sua aldeia, olhando de soslaio a caixa misteriosa, até que os demais adormeceram sobre a pilha de fardos; pôde, então, observá-los à vontade. Os meninos tinham cabelo quase branco e os olhos tão claros que, de perfil, pareciam cegos; em contrapartida, a mulher possuía a cor azeitonada de algumas raças mediterrâneas. Tinha os primeiros botões da blusa abertos; gotas de suor molhavam seu colo e desciam como um lento fio entre os seios. Havia levantado um braço para apoiar a cabeça sobre um caixote, revelando pelos escuros nas axilas e uma mancha úmida no tecido. Desviou os olhos, receando ser surpreendido e que ela interpretasse mal sua curiosidade; até então aquelas pessoas haviam sido amáveis, bastante amáveis, pensou, mas nunca se pode estar seguro com os brancos. Deduziu que as crianças eram do outro casal, embora, a julgar pelas idades aparentes dos Reeves, também pudessem ser seus netos. Passou em revista a carga e chegou à conclusão de que aquela gente não estava mudando de casa, como havia imaginado a princípio, mas viajava no seu domicílio permanente. Notou que levavam um tambor com vários galões de água e outros com combustível, e se perguntou como obtinham gasolina, racionada pela guerra já há um bom tempo. Tudo estava disposto em ordem meticulosa; em ganchos penduravam utensílios e ferramentas, compartimentos exatos continham as maletas, nada ficava solto, cada embrulho estava marcado e havia várias caixas com livros. O calor e o sacolejo da viagem logo o esgotaram e adormeceu recostado na gaiola dos frangos. Despertou no meio da tarde, ao sentir que paravam. O corpo do menino sobre suas pernas não pesava quase nada, mas a imobilidade havia-lhe entorpecido os músculos e sentia a garganta seca. Por alguns instantes não soube onde estava, meteu a mão no bolso das calças à procura do cantil de uísque e tomou um longo gole para aclarar a mente. A mulher e os meninos estavam cobertos de pó, e o suor marcava-lhes linhas pelas bochechas e pescoço. Charles Reeves havia-se desviado do caminho, e encontravam-se debaixo de um grupo de árvores, única sombra naquela desolação; acampariam ali para o motor esfriar, mas, no dia seguinte, poderia levá-lo até sua casa, explicou ao soldado, então já mais tranquilo; aquela estranha família começava a inspirar-lhe simpatia. Reeves e Olga tiraram alguns embrulhos do caminhão e armaram duas surradas barracas de campanha, enquanto a outra mulher, que se apresentou como Nora Reeves, preparava a comida num fogareiro a querosene com a ajuda de sua filha Judy, e o menino procurava gravetos para uma fogueira, com o cão em seus calcanhares.

– Vamos caçar lebres, papai? – suplicou puxando as calças do pai.

– Hoje não há tempo para isso, Greg – respondeu Charles Reeves tirando um frango da gaiola e torcendo-lhe o pescoço com um puxão firme.

– Não se consegue mais carne. Guardamos os frangos para ocasiões especiais... – explicou Nora, como se pedisse desculpas.

– Hoje é um dia especial, mamãe? – perguntou Judy.

– Sim, filha, o senhor King Benedict é nosso convidado.

Ao entardecer, o acampamento estava pronto, a ave fervia numa panela e cada um cumpria sua tarefa à luz dos candeeiros de carbureto e ao calor do fogo: Nora e as crianças faziam trabalhos escolares, Charles Reeves folheava um bem manuseado exemplar da *National Geographic*, e Olga fazia colares com contas coloridas.

– São para trazer sorte – informou ao hóspede.

– E também para curar invisibilidade – disse a menina.
– Como?
– Se você começa a tornar-se invisível, põe um colar destes e todos podem vê-lo – esclareceu Judy.
– Não lhe dê atenção, são coisas de criança – riu Nora Reeves.
– É verdade, mamãe!
– Não contradiga sua mãe – cortou Charles Reeves secamente.

As mulheres puseram a mesa, uma tábua coberta com uma toalha, pratos de louça, copos de cristal e guardanapos impecáveis. Aquele esquema pareceu ao soldado pouco prático para um acampamento; em sua própria casa comiam em pratos de latão, mas absteve-se de fazer comentários. Tirou da bolsa uma conserva de carne e passou-a timidamente ao anfitrião; não queria dar a entender que estava pagando a ceia, mas também não podia desfrutar a hospitalidade sem contribuir com alguma coisa. Charles Reeves colocou-a no centro da mesa, junto do feijão, do arroz e da travessa com o frango. Deram-se as mãos, e o pai abençoou a terra que os acolhia e o dom dos alimentos. Não havia bebidas alcoólicas à vista, e o hóspede não se atreveu a tirar seu frasco de uísque, pensando que talvez os Reeves fossem abstêmios por motivos religiosos. Chamou-lhe a atenção o fato de, em sua breve oração, o pai não nomear Deus. Notou que comiam com delicadeza, pegando os talheres com a ponta dos dedos, mas sem haver nada de pretensioso em seus modos. Depois da ceia levaram a louça até uma tina com água para lavá-la no dia seguinte, cobriram a cozinha e deram as sobras dos pratos a Oliver. Era então já noite fechada, a densa escuridão derrotava as luzes dos candeeiros, e a família instalou-se à volta do fogo que iluminava o centro do acampamento. Nora Reeves pegou um livro e leu em voz alta uma enredada história de egípcios que, pelo visto, as crianças já conheciam, porque Gregory a interrompeu.

– Não quero que Aída morra encerrada na sepultura, mamãe.
– É só uma ópera, filho.
– Não quero que morra!
– Desta vez não morrerá, Greg – determinou Olga.

– Como sabe?
– Vi na minha bola.
– Tem certeza?
– Absoluta.

Nora Reeves ficou olhando o livro com certo ar de consternação, como se mudar o final fosse para ela um inconveniente insuportável.

– Que bola é essa? – perguntou o soldado.

– A bola de cristal onde Olga vê tudo que ninguém mais pode ver – explicou Judy em tom de quem fala com um débil mental.

– Nem tudo, só algumas coisas – esclareceu Olga.

– Pode ver o meu futuro? – pediu Benedict com tal ansiedade, que até Charles Reeves levantou os olhos de sua revista.

– Que quer saber?

– Viverei até o fim da guerra? Voltarei inteiro?

Olga foi até o caminhão e pouco depois regressou com uma esfera de vidro e um desbotado pano de veludo bordado, que estendeu na mesa. O homem sentiu um calafrio supersticioso e se perguntou se, por acaso, não havia caído numa seita maldita, como aquelas que raptam criancinhas para lhes arrancar o coração em suas missas satânicas, sobretudo crianças negras, como asseguravam as comadres em sua aldeia. Judy e Gregory aproximaram-se curiosos, mas Nora e Charles Reeves voltaram às suas leituras. Olga fez sinal ao soldado para se sentar à sua frente, rodeou a bola com seus dedos de unhas malpintadas, espreitou a esfera por um bom tempo, depois pegou as mãos do cliente e examinou com grande atenção as palmas claras cruzadas de linhas escuras.

– Você viverá duas vezes – disse por fim.

– Como duas vezes?

– Isso não sei. Só posso dizer-lhe que viverá duas vezes ou duas vidas.

– Então, não morrerei na guerra.

– Se morrer, com certeza ressuscitará – disse Judy.

– Morrerei ou não?

– Suponho que não – disse Olga.

– Obrigado, senhora, muito obrigado... – iluminou-se-lhe o rosto como se ela lhe tivesse entregado um certificado irrevogável de permanência no mundo.

– Bem, já é hora de dormir, amanhã sairemos bem cedo – interrompeu Charles Reeves.

Olga ajudou as crianças a vestir seus pijamas e logo se retirou com elas para a barraca menor, seguidas por Oliver. Pouco tempo depois, Nora Reeves apareceu de gatinhas na abertura da barraca para dar uma última olhadela nos filhos antes de ir para a cama. Estendido perto do fogo, King Benedict escutou suas vozes.

– Mamãe, esse homem me causa medo – sussurrou Judy.

– Por quê, filha?

– Porque é preto como um sapato.

– Não é o primeiro que você vê, Judy; já sabe que há gente de várias cores e é bom que seja assim. Nós, os brancos, somos um número menor.

– Eu vejo mais brancos do que negros, mamãe.

– Este é apenas um pedaço do mundo, Judy. Na África há mais negros do que brancos. Na China têm a pele amarela. Se vivêssemos ao sul da fronteira seríamos uns bichos raros, na rua as pessoas ficariam atônitas ao ver seu cabelo branco.

– De qualquer modo, esse homem me assusta.

– A pele não importa nada. Observe os olhos dele. Parece um homem bom.

– Tem os mesmos olhos que Oliver – acrescentou Greg com um bocejo.

Até o fim da Segunda Guerra Mundial a vida era dura. Os homens ainda partiam para o *front* com certo entusiasmo aventureiro, mas para as mulheres a propaganda patriótica não lhes aliviava a solidão; para elas a Europa era um pesadelo remoto, estavam fartas de trabalhar para manter a casa, de criar sozinhas os filhos, e do racionamento. Não se via prosperidade e ainda deambulavam pelas estradas alguns camponeses em busca de novas terras, o excremento branco, como os chamavam para diferenciá-los de outros tão pobres como eles, mas muito mais humilhados: os negros, os índios e os trabalhadores braçais mexicanos. Ainda que os únicos bens terrenos dos Reeves fossem o caminhão e sua carga, gozavam de melhor situação, pareciam menos rudes e desesperados, tinham as mãos livres de calos, e a pele, embora curtida pela intempérie, não era um couro curtido, como a dos trabalhadores da terra. Ao cruzar as fronteiras estatais a polícia tratava-os sem altivez, porque sabia distinguir os sutis níveis da pobreza, e naqueles viajantes não detectava sinal de humildade. Não os obrigava a descarregar o caminhão e abrir suas malas, como aos camponeses expulsos de suas propriedades pelas tempestades de pó, as secas ou as máquinas do progresso, nem os provocava com insultos em busca de pretexto para violentá-los, como aos latinos, aos negros e aos poucos índios sobreviventes dos massacres e do álcool, limitava-se a perguntar-lhes para onde se dirigiam. Charles Reeves, sujeito de rosto ascético e olhar ardente que se impunha pela presença, respondia que era artista e levava seus quadros para vender numa cidade próxima. Não mencionava sua outra mercadoria para não criar confusão e se ver obrigado a dar longas explicações. Havia nascido na Austrália e, depois de dar voltas por meio mundo em barcos de contrabandistas e traficantes, desembarcou certa noite em São Francisco. Daqui não saio mais, decidiu, mas sua natureza errante impedia-o de permanecer quieto num lugar determinado e, mal se esgotaram as surpresas, empreendeu a marcha pelo resto do país. O pai, um ladrão de cavalos que cumprira a pena deportado de Sidney, cultivou nele a paixão por tais animais e pelos espaços abertos; traz-se o ar livre no sangue, dizia. Enamorado das vastas paisagens da lenda heroica da conquista do oeste, pintava terras imensas, índios e vaqueiros. A família vivia da sua pequena produção de quadros e das adivinhações de Olga.

Charles Reeves, doutor em Ciências Divinas, como ele próprio se apresentava, havia descoberto o significado da vida numa revelação mística. Contava que se encontrava sozinho no deserto, como Jesus de Nazaré, quando um Mestre se materializou em forma de víbora e lhe picou o tornozelo, vejam a cicatriz. Agonizou durante dois dias, e, quando sentiu o gelo da morte subir-lhe do ventre ao coração, sua inteligência expandiu-se subitamente e diante de seus olhos febris apareceu o mapa perfeito do universo com suas leis e segredos. Ao despertar, estava curado do veneno, e sua mente havia entrado num plano superior do qual não pensava descer. Durante aquele radiante delírio, o Mestre ordenou-lhe que divulgasse *A Única Verdade do Plano Infinito*, e ele o fez com disciplina e dedicação, apesar dos graves inconvenientes que essa missão representava, como sempre dizia a seus ouvintes. Tantas vezes repetiu a história, que acabou acreditando nela e não se recordava que adquirira a cicatriz numa queda de bicicleta. Seus sermões e livros davam muito pouco dinheiro, apenas o suficiente para alugar o local das reuniões e publicar suas obras em pequenas edições vulgares. O pregador não contaminava seu trabalho espiritual com grosseiros fins comerciais, como era o caso de tantos charlatães que, nessa época, percorriam o país aterrorizando as pessoas com a ira de Deus para extorquir-lhes as escassas poupanças. Nem usava o infame recurso de amedrontar a audiência até criar um clube de histeria, incitando os participantes a expulsar o Maligno por meio de baba pela boca e espasmos, principalmente porque negava a existência de Satanás e porque esses escândalos o repugnavam. Cobrava um dólar para participar de suas prédicas e outros dois no final, porque Nora e Olga montavam guarda na porta com uma pilha de livros, e ninguém ousava passar por elas sem adquirir um exemplar. Três dólares não eram uma soma exagerada, considerando os benefícios recebidos pelos ouvintes, que partiam reconfortados na certeza de que suas desgraças faziam parte de um desenho divino, tal como suas almas eram partículas da energia universal; não estavam desamparados nem o cosmos era um espaço negro onde prevalecia o caos; existia um Grande Espírito Unificador que dava sentido à existência. Para preparar seus sermões, Reeves recorria às parcas informações ao seu alcance, à sua experiência e certeira intuição, e também às leituras de sua mulher e às suas próprias indagações à Bíblia e ao *Reader's Digest*.

Durante a Grande Depressão ganhou a vida pintando murais nos escritórios dos correios; conheceu assim quase todo o país, desde as terras úmidas e quentes, onde ainda se escutavam ecos do pranto dos escravos, até as montanhas de gelo e os altos bosques, mas voltava sempre ao oeste. Havia prometido à mulher que sua peregrinação terminaria em São Francisco, onde chegariam num luminoso dia de verão em futuro hipotético, e ali descarregariam o caminhão pela última vez, e se instalariam para sempre. Embora o trabalho dos murais para os correios tivesse acabado fazia muito, ainda conseguia de vez em quando pintar um letreiro comercial para uma loja ou um mural alegórico para uma paróquia; nesse caso, os viajantes estabeleciam-se por algum tempo no mesmo lugar, e as crianças tinham oportunidade de fazer amigos. Divertiam-se com outras crianças, contando tantos exageros e mentiras, que eles próprios acabavam tremendo ante a visão pavorosa de ursos e coiotes que os assaltavam à noite, índios que os perseguiam para lhes arrancar o couro cabeludo e bandoleiros que o pai combatia a tiro de espingarda. Das brochas e pincéis de Charles Reeves brotavam com assombrosa facilidade desde uma loura opulenta com uma garrafa de cerveja na mão até um horrível Moisés aferrado às Tábuas da Lei, mas esses trabalhos importantes não eram frequentes, em geral só conseguia vender modestas telas pintadas em sociedade com Olga. Preferia retratar a natureza que o apaixonava, rubras catedrais de rocha viva, secas planícies do deserto e costas abruptas, mas ninguém comprava o que podia olhar com seus próprios olhos e lhe recordava as asperezas da sua sorte. Para que pendurar na parede o mesmo que via pela janela? O cliente selecionava na *National Geographic* a paisagem mais próxima das suas fantasias ou aquela cujo colorido combinasse com os surrados móveis de sua sala. Outros quatro dólares davam direito a um índio ou a um vaqueiro, e o resultado era um pele-vermelha emplumado nos gélidos cumes do Tibete ou um par de vaqueiros com chapéus de aba larga e botas de salto batendo-se em duelo sobre as areias nacaradas de uma praia polinésia. Olga não demorava muito a copiar a paisagem da revista, Reeves desenhava a figura humana de memória em poucos minutos, e os clientes pagavam em dinheiro e partiam com o óleo ainda fresco.

Gregory Reeves teria jurado que Olga sempre havia estado com eles. Muito mais tarde, perguntou qual era o seu papel na família, mas ninguém pôde responder, porque nesse ínterim seu pai havia morrido, e não se tocava mais no assunto. Nora e Olga conheceram-se no barco de refugiados que as trouxe de Odessa, atravessando o Atlântico até a América do Norte; perderam-se de vista por muitos anos, e a casualidade reuniu-as quando Nora já estava casada e a outra havia consolidado sua vocação de curandeira. Entre elas falavam em russo. Eram completamente diferentes, tão introvertida e tímida a primeira quanto exuberante a segunda. Nora, de ossos largos e movimentos lentos, tinha rosto de gato e penteava os longos cabelos sem brilho num coque, não usava maquilagem nem adornos, aparentava sempre haver acabado de tomar banho. Nessas viagens cheias de poeira em que escasseava a água e se tornava impossível engomar um vestido, ela resolvia as coisas de maneira a manter-se tão limpa como a toalha branca engomada de sua mesa. Seu caráter reservado acentuou-se com os anos; pouco a pouco desprendeu-se da terra, elevando-se a uma dimensão que ninguém pôde alcançar. Olga, vários anos mais nova, era uma morena bonita, de estatura baixa, curvas acentuadas, cintura fina e pernas curtas, mas bem-feitas e provocantes. Uma mata de cabelo selvagem pintado com hena caía-lhe sobre os ombros como uma extravagante peruca em diversos tons de avermelhado; pendurava tantas lantejoulas nas roupas que mais parecia um ídolo coberto de quinquilharias, aparência que a ajudava em suas tarefas divinatórias; a bola de cristal e as cartas de Tarô brotavam como extensões naturais de suas mãos ornadas de anéis em todos os dedos. Não tinha a menor curiosidade intelectual, só lia os crimes da imprensa sensacionalista e uma ou outra história romântica, nem tampouco cultivava a clarividência com algum estudo sistematizado, porque a considerava um talento visceral. Ou se tem, ou não se tem, é inútil tentar adquiri-la em livros, dizia. Nada sabia sobre magia, astrologia, cabala e outros temas próprios do seu metiê; conhecia apenas os números dos signos do Zodíaco, mas na hora de usar sua bola de maga ou seus naipes marcados tornava-se um prodígio. O seu dom não era uma ciência oculta, mas a arte da fantasia, composta em sua maior parte de intuição e astúcia. Estava genuinamente convencida de seus poderes sobrenaturais, havia apostado a cabeça em favor de suas profecias e, se falhavam, tinha sempre na ponta da língua uma desculpa razoável, em geral má interpretação de suas palavras. Cobrava um dólar adiantado para adivinhar o sexo das crianças no ventre da mãe. Deitava a mulher no chão, com a cabeça voltada para o norte, colocava-lhe uma moeda no umbigo e balançava sobre sua barriga um pedaço de chumbo amarrado a um fio de náilon. Se esse pêndulo improvisado se movesse na direção dos ponteiros do relógio, nasceria um menino, se, ao contrário, uma menina. Aplicava o mesmo sistema a vacas e éguas prenhas, apontando para as ancas do animal. Dava seu veredicto, escrevia-o num papel e guardava-o como prova contundente. Certa vez regressaram a uma casa onde haviam estado meses antes, e uma mulher aproximou-se, acompanhada por uma procissão de curiosos mal-encarados para reclamar seu dólar.

– Você me deu certeza de que eu ia ter um filho e olhe o que nasceu: outra menina. E já tenho três!

– Não pode ser; tem certeza de que lhe prognostiquei um varão?

– Claro, ia esquecer o que você me disse? Paguei-lhe para isso.

– Entendeu-me mal – respondeu Olga, categórica.

Encarapitou-se no caminhão, procurou algum tempo no seu baú e tirou um pedaço de papel que mostrou aos presentes, onde havia uma única palavra escrita: menina. Um profundo suspiro de admiração percorreu os visitantes, incluindo a mãe, que coçou a cabeça, confusa. Olga não teve que devolver o dólar e, ainda por cima, fortaleceu sua reputação de adivinha. A tarde e parte da noite não foram suficientes para atender à fila de clientes dispostos a conhecer sua sorte. Entre os amuletos e frasquinhos que oferecia, o mais solicitado era a sua "água magnetizada", líquido milagroso engarrafado em toscos frascos de vidro verde. Explicava que se tratava apenas de água comum, mas dotada de poderes curativos porque estava impregnada de fluidos psíquicos. Essa operação era realizada em noite de lua cheia e, segundo haviam comprovado Judy e Gregory, consistia simplesmente em encher os frascos, fechá-los com rolha e colocar as etiquetas, mas ela assegurava que, ao fazê-lo, carregava a água de força positiva, e assim devia ser, porque as garrafas eram vendidas como pão quente, e os usuários nunca se queixaram dos resultados. Conforme fosse utilizada, prestava diversos serviços: bebendo-a, lavava os rins; esfregando-a, aliviava dores de artrite; e, no cabelo, melhorava a concentração mental; só não tinha efeito em dramas passionais, como ciúmes, adultério ou celibato involuntários; nesse ponto a feiticeira era muito clara e advertia logo os compradores. Era tão escrupulosa nas suas receitas como em assuntos de dinheiro; dizia que não existia bom remédio gratuito; no entanto, não cobrava por ajudar num parto; gostava de trazer crianças para este mundo, nada se podendo comparar ao instante em que aparecia a cabeça do recém-nascido na sangrenta abertura da mãe. Oferecia seus serviços de parteira nas propriedades afastadas e nos setores mais pobres das aldeias, especialmente nos bairros dos negros, onde a ideia de dar à luz num hospital era ainda uma novidade. Enquanto esperava junto à futura mãe, costurava fraldas e tricotava sapatinhos para o menino, e só nessas raras ocasiões seu rosto borrado de feiticeira se tornava doce. Mudava o tom da voz ao animar sua paciente durante as horas mais difíceis e ao cantar a primeira canção de ninar para a criança que havia trazido ao mundo. Poucos dias depois, quando mãe e filho haviam aprendido a se conhecer mutuamente, reunia-se aos Reeves, que acampavam perto. Ao despedir-se, anotava num caderno o nome do menino; a lista era extensa, e a todos chamava seus afilhados. Os nascimentos trazem boa sorte, era a sua brusca explicação por não cobrar os serviços. Tinha relação de irmã com Nora e de tia rabugenta com Judy e Gregory, a quem considerava sobrinhos. Charles Reeves, tratava-o como sócio, com uma mescla de petulância e bom humor; nunca se tocavam, pareciam nem sequer se olhar, mas trabalhavam em equipe, não só no negócio dos quadros como em tudo que faziam juntos. Ambos dispunham do dinheiro e dos recursos da família, consultavam os mapas e decidiam os caminhos, saíam para caçar, perdendo-se durante horas bosque adentro. Respeitavam-se e riam das mesmas coisas; ela era independente, aventureira e de caráter tão decidido como o do pregador; fora fabricada do mesmo aço, por isso não a impressionavam nem o carisma, nem o talento artístico daquele homem. Era o vigor masculino de Charles Reeves, que mais tarde seria também a característica de seu filho Gregory, o único traço que em alguns momentos a subjugava.

Nora, a mulher de Charles Reeves, era um desses seres predestinados ao silêncio. Os pais, judeus russos, deram-lhe a melhor educação que puderam pagar; formou-se professora e, embora tivesse abandonado a profissão ao se casar, mantinha-se atualizada estudando história, geografia e matemática para ensinar os filhos, porque se tornava impraticável mandá-los à escola com a vida de boêmios que levavam. Durante as viagens, lia revistas e livros esotéricos, mas sem a presunção de analisar essas leituras, limitando-se a passar a informação ao doutor em Ciências Divinas para que ele a utilizasse. Não tinha a menor dúvida de que seu marido era dotado de poderes psíquicos para ver o oculto e descobrir a verdade onde as pessoas comuns apenas encontravam sombras. Tinham-se conhecido quando já nenhum dos dois era muito jovem, e sua relação teve sempre um tom educado e maduro. Nora não possuía habilidade para a vida prática, sua mente perdia-se em sonhos de outro mundo, mais preocupada com as possibilidades do espírito do que com as vicissitudes quotidianas. Amava a música, e os momentos mais esplêndidos de sua anódina existência foram umas quantas óperas a que assistiu na juventude. Guardava cada pormenor desses espetáculos, podia fechar os olhos e ouvir as vozes magistrais, comover-se com as trágicas paixões das personagens e apreciar o colorido e as texturas do cenário e do guarda-roupa. Lia partituras imaginando cada cena como parte de sua própria vida; os primeiros contos que seus filhos escutaram foram os amores malditos e as mortes inevitáveis da lírica universal. Refugiava-se nesse ambiente exagerado e romântico quando as vulgaridades da realidade a oprimiam. Por seu lado, Charles Reeves, que havia percorrido todos os mares e ganho a subsistência em diversos ofícios, tinha em seu poder mais aventuras do que as que conseguia contar, vários amores fracassados nas costas e alguns filhos semeados aqui e ali, dos quais nada sabia. Ao vê-lo discursar a um grupo de atônitos fregueses, Nora ligou-se a ele. Resignara-se com a sorte de solteirona, como tantas outras mulheres de sua geração a quem o destino não oferecera um noivo e não tiveram coragem de sair para procurá-lo, mas esse amor repentino em idade tardia concedeu-lhe forças para vencer sua natural modéstia. O pregador havia alugado uma sala perto da escola onde ela ensinava e distribuía propaganda para sua palestra quando ela lhe dirigiu o primeiro olhar. Impressionaram-na seu rosto nobre e sua atitude decidida, e por curiosidade foi escutá-lo, prevendo um charlatão, como tantos que passavam por ali deixando como rastro alguns papéis desbotados colados nos muros, mas teve uma surpresa. De pé ante o auditório, em frente a uma laranja pendurada do teto por um fio, Reeves explicava a posição do homem no Universo e no *Plano Infinito*. Não ameaçava com castigos nem propunha a salvação eterna, limitava-se a oferecer soluções práticas para melhorar a convivência, aquietar a angústia e preservar as riquezas naturais do planeta. Todas as criaturas podem e devem viver em harmonia, assegurava; e, para prová-lo, abria o caixote da jiboia e enrolava-a no corpo, como uma mangueira de incêndio, perante o assombro de seus ouvintes que nunca tinham visto uma cobra tão comprida nem tão gorda. Nessa noite Charles Reeves pôs em palavras os sentimentos confusos que agoniavam Nora e que ela não sabia expressar. Havia descoberto os ensinamentos de Bahá Ullah e adotado a religião Bahai. Esses conceitos orientais de amorosa tolerância de unidade entre os homens, de busca da verdade e de repulsa a preconceitos chocavam-se com sua rígida formação judia e a estreiteza provinciana de seu meio; mas, ao ouvir Reeves, tudo lhe pareceu fácil; não tinha necessidade de alimentar o cérebro com aquelas contradições fundamentais, já que aquele homem conhecia as respostas e lhe podia servir de guia. Deslumbrada com a eloquência do discurso, não deu atenção às vacuidades do conteúdo. Sentiu-se tão comovida, que conseguiu vencer a timidez e aproximar-se dele quando o viu sozinho, com a intenção de lhe perguntar se estava inteirado da fé

Bahai e, no caso de não estar, oferecer-lhe a obra de Shogi Effendi. O doutor em Ciências Divinas conhecia o efeito excitante de seus sermões sobre algumas mulheres e não vacilava em fazer uso de tal vantagem; no entanto, a professora atraíra-o de maneira diferente; havia algo límpido nela, uma qualidade transparente que não era apenas inocência, mas autêntica retidão, um traço luminoso, frio e incontaminado, como o gelo. Não só desejou tomá-la em seus braços, ainda que tenha sido esse seu primeiro impulso ao ver aquele estranho rosto triangular e a pele coberta de sardas, mas também penetrar a matéria cristalina daquela desconhecida e incendiar as brasas adormecidas de seu espírito. Propôs-lhe seguir viagem com ele, e ela aceitou de imediato com a sensação de haver sido tomada pela mão de uma vez para sempre. Nesse momento, quando imaginou a possibilidade de lhe entregar sua alma, iniciou-se o processo de abandono que marcaria seu destino. Partiu sem se despedir de ninguém, com uma bolsa de livros como única bagagem. Meses depois, quando descobriu que estava grávida, casaram-se. Se porventura realmente existia um fogo potencial sob sua fleumática aparência, só seu marido o soube. Gregory viveu intrigado pela mesma curiosidade que atraiu Charles Reeves àquela sala alugada numa aldeia pobre do meio-oeste, tentou mil vezes derrubar os muros que isolavam sua mãe e tocar seus sentimentos, mas, como nunca o conseguiu, concluiu que no interior não havia nada, era vazia e incapaz de amar alguém, manifestando apenas uma imprecisa simpatia pela humanidade em geral.

Nora acostumou-se a depender do marido, transformando-se numa criatura passiva que cumpria suas funções por mero reflexo enquanto sua alma se evadia dos assuntos materiais. Era tão forte a personalidade daquele homem, que, para lhe dar espaço, ela própria foi-se desapegando do mundo, convertendo-se numa sombra. Participava das rotinas da convivência, mas contribuía pouco para a energia do pequeno grupo, só intervindo nos estudos das crianças e nos assuntos de higiene e saúde. Chegara ao país num barco de emigrantes e, durante os primeiros anos até a família conseguir vencer a má sorte, alimentara-se pouco e mal; tempo de miséria que lhe deixou para sempre a marca da fome na memória; tinha mania de alimentos nutritivos e pílulas de vitaminas. Com os filhos comentava alguns aspectos de sua fé Bahai no mesmo tom que empregava para lhes ensinar a ler ou para citar os nomes das estrelas, sem a menor vontade de os convencer; apaixonava-se apenas ao falar de música, únicas ocasiões em que acentuava a voz e o rubor lhe tingia a face. Mais tarde aceitou criar os filhos na Igreja Católica, como era usual no bairro hispânico onde lhes coube viver, porque compreendeu a necessidade de que Judy e Gregory se integrassem ao meio. Eles já tinham de suportar enormes diferenças de raça e de costumes e mortificar-se com crenças desconhecidas, como sua fé Bahai. Por outro lado, considerava as religiões basicamente iguais, preocupando-se apenas com os valores morais; de qualquer maneira, Deus estava acima da compreensão humana; bastava saber que o Céu e o Inferno eram símbolos da relação da alma com Deus: a proximidade do Criador leva à bondade e ao gozo suave; a distância produz a maldade e o sofrimento. Em contraste com sua tolerância religiosa, não cedia uma vírgula nos princípios de decência e cortesia, lavava a boca dos filhos com sabão quando diziam palavrões e deixava-os sem comer se usavam mal o garfo, mas os demais castigos corriam por conta do pai, ela se limitava a acusá-los. Certa vez surpreendeu Gregory roubando um lápis numa loja e contou para o marido, que obrigou o menino a devolvê-lo e a pedir desculpas, em seguida queimou-lhe a palma da mão com a chama de um fósforo, ante o olhar impassível de Nora. Gregory ficou com uma chaga viva durante uma semana, mas logo esqueceu o motivo do castigo e quem o havia infligido; a única coisa que guardou em sua mente foi a raiva contra a mãe. Muitas décadas depois, quando se reconciliou com sua imagem, pôde agradecer-lhe silenciosamente os três bens capitais que ela lhe legara: o amor pela música, a tolerância e o senso de honra.

Faz um calor implacável, a paisagem está seca, não chove desde o começo dos tempos, e o mundo parece coberto de um fino talco avermelhado. Uma luz inclemente distorce o contorno das coisas, o horizonte perde-se na poeira. É uma dessas aldeias sem nome, igual a tantas outras, uma rua comprida, um café, uma solitária bomba de gasolina, um posto da polícia, as mesmas míseras lojas e casas de madeira, uma escola em cujo telhado tremula uma bandeira desbotada pelo sol. Pó e mais pó. Meus pais foram ao armazém comprar as provisões da semana, Olga ficou tomando conta de Judy e de mim. Não há ninguém na rua, as persianas estão fechadas, as pessoas aguardam que refresque para retornar à vida. Minha irmã e Olga dormitam num banco à entrada da barraca, aturdidas pelo calor; as moscas acossam-nas, mas já não se defendem, deixando que lhes andem pelo rosto. No ar flutua um aroma inesperado de açúcar queimado. Grandes lagartos azuis e verdes estão imóveis ao sol, mas, quando os quero apanhar, fogem e se refugiam debaixo das casas. Estou descalço e sinto a terra quente na sola dos pés. Brinco com Oliver, atiro-lhe uma gasta bola de meia, ele a traz de volta para mim, atiro-a novamente e, assim, me afasto do lugar, dobro uma esquina e chego numa ruela estreita, sombreada pelos rústicos muros das casas. Vejo dois homens; um é gordo e tem a pele muito rosada, o outro tem cabelos louros; ambos estão de terno, suando, com as camisas e os cabelos empapados. O gordo segura firme uma menina negra, que não deve ter mais de dez ou doze anos; com uma das mãos tapa-lhe a boca e com o outro braço imobiliza-a no ar; ela esperneia um pouco, mas logo fica quieta; tem os olhos afogueados pelo esforço de respirar através da mão que a asfixia. O outro está de costas para mim e atrapalhado com as calças. Ambos estão muito sérios, concentrados, tensos, ofegantes. Silêncio; ouço apenas a respiração deles e a batida do meu próprio coração. Oliver desapareceu, as casas também, só eles ficaram suspensos no pó, movendo-se como em câmara lenta, e eu, paralisado. O de cabelos louros cospe duas vezes na mão e se aproxima da menina, abre-lhe as pernas, dois palitos finos e escuros que pendem inertes; agora não a consigo ver, apertada que está entre os corpos pesados dos violadores. Quero fugir, estou aterrorizado, mas também desejo olhar, sei que está acontecendo algo fundamental e proibido, sou participante de um violento segredo. Se tiver forças, vou chamar meu pai, abro a boca, mas a voz não sai, engulo fogo, um clamor me invade por dentro e me afoga. Devo fazer alguma coisa, tudo está em minhas mãos, a decisão justa nos salvará, à menina negra e a mim, que estou morrendo, mas nada me ocorre e nem um gesto consigo fazer; transformei-me em pedra. Nesse instante ouço ao longe meu nome, Greg, Greg, e Olga surge na ruela. Uma longa pausa, um minuto eterno no qual nada acontece, tudo está quieto. Então o ar vibra com o longo grito, o grito rouco e terrível de Olga; em seguida o ladrar de Oliver e a voz de minha irmã, como um chiado de ratazana, e finalmente consigo respirar e começo a gritar também, desesperado. Surpreendidos, os homens soltam a garota, que cai no chão e começa a correr, como um coelho espavorido. Observam-nos; o de cabelos louros tem qualquer coisa arroxeada na mão, qualquer coisa que não parece fazer parte de seu corpo e que enfia dentro das calças; depois dão meia-volta e se afastam, não estão perturbados, riem e fazem gestos obscenos, olha, você também não quer um pouquinho, puta louca, gritam para Olga, vem cá que nós vamos meter em você. Na rua fica a calcinha da menina. Olga agarra-nos pela mão, a Judy e a mim, chama o cão e caminhamos depressa, não, corremos até o caminhão. A aldeia despertou, e as pessoas nos olham.

O doutor em Ciências Divinas estava resignado a difundir suas ideias entre camponeses incultos e trabalhadores pobres que nem sempre eram capazes de acompanhar o fio de seu complicado discurso; no entanto, não lhe faltavam seguidores. Muito poucos assistiam às suas prédicas por fé; a maioria comparecia por simples curiosidade; por aqueles lados as diversões eram poucas, e a chegada do *Plano Infinito* não passava despercebida. Depois de armar o acampamento, saía à procura de um local. Costumava obtê-lo grátis se contava com alguns conhecidos, caso contrário tinha que alugar uma sala ou adaptar uma adega ou um celeiro. Como não possuía dinheiro, entregava como garantia o colar de pérolas com fecho de diamantes de Nora, única herança de sua mãe, com o compromisso de pagar no fim de cada sessão. Entretanto, a mulher engomava o peitilho e o colarinho da camisa do marido, passava a ferro seu terno preto, reluzente pelo uso excessivo, engraxava os sapatos, escovava a cartola e preparava os livros, enquanto Olga e as crianças saíam para distribuir, de casa em casa, folhetos impressos, convidando para o *Curso que Mudará sua Vida. Charles Reeves, Doutor em Ciências Divinas, Ajudá-lo-á a Alcançar a Sorte e Obter Prosperidade.*

Olga dava banho nas crianças e vestia-lhes roupas de domingo, e Nora punha seu vestido azul com gola de renda, severo e fora de moda, mas ainda decente. A guerra havia mudado o aspecto das mulheres; usavam saias justas até o joelho, casacos com ombreiras, sapatos de salto de cortiça, penteados elaborados, chapéus enfeitados com plumas e véus. Com seu vestido de freira, Nora parecia uma cândida avozinha do começo do século. Olga também não seguia a moda, mas, no seu caso, ninguém podia acusá-la de hipocrisia; parecia mais um papagaio. Além disso, naquelas aldeias ignoravam-se requintes desse tipo; a existência transcorria trabalhando-se de sol a sol; os prazeres consistiam nuns quantos tragos de álcool, ainda clandestino em alguns estados, rodeios, cinema, um baile de vez em quando e acompanhar pelo rádio os detalhes da guerra e do beisebol; por isso, qualquer novidade atraía os curiosos. Charles Reeves tinha de competir com os Revivals, que pregavam o novo despertar do cristianismo, o regresso aos princípios fundamentais dos doze apóstolos e o texto exato da Bíblia, evangélicos que percorriam o país com as suas barracas, orquestras, fogos de artifício, gigantescas cruzes iluminadas, coros de irmãos e irmãs enfeitados como anjos e megafones para apregoar aos quatro ventos o nome do Nazareno, exortando os pecadores a se arrependerem, porque Jesus estava a caminho de chibata na mão para açoitar os fariseus do templo, e conclamando para combater as doutrinas de Satanás, como a teoria da evolução, invento maléfico de Darwin. Sacrilégio! O homem foi feito à imagem e semelhança de Deus e não dos macacos! Compra uma rifa por Jesus! Aleluia, Aleluia!, berravam os alto-falantes. Nas barracas aglomeravam-se os fregueses em busca de redenção e circo, todos cantando, muitos dançando, e, de vez em quando, algum se contorcendo nos estertores do êxtase, enquanto as cestas da coleta enchiam-se até a borda com as dádivas daqueles que compravam passagem para o céu. Charles Reeves não oferecia nada tão grandiloquente, mas eram grandes seu carisma, seu poder de convicção e o calor do seu discurso. Impossível ignorá-lo. Por vezes, alguém avançava até o palco, rogando que o libertasse da dor ou de remorsos insuportáveis; então Reeves, sem nenhuma afetação de asceta, com simplicidade, mas também com grande autoridade, punha as mãos em torno da cabeça do penitente e concentrava-se para aliviá-lo. Muitos acreditavam ver faíscas nas palmas de suas mãos, e os beneficiados pelo tratamento asseguravam ter sido sacudidos por uma descarga elétrica no cérebro. À maioria do público bastava escutá-lo uma vez para aderir ao curso, comprar seus livros e se converter em adepto.

– A Criação rege-se mediante o *Plano Infinito*. Nada acontece por acaso. Nós, seres humanos, somos parte fundamental desse plano porque estamos situados, na escala da evolução, entre os Mestres e o resto das criaturas; somos intermediários. Devemos conhecer nosso lugar no cosmos – começava Charles Reeves galvanizando o auditório com voz profunda, vestido da cabeça aos pés de negro, solene em frente à laranja pendurada do teto e com a jiboia aos pés, como um grosso rolo de corda de marinheiro. O animal era totalmente abúlico e, salvo alguma provocação direta, permanecia sempre imóvel.

"Prestem muita atenção, para poder compreender os princípios do *Plano Infinito*; mas, se não entenderem, pouco importa, basta que cumpram os meus mandamentos. O Universo inteiro pertence à Suprema Inteligência, que o criou e é tão imensa e perfeita, que o ser humano jamais poderá conhecê-la. Abaixo dela estão os Logi, portadores da luz e encarregados de levar partículas da Suprema Inteligência a todas as galáxias. Os Logi se comunicam com os Mestres Obreiros, por quem enviam as mensagens e as regras do *Plano Infinito* aos homens. O ser humano compõe-se de Corpo Físico, Corpo Mental e Alma. O mais importante é a Alma, que não pertence à atmosfera terrestre, mas que opera a distância; não está dentro de nós; porém, domina a nossa vida."

Nesse ponto, quando os ouvintes, meio aturdidos pela sua retórica, começavam a trocar olhares de temor ou de zombaria, Reeves galvanizava a audiência novamente apontando a laranja para explicar o aspecto da Alma flutuando no éter, como um confuso ectoplasma que só alguns ocultistas especializados podiam ver. Para prová-lo, convidava várias pessoas do público a olhar fixamente a laranja e a descrever sua forma. Invariavelmente, descreviam uma esfera amarela, ou seja, uma laranja vulgar; ele, em contrapartida, via a Alma. Em seguida, apresentava os Logi que se encontravam na sala em estado gasoso e, portanto, invisíveis, e explicava que eles mantinham em marcha a maquinaria precisa do universo. Em cada época e em cada região, os Logi elegiam Mestres Obreiros para se comunicar com os homens e divulgar os propósitos da Suprema Inteligência. Ele, Charles Reeves, doutor em Ciências Divinas, era um deles. Sua missão consistia em ensinar as regras aos simples mortais, e, uma vez cumprida essa etapa, passaria a fazer parte do privilegiado contingente dos Logi. Dizia que todo ato e pensamento humano é importante, porque pesa no equilíbrio perfeito do universo; por isso, cada pessoa é responsável por cumprir os mandamentos do *Plano Infinito* ao pé da letra. Depois, enumerava as regras da sabedoria mínima, mediante as quais se evitavam erros colossais, capazes de fazer ruir o projeto da Suprema Inteligência. Os que não captavam tudo isso numa só palestra podiam seguir o curso de seis sessões, nas quais aprenderiam as normas de uma vida decente, incluindo dieta, exercícios físicos e mentais, sonhos dirigidos e diversos sistemas para recarregar as baterias energéticas do Corpo Físico e do Corpo Mental; assim estavam assegurando um destino decoroso e a paz da Alma após a morte.

Charles Reeves vivia à frente de sua época. Vinte anos mais tarde várias de suas ideias seriam divulgadas por diversos pensadores de uma ponta a outra da Califórnia, a última fronteira, onde chegam os aventureiros, os desesperados, os inconformistas, os fugitivos da justiça, os gênios desconhecidos, os pecadores impenitentes e os loucos desenganados, e onde proliferam ainda todas as fórmulas possíveis para evitar a angústia de viver. No entanto, não se pode culpar Charles Reeves de haver iniciado esses extravagantes movimentos. Há qualquer coisa nesse território que alvoroça os espíritos. Ou talvez porque aqueles que chegaram para povoar essa região tivessem sido ávidos na busca de fortuna ou de esquecimento fácil, perderam a alma e ainda estejam à procura dela. Inúmeros charlatães se beneficiaram oferecendo fórmulas mágicas para chegar a esse vazio doloroso que o espírito ausente deixa. Quando Reeves pregava, muitos já haviam descoberto, ali, a maneira de enriquecer, vendendo intangíveis benefícios para a saúde do corpo e consolos para a alma, mas ele não era desses; tinha como honra sua austeridade e decoro, e, assim, ganhou o respeito de seus seguidores. Olga, por sua vez, vislumbrou a possibilidade de utilizar os Logi e os Mestres Obreiros em algo mais rentável, talvez adquirindo um local e construindo uma igreja própria, mas nem Charles, nem Nora jamais compartilharam dessa ideia ambiciosa; para eles a divulgação da sua verdade era só uma pesada e inevitável carga moral e, em nenhum caso, um negócio de comerciantes baratos.

Nora Reeves podia dizer o dia exato em que perdeu a fé na bondade humana e começaram suas silenciosas dúvidas sobre o significado da existência. Era uma dessas pessoas capazes de recordar datas insignificantes; foi por isso que, com razão, se lhe gravaram as duas bombas de proporções cataclísmicas que deram um ponto final à guerra do Japão. Nos anos seguintes vestiu-se de luto nesse aniversário, precisamente quando o resto do país se voltava para as celebrações. Esgotou-se o seu interesse até por pessoas mais próximas; é bem verdade que o instinto maternal nunca foi a sua principal característica, mas a partir desse momento pareceu desprender-se por completo dos filhos. Também se afastou do marido, sem o menor alvoroço e com tanta discrição que nada se lhe pôde censurar. Isolou-se num claustro secreto onde tudo fez para permanecer intocada pela realidade até o fim de seus dias; quarenta e tantos anos mais tarde morreu convertida em princesa dos Urales sem jamais haver participado da vida. Naquele dia festejava-se a derrota final do inimigo de olhos oblíquos e pele amarela, tal como, meses antes, se havia celebrado a dos alemães. Era o fim de uma longa contenda, os japoneses tinham sido vencidos pela arma mais contundente da História, que matou em poucos minutos cento e trinta mil seres humanos e condenou outros tantos a uma lenta agonia. A notícia do ocorrido produziu um silêncio de horror no mundo, mas os vencedores afogaram as visões de cadáveres chamuscados e cidades pulverizadas numa algazarra de bandeiras, desfiles e bandas de música, antecipando o regresso dos combatentes.

— Lembra-se daquele soldado negro que recolhemos no caminhão? Ainda estará vivo? Esse também voltará para a sua casa? — perguntou Gregory à mãe antes de ir ver os fogos de artifício.

Nora não respondeu. Estavam de passagem numa cidade, e, enquanto a família bailava com a multidão, ela ficou sozinha na cabine do caminhão. Nos últimos meses as notícias provenientes da Europa haviam minado seu sistema nervoso, e a devastação atômica acabou por afundá-la na incerteza. Pelo rádio não se falava de outra coisa, os jornais e o cinema mostravam imagens dantescas dos campos de concentração. Seguia passo a passo o relato minucioso das atrocidades cometidas e dos sofrimentos acumulados, imaginando que, na Europa, os trens não paravam, levando implacáveis sua carga para os fornos crematórios, e também morriam calcinados milhares no Japão, em nome de outra ideologia. Nunca devia ter trazido filhos para este mundo, murmurava espantada. Quando Charles Reeves chegou eufórico com a notícia da bomba, ela considerou obsceno alegrar-se por semelhante massacre; até o marido parecia ter perdido o juízo, como os outros.

— Nada voltará a ser como antes, Charles. A humanidade cometeu algo mais grave do que o pecado original. Isso é o fim do mundo — comentou arrasada, mas sem alterar seu velho hábito de boas maneiras.

— Não diga bobagem. Temos que aplaudir os progressos da ciência. Dos males, o menor; as bombas não estão em mãos inimigas, mas nas nossas. Agora ninguém se atreverá a nos enfrentar.

— Voltarão a usá-las e acabarão com a vida na Terra!

– A guerra terminou, e males piores foram evitados. Muitos mais teriam sido os mortos se não tivéssemos lançado as bombas.
– Mas morreram centenas de milhares, Charles.
– Esses não contam, eram todos japoneses – riu o marido.

Pela primeira vez, Nora duvidou da qualidade de sua alma e perguntou a si mesma se ele era realmente um Mestre, como dizia. Já noite avançada, sua família regressou. Gregory vinha dormindo nos braços do pai, e Judy trazia um globo pintado com estrelas e listras.

– Finalmente acabou a guerra. Agora teremos manteiga, carne e gasolina – anunciou Olga radiante, agitando os restos de uma bandeira de papel.

Embora tenha passado quase um ano entre a depressão de sua mãe e a agonia de seu pai, Gregory recordaria ambos os acontecimentos como um só; em sua memória os dois fatos estariam sempre relacionados; foram o começo do malefício que acabou com a época feliz da sua infância. Pouco depois, quando Nora parecia recuperada e já não mais falava sobre campos de concentração e bombas, Charles Reeves adoeceu. Desde o começo, os sintomas foram alarmantes, mas contava com a sua força física e não quis aceitar a traição do corpo. Sentia-se jovem, ainda capaz de trocar um pneu de caminhão em poucos minutos ou passar várias horas sobre uma escada pintando uma parede sem sentir dor nas costas. Quando sua boca se encheu de sangue, atribuiu a uma espinha de peixe que provavelmente havia se cravado na garganta; na segunda vez em que a coisa aconteceu nada disse a ninguém, comprou um frasco de leite de magnésia e começou a tomá-lo quando sentia o estômago em chamas. Em seguida, deixou de comer e subsistia com pão embebido em leite, sopas ralas e mingaus; perdeu peso, os olhos se enevoaram, não conseguia ver com clareza o caminho, e Olga teve que assumir o volante. A mulher adivinhava quando o enfermo não aguentava mais os sacolejos da viagem, então parava, e acampavam. As horas tornavam-se muito longas, as crianças entretinham-se correndo pelos arredores, porque a mãe havia guardado os cadernos, já não lhes dava aulas. Nora nunca havia pensado no fato de Charles Reeves ser mortal; não conseguia compreender por que razão sua energia, que era também dela, se apagava. Por muitos anos o marido havia controlado todas as facetas de sua existência e a dos seus filhos; os regulamentos minuciosos do *Plano Infinito*, que administrava como queria, não deixavam espaço para dúvidas. A seu lado certamente não tinham liberdade, mas tampouco os assediavam inquietações ou temores. Não há razão para alarmes, dizia; na verdade, Charles nunca teve muito cabelo e essas rugas profundas não são novas, o sol marcou-as há muito tempo, está mais magro, é verdade, mas se recuperará em poucos dias assim que voltar a comer como antes, o mais certo mesmo é isso ser uma indigestão; não é verdade que hoje está muito melhor?, perguntava a ninguém em particular. Olga observava sem fazer comentários. Não tentou curar Reeves com suas beberagens e cataplasmas, limitando-se a pôr panos úmidos na sua testa para baixar a febre. À medida que o doente piorava, o medo entrou inexorável na família; pela primeira vez sentiram-se à deriva e perceberam o tamanho de sua pobreza e de sua vulnerabilidade. Nora encolheu-se, como um animal acossado, incapaz de pensar em alguma solução; buscou consolo em sua fé Bahai e deixou Olga encarregar-se dos problemas, incluindo a assistência ao marido. Ela não se atrevia a tocar esse velho sofredor; era um desconhecido, impossível reconhecer o homem que a havia seduzido com sua vitalidade. Desmoronaram-se a admiração e a dependência, bases de seu amor, e, como não soube construir outras, o respeito transformou-se em repugnância. Mal encontrou uma boa desculpa, instalou-se na barraca das crianças, e Olga foi dormir com Charles Reeves para assisti-lo durante a noite, segundo disse. Gregory e Judy acostumaram-se a vê-la quase nua na cama do pai, mas Nora ignorou a situação, disposta a fingir indefinidamente que nada havia mudado.

Por um tempo suspendeu-se a divulgação do *Plano Infinito*, porque o doutor em Ciências Divinas carecia de ânimo para dar esperança a outros, se ele mesmo começava a perder a sua e a perguntar-se em segredo se o espírito é realmente transcendente ou basta uma dor de barriga para fazer-se em pedaços. Nem podia dedicar-se à pintura. As viagens continuaram com grandes dificuldades e sem propósito determinado, como se buscassem algo que estava sempre em outra parte. Olga ocupou com naturalidade o lugar de pai, e os demais não perguntaram se essa era a melhor solução; decidia a rota, guiava o caminhão, carregava nos ombros os fardos mais pesados, reparava o motor quando entrava em pane, caçava lebres e pássaros e, com a mesma autoridade, dava ordens a Nora ou um par de palmadas nos meninos quando brigavam. Evitava as grandes cidades pela concorrência impiedosa e a vigilância da polícia, a não ser que pudesse acampar em zonas industriais ou perto do cais, onde sempre encontrava clientes. Deixava os Reeves instalados nas barracas, pegava seus instrumentos de nigromante e partia para vender suas artes. Viajando, usava rotas calças de operário, camisa e gorro, mas no exercício do ofício de clarividente tirava do baú uma saia florida, blusa decotada, colares coloridos e botas amarelas. Maquilava-se em excesso, sem o menor cuidado: as bochechas de palhaço, a boca vermelha, as pálpebras azuis; o efeito dessa máscara, essas roupas e o incêndio de seus cabelos eram atemorizantes, e poucos se atreviam a repeli-la com medo de que, com um ardil, ela os transformasse em estátuas de sal. Abriam a porta, encontravam-se diante da grotesca aparição com uma bola de cristal na mão, e o espanto deixava-os boquiabertos, vacilação que ela aproveitava para introduzir-se na casa. Era muito simpática se tinha necessidade de sê-lo; regressava frequentemente ao acampamento com pastéis ou carne, presentes dos clientes satisfeitos não só pelo futuro prometido nos naipes mágicos, mas, sobretudo, pela fagulha de bom humor que ela acendia no aborrecimento perene de suas vidas. Nesse período de tantas incertezas, a maga afinou o talento; apressada pelas circunstâncias, desenvolveu forças desconhecidas e cresceu até se converter nessa mulherona formidável que tanta influência teria na juventude de Gregory. Ao entrar numa loja, bastava-lhe farejar o ar por uns segundos para se impregnar do clima, sentir presenças invisíveis, captar vestígios de desgraça, adivinhar sonhos, ouvir sussurros dos mortos e compreender as necessidades dos vivos. Depressa aprendeu que as histórias se repetem com muito poucas mudanças, as pessoas parecem-se muito, todos sentem amor, ódio, cobiça, sofrimento, alegria e temor, da mesma maneira. Negros, brancos, amarelos, todos iguais por baixo da pele, como dizia Nora Reeves; a bola de cristal não distinguia raças, só dores. Todos queriam escutar a mesma boa sorte não porque a julgassem possível, mas porque imaginá-la servia de consolo. Olga descobriu também que só há duas espécies de enfermidade. As mortais e as que se curam sozinhas em seu devido tempo. Usava seus frascos de pílulas de açúcar pintadas de cores diversas, sua sacola de ervas e sua caixa de amuletos para vender saúde aos recuperáveis, convencida de que, se o paciente punha a mente para trabalhar no sentido de se curar, o mais provável era que isso acontecesse. As pessoas confiavam mais nela do que nos frios cirurgiões dos hospitais. Suas únicas intervenções importantes eram quase todas ilegais: abortos, extrações de molares, sutura de feridas, mas tinha bom olho e boa mão, de modo que nunca se meteu numa confusão grave. Bastava-lhe uma olhadela para perceber os sinais da morte e, em tal caso, não receitava, em parte por escrúpulo, em parte para não prejudicar sua própria reputação de curandeira. Sua prática em assuntos de saúde não serviu para ajudar Charles Reeves, porque estava demasiado próxima e, se viu sintomas fatais, não os quis admitir.

Por orgulho ou por temor, o pregador negou-se a consultar um médico, disposto a vencer o sofrimento à força de obstinação, mas um dia desmaiou, e, desde então, o pouco do comando que lhe restava passou para as mãos de Olga. Estavam a leste de Los Angeles, onde se concentrava a população latina, e ela tomou a decisão de levá-lo a um hospital. Nessa época a atmosfera da cidade já estava impregnada de certa cor mexicana, apesar da obsessão exclusivamente americana de viver em perfeita saúde, beleza e felicidade. Centenas de milhares de imigrantes marcavam o ambiente com seu desprezo pela dor e pela morte, com sua pobreza, fatalismo e desconfiança, com suas paixões violentas e também com música, comidas picantes e cores atrevidas. Os hispanos estavam relegados a um gueto, mas por todo lado sentia-se sua influência; não pertenciam àquele país e, aparentemente, não desejavam pertencer, mas, em segredo, aspiravam a que os filhos se integrassem nele. Aprendiam mal o inglês e transformavam-no num *spanglish* de raízes tão firmes, que, com o tempo, acabou aceito como língua chicana. Arraigados à sua tradição católica e ao culto das almas, a um esmaecido sentimento patriótico e ao machismo, não se deixavam assimilar, permanecendo relegados por uma ou duas gerações aos serviços mais humildes. Os americanos consideravam-nos gente malévola, imprevisível, perigosa, e muitos protestavam; como, diabos, não era possível agarrá-los na fronteira, para que serve a maldita polícia, caralho, mas empregavam-nos como mão de obra barata, ainda que constantemente vigiados. Os imigrantes assumiam o papel de marginais com certa dose de soberba: dobrados sim, mas partidos nunca, irmão. Olga havia frequentado aquele bairro em várias oportunidades e ali sentia-se à vontade; falava espanhol com desfaçatez, e quase não se notava que metade do seu vocabulário se compunha de palavras inventadas. Achou que ali podia ganhar a vida com sua arte.

Chegaram no caminhão até a porta do hospital, e, enquanto Nora e Olga ajudavam o doente a descer, os meninos, aterrados, enfrentavam os olhares curiosos dos que se aproximavam para observar aquele estranho veículo com símbolos esotéricos pintados, em todas as cores, na carroceria.

– Que é isso? – perguntou alguém.

– O *Plano Infinito*, não está vendo? – respondeu Judy, apontando o letreiro na parte superior do para-brisas.

Ninguém fez mais perguntas.

Charles Reeves ficou internado no hospital, onde, poucos dias depois, tiraram-lhe metade do estômago e suturaram os buracos que tinha na outra metade. Nora e Olga acomodaram-se temporariamente com as crianças, o cão, a jiboia e os pertences no quintal de Pedro Morales, mexicano generoso que tinha feito, anos atrás, o curso completo das doutrinas de Charles Reeves e ostentava na parede de sua casa um diploma creditando-o como alma superior. O homem era maciço como um tijolo, com firmes traços de mestiço e uma máscara orgulhosa que se transformava em expressão bondosa quando estava de bom humor. Em seu sorriso brilhavam vários dentes de ouro que tinha posto por vaidade depois de mandar arrancar os naturais. Não permitiu que a família de seu professor ficasse à deriva – as mulheres não podem ficar sem proteção, há muitos bandidos por estes lados, disse ele –, mas não havia espaço em sua casa para tantos hóspedes, porque tinha seis filhos, uma sogra amalucada e alguns parentes próximos debaixo de seu teto. Ajudou a armar as barracas e a instalar o fogão de querosene dos Reeves em seu quintal, e preparou-se para socorrê-los sem ofender sua dignidade. Tratava Nora por *doña*, com grande deferência, mas a Olga, que considerava mais próxima de sua própria condição, chamava apenas de *señorita*. Inmaculada Morales, sua mulher, permanecia impermeável aos costumes estrangeiros e, ao contrário de muitas de suas compatriotas nessa terra alheia, que andavam maquiladas, equilibrando-se em saltos altos e com cabelos encaracolados queimados pelos permanentes e pela água oxigenada, ela se mantinha fiel à sua tradição indígena. Era pequena, delgada e forte, com um rosto plácido e sem rugas, penteava o cabelo numa trança que lhe caía pelas costas até abaixo da cintura, usava aventais simples e alpargatas, exceto nas festas religiosas, quando usava um vestido preto e argolas de ouro. Inmaculada representava o pilar da casa e a alma da família Morales. Quando o quintal se encheu de visitas não se perturbou, simplesmente aumentou a comida com truques generosos, colocando mais água no feijão, como dizia, e todas as tardes convidava os Reeves para cear, ouça bem, comadre, venha com as crianças, para elas provarem estes *burritos*,* para que o pimentão não estrague, veja como tem de sobra, graças a Deus, oferecia ela, tímida. Um pouco envergonhados, seus hóspedes sentavam-se à hospitaleira mesa dos Morales.

---

* *Burrito* – bolo picante de feijão e carne picada. (N.T.)

Muitos meses custaram a Judy e Gregory compreender as regras da vida sedentária. Viram-se rodeados por uma calorosa tribo de crianças morenas que falavam um inglês arranhado e não tardaram a lhes ensinar sua língua, começando por puta, a palavra mais sonora e útil do seu vocabulário, ainda que não fosse prudente pronunciá-la diante de Inmaculada. Com os Morales aprenderam a orientar-se no labirinto das ruas, a regatear, a distinguir com um simples olhar as crianças inimigas, esconder-se e escapar. Com eles iam brincar no cemitério e observar de longe as prostitutas e, de perto, as vítimas de acidentes fatais. Juan José, da mesma idade de Gregory, tinha um olfato infalível para a desgraça, sabia sempre onde ocorriam as batidas de automóveis, os atropelamentos, as brigas de navalha e as mortes. Encarregou-se de averiguar em poucos minutos o local onde um marido a quem a mulher abandonara para ir atrás de um caixeiro-viajante se suicidara, atirando-se na frente do trem, porque não pôde aguentar a vergonha de ser chamado de corno. Alguém ainda o viu fumando calmamente de pé, entre as duas linhas, e gritou para que se afastasse, porque a máquina se aproximava, mas ele não se mexeu. O boato chegou aos ouvidos de Juan José antes de a tragédia acontecer. Os meninos Morales e os Reeves foram os primeiros a aparecer no local da morte e, uma vez superado o espanto inicial, ajudaram a recolher os pedaços da vítima, até que a polícia os arrancou dali. Juan José guardou um dedo como recordação, mas, quando começou a ver o defunto por toda parte, achou que devia se desfazer do troféu. No entanto, era tarde demais para devolvê-lo aos parentes, porque os restos do suicida tinham sido sepultados há dias.

O garoto, aterrorizado pela alma penada, não soube o que fazer com o dedo; atirá-lo no lixo ou dá-lo à jiboia dos Reeves não lhe parecia uma forma respeitosa de reparar o mal. Gregory consultou Olga em segredo e ela sugeriu a solução perfeita: deixá-lo discretamente sobre o altar da igreja, lugar consagrado, onde nenhuma alma em perfeito juízo poderia sentir-se ofendida. Ali o encontrou o padre Larraguibel, a quem todos chamavam simplesmente Padre pela dificuldade em pronunciar seu sobrenome, um cura basco de alma atormentada, mas de grande senso prático, que o jogou na privada sem comentários. Já tinha problemas em demasia com os numerosos paroquianos, para perder tempo indagando a origem de um dedo solitário.

Os irmãos Reeves foram à escola pela primeira vez na vida. Eram os únicos louros de olhos azuis numa população de imigrantes latinos cuja regra de sobrevivência era falar espanhol e correr rápido. Os alunos eram proibidos de falar a língua nativa, tinham que aprender inglês para se integrar depressa. Quando alguma palavra castiça saía da boca de algum deles e alcançava o ouvido da professora, trazia junto um bom par de palmadas na bunda. Se a Cristo bastou o inglês para escrever a Bíblia, não há necessidade de outro idioma no mundo, era a explicação para medida tão drástica. Em desafio, os meninos falavam castelhano em todas as ocasiões possíveis, e quem não o fazia era qualificado de "beija-cu", o pior apelido do repertório escolar. Judy e Gregory não demoraram a perceber o ódio racial e temiam ser transformados em migalhas por qualquer descuido. No primeiro dia de aula, Gregory estava tão assustado que a voz não saía nem sequer para dizer seu nome.

– Temos dois novos alunos – sorriu a professora, encantada de contar com duas crianças brancas entre tantas morenas. – Quero que os tratem bem, ajudem-nos a estudar e a conhecer as regras desta instituição. Como se chamam, queridos?

Gregory ficou mudo, agarrado ao vestido da irmã. Por fim, Judy tirou-o do apuro.

– Eu sou Judy Reeves e este é o idiota do meu irmão – disse. Toda a turma, incluindo a professora, caiu na gargalhada. Gregory sentiu alguma coisa quente e pegajosa nas calças.

– Está bem, vão sentar-se – ordenou-lhes.

Dois minutos mais tarde, Judy começou a apertar o nariz e a olhar o irmão com expressão pouco amável. Gregory cravou os olhos no chão, tentou imaginar que não estava ali, que ia no caminhão pelas estradas, ao ar livre, que seu pai nunca havia adoecido e que aquela maldita escola não existia, era só um pesadelo. Logo o resto das crianças percebeu o cheiro e armou grande algazarra.

– Vamos ver... quem foi? – perguntou a professora com aquele sorriso falso, que parecia ter colado nos dentes. – Não há motivo para se envergonhar, foi um acidente, pode acontecer a qualquer um... quem foi?

– Eu não me caguei e o meu irmão também não, juro! – gritou Judy desafiadora. Um coro de piadas e gargalhadas acolheu sua declaração.

A professora aproximou-se de Gregory e soprou-lhe no ouvido que saísse da sala, mas ele se agarrou à carteira com as duas mãos, a cabeça metida entre os ombros e as pálpebras cerradas, vermelho de vergonha. A mulher quis puxá-lo pelo braço, primeiro sem violência, depois aos safanões, mas o menino estava colado no assento com a força do desespero.

– Vá embora, sua puta! – gritou Judy à professora em seu mais novo espanhol. – Esta escola é uma merda! – acrescentou em inglês.

A mulher ficou pasma de surpresa e a classe emudeceu.

– Puta, puta, puta! Vamos embora, Greg. – E os dois irmãos saíram da sala de mãos dadas, ela com o queixo levantado e ele com o seu colado ao peito.

Judy levou Gregory a um posto de gasolina, escondeu-o entre os tambores de óleo e lavou suas calças com uma mangueira, sem que ninguém os visse. Regressaram a casa em silêncio.

– Que aconteceu? – perguntou Nora Reeves, estranhando vê-los tão cedo de volta.

– A professora disse que tínhamos que voltar. Somos muito mais inteligentes do que os outros alunos. Aqueles intrometidos nem sequer falam como a gente, mamãe. Não sabem inglês!

– Que história é essa? – interrompeu Olga. – E por que Gregory está com a roupa ensopada?

No dia seguinte tiveram que regressar à escola, arrastados pelo braço por Olga, que os acompanhou até a sala de aula, obrigou-os a pedir desculpas à professora pelos insultos proferidos e aproveitou para advertir os demais meninos para que tivessem muito cuidado ao molestar os Reeves. Antes de sair, enfrentou a compacta massa de garotos morenos, fazendo-lhes o gesto da maldição: ambos os punhos cerrados e o indicador e o mínimo apontados como chifres. Sua aparência estranha, seu sotaque russo e aquele gesto tiveram o poder de aplacar as feras, pelo menos por algum tempo.

Uma semana depois, Gregory fez sete anos. Não festejaram o aniversário; na verdade ninguém se lembrou, porque a atenção da família estava voltada para o pai. Olga, a única que ia diariamente ao hospital, trouxe a notícia de que Charles Reeves se encontrava finalmente fora de perigo e tinha sido transferido para uma enfermaria onde poderiam visitá-lo. Nora e Inmaculada Morales lavaram os meninos até fazê-los brilhar, vestiram-lhes as melhores roupas, pentearam-nos com brilhantina, e nas meninas puseram fitas no cabelo. Em procissão partiram para o hospital com modestos ramos de margaridas do jardim da casa e uma travessa com pedaços de frango e feijão frito com queijo, preparados por Inmaculada. A sala era tão grande como um hangar, com camas idênticas de ambos os lados e, ao centro, um enorme corredor, que percorreram na ponta dos pés até o lugar onde se encontrava o enfermo. O nome de Charles Reeves escrito numa papeleta aos pés da cama permitiu-lhes identificá-lo, de outro modo não o teriam reconhecido. Estava transformado num estranho, havia envelhecido mil anos, tinha a pele cor de cera, os olhos afundados nas órbitas e cheirava a amêndoas. Os meninos, apertados cotovelo com cotovelo, ficaram com as flores nas mãos, sem saber onde as colocar; Inmaculada Morales, ruborizada, cobriu a travessa dos pedaços de frango com o xale, e Nora Reeves começou a tremer. Gregory pressentiu que algo irreparável havia acontecido em sua vida.

– Está muito melhor, logo poderá comer – disse Olga enfiando a agulha do soro na veia do doente.

Gregory recuou até o corredor, desceu as escadas aos saltos e correu até a rua. À porta do hospital, acocorou-se com a cabeça entre os joelhos, abraçado às pernas, como um novelo, repetindo, puta, puta, como uma litania.

À chegada, os imigrantes mexicanos ficavam em casas de amigos ou parentes, onde se amontoavam frequentemente várias famílias. As leis da hospitalidade eram invioláveis, e a ninguém se negava teto e comida nos primeiros dias, mas, depois, cada um tinha que se virar sozinho. Vinham de todos os povoados do sul da fronteira em busca de trabalho, sem outros bens além da roupa do corpo, uma trouxa nas costas e as melhores intenções de progredir naquela Terra Prometida, onde, lhes haviam dito, o dinheiro crescia nas árvores e qualquer um que fosse esperto podia transformar-se em empresário, com um Cadillac próprio e uma loura agarrada no braço. Não lhes haviam contado, porém, que, para cada afortunado, cinquenta ficavam pelo caminho e outros cinquenta regressavam vencidos, que não seriam eles os beneficiados; estavam destinados a abrir caminho aos filhos e netos nascidos naquela terra hostil. Não suspeitavam das penúrias do desterro, de como os patrões abusariam deles e como seriam perseguidos pelas autoridades, quanto esforço custaria para reunir a família, trazer as crianças e os velhos, da dor de dizer adeus aos amigos e deixar para trás seus mortos. Nem os avisaram de que depressa perderiam suas tradições e de que o desgaste corrosivo da memória os deixaria sem recordações, nem que seriam os mais humildes entre os humildes. Mas, se o tivessem sabido, talvez mesmo assim tivessem empreendido a viagem ao Norte. Inmaculada e Pedro Morales intitulavam-se "arameiros molhados", combinação de "arame" e de "lombo molhado", como eram chamados os imigrantes ilegais, e contavam, morrendo de rir, como haviam cruzado a fronteira muitas vezes, algumas atravessando a nado o Rio Grande e outras cortando os arames da cerca. Tinham ido de férias à sua terra mais de uma vez, entrando e saindo com filhos de todas as idades e até com a avó, que arrastaram desde o povoado quando enviuvou e o cérebro destrambelhou. Decorridos vários anos, conseguiram legalizar seus papéis, e os filhos tornaram-se cidadãos americanos. Não faltava um lugar em sua mesa para os recém-chegados, e os meninos cresceram ouvindo histórias de pobres-diabos que cruzavam a fronteira escondidos como fardos no fundo falso de um caminhão, saltavam de trens em marcha ou se arrastavam por baixo da terra ao longo de velhos canos de esgoto, sempre com o terror de serem surpreendidos pela polícia, a temida "Migra", e recambiados algemados para seu país, depois de serem fichados como criminosos; também de fome e sede outros se asfixiavam em compartimentos secretos dos carros dos *coyotes*, cujo negócio consistia em transportar os desesperados do México até um povoado do outro lado. Na época em que Pedro Morales fez a primeira viagem existia ainda entre os latinos o sentimento de recuperar um território que sempre havia sido seu. Para eles, violar a fronteira não constituía um delito, mas uma aventura de justiça. Pedro Morales tinha, então, vinte anos, terminara o serviço militar e, como não desejava seguir os passos do pai e do avô, míseros camponeses de uma fazenda de Zacatecas, preferiu empreender a marcha até o Norte. Chegou, assim, a Tijuana, onde esperava conseguir um contrato como trabalhador braçal no campo, porque os agricultores americanos necessitavam de mão de obra barata, mas viu-se sem dinheiro, não pôde esperar que se cumprissem as formalidades ou subornar os funcionários e policiais nem gostou daquele povoado de passagem, onde, segundo ele, os homens não tinham honra nem as mulheres, respeito. Estava cansado de ir de cá para lá à procura de trabalho e não quis pedir ajuda nem aceitar caridade. Por fim, decidiu atravessar a cerca para o gado que limitava a fronteira, cortando os arames com um alicate, e começou a andar em linha reta em direção ao sol, seguindo as indicações de um amigo com mais experiência. Assim, chegou ao sul da Califórnia. Os primeiros meses foram difíceis, mal conseguia ganhar a vida. Foi de granja em granja, colhendo fruta, feijão ou algodão, dormindo nas estradas, nas estações de trem, nos ferros-velhos, alimentando-se de pão e cerveja, partilhando penúrias com milhares de homens na mesma situação. Os patrões pagavam menos do que se oferecia e, à primeira reclamação, pediam a intervenção da polícia, sempre atrás dos ilegais. Pedro não podia estabelecer-se em nenhum lugar por muito tempo, a "Migra" andava nos seus calcanhares, mas finalmente tirou o *sombrero* e as alpargatas, adotou o *blue jeans* e o gorro, e aprendeu a arranhar umas quantas frases em inglês. Mal se instalou na nova terra, regressou ao povoado em busca da noiva de infância. Inmaculada aguardava-o com o vestido de casamento bem engomado.

— Os *gringos* são todos malucos, põem pêssegos na carne e marmelada em ovos estrelados, levam os cães ao cabeleireiro, não acreditam na Virgem Maria, os homens lavam os pratos em casa, e as mulheres lavam os automóveis na rua, de sutiã e *short*, dá para ver tudo, mas, se não nos metermos com eles, poderemos viver bem — informou Pedro à sua noiva.

Casaram-se com as cerimônias e festas habituais, dormiram a noite de núpcias na cama dos pais da moça, emprestada para a ocasião, e no dia seguinte tomaram o ônibus em direção ao Norte. Pedro levava algum dinheiro e já estava habituado a atravessar a fronteira; encontrava-se em melhores condições do que da primeira vez, mas ia, assim mesmo, assustado; não desejava expor a mulher a nenhum perigo. Contavam-se histórias arrepiantes de roubos e matanças de bandidos, corrupção da polícia mexicana e maus-tratos da americana, histórias capazes de atemorizar o mais macho. Inmaculada, por sua vez, caminhava feliz um passo atrás do marido, com o embrulho de seus pertences equilibrado na cabeça, protegida da má sorte pelo escapulário da Virgem de Guadalupe, uma oração nos lábios e os olhos bem abertos para ver o mundo que se estendia à sua volta, como um magnífico cofre repleto de surpresas. Nunca havia saído de seu povoado e não suspeitava de que os caminhos pudessem ser intermináveis, mas nada conseguiu desanimá-la, nem humilhações, nem fadigas, nem as armadilhas da nostalgia, e, quando finalmente se viu instalada com seu homem num mísero quarto de pensão do outro lado da fronteira, julgou ter atravessado as portas do céu. Um ano mais tarde nasceu o primeiro menino, Pedro conseguiu um emprego numa fábrica de pneus em Los Angeles e frequentou um curso noturno de mecânica. Para ajudar o marido, Inmaculada empregou-se em seguida numa fábrica de roupas e depois em serviços domésticos, até que uma gravidez seguida da outra e as crianças obrigaram-na a ficar em casa. Os Morales eram gente organizada e sem vícios, esticavam o dinheiro e aprenderam a utilizar os benefícios daquele país onde seriam sempre estrangeiros, mas no qual os filhos teriam um lugar. Estavam sempre dispostos a abrir a porta para amparar os outros, sua casa se tornou um corredor de gente. Hoje por você, amanhã por mim, algumas vezes cabe-nos dar, outras receber, é a lei natural da vida, dizia Inmaculada. Comprovaram que a generosidade tem efeito multiplicador, não lhes faltou a boa sorte nem o trabalho, os filhos nasceram sadios, e as amizades, agradecidas; com o tempo superaram as pobrezas do começo. Cinco anos depois de chegar à cidade, Pedro instalou sua própria oficina mecânica. Na época em que os Reeves foram viver no seu quintal, eram a família mais digna do bairro, Inmaculada havia se transformado em mãe universal, e Pedro era consultado como homem justo pela comunidade. Naquele ambiente, onde a ninguém passava pela cabeça chamar a polícia ou a justiça para resolver seus conflitos, ele atuava como árbitro nos mal-entendidos e juiz nas desavenças.

Olga tinha razão, pelo menos em parte. Um mês depois da operação, Charles Reeves saiu do hospital pelos próprios pés, mas sua ideia de voltar a peregrinar pelas estradas tornava-se absurda, porque era evidente que a convalescença seria muito longa. O médico receitou tranquilidade, dieta e controle permanentes, nem pensar em vida nômade por um bom tempo, talvez anos. O dinheiro das poupanças havia terminado há muito, e a família devia uma soma respeitável aos Morales. Pedro não quis ouvir falar desse assunto porque tinha para com seu Mestre uma dívida espiritual impossível de pagar. Charles Reeves não era homem capaz de aceitar caridade, nem sequer de um bom amigo e discípulo, nem podiam continuar acampados no quintal de uma casa alheia, e, apesar das súplicas das crianças, que viam afastar-se para sempre a possibilidade de abandonar a opressão da escola, o caminhão foi vendido depois de lhe tirarem o letreiro e o alto-falante. Com o dinheiro arrecadado e outro tanto obtido em empréstimos, os Reeves puderam comprar uma cabana em ruínas no limite do bairro mexicano.

Os Morales mobilizaram seus parentes para ajudar a reconstruir o casebre. Esse foi um fim de semana inesquecível para Gregory Reeves; a música e a comida latinas ficariam na sua mente para sempre unidas com a ideia de amizade. No sábado de madrugada apareceu no lugar uma caravana de diversos veículos, desde uma camionete dirigida por um homenzarrão de sorriso contagiante, irmão de Inmaculada, até uma fila de bicicletas de primos, sobrinhos e amigos, todos com ferramentas e materiais de construção. As mulheres instalaram mesas no terreno e, de mangas arregaçadas, cozinharam para aquela multidão. Voavam as cabeças decapitadas dos frangos, empilhavam-se os pedaços de porco e vitela, ferviam as espigas de milho, o feijão e as batatas, assavam-se as *tortillas*, bailavam as facas picando, partindo e descascando, reluziam ao sol as travessas com frutas e aguardavam na sombra as de tomate com cebola, alface e salada de abacate. Das panelas escapavam aromas de guisados suculentos, das garrafas e vasilhas distribuíam a tequila e a cerveja, e dos violões saíam as canções da terra generosa do outro lado da fronteira. Os meninos corriam com os cães por entre as mesas; as meninas, muito comportadas, ajudavam no serviço; um primo retardado, de flácido rosto asiático, lavava os pratos; a avó maluca, sentada à sombra de uma árvore, contribuía no coro de *rancheras* com sua voz de pintassilgo; Olga distribuía comida aos homens e mantinha os garotos a distância. Durante todo o fim de semana, até altas horas, trabalharam alegremente sob as ordens de Charles Reeves e Pedro Morales, serrando, pregando e soldando. Foi uma festa de suor e canto, e na segunda-feira de manhãzinha via-se a casa com paredes bem-escoradas, as janelas com suas dobradiças, as chapas de zinco no telhado e um piso de tábuas novas. Os mexicanos desarmaram as mesas de refeições, recolheram as ferramentas, os violões e os filhos, voltaram para os carros e desapareceram por onde tinham vindo, discretamente, para que ninguém lhes agradecesse.

Quando os Reeves entraram em seu novo lar, Gregory perguntou se aquela casa era eterna, incrédulo ante a firmeza das paredes.

Para os meninos aqueles dois modestos cômodos pareciam um palacete; antes, nunca tinham tido um teto sólido sobre suas cabeças, só a lona de uma barraca ou o céu. Nora instalou seu fogão de querosene, pôs em seu quarto a velha máquina de escrever e, na sala, no lugar de honra, seu gramofone de manivela para ouvir ópera e música clássica; e, em seguida, dispôs-se a iniciar uma nova etapa de vida.

    Olga, sem muitas explicações, decidiu separar-se deles. A princípio ficou no quintal dos Morales com o pretexto de que a casa dos Reeves ficava muito longe, e até ali não chegaria a sua clientela, e pouco depois alugou um quarto na parte superior de uma garagem, no outro extremo do bairro, onde pendurou um letreiro oferecendo os serviços de adivinha, parteira e curandeira. O boato de seu talento correu rapidamente, e confirmou sua reputação quando fez desaparecerem para sempre a barba e os bigodes da dona do armazém. Naquele lugar, onde nem os homens tinham muito pelo no rosto, a dona do armazém era alvo das piadas mais cruéis, até que Olga interveio, libertando-a com uma poção de sua invenção, a mesma que receitava para curar sarna. Quando por fim a barbuda pôde mostrar as bochechas em plena luz do dia, as más-línguas disseram que pelo menos os pelos lhe davam um ar mais interessante, ao passo que sem eles era apenas uma senhora com cara de pirata. Correu o boato de que, assim como a curandeira curava com suas orações e unguentos, também podia fazer mal com as suas bruxarias, e as pessoas passaram a respeitá-la. Judy e Gregory iam vê-la muitas vezes, e ela aparecia de vez em quando para almoçar aos domingos com os Reeves, mas suas visitas espaçaram-se e, por fim, cessaram. Pouco a pouco seu nome deixou de ser mencionado na família, porque, quando isso acontecia, o ar se carregava de tensões. Judy, distraída com tantas novidades, não a procurava, mas Gregory não perdeu o contato com ela.

    Charles Reeves voltou a ganhar a vida pintando. A partir de uma fotografia podia fazer uma imagem bastante fiel no caso de homens e muito melhorada no caso das senhoras, de quem apagava os sinais da idade, atenuava a herança indígena ou africana, clareava a pele e o cabelo, além de vesti-las com roupa de gala. Mal se sentiu com forças suficientes, retornou também às suas prédicas e a escrever seus livros, que ele mesmo imprimia. Apesar dos obstáculos econômicos da empresa, *O Plano Infinito* continuou seu curso aos tropeções, mas com tenacidade. O público compunha-se principalmente de operários e suas famílias, muitos dos quais mal entendiam o inglês, mas o pregador aprendeu algumas palavras-chave em espanhol e, quando lhe falhava o vocabulário, recorria a um quadro-negro, onde desenhava suas ideias. No começo assistiam só amigos e parentes dos Morales, mais interessados em ver a jiboia de perto do que nos aspectos filosóficos da conferência, mas logo se soube que o doutor em Ciências Divinas era muito eloquente e desenhava com habilidade "umas caricaturas bastante grosseiras, é bem verdade, mas, vejam bem, vocês precisam ver como ele as faz, é isso mesmo, sem sequer olhar", e os Morales não tiveram necessidade de pressionar ninguém para lotar a sala. Ao inteirar-se das precárias condições em que viviam seus vizinhos, Reeves passou semanas na biblioteca estudando as leis, para poder oferecer aos seus ouvintes, além de apoio espiritual, conselhos para navegar nas águas desconhecidas do sistema. Graças a ele, os imigrantes souberam que, apesar de serem ilegais, gozavam de alguns direitos de cidadania, podiam ir ao hospital, enterrar seus mortos no cemitério do povoado – embora preferissem, sempre, mandá-los de volta para a sua terra – e um sem-número de outras vantagens que desconheciam até então. Naquele bairro *O Plano Infinito* competia com os ouropéis do cerimonial católico, os bumbos e os pratos do Exército da Salvação, a estranha poligamia dos mórmons e os ritos das sete igrejas protestantes da vizinhança, incluindo os que mergulhavam vestidos no rio, os adventistas que ofereciam torta de limão aos domingos e os pentecostais que andavam com as mãos levantadas para receber o Espírito Santo. Como não era necessário renunciar à própria religião, porque no curso de Charles Reeves encaixam-se todas as doutrinas, o padre Larraguibel da Igreja de Lourdes e os pastores das outras crenças, nada podendo objetar, ao menos num ponto concordavam, e cada qual, do alto do seu púlpito, apenas acusava o pregador de charlatão sem fundamento.

Desde o primeiro encontro, quando o caminhão dos Reeves desembarcou sua carga no quintal dos Morales, Gregory e Cármen, a filha mais nova da família, tornaram-se amigos íntimos. Bastou um olhar para se estabelecer a cumplicidade que haveria de durar por toda a vida. A menina era mais nova do que ele um ano, mas, na vivência, muito mais esperta, e caberia a ela revelar ao outro as chaves e os truques da sobrevivência no bairro. Gregory era alto, muito magro, muito louro, e ela, pequena, rechonchuda, cor de açúcar mascavo. O garoto havia adquirido conhecimentos pouco usuais, podia brilhar contando argumentos de ópera, descrevendo paisagens da *National Geographic* ou recitando versos de Byron; sabia caçar um pato, estripar um peixe e calcular num instante quanto percorre um caminhão em quarenta e cinco minutos se viajar a sessenta quilômetros por hora, tudo de pouca utilidade em sua nova situação. Sabia enfiar uma jiboia num saco, mas não podia ir à esquina comprar pão, não havia convivido com outras crianças nem havia entrado numa sala de aula, não suspeitava da maldade dos meninos nem das tremendas barreiras raciais, porque Nora lhe havia ensinado que as pessoas são boas – o contrário é um vício da natureza – e todos são iguais. Até ir para a escola, Gregory acreditou nisso. A cor de sua pele e a sua absoluta falta de malícia irritavam os colegas, que caíam na pele dele quando podiam, geralmente no banheiro, e deixavam-no meio aturdido com as pancadas. Nem sempre inocente, muitas vezes provocava as brigas. Com Juan José e Cármen Morales inventava brincadeiras pesadas, como tirar com uma seringa o recheio de menta dos bombons de chocolate e substituí-lo pelo molho mais picante da cozinha de Inmaculada e oferecê-los ao grupo de Martínez como quem fuma um cachimbo da paz, para sermos amigos, *okay*? Depois tinham que se esconder durante uma semana.

Todos os dias, mal tocava a sineta da saída, Gregory corria como um raio até sua casa, perseguido por uma cambada de garotos dispostos a liquidá-lo. Tinha pernas tão velozes que costumava parar no meio da corrida para insultar seus inimigos. Quando a família acampava no quintal dos Morales, ele não passava aperto algum, porque a casa ficava perto, Juan José o acompanhava e ninguém conseguia alcançá-lo numa distância curta; mas, quando se mudaram para a nova propriedade, a distância era dez vezes maior, e as possibilidades de alcançar a meta a tempo reduziam-se de forma alarmante. Mudava o percurso, pegava diversos atalhos e conhecia esconderijos onde podia esperar agachado até que se cansassem de procurá-lo. Certa vez, enfiou-se na paróquia, porque na aula de religião o padre contara que, desde a Idade Média, existia a tradição de asilo dentro das igrejas, mas a turma de Martínez perseguiu-o no interior do prédio e, depois de uma escandalosa corrida saltando bancos, agarrou-o em frente ao altar e lhe deu uma enxurrada de pontapés ante o olhar impávido dos enormes santos sob as auréolas de latão dourado. Aos gritos, acudiu o enérgico padre, que se encarregou de tirar os inimigos de cima de Gregory, puxando-os pelos cabelos.

– Deus não me salvou! – gritava o menino, mais furioso do que dolorido, apontando o Cristo ensanguentado que presidia o altar.

– Como não? Eu não cheguei para ajudá-lo, mal-agradecido? – rugiu o pároco.

– Tarde demais! Olha só o que me fizeram! – gemia, mostrando os hematomas.

– Deus não tem tempo para babaquices. Levante-se e limpe o nariz – ordenou-lhe o padre.

– Você disse que aqui qualquer um está seguro...

– Claro, sempre que o inimigo saiba que se trata de um lugar sagrado, mas esses infelizes não suspeitam do sacrilégio que cometeram.

– Sua Igreja de merda não serve para nada!

– Cuidado com o que diz, olha que lhe quebro os dentes, garoto desgraçado – ameaçou-o o padre com a mão no ar.

– Sacrilégio! Sacrilégio! – fez-lhe recordar Reeves, e isso teve a virtude de aplacar o fervor do sangue basco nas veias do sacerdote, que respirou fundo para despejar a ira e tentou falar num tom mais apropriado à sua santa batina.

– Escute, meu filho, você tem que aprender a se defender. Ajude-se, que Deus o ajudará, como diz o ditado.

E, a partir desse dia, o bom homem, que na juventude tinha sido um camponês brigão, fechava-se com Gregory no pátio da sacristia para lhe ensinar boxe, sem a mínima complacência pelas regras de cavalheirismo. A primeira lição consistiu nos três primeiros princípios indiscutíveis: a única coisa importante é ganhar, o que dá primeiro dá duas vezes, e acerta direto no saco, meu filho, e que Deus nos perdoe. De qualquer modo, o garoto concluiu que o templo era menos seguro do que o firme regaço de Inmaculada Morales, fortaleceu a confiança nos seus punhos na mesma medida em que vacilava sua fé na intervenção divina. Desde então, se ficava em apuros, corria para a casa de amigos, pulava a cerca do pátio e se enfiava na cozinha, onde esperava Judy ir acudi-lo. Com a irmã podia caminhar são e salvo, porque era a menina mais bonita da escola, todos os garotos estavam apaixonados por ela, e nenhum teria cometido a estupidez de fazer uma brincadeira de mau gosto com Gregory em sua presença. Cármen e Juan José Morales tentavam fazer a reconciliação entre o novo amigo e o resto da criançada, mas nem sempre conseguiam, porque Gregory era estranho, não só pela cor, mas porque era orgulhoso, resmungão e teimoso. Tinha a cabeça cheia de histórias de índios, de animais selvagens, protagonistas de óperas e de teorias de almas em forma de laranjas flutuantes e Logi e Mestres Obreiros, dos quais nem o padre nem os professores queriam ouvir pormenores. Além disso, perdia o controle à menor provocação e atirava-se para a frente, com os olhos fechados e os punhos cerrados, lutava às cegas e perdia quase sempre; era o mais espancado da escola. Riam dele, do seu cão – um vira-lata de pernas curtas e focinho horroroso – e até da aparência de sua mãe, que se vestia à moda antiga e distribuía folhetos da religião Bahai ou do *Plano Infinito*. Mas as piores piadas centravam-se em seu temperamento sentimental. O resto dos garotos havia absorvido as lições machistas do seu meio: os homens devem ser impiedosos, valentes, dominadores, solitários, rápidos com as armas e superiores às mulheres em tudo. As regras básicas, aprendidas pelos meninos no berço, dizem que os homens não confiam nunca em ninguém e não choram por motivo algum. Mas Gregory escutava a professora falar das focas do Canadá exterminadas a pauladas pelos caçadores de peles ou o padre referir-se aos leprosos de Calcutá e, com os olhos cheios de lágrimas, decidia imediatamente ir para o Norte defender os pobres animais ou para o longínquo Oriente como missionário. Em contrapartida, apanhava sem derramar lágrimas; por orgulho, preferia que o triturassem a pedir clemência; só por isso os outros meninos não o consideravam um bicho acabado. Apesar de tudo, era um garoto alegre, capaz de tirar música de qualquer instrumento, com a memória infalível para piadas, o assunto favorito das meninas no recreio.

Em troca das lições de boxe, o padre exigiu-lhe ajuda nas missas de domingo. Quando Gregory falou disso em casa dos Morales, teve de suportar uma enxurrada de piadas de Juan José e seus irmãos, até que Inmaculada os interrompeu para anunciar que, pelo deboche, seu filho Juan José também seria coroinha, e com muita honra, que Deus fosse bendito. Os dois amigos passavam horas arreganhando os dentes na igreja, espargindo incenso, tocando sininhos e recitando latinices, perante o olhar atento do sacerdote, que, mesmo nos momentos de mais concentração, os vigiava com o seu famoso terceiro olho, aquele que as pessoas diziam que tinha na nuca para ver os pecados alheios. O homem gostava do fato de que um dos seus ajudantes fosse moreno e o outro louro, considerava que essa integração racial agradaria, sem dúvida, ao Criador. Antes da missa, os meninos preparavam o altar e, depois, arrumavam a sacristia; quando saíam, recebiam um pão de anis de presente, mas o verdadeiro prêmio eram uns quantos goles clandestinos do vinho cerimonial, um licor velho, doce e forte, como o xerez. Uma manhã, foi tal o entusiasmo que, sem se conterem, beberam toda a garrafa e ficaram sem vinho para a última missa. Gregory teve a inspiração de subtrair alguns centavos da coleta e saiu disparado para comprar Coca-Cola. Chocalharam-na para tirar o gás e, em seguida, encheram a galheta. Durante o ofício, estavam que nem uns palhaços, e nem sequer os olhares assassinos do sacerdote conseguiram impedir cochichos, gargalhadas, tropeções e badaladas fora de hora. Quando o padre levantou o cálice para consagrar a Coca-Cola, os garotos sentaram-se nos degraus do altar, porque não aguentavam ficar de pé de tanto rir. Minutos mais tarde, o sacerdote bebeu o líquido com reverência, absorto nas palavras litúrgicas e, ao primeiro gole, se deu conta de que o diabo havia metido a mão no cálice, a não ser que, pela primeira vez, a consagração tivesse produzido uma mudança verificável nas moléculas do vinho, ideia que seu sentido prático imediatamente pôs de lado. Tinha longo treino das vicissitudes da vida e continuou a missa impávido, sem um gesto que revelasse o ocorrido. Terminou o ritual sem pressa, saiu dignamente seguido pelos seus coroinhas aos tropeções e, uma vez na sacristia, tirou uma de suas pesadas sandálias de couro para lhes dar uma monumental surra.

Esse foi o primeiro de muitos anos difíceis para Gregory Reeves; foi um tempo de insegurança e medos, em que muitas coisas mudaram, mas também de travessuras, amizade, surpresas e descobertas.

Assim que minha família se organizou na nova rotina e meu pai se sentiu mais forte, iniciou-se a arrumação da casa. Com a ajuda dos Morales e seus amigos, já não se viam ruínas, mas ainda faltava o conforto essencial. Meu pai instalou um primitivo sistema de luz elétrica, construiu um banheiro, e ele e eu limpamos o terreno, tirando pedras e ervas para minha mãe plantar a horta e as flores que sempre havia desejado. Construiu também um pequeno barracão à beira do barranco onde terminava a propriedade, para guardar suas ferramentas e equipamento de viagem; não perdia a ilusão de voltar um dia às estradas com outro caminhão. Depois mandou-me fazer um buraco; dizia que, segundo um filósofo grego, todo homem antes de morrer deve procriar um filho, escrever um livro, construir uma casa e plantar uma árvore, e ele já havia cumprido os três primeiros requisitos. Cavei, sem nenhum entusiasmo, onde me indicou; não desejava contribuir para sua morte, mas não me atrevi a negar-me nem a deixar o trabalho pela metade. *Certa ocasião, quando eu viajava no plano astral fui conduzido a uma casa muito grande como uma fábrica,* explicava Charles Reeves aos seus ouvintes. *Lá vi mui-*

tas máquinas interessantes, algumas não estavam terminadas, e outras eram absurdas, os princípios mecânicos estavam errados e nunca funcionavam bem. Perguntei a um Logi a quem pertenciam. Estas são as tuas obras incompletas, explicou-me. Lembrei-me de que, na minha juventude, ambicionara tornar-me inventor. Aquelas máquinas grotescas eram produtos daquele tempo e, desde então, estavam armazenadas ali, esperando que eu as utilizasse. Os pensamentos tomam forma; quanto mais definida for a ideia, mais concreta será a forma. Não se devem deixar ideias nem projetos inacabados; devem ser destruídos, senão desperdiça-se energia que seria mais bem-empregada em outro assunto. É preciso pensar de maneira construtiva, mas cuidadosa. Eu tinha ouvido essa história inúmeras vezes; cansava-me essa obsessão por completar tudo e dar a cada objeto e a cada pensamento um lugar preciso, porque, a julgar pelo que via à minha volta, o mundo era pura desordem.

Meu pai saiu cedo e voltou com Pedro Morales na camioneta, trazendo um salgueiro de bom tamanho. Os dois juntos arrastaram-no com grande dificuldade e plantaram-no no buraco. Durante vários dias observei a árvore e meu pai, esperando que a qualquer instante a primeira secasse ou o segundo caísse fulminado, mas, como nada disso aconteceu, considerei os antigos filósofos uns inúteis. O medo de ficar órfão vinha-me à mente com frequência. Em sonho, Charles Reeves aparecia-me como um esqueleto desengonçado, com roupas escuras e uma grossa serpente enrolada aos pés; acordado, recordava-o reduzido a uma pelanca, tal como o vira no hospital. A ideia da morte aterrorizava-me. Desde que nos instalamos na cidade, perseguia-me um pressentimento de perigo, as normas conhecidas desabaram, até as palavras perderam seus significados habituais, e tive que aprender novos códigos, outros gestos, uma língua estranha de erres e jotas sonoros. Os caminhos sem fim e as vastas paisagens foram substituídos por um amontoado de ruelas barulhentas, sujas, malcheirosas, mas também fascinantes, onde as aventuras aconteciam a cada passo. Impossível resistir à atração das ruas; nelas transcorria a existência; eram cenário de lutas, amores e negócios. Inebriava-me a música latina e o costume de contar histórias. As pessoas falavam de suas vidas em tom de lenda. Acho que aprendi espanhol só para não perder uma palavra daquelas histórias. Meu lugar preferido era a cozinha de Inmaculada Morales, entre os aromas das panelas e os afazeres da família. Não me cansava desse circo eterno, mas também sentia uma secreta necessidade de recuperar o silêncio da natureza na qual me haviam criado; procurava árvores, andava horas para subir uma pequena colina, onde, por alguns minutos, tornava a sentir o prazer da existência em minha própria pele. No resto do tempo que me sobrava, meu corpo tornava-se um estorvo, tinha que o proteger das constantes ameaças; meu cabelo claro, a cor da minha pele e dos meus olhos, meu esqueleto de pássaro causavam-me sérios problemas. Inmaculada Morales disse que eu era um menino alegre, cheio de força e energia, com intenso prazer de viver, mas não me lembro de me sentir assim; no gueto experimentei o desgosto de ser diferente, não me integrava, desejava ser como os outros, diluir-me na multidão, tornar-me invisível e, assim, andar tranquilo pelas ruas ou brincar no pátio da escola, livre dos bandos de garotos morenos que descarregavam em mim as agressões que eles próprios recebiam dos brancos mal punham os narizes fora do bairro.

Quando meu pai saiu do hospital, aparentemente recomeçamos uma vida normal, mas o equilíbrio da família estava destruído. Também pesava no ambiente a ausência de Olga; faltava o seu baú de tesouros, seu riso descarado, suas histórias, seu infatigável desvelo; a casa sem ela era como uma mesa bamba. Meus pais cobriram o assunto de silêncio, e não me atrevi a pedir explicações. Minha mãe ficava por momentos mais silenciosa e distante, enquanto meu pai, que sempre tivera domínio sobre seu caráter, tornou-se enraivecido, imprevisível, violento. É culpa da operação, a química de seu Corpo Físico está alterada, por isso sua aura escureceu, mas logo voltará a ficar bem, justificava minha mãe na linguagem do *Plano Infinito*, mas sem a menor convicção na voz. Nunca me senti à vontade com ela; aquele ser desbotado e amável era muito diferente das mães dos outros meninos. As decisões, os consentimentos e os castigos vinham sempre de meu pai; o consolo e o riso, de Olga; as confidências eram com Judy; à minha mãe só me uniam os livros e cadernos escolares, a música e o prazer de obervar as constelações do céu. Jamais me tocava, acostumei-me à sua distância física e a seu temperamento reservado.

Um dia, quando me perdi de Judy, experimentei o pânico da solidão absoluta, que só consegui superar muitas décadas mais tarde, quando um amor inesperado interrompeu essa espécie de maldição. Judy tinha sido uma menina aberta e simpática, que me protegia, mandava em mim, me mantinha agarrado às suas saias. Durante a noite eu deslizava para sua cama, e ela me contava histórias ou inventava sonhos com instruções precisas sobre como sonhá-los. As formas de minha irmã adormecida, seu calor e o ritmo de sua respiração acompanharam a primeira parte da minha infância; encolhido a seu lado, esquecia o medo, junto dela nada me podia fazer mal. Certa noite de abril, quando Judy ia fazer nove anos e eu tinha sete, esperei que tudo estivesse em silêncio e saí de meu saco de dormir para me meter no dela, como sempre fazia, mas deparei com uma resistência feroz. Coberta até o queixo e com as mãos bem apertadas segurando o saco, disse que não me queria, que nunca mais me deixaria dormir com ela, que as histórias haviam acabado, assim como os sonhos inventados e tudo mais, e que eu estava muito grande para aquelas besteiras.

– O que está acontecendo, Judy? – supliquei-lhe espantado, não tanto pelas suas palavras, mas pelo rancor em sua voz.

– Vá à merda e não volte a tocar-me pelo resto dos dias da sua vida! – e começou a chorar com o rosto voltado para a parede.

Sentei-me a seu lado no chão sem saber o que dizer, muito mais triste pelo seu choro do que pela recusa. Um bom tempo depois levantei-me na ponta dos pés e abri a porta para Oliver; a partir desse dia dormi abraçado com meu cão. Nos meses seguintes tive a sensação de que existia um mistério em minha casa do qual eu estava excluído, um segredo entre meu pai e minha irmã ou, talvez, entre eles e minha mãe, ou entre todos e Olga. Pressenti que era melhor ignorar a verdade e não procurei averiguar. O ambiente estava tão carregado que procurava ficar fora de casa o máximo possível; visitando Olga ou os Morales, dava longas caminhadas pelos campos próximos, afastava-me vários quilômetros e regressava ao anoitecer, escondia-me no pequeno barracão, entre ferramentas e caixotes, e chorava horas seguidas sem saber por quê. Ninguém me fez perguntas.

A imagem de meu pai começou a se apagar e foi substituída pela de um desconhecido, um homem injusto e rancoroso que, enquanto acariciava Judy, me batia sem nenhum motivo e me empurrava de perto dele, vê se vai brincar lá fora, os garotos devem aprender a ficar fortes na rua, grunhia. Não havia nenhuma semelhança entre o puro e carismático pregador de outrora e aquele velho asqueroso que passava o dia numa poltrona ouvindo rádio, quase despido e sem se barbear. A essa altura já não pintava e nem se dedicava ao *Plano Infinito*; a situação em casa piorou a olhos vistos e novamente Inmaculada Morales se fez presente com suas iguarias picantes, seu sorriso generoso e seu bom olho para captar as necessidades alheias. Olga me dava dinheiro com instruções de colocá-lo às escondidas na carteira de minha mãe. Essa inusitada forma de renda manteve-se por muitos anos, sem que minha mãe fizesse o menor comentário, como se não percebesse aquela misteriosa multiplicação de notas.

Olga tinha o talento de marcar o que estava à sua volta com um sinal extravagante: era um pássaro migratório e aventureiro, mas onde pousava, mesmo que fosse por algumas horas, conseguia criar a ilusão de um ninho permanente. Possuía poucos bens, mas sabia distribuí-los tão bem, que, se o espaço fosse pequeno, guardava-os num baú e, se fosse maior, inchava-os para preenchê-lo. Em uma barraca, em alguma curva do caminho, numa palhoça ou na cadeia, onde foi parar mais tarde, ela era rainha em seu palácio. Quando se separou dos Reeves, alugou um quarto por preço módico, um chiqueiro sórdido com a marca melancólica do resto do bairro, mas conseguiu decorá-lo com cores próprias, transformando-o em pouco tempo em ponto de referência para os que solicitavam uma orientação: três quarteirões à frente, dobre à direita e onde vir uma casa malpintada vire à esquerda, e já terá chegado. A escada de acesso e as duas janelas foram decoradas ao seu estilo, penduricalhos de conchas e cristais chamavam os transeuntes com a sua chocalhada de sinos, luzes multicoloridas evocavam um Natal ininterrupto, e seu nome, em letra cursiva, coroava aquele estranho pagode. Os proprietários cansaram-se de exigir um pouco de discrição e, por fim, resignaram-se com aquela tralha. Em pouco tempo ninguém nas redondezas ignorava onde Olga morava. Portas adentro, a habitação apresentava aspecto igualmente extravagante; com uma cortina separou o quarto em duas partes, uma para atender à clientela e outra onde pôs a cama e sua roupa pendurada em pregos na parede. Aproveitando seus dotes artísticos e a caixa de tintas a óleo dos tempos da sociedade com Charles Reeves, cobriu as paredes de signos do Zodíaco e palavras em alfabeto cirílico, que causavam grande impressão aos visitantes. Comprou uma mobília de segunda mão e, num passe de mágica, transformou-a em divãs orientais; em estantes alinhavam-se estatuetas de santos e magos, potes com suas poções, velas e amuletos; do teto pendiam molhos de ervas secas, e tornava-se difícil transitar entre as mesas anãs onde guardava essências de duvidosa qualidade compradas nas lojas dos paquistaneses. Essa fragrância adocicada lutava eternamente com a das plantas e poções medicinais, essências para o amor e círios para oração. Cobriu as luminárias com xales de franjas, estendeu no chão uma pele de zebra cheia de traças, e, perto da janela, reinava, vaidoso, um grande Buda de gesso dourado. Naquela gruta, conseguia cozinhar, viver e exercer sua profissão, tudo num espaço mínimo que, por arte da fantasia, se acomodava às suas necessidades e caprichos. Concluída a decoração da casa, começou a espalhar o boato de que havia mulheres capazes de desviar o curso das desgraças e ver no escuro da lama, e ela era uma dessas. Sentou-se logo à espera, mas não por muito tempo, porque as pessoas já estavam a par da cura da dona do armazém, e logo os clientes se acotovelavam para contratar seus serviços.

Gregory frequentemente visitava Olga. No fim das aulas conseguia escapar, perseguido pela turma do Martínez, um garoto um pouco mais velho que ainda estava no segundo ano, não havia aprendido a ler e a quem o inglês não entrava no cérebro, mas que já tinha o corpo e a prática de um bandido. Oliver aguardava latindo junto à banca de jornais num esforço enorme para deter os inimigos e dar vantagens ao seu dono, seguindo-o depois como uma flecha, até seu destino final. Para despistar Martínez, o menino costumava fugir para a casa de Olga. Suas visitas à adivinha eram uma festa. Em certa ocasião, deslizou para debaixo da cama sem que ela o visse e do esconderijo presenciou uma de suas extraordinárias consultas. O dono do bar Os Três Amigos, mulherengo e vaidoso, com bigodinho de ator de cinema e cinta elástica para segurar a barriga, apresentou-se perturbado à feiticeira, em busca de alívio para um mal secreto. Ela o recebeu envolta numa túnica de astróloga no quarto iluminado apenas por lâmpadas vermelhas e perfumado de incenso. O homem sentou-se à mesa redonda onde ela atendia a seus clientes e contou, com preâmbulos titubeantes e pedindo a maior discrição, que sofria de ardor constante na genitália.

– Vamos ver, mostre-me o problema – ordenou Olga e começou a examiná-lo longamente com uma lanterna de bolso e uma lupa, enquanto Gregory mordia as mãos para não rebentar de rir debaixo da cama.

– Tomei os remédios que me receitaram no hospital, mas nada. Há quatro meses que estou morrendo, minha senhora.

– Há doenças do corpo e doenças da alma – diagnosticou a maga, voltando para o seu trono à cabeceira da mesa. – Esta é uma doença da alma, por isso não pode ser curada com remédios normais. Por onde peca, paga.

– Ah?

– Você tem feito mau uso do seu órgão. Às vezes as faltas são pagas com pestes e outras com comichões morais – explicou Olga, que estava a par de todos os mexericos do bairro, conhecia a má fama do cliente e, na semana anterior, havia vendido pós para a fidelidade à desconsolada esposa do taberneiro. – Posso ajudá-lo, mas aviso-o de que cada consulta irá custar-lhe cinco dólares e que não será muito agradável. À primeira vista, posso calcular que precisará de pelo menos cinco sessões.

— Se com isso vou melhorar...

— Tem que me pagar quinze dólares para começar. Assim, teremos certeza de que não se arrependerá pelo caminho; olhe que, uma vez começada, a oração terá de chegar ao fim, caso contrário seu membro secará e ficará pendurado como uma ameixa seca, está entendendo?

— Claro, minha senhora, a senhora é que manda – concordou aterrorizado o galã.

— Tire tudo, pode ficar só de camisa – ordenou ela antes de desaparecer atrás do biombo para preparar os elementos necessários à cura.

Pôs o homem de pé no meio do quarto, rodeou-o com um círculo de velas acesas, passou-lhe uns pós brancos na cabeça, ao mesmo tempo que recitava uma lengalenga em língua desconhecida; em seguida untou a zona afetada com qualquer coisa que Gregory não pôde ver, mas que sem dúvida era muito eficaz, porque em poucos segundos o infeliz dava saltos de macaco e gritava a plenos pulmões.

— Não saia do círculo – disse Olga enquanto esperava calmamente que a comichão passasse.

— Ai que porra, mãezinha! Isto é pior do que molho de pimenta – gemeu o paciente quando recuperou a respiração.

— Se não dói, não cura – disse ela, conhecedora dos benefícios do castigo para tirar a culpa, lavar a consciência e aliviar as doenças nervosas. – Agora vou pôr uma coisa fresquinha – e pintou-o, às pinceladas, com tintura de azul de metileno, depois amarrou-o com uma fita e ordenou-lhe que voltasse uma semana depois sem tirar a fita por nenhum motivo e que pusesse a tintura todas as manhãs.

— Mas como é que eu vou... bom, a senhora entende, com este laço aqui...

— Terá que se comportar como um santo, nada mais. Isso aconteceu por andar como um beija-flor; por que não se contenta com a sua esposa? Essa pobre mulher já ganhou o céu, você não a merece – e com essa última recomendação de boa conduta mandou-o embora.

Gregory apostou um dólar com Juan José e Cármen Morales como o dono do bar tinha o pau azul decorado com uma fita de aniversário. Os garotos passaram uma manhã trepados no telhado de Os Três Amigos vigiando o banheiro por um buraco até comprovar com os próprios olhos o fenômeno. Pouco depois, todo o bairro sabia a história, e desde então o taberneiro teve de aguentar o apelido de Pau Colorido, que o haveria de acompanhar até o túmulo.

Como Olga nem sempre lhe abria a porta porque acontecia estar ocupada com algum cliente, Gregory sentava-se na escada e fazia o inventário dos adornos da fachada, maravilhado com o talento da mulher em renovar-se todos os dias. Algumas vezes ela o atendia apenas coberta com um roupão, com o cabelo revolto como um emaranhado de algas vermelhas, e dava-lhe biscoitos e uma moeda; hoje não posso recebê-lo, Gregory, tenho trabalho, volte amanhã, dizia-lhe com um beijo rápido no rosto. O garoto partia frustrado, mas compreendia que ela tinha compromissos inadiáveis. Os clientes eram de muitos tipos: desesperados à procura de melhorar a sorte, mulheres grávidas dispostas a empregar qualquer recurso para derrotar a natureza, doentes desiludidos com a medicina tradicional, amantes despeitados e ávidos de vingança, solitários atormentados pelo silêncio e gente vulgar que apenas queria uma massagem, um fetiche, uma leitura de mão ou chá de flores para dor de cabeça. Para cada um Olga dispunha de uma dose de magia e ilusão; sem se deter em considerar a legitimidade de seus métodos, porque naquele bairro ninguém entendia nem dava importância às leis dos *gringos*.

A adivinha não teve filhos próprios e adotou em seu coração os de Charles Reeves. Não se ofendeu com as afrontas de Judy, porque sabia que, mal a menina necessitasse dela, estaria novamente ao seu lado, e agradeceu em silêncio a felicidade de Gregory, a quem recompensava com carinhos e presentes. Por intermédio dele sabia da vida dos Reeves. Muitas vezes o menino perguntou-lhe por que não visitava a casa, mas só obteve respostas vagas. Numa daquelas ocasiões em que a adivinha não o pôde receber, acreditou ter ouvido a voz do pai através da porta, e o coração quase lhe saltou do peito: viu-se de pé à beira de um abismo profundo, a ponto de destampar uma caixa de horrores. Saiu dali correndo, sem querer averiguar o que temia, mas a curiosidade falou mais alto e no meio do caminho voltou para se esconder na rua à espera de que saísse o cliente de Olga. Caiu a noite sem que a porta se abrisse, e por fim regressou a casa. Ao chegar encontrou Charles Reeves lendo o jornal em sua poltrona de vime.

Quanto tempo viveu meu pai na realidade? Quando começou a morrer? Nos últimos meses já não era ele, seu corpo havia mudado tanto, que era difícil reconhecê-lo, seu espírito também já não estava ali. Um sopro maléfico animava aquele velho que continuava se chamando Charles Reeves, mas não era meu pai. Por isso não tenho más recordações. Judy, ao contrário, está cheia de ódio. Temos falado disso e não coincidimos nos fatos nem nas personagens, como se cada um fosse protagonista de uma história diferente. Vivíamos juntos na mesma casa, ao mesmo tempo; no entanto, sua memória não registrou o mesmo que a minha. Minha irmã não compreende por que continuo agarrado à imagem de um pai sábio e de uma época alegre acampando ao ar livre sob a cúpula profunda de um céu cheio de estrelas ou caçando patos agachado entre juncos ao amanhecer. Jura que as coisas nunca foram assim, que sempre houve violência em nossa família, que Charles Reeves foi um charlatão ignóbil, vendedor de mentiras, degenerado que morreu de puro vício e que não nos deixou nada de bom. Acusa-me de ter bloqueado o passado, diz que prefiro ignorar seus vícios, deve ser verdade porque não sabia que ele havia sido alcoólatra e mau, como ela diz. Não se lembra como ele batia em você por qualquer coisa com um cinturão de couro?, repete-me Judy. Sim, mas não guardo rancor por isso, naqueles tempos todas as crianças apanhavam, fazia parte da educação. Ele tratava Judy melhor; parece que não era costume bater tanto nas meninas. Além disso, eu era muito irrequieto e teimoso; minha mãe nunca conseguiu me dobrar; por isso tentou desfazer-se de mim mais de uma vez. Pouco antes de morrer, num desses raros encontros em que pudemos falar sem nos ferir, assegurou-me que não o fizera por falta de carinho, sempre me amou muito, disse ela, mas não podia sustentar duas crianças e naturalmente preferiu ficar com minha irmã, que era mais dócil, ao contrário de mim, que não conseguia me controlar. Às vezes sonho com o pátio do orfanato. Judy era muito melhor do que eu, não há a menor dúvida, uma menininha mansa e simpática, que estava sempre disposta a obedecer e tinha aquela coqueteria natural das garotas bonitas. Foi assim até os treze ou quatorze anos, depois transformou-se.

Primeiro foi o aroma de amêndoas. Voltou disfarçadamente, quase imperceptível a princípio, uma brisa tênue que passava sem deixar rastros, tão leve que se me tornava impossível determinar se o havia sentido realmente ou se era apenas a recordação da visita ao hospital quando operaram meu pai. Depois foi o ruído. A mudança mais notável foi esse ruído. Antes, nos tempos das viagens no caminhão, o silêncio fazia parte da vida, cada som tinha o seu espaço próprio. Na estrada só se escutava o motor do veículo e às vezes a voz de minha mãe lendo; ao acampar ouvíamos o crepitar da lenha na fogueira, a colher de pau na panela, as lições escolares, diálogos breves, a risada de minha mãe brincando com Olga, o latido de Oliver. À noite o silêncio era tão pesado que o pio de uma coruja ou o uivo de um coiote pareciam coisa assombrada. Na opinião de meu pai, assim como cada coisa tem o seu lugar, cada som tem o seu momento. Indignava-se quando alguém o interrompia em alguma conversa; em seus sermões, devia-se reter o ar, porque até uma tosse involuntária provocava seu olhar gélido. No fim, tudo se desordenou na mente de Charles Reeves. Em suas peregrinações astrais deve ter encontrado não só aquele hangar cheio de artefatos inutilizados e inventos de demente, mas também quartos abarrotados de odores, sabores, gestos e palavras sem sentido, outros cheiros explodindo de intenções disparatadas e um onde os ruídos da ruína ecoavam como o repicar de um monstruoso sino de ferro. Não me refiro aos sons do bairro: o tráfego na rua, os gritos das pessoas, as máquinas dos operários construindo o posto de gasolina, mas sim a essa confusão que marcou seus últimos meses. O rádio, que antes só se ligava para ouvir notícias da guerra e música clássica, atroava agora dia e noite com toda espécie de mensagens inúteis, jogos de futebol e canções vulgares. Acima de todo esse estrépito, meu pai reclamava, aos gritos, por coisas mínimas, dava ordens contraditórias, chamava-nos constantemente, lia em voz alta seus próprios sermões ou passagens da Bíblia, tossia, cuspia sem parar e assoava o nariz com uma barulheira injustificada, martelava pregos nas paredes e brincava com suas ferramentas como se estivesse consertando algum defeito, mas na realidade esses frenéticos afazeres não tinham uma finalidade precisa. Até dormindo fazia barulhos. Aquele homem, antes tão puro em seus modos e em seus hábitos, adormecia à mesa, com a boca cheia de comida, sacudido por um ressonar profundo, ofegando e murmurando, perdido no labirinto sabe-se lá de que luxuriosos desvarios. Basta, Charles, acordava-o minha mãe, irritada quando o surpreendia mexendo no sexo em sonhos; é a febre, meninos, acrescentava para nos tranquilizar. Meu pai delirava, não havia dúvida, a febre atacava-o sem nenhum motivo em qualquer momento do dia, mas durante a noite ele não tinha descanso, acordava ensopado de suor. Minha mãe lavava os lençóis todas as manhãs, não só por causa do suor da agonia, mas também pelas manchas de sangue e pus dos furúnculos. Em suas pernas cresciam abcessos purulentos, que ele tratava com arnica e compressas de água quente. Desde que sua doença começara, minha mãe não dormiu mais em sua cama, passava a noite recostada numa poltrona, coberta por um xale.

Até o fim, quando meu pobre pai já não podia mais se levantar, Judy recusava-se a entrar no quarto, não queria vê-lo, e nenhuma ameaça ou recompensa conseguia aproximá-la do doente; então, pude me chegar pouco a pouco, primeiro observando-o da soleira da porta e depois sentando-me na beira da cama. Ele estava extenuado, a pele esverdeada colada aos ossos, os olhos afundados nas órbitas, só o rumor asmático de sua respiração indicava que ainda vivia. Tocava em sua mão, ele levantava as pálpebras, e seu olhar não me reconhecia. Por momentos a febre baixava e parecia ressuscitar de uma longa morte, tomava um pouco de chá, pedia que ligassem o rádio, levantava-se e dava alguns passos vacilantes. Certa manhã saiu quase nu para o pátio com a intenção de ver o salgueiro e mostrou-me os ramos novos, está crescendo, vai viver para chorar por mim, disse ele.

Nesse dia, voltando da escola, Judy e eu vimos de longe a ambulância na ruela de nossa casa. Corri, mas minha irmã sentou-se na calçada, abraçada à sua mochila cheia de livros. Alguns curiosos já haviam se juntado no quintal, Inmaculada Morales estava à porta, auxiliando os enfermeiros a passarem a maca pelo umbral demasiado estreito. Entrei em casa, agarrei-me ao vestido de minha mãe, mas ela me afastou rude, como se estivesse sentindo náuseas. Nesse momento aspirei uma baforada intensa de odor de amêndoas, e um ancião esquálido apareceu de pé, muito empertigado, à porta do quarto. Usava só uma camiseta, estava descalço, com o pouco cabelo que lhe restava na cabeça todo revolto, os olhos flamejantes pela loucura da febre, e um fio de saliva escorrendo dos cantos da boca. Com a mão esquerda apoiava-se na parede e com a direita masturbava-se.

– Chega, Charles, pare com isso! – ordenou-lhe minha mãe. – Chega, por favor, chega! – suplicou, ocultando o rosto entre as mãos.

Inmaculada Morales abraçou minha mãe enquanto os enfermeiros agarravam meu pai, tiravam-no da porta e deitavam-no na maca, coberto com um lençol e atado com correias. Atirava maldições e gritava terríveis palavrões, uma linguagem que até então eu nunca tinha ouvido. Acompanhei-o até a ambulância, mas minha mãe não me deixou ir com eles; o veículo afastou-se apitando por entre uma nuvem de pó. Inmaculada Morales fechou a porta da casa, pegou-me pela mão, chamou Oliver com um assobio e começou a andar. Pelo caminho encontramos Judy, que continuava imóvel, no mesmo lugar, sorrindo de maneira estranha.

– Vamos, crianças, comprei algodão-doce para vocês – disse Inmaculada Morales, engolindo as lágrimas.

Foi essa a última vez que vi meu pai com vida; horas depois ele morria no hospital, derrotado por incessáveis hemorragias internas. Nessa noite dormi com Judy em casa dos amigos mexicanos. Pedro Morales estava ausente, acompanhando minha mãe nos trâmites da morte. Antes de nos sentarmos para jantar, Inmaculada chamou-nos à parte, minha irmã e eu, e explicou-nos o melhor que pôde que já não nos devíamos preocupar, o Corpo Físico de nosso pai havia cessado de sofrer, e seu Corpo Mental tinha voltado para o plano astral, onde certamente havia se reunido aos Logi e Mestres Obreiros, aos quais pertencia.

– Quer dizer, foi para o céu com os anjos – acrescentou suavemente, muito mais à vontade com a terminologia de sua fé católica do que com a do *Plano Infinito*.

Judy e eu ficamos com as crianças Morales, que dormiam dois ou três em cada cama, todas no mesmo quarto. Inmaculada deixou Oliver entrar, estava mal-acostumado e, se ficava do lado de fora, armava uma barulheira com seus latidos. Eu começava a cochilar, esgotado por emoções contraditórias, quando ouvi no escuro a voz de Cármen sussurrar que estava sentindo um vazio por dentro e percebi seu corpo pequeno e morno deslizar para o meu lado. Abre a boca e fecha os olhos, disse-me ela, e senti que punha um dedo em meus lábios, um dedo untado com algo viscoso e doce, que chupei como um caramelo. Era leite condensado. Levantei-me um pouco e meti também o dedo na lata para dar a ela. Assim ficamos lambendo-nos e chupando-nos, enjoados de tanto açúcar, com a cara e as mãos pegajosas, eu abraçado a ela, com Oliver aos pés, acompanhado pela respiração e pelo calor das outras crianças e pelo ronco da avó maluca, amarrada com uma grande corda à cintura de Inmaculada Morales, no quarto contíguo.

A morte de meu pai abalou a família; em pouco tempo perdemos o rumo, e cada um teve que navegar sozinho. Para Nora a viuvez foi uma traição, considerou-se abandonada num meio bárbaro, com dois filhos e sem recursos, mas ao mesmo tempo sentiu um inconfessável alívio, porque nos últimos tempos o companheiro não era o mesmo homem que havia amado, e a convivência com ele havia se tornado um martírio. No entanto, pouco depois do funeral, começou a esquecer a sua decrepitude final e a acariciar recordações anteriores, imaginando que estavam unidos por um fio invisível, como aquele do qual pendurava a laranja do *Plano Infinito;* essa imagem devolveu-lhe a segurança de antigamente, quando o marido reinava sobre o destino da família com sua firmeza de Mestre. Nora rendeu-se à languidez de seu temperamento, acentuou-se a letargia iniciada pelo horror da guerra, uma deterioração da vontade que cresceu às escondidas e se manifestou em toda a sua magnitude ao enviuvar. Nunca falava do defunto no passado, aludia à sua ausência em termos vagos, como se tivesse partido para uma prolongada viagem astral, e, mais tarde, quando começou a se comunicar com ele em sonhos, referia-se ao assunto com o tom de quem comenta uma conversa telefônica. Os filhos, envergonhados, não queriam ouvir esses delírios, receando que a levassem à loucura. Ficou sozinha. Era estrangeira naquele meio, só arranhava um pouco o espanhol e achava-se muito diferente das outras mulheres. A amizade com Olga havia acabado, com os filhos mal se relacionava, não se tornou íntima de Inmaculada Morales ou de alguma outra pessoa no bairro, era amável, mas evitavam-na porque parecia estranha, ninguém queria ouvir seus desvarios de óperas ou falar do *Plano Infinito*. O costume da dependência estava tão arraigado nela que, ao perder Charles Reeves, ficou como que atordoada. Fez algumas tentativas para ganhar o sustento com datilografia e costura, mas nada conseguiu, porque ninguém necessitava desses serviços no bairro, e a perspectiva de se aventurar no Centro da cidade para procurar trabalho aterrorizava-a. Não se inquietou muito para manter os filhos, porque não os considerava totalmente seus; tinha a teoria de que as crianças pertencem à espécie em geral e a ninguém em particular. Sentou-se à porta de casa e ficou olhando o salgueiro, imóvel durante horas, com uma expressão ausente e amável em seu belo rosto eslavo, que já começava a perder a cor. Nos anos seguintes desapareceram-lhe as sardas, suas feições perderam os contornos, e toda ela pareceu apagar-se um pouco. Na velhice chegou a ficar tão magra, que se tornou difícil recordá-la, e, como ninguém teve a ideia de tirar fotografias, depois de sua morte Gregory chegou a recear que talvez a mãe nunca tivesse existido. Pedro Morales tentou convencer Nora a se ocupar com alguma coisa, recortou anúncios de diversos empregos e acompanhou-a nas primeiras entrevistas, até que se convenceu de sua absoluta incapacidade para enfrentar os problemas reais. Três meses mais tarde, quando a situação se tornou insustentável, levou-a ao escritório da Beneficência Social para lhe conseguir ajuda como indigente, dando graças por Charles Reeves não estar vivo para presenciar tamanha humilhação. O cheque da caridade pública, suficiente apenas para cobrir os gastos mínimos, foi a única receita segura da família durante muitos anos, o resto vinha do trabalho dos filhos, das notas que Olga mandava pôr na carteira de Nora e também da ajuda discreta dos Morales. Apareceu um comprador para a jiboia, e o animal acabou exposto ao olhar dos curiosos num teatro de má reputação, junto das coristas de roupas íntimas, um ventríloquo obsceno e diversos números artísticos sem importância que divertiam os espectadores embrutecidos. Ali sobreviveu alguns anos, alimentada com ratos e esquilos vivos e com restos de comida que atiravam para a jaula só para verem-na abrir as fauces de animal enfastiado, cresceu e engordou até adquirir aspecto asqueroso, ainda que não alterasse a mansidão de seu caráter.

As crianças Reeves sobreviveram sozinhas, cada uma no seu estilo. Judy empregou-se numa padaria onde trabalhava quatro horas diárias depois da escola e à noite saía para cuidar de crianças ou fazer faxina em escritórios. Era ótima estudante, aprendeu a imitar qualquer tipo de caligrafia e por uma soma razoável redigia trabalhos para outros alunos. Manteve esse negócio clandestino sem ser surpreendida, enquanto continuava a portar-se como uma menina exemplar, sempre sorridente e dócil, sem jamais revelar os demônios de sua alma, até que os primeiros sintomas da puberdade transtornaram-lhe o caráter. Quando brotaram duas firmes cerejas em seus seios, a cintura ficou marcada e suas feições de bebê se afinaram, tudo mudou para ela. Naquele bairro de gente morena e bem mais baixa, sua cor dourada e suas proporções de valquíria chamaram atenção de tal maneira, que lhe era impossível passar despercebida. Sempre havia sido bonita, mas, quando ultrapassou o umbral da infância e os homens de todas as idades e condições começaram a assediá-la, aquela menina doce transformou-se num animal raivoso. Sentia os olhares de desejo como uma violação, chegava a casa muitas vezes gritando maldições, batendo as portas, às vezes chorando de impotência, porque na rua assobiavam para ela ou lhe faziam gestos descarados. Desenvolveu um palavreado grosseiro para responder aos galanteios e, se alguém tentava tocá-la, defendia-se com um grande alfinete de chapéu que trazia sempre à mão, como uma adaga, e que não tinha o menor escrúpulo de cravar no admirador, em sua parte mais vulnerável. Na escola arremetia contra os garotos por causa de seus olhares maliciosos e contra as companheiras por rancores de raça e pelos ciúmes que inevitavelmente provocava. Gregory viu por várias vezes a irmã nessas estranhas brigas de meninas, rolando, arranhando-se, puxando os cabelos, insultando-se, tão diferentes das lutas dos homens, em geral breves, silenciosas e contundentes. As mulheres procuravam humilhar a inimiga, os homens pareciam dispostos a matar ou morrer. Judy não precisava de ajuda para se defender, com a prática tornou-se uma verdadeira lutadora. Enquanto outras jovens da sua idade ensaiavam as primeiras maquilagens, praticavam beijos franceses e contavam o tempo que lhes faltava para usar saltos altos, ela cortava o cabelo como um presidiário, vestia-se com roupa de homem e devorava com ânsia as sobras de massa e de doce da padaria. O rosto encheu-se de espinhas, e, quando entrou na escola secundária, tinha aumentado tanto de peso, que nada mais havia da delicada boneca de porcelana que fora na infância; parecia um leão-marinho, como ela própria dizia, procurando denegrir-se.

    Aos sete anos Gregory foi para a rua. Não estava unido à mãe por sentimentalismo, mas apenas por algumas tarefas compartilhadas e por uma tradição de honra tirada de histórias edificantes sobre filhos abnegados que recebem recompensa e de ingratos que vão parar no forno de uma bruxa. Sentia pena, estava certo de que, sem

Judy e ele, Nora morreria de inanição sentada na poltrona de vime contemplando o vazio. Nenhum dos dois filhos considerava a indolência da mãe um vício, mas apenas uma doença do espírito; talvez seu Corpo Mental tivesse partido em busca do pai e se tivesse perdido no labirinto de algum plano cósmico ou tivesse ficado para trás num desses vastos espaços repletos de máquinas extravagantes e almas perdidas. A intimidade com Judy havia desaparecido, e, quando Gregory se cansou de procurar caminhos de encontro a ela, substituiu a irmã por Cármem Morales, com quem partilhava o carinho brusco, as lutas e a lealdade de bons companheiros. Era travesso e inquieto, na escola portava-se pessimamente e metade do tempo passava cumprindo castigos diversos, desde ficar parado com orelhas de burro de rosto para o canto da sala, até suportar as palmadas no traseiro dadas pela diretora. Em casa comportava-se como pensionista, chegava para dormir o mais tarde possível, preferindo ir para a casa dos Morales ou visitar Olga. O resto da sua vida transcorria na selva do bairro, que chegou a conhecer até os últimos segredos. Chamavam-lhe o Gringo, e, apesar dos rancores da raça, muitos gostavam dele porque era alegre e prestativo. Contava com vários amigos: o cozinheiro da cantina, que tinha sempre algum prato saboroso para lhe oferecer, a dona do armazém onde lia revistas em quadrinhos sem pagar, o lanterninha do cinema, que, de vez em quando, o introduzia pela porta dos fundos e o deixava ver o filme. Até o Pau Colorido, que nunca suspeitou de sua intervenção no apelido, costumava oferecer-lhe um refrigerante de vez em quando no bar Os Três Amigos. Tentando aprender espanhol, perdeu boa parte do inglês e acabou falando mal os dois idiomas. Durante algum tempo ficou gago, e a diretora chamou Nora Reeves e lhe recomendou que transferisse o filho para a escola de deficientes mentais das freiras do bairro, mas sua professora, *Miss* June, interveio, comprometendo-se a ajudá-lo nos exercícios. Interessava-se muito pouco pelos estudos, seu mundo eram as ruas, ali aprendia muito mais. O bairro era uma cidade dentro da cidade, um gueto rude e pobre, nascido espontaneamente em volta da zona industrial, onde os imigrantes ilegais podiam empregar-se sem que ninguém lhes fizesse perguntas. O ar estava infectado pelo cheiro da fábrica de pneus, durante a semana havia mais a fumaça do tráfego e das cozinhas, e formava-se uma nuvem espessa que pairava sobre as casas, como um manto visível. Às sextas e sábados tornava-se perigoso aventurar-se ao anoitecer, quando abundavam os bêbados e os drogados, prontos a provocar batalhas mortais. À noite ouviam-se discussões de casais, gritos de mulheres, choro de crianças, brigas de homens, às vezes tiros e sirene da polícia. De dia as ruas fervilhavam de atividade, enquanto nas esquinas se reuniam homens sem trabalho, ociosos, bebendo, molestando as mulheres, jogando dados, à espera de que as horas passassem com um fatalismo de cinco séculos às costas. As lojas exibiam os mesmos produtos baratos de qualquer povoado mexicano, os restaurantes serviam pratos típicos e, nos bares, tequila e cerveja; no salão de baile tocava-se música latina, e nas celebrações não faltavam as bandas de fandangos com seus enormes chapéus e roupas reluzentes, cantando a honra e o despeito. Gregory, que conhecia todo mundo e não perdia nenhuma festa, entrava na comitiva dos músicos, como o mascote do grupo, acompanhava-os no canto e gritava o inevitável *aiaiai* das *rancheras* como um especialista, causando entusiasmo no público que nunca tinha visto um *gringo* com tais aptidões. Saudava meio mundo pelo nome, e, graças à expressão angelical, ganhou a confiança de muita gente. Sentia-se melhor do que em sua casa no labirinto das ruelas e becos, nos terrenos baldios e nos prédios abandonados, onde brincava com os irmãos Morales e meia dúzia de outros meninos da sua idade, evitando sempre o confronto com as gangues maiores. Tal como acontecia com os jovens negros, orientais ou brancos pobres em outros pontos da cidade, para os hispanos o bairro era mais importante do que a família, era o seu território inviolável. Cada gangue identificava-se pela sua linguagem de sinais, cores e *graffiti* nas paredes. De longe, todos pareciam iguais, jovens esfarrapados, incapazes de articular um pensamento; de perto eram diferentes, cada um com seus rituais e sua intrincada linguagem de gestos. Para Gregory a aprendizagem dos códigos foi assunto de primeira necessidade; podia distinguir os membros das diferentes gangues pelo tipo de jaqueta ou de gorro, pelos sinais das mãos com os quais enviavam mensagens ou se provocavam para guerrear; bastava-lhe ver a cor de uma letra solitária na parede para saber quem a havia rabiscado e o que significava. O *graffiti* marcava os limites, e qualquer um que se aventurasse em zona alheia, por ignorância ou atrevimento, pagava bem caro; por isso tinha de dar grandes voltas em cada uma de suas saídas. A única gangue de meninos da escola primária era a de Martínez, que treinava para pertencer um dia aos *Carniceiros*, a mais temível quadrilha do bairro. Seus membros identificavam-se pela cor roxa e a letra C, sua bebida era tequila com refresco de uva, por causa da cor, e seu cumprimento, a mão direita tapando a boca e o nariz. Na guerra eterna contra outras gangues e com a polícia, tinha como único propósito dar um sentido de identidade aos jovens, a maioria dos quais havia abandonado a escola, carecia de trabalho e vivia na rua ou em albergues. Os membros da quadrilha estavam fichados por múltiplas entradas na prisão por roubo, tráfico de marijuana, bebedeiras, assaltos e roubos de carros. Alguns andavam armados com pistolas artesanais fabricadas com um pedaço de tubo, coronha de madeira e um detonador, mas em geral usavam facas, correntes, navalhas e garrotes, o que não impedia que em cada batalha de rua a ambulância levasse dois ou três em estado grave. As gangues representavam a maior ameaça para Gregory; nunca poderia se incorporar a nenhuma; aquilo também era uma questão de raça, e enfrentá-los constituía um ato de loucura. Não se tratava de adquirir fama de valente, mas de sobreviver; também não podia passar por covarde, porque os irritaria. Bastaram algumas pauladas para fazê-lo compreender que os heróis solitários só triunfam nos filmes, que tinha que aprender a negociar com astúcia, não chamar atenção, conhecer o inimigo para tirar vantagem das suas fraquezas e evitar confrontos, porque, tal como dizia o pragmático padre Larraguibel, Deus ajuda os bons quando são mais do que os maus.

A casa dos Morales transformou-se no verdadeiro lar para Gregory, onde chegava na qualidade de filho em qualquer momento. Na confusão dos garotos era mais um, e a própria Inmaculada perguntava distraída como tinha tido um menino louro. Naquela tribo ninguém se queixava de solidão ou de aborrecimento, tudo era compartilhado, desde as angústias existenciais até o único banho, e o transcendental era discuti-lo aos gritos, mas os assuntos importantes esforçavam-se em mantê-los em absoluto segredo familiar de acordo com um código de honra milenar. A autoridade paterna jamais era discutida, eu é que visto calças, rugia Pedro Morales todas as vezes que alguém lhes queria puxar o tapete debaixo dos pés, mas no fundo era Inmaculada o verdadeiro chefe da família. Ninguém se dirigia diretamente ao pai, preferindo passar pela burocracia materna. Ela não contradizia o marido na frente de testemunhas, mas as usava para ficarem a seu favor. A primeira vez que o filho mais velho apareceu vestido de bicha, Pedro Morales lhe deu uma surra de cinturão e expulsou-o de casa. O rapaz estava farto de trabalhar o dobro de qualquer americano pela metade do salário e vadiava grande parte do dia com os seus camaradas por casas de jogo e bares de má fama, sem mais dinheiro nos bolsos do que o ganho em apostas e o que sua mãe lhe dava às escondidas. Para evitar discussões com a mulher, Pedro Morales fez vista grossa enquanto pôde, mas, quando o filho se apresentou à sua frente enfeitado como um gigolô e com uma lágrima tatuada numa das faces, triturou-o de tanta pancada. Nessa noite, quando os outros já estavam na cama, ouviu-se durante horas o murmúrio da voz de Inmaculada tentando abrandar a resistência do marido. No dia seguinte, Pedro saiu para procurar o filho, encontrou-o parado numa esquina dizendo gracejos às mulheres que passavam, agarrou-o pelo pescoço e levou-o para a garagem, arrancou-lhe a roupa ostensiva, vestiu-lhe umas calças sujas de óleo e obrigou-o a trabalhar de sol a sol durante vários anos, até fazer dele o melhor mecânico das redondezas e deixá-lo instalado por conta própria numa oficina só dele. Quando Pedro Morales cumpriu meio século de existência, seu filho casado, pai de três meninos e uma casa própria nos subúrbios, tirou a lágrima da face como presente de aniversário para o pai; a cicatriz foi a única recordação que ficou de sua época de rebeldia. Inmaculada passava a vida atendendo, como escrava, aos homens da família; em menina teve que fazê-lo com o pai e os irmãos e mais tarde com o marido e os filhos. Levantava-se ao nascer do sol para preparar um almoço reforçado para Pedro, que tinha que abrir a oficina muito cedo; nunca serviu à sua mesa tortilhes feitas por outra pessoa, teria perdido sua dignidade. O resto do dia passava-o em mil tarefas ingratas, incluindo a preparação de três refeições completas e diferentes, convencida de que os homens necessitam de se alimentar com pratos fortes e sempre variados. Nunca se lembrou de pedir ajuda aos filhos, quatro homenzarrões, para encerar os assoalhos, bater os colchões ou lavar a roupa da oficina, endurecida de óleo de motor, que esfregava à mão. Em compensação, exigia que as duas meninas servissem os varões, porque considerava isso sua obrigação. Deus quis que nascêssemos mulheres, azar o nosso, estamos destinadas ao trabalho e à dor, dizia em tom pragmático, sem ponta de autocompaixão.

Já nesses anos Cármen Morales era um bálsamo para as asperezas da existência de Gregory Reeves e uma luz nos seus momentos de atordoamento, tal como o seria sempre no futuro. A menina parecia uma doninha inquieta, infatigável e hábil, com um tremendo senso prático que lhe permitia evadir as severas tradições familiares sem enfrentar o pai, que tinha ideias muito claras sobre a posição das mulheres, caladas e em casa, e não vacilava em dar uma surra em qualquer sublevado, incluindo as duas filhas. Cármen era a preferida, mas não ambicionava para ela um destino diferente do das meninas submissas da sua aldeia, em Zacatecas; pelo contrário, trabalhava sem descanso para educar seus quatro filhos homens, em quem havia depositado esperanças desproporcionais; desejava vê-los elevados muito acima dos seus humildes avós e de si mesmo. Com tenacidade inesgotável, à força de sermões, castigos e bom exemplo, manteve a família unida e conseguiu salvar os rapazes do álcool e da delinquência, obrigá-los a terminar o secundário e encaminhá-los em diversos ofícios. Com exceção de Juan José, que morreu no Vietnam, todos tiveram êxito. No fim de seus dias, Pedro Morales, rodeado de netos que não falavam uma palavra de castelhano, felicitava-se pela sua descendência, orgulhoso de ser o tronco dessa tribo, ainda que gracejasse, dizendo que nenhum chegara a milionário ou se tornara famoso. Cármen esteve a ponto de conseguir, mas ele nunca lhe reconheceu esse mérito em público; isso teria sido uma capitulação de seus princípios de macho. Mandou as duas meninas à escola porque era obrigatório e porque não se podia deixá-las mergulhadas na ignorância; não esperava que levassem os estudos a sério, mas que aprendessem trabalhos domésticos, ajudassem a mãe e guardassem a virgindade até o dia do casamento, única meta para uma jovem decente.

– Não penso casar-me, quero trabalhar num circo com feras amestradas e um trapézio bem alto para balançar a cabeça e mostrar a todo mundo minhas calcinhas – Cármen sussurrava secretamente para Gregory.

– Minhas filhas serão boas mães e esposas ou então irão para o convento – alardeava Pedro Morales todas as vezes que alguém vinha com a história de uma garota solteira que ficara grávida antes de terminar o curso secundário.

– Que encontrem um bom marido, Santo Antônio bendito! – gritava Inmaculada Morales, colocando a imagem do santo de pernas para o ar a fim de obrigá-lo a ouvir suas modestas súplicas. Para ela era evidente que nenhuma das filhas tinha vocação para freira e não queria imaginar a tragédia de vê-las como essas perdidas que se deixavam bolinar sem se casar e jogavam no cemitério os preservativos usados.

Mas tudo isso aconteceu muito depois. No tempo da escola primária, quando Cármen e Gregory selaram seu pacto de irmãos, ainda não se levantavam essas questões, e ninguém esgrimiu argumentos de virtude para impedir que os dois brincassem sem vigilância.

Tanto se acostumaram a vê-los juntos que depois, quando os amigos estavam já em plena puberdade, os Morales confiavam em Gregory mais do que em seus próprios filhos para acompanhar

Cármen. Quando a menina pedia para ir a uma festa, a primeira pergunta que faziam era se ele iria também, caso em que os pais se sentiam seguros. Acolheram-no sem reservas desde o primeiro dia e nos anos seguintes fizeram ouvidos de mercador aos murmúrios inevitáveis das vizinhas, convencidos, contra toda a lógica e experiência, da pureza de sentimentos dos rapazes. Treze anos mais tarde, quando Gregory deixou para sempre aquela cidade, a única nostalgia que nunca o abandonou foi a do lar dos Morales.

Na caixa de engraxate de Gregory, havia graxa negra, marrom, amarela e vermelho-escura, mas faltavam a neutra, para o couro cinzento ou azul, também em moda, e tinta para cobrir os arranhados. Tinha intenção de juntar dinheiro para completar seus utensílios de trabalho, mas faltava-lhe a determinação mal aparecia um novo filme. O cinema era a sua paixão secreta; no escuro, ele era mais um na multidão dos jovens ruidosos, não perdia uma sessão de cinema do bairro, onde passavam filmes mexicanos, e aos sábados ia com Juan José e Cármen ao Centro da cidade ver os seriados americanos. O espetáculo terminava com o protagonista atado de pés e mãos num barracão cheio de dinamite ao qual o vilão havia acendido um pavio; no momento culminante, a tela ficava negra, e uma voz convidava a assistir a continuação no sábado seguinte. Às vezes Gregory sentia-se tão infeliz que desejava morrer, mas adiava o suicídio até a semana seguinte, era impossível abandonar este mundo sem saber como, diabo, seu herói escaparia da armadilha. E salvava-se sempre; na verdade era assombroso como conseguia arrastar-se entre as chamas e sair ileso, com o chapéu na cabeça e a roupa limpa. O filme transportava Gregory para a outra dimensão; por quase duas horas transformava-se no Zorro ou no Cavaleiro Solitário, todos os seus sonhos se concretizavam, por arte da magia o bom se recuperava dos machucados e feridas, soltava-se das amarras e dos cepos, triunfava sobre os inimigos pelos seus próprios méritos e ficava com a mocinha, os dois se beijando em primeiro plano enquanto às suas costas brilhava o sol ou a lua e uma orquestra de cordas e sopro tocava uma música lânguida. Não tinha que se preocupar; o cinema não era como o seu bairro, nos filmes só havia surpresas agradáveis, o mau era sempre vencido pelo bom e pagava seus crimes com a morte ou a prisão. Às vezes arrependia-se e, depois de uma inevitável humilhação, reconhecia os erros, afastava-se escoltado por uma música de castigo, em geral trombeta e timbales. Gregory sentia que a vida era bela e a América *a terra dos livres e o lar dos bravos*, tudo era questão de manter o coração puro, amar a Deus e a sua mãe, ser eternamente fiel a uma só noiva, respeitar as leis, defender os desvalidos e desprezar o dinheiro, porque os heróis nunca esperam recompensa. Suas incertezas esfumaçavam-se nesse formidável universo em preto e branco. Saía do cinema reconciliado com a vida, cheio de amáveis intenções que duravam um ou dois minutos, quando o impacto da rua lhe devolvia o sentido da realidade. Olga encarregou-se de informá-lo de que os filmes eram rodados em Hollywood, a pouca distância de sua própria casa, e de que tudo era uma monumental mentira, a única coisa certa eram os bailes e cantos das comédias musicais, o resto eram truques da câmara, mas o garoto não permitiu que essa revelação o perturbasse.

Trabalhava longe de casa, numa zona de escritórios, bares e pequenos estabelecimentos comerciais. Seu raio de ação eram cinco quarteirões que percorria em ambas as direções oferecendo os seus modestos serviços, olhos fixos no chão, observando os sapatos das pessoas, tão gastos e disformes como os de seus vizinhos latinos. Ali também não usavam sapatos novos, exceto alguns ladrões e traficantes com mocassins de verniz, botas com fivelas de prata ou calçados de duas cores, muito difíceis de puxar o lustro. Adivinhava a cara das pessoas pela maneira de caminhar e pelos sapatos: os hispanos usavam vermelhos com salto grosso, os negros e os mulatos preferiam os amarelos pontiagudos, os chineses tinham pés pequenos, os brancos preferiam sapatos com pontas levantadas e saltos gastos. Engraxar era serviço fácil para ele, o mais difícil era conseguir clientes dispostos a pagar dez centavos e perder cinco minutos no aspecto do seu calçado. Bem lustrado, bem pago!, apregoava até se cansar, mas poucos lhe davam atenção. Quando estava com sorte, fazia cinco centavos numa tarde, o equivalente a um cigarro de marijuana. As poucas vezes que fumou erva concluiu que não valia a pena engraxar tantas horas para financiar aquela porcaria que lhe deixava o estômago embrulhado e a cabeça ressoando como um tambor, mas em público fingia que isso o elevava ao céu, como asseguravam os outros, para não passar por babaca. Para os mexicanos, que a tinham visto crescer como mato nos campos de seu país, ela era apenas pasto, mas para os gringos fumá-la constituía sinal de virilidade. Por imitação e para impressionar as louras, os rapazes do bairro usavam-na em excesso. Dado o seu escasso êxito com a marijuana e para fingir, Gregory habituou-se a acender um cigarro colado nos lábios, copiando os vilões dos filmes. Tinha tanta prática que conseguia conversar e mastigar chicletes sem deixar cair o cigarro. Quando precisava dar uma de macho na frente dos amigos, tirava um cachimbo de fabricação caseira e enchia-o com uma mistura de sua invenção: restos de cigarros apanhados na rua, um pouco de serragem e aspirina moída, que, segundo os boatos, fazia viajar como qualquer droga conhecida. Aos sábados trabalhava o dia inteiro e, em geral, ganhava pouco mais de um dólar, que entregava quase inteiro a sua mãe, tirando só dez centavos para o cinema e, às vezes, outros cinco para a caixa dos missionários na China. Se juntava cinco dólares, o padre entregava-lhe um certificado de adoção de uma menina chinesa, mas o melhor era reunir dez, que lhe davam direito a um menino. Que o Senhor o abençoe, dizia o padre quando Gregory chegava com os seus cinco centavos para a caixa das esmolas, e numa ocasião Deus não só o abençoou como também o premiou com uma carteira com quinze dólares que pôs no cemitério para ele a encontrar. Esse era o lugar preferido dos casais clandestinos ao anoitecer; ali se escondiam para se divertir à vontade, espionados pelos garotos do bairro que não perdiam o espetáculo tumultuado daqueles encontros amorosos. Ai, que medo, por aqui há almas penadas, choramingavam as mulheres, confundindo os risos sufocados dos olheiros com sussurros de almas, mas nem por isso deixavam de levantar os vestidos para rolar por entre lápides e cruzes. Nosso cemitério é o melhor da cidade, muito mais bonito do que o dos milionários e atrizes de Hollywood, que só tem grama e árvores, parece um campo de golfe e não um campo santo, onde é que se viu os defuntos não terem nem uma estátua para acompanhá-los, opinava Inmaculada Morales, embora, na realidade, só os ricos pudessem pagar os mausoléus e os anjos de pedra; os imigrantes conseguiam pagar uma lápide com uma simples inscrição. Em novembro, na celebração do Dia de Finados, os mexicanos visitavam os parentes falecidos que não tinham podido trasladar para as suas aldeias, levando-lhes música, flores de papel e doces. Desde a madrugada ouviam-se as *rancheras* e as guitarras, e ao anoitecer estavam todos bêbados, incluindo as almas do purgatório daqueles que, na terra, bebiam tequila. As crianças Reeves iam ao cemitério com Olga, que comprava para elas caveiras e esqueletos de açúcar para comer sobre a campa do pai. Nora ficava em casa, dizia que não gostava dessas festas pagãs, bom pretexto para a farra e o vício, mas Gregory suspeitava de que a verdadeira razão fosse o seu desejo de evitar encontrar-se com Olga. Ou talvez negasse que o marido estivesse enterrado; para ela Charles Reeves encontrava-se em outro lugar ocupado pelo *Plano Infinito*. A carteira com os quinze dólares estava escondida debaixo de uns arbustos. Gregory andava à procura de aranhas nos buracos, ainda o atraíam mais as maravilhosas armadilhas para caçar insetos tecidas pelas aranhas e as suas bolsas com uma centena de minúsculas crias do que as torpes sacudidelas e os incompreensíveis gemidos dos casais. Também catava umas bolas de borracha branca que ficavam por ali e que, sopradas, tomavam a forma de grandes salsichas. Viu a carteira ao inclinar-se sobre um buraco e sentiu um baque no coração e na cabeça; nunca havia encontrado nada de valor e não sabia se se tratava de uma dádiva celestial ou de uma tentação do diabo. Deu uma olhadela em volta para se assegurar de que estava só, apanhou-a apressadamente e correu para esconder-se atrás de um jazigo a fim de revistar seu tesouro. Abriu-a com as mãos trêmulas e tirou três flamejantes notas de cinco dólares, mais dinheiro do que tinha visto em toda a sua vida. Pensou no padre Larraguibel, que lhe diria que o Senhor os deixara ali para colocá-lo à prova e comprovar se ficava com o achado ou o depositava na caixa das Missões para adotar de uma só vez duas crianças. Não havia ninguém tão rico na escola que pudesse pagar por um chinês de cada sexo; isso faria dele uma celebridade; no entanto, concluiu que ter uma bicicleta era muito mais prático do que duas remotas crianças orientais que, de qualquer modo, jamais conheceria. Ansiava por uma bicicleta há meses; um vizinho de Olga a havia oferecido por vinte dólares, preço exorbitante, mas esperava que, mal visse as notas, se sentisse tentado a vendê-la. Era uma bicicleta velha e em estado calamitoso, mas ainda em condições de rodar. Pertencia a um índio abjecto que levava uma vida de tráficos inconfessáveis, a quem Gregory temia, porque, sob diversos pretextos, o levava a uma garagem, onde tentava meter-lhe a mão dentro das calças; por isso pediu a Olga que o acompanhasse.

– Não mostre o dinheiro, não abra a boca e deixe-me fazer o negócio – disse-lhe ela. Regateou tão bem, que por doze dólares e um amuleto contra o mau-olhado obteve a bicicleta. – Os três que sobraram entregue-os à sua mãe, ouviu? – ordenou-lhe ao despedir-se.

Partiu pedalando entusiasmado pelo meio da rua e não viu um caminhão de refrigerantes que vinha em sentido contrário. Bateu nele de frente. O impacto só não o esmigalhou por milagre, mas da bicicleta só restaram alguns pedaços de ferro torcido e os raios das rodas. O motorista do caminhão saltou, gritando maldições, agarrou-o pela camisa, levantou-o, sacudiu-o como se fosse um espanador e, em seguida, mandou-o embora com um dólar de consolação.

– Agradeça por não mandar prender você por andar na rua de boca aberta, garoto idiota! – disse o homem, mais assustado do que a vítima.

– Nunca vi ninguém mais louco do que você, devia ter cobrado dois dólares pelo menos – censurou Judy ao saber.

– Isso aconteceu porque você é desobediente, já disse mil vezes para não se meter no cemitério, dinheiro mal ganho não tem bom fim – diagnosticou Nora Reeves enquanto passava uísque nas esfoladelas dos joelhos e dos cotovelos.

– Jesus seja louvado, pelo menos está vivo – e Inmaculada Morales abraçou-o.

Conseguir dinheiro tornou-se uma obsessão para Gregory. Estava disposto a fazer qualquer trabalho, até descascar os grãos de milho para fazer tortilhas, processo enfadonho que lhe esfolava as mãos e cujo cheiro deixava-o com náuseas por várias horas. À noite enfiava-se por um buraco da cerca da escola, trepava no telhado do quiosque das guloseimas, levantava uma chapa de zinco e deslizava para dentro a fim de roubar sorvete; pegava dois ou três e levava outro para Cármen. Essas excursões noturnas produziam nele uma mescla de exaltação e culpa; as rígidas normas de honestidade impostas pela mãe martelavam-lhe a cabeça, sentia-se perverso, não tanto por desafiá-la, mas porque a dona do quiosque era uma velha bondosa que o distinguia entre os demais meninos e estava sempre disposta a oferecer-lhe um doce. Uma noite, a mulher voltou para procurar qualquer coisa, abriu a porta, acendeu a luz antes que ele conseguisse fugir e surpreendeu-o com a evidência do delito na mão. Ficou paralisado, enquanto ela choramingava, como pode fazer isso comigo, logo a mim que fui tão boa com você! Gregory começou a chorar, pedindo-lhe perdão e jurando pagar tudo que lhe havia roubado. Como? Então não é a primeira vez? E o outro teve de confessar que lhe devia mais de seis dólares em sorvetes. A partir desse dia só se aproximava para reduzir a dívida, que pagou aos poucos. Embora a mulher o tenha perdoado, não voltou a se sentir à vontade na presença dela. Teve menos sorte ainda na barraca dos materiais obsoletos do Exército, onde roubava despojos de guerra que não lhe serviam para nada. No barracão de ferramentas juntava seus tesouros dentro de um saco: cantis, botões, bonés e até um par de enormes botas que levou escondidas na mochila da escola, sem suspeitar de que o dono da barraca o mantinha sob mira. Certa tarde surrupiou uma lanterna, escondeu-a sob a camisa e já ia escapando quando o carro da polícia chegou. Foi impossível fugir, levaram-no ao quartel e fecharam-no numa cela, de onde pôde ver a feroz pancadaria que descarregavam num rapaz moreno. Esperou a sua vez, aterrorizado; no entanto, trataram-no bem, limitaram-se a registrar seus dedos, a dar-lhe uma repreensão e a obrigá-lo a devolver o que escondia em sua casa. Foram buscar Nora Reeves, apesar de ele implorar que não o fizessem porque lhe partiriam o coração. Ela se apresentou com seu vestido azul de gola de renda, como uma aparição saída de um retrato antigo, assinou o livro, ouviu os autos em silêncio e, do mesmo modo, saiu seguida pelo filho. Agradeça por ser branco, Greg; se fosse da cor dos meus filhos, teriam acabado com você, disse-lhe Inmaculada Morales quando soube do episódio. Nora sentia-se tão envergonhada que emudeceu por várias semanas e quando falou com ele foi para lhe dizer que tomasse banho e vestisse seu único terno, o do funeral do pai, que a essa altura já estava bastante apertado, porque iriam a uma reunião importante. Levou-o ao orfanato das freiras para pedir à madre superiora que o aceitasse, porque se sentia incapaz de orientar aquele filho de má índole. De pé, atrás da mãe, com os olhos cravados nos sapatos, murmurando não vou chorar, enquanto as lágrimas lhe caíam aos borbotões, Gregory jurou que, se o deixassem ali, subiria na torre da igreja e se atiraria de cabeça. Não foi necessário, porque as freiras o recusaram, já havia crianças órfãs em excesso para recolher, e ele tinha família, vivia em casa própria e recebia ajuda da Beneficência Social; não tinha qualificações para o orfanato. Quatro dias depois, a mãe pôs suas coisas numa bolsa e levou-o de ônibus para fora da cidade, para a casa de uns fazendeiros dispostos a adotá-lo. Despediu-se do filho com um beijo triste na testa, prometendo-lhe que lhe escreveria, e foi embora sem olhar para trás. Nessa noite Gregory sentou-se para jantar com sua nova família, sem dizer palavra e sem levantar os olhos, achando que ninguém daria de comer a Oliver, que nunca mais veria Cármen Morales e que tinha deixado seu canivete no barracão.

– Nosso único filho morreu há onze anos – disse o fazendeiro.

– Somos gente de Deus, gente de trabalho. Aqui você não terá tempo para se divertir, irá a escola, à igreja e me ajudará no campo, isso é tudo. Mas a comida é boa e, se você se comportar bem, receberá bom tratamento.

– Amanhã farei um pudim de leite – disse a mulher. – Você deve estar cansado, com certeza quer se deitar. Vou mostrar-lhe o seu quarto, era do nosso filho, não mudamos nada desde que ele se foi.

Pela primeira vez Gregory dispunha de um quarto só seu e de uma cama; até então sempre se deitara num saco de dormir. Era um quarto pequeno com uma janela aberta para o horizonte de campos cultivados, mobiliado com o indispensável. Nas paredes havia fotografias de jogadores de beisebol veteranos e de antigos aviões de guerra, muito diferentes dos que apareciam nos modernos documentários de cinema. Passou em revista sem se atrever a tocar em nada, lembrando-se do pai, da jiboia, dos colares para a invisibilidade de Olga e da cozinha de Inmaculada Morales, de Cármen Morales e do enjoativo sabor do leite condensado, enquanto lhe crescia dentro do peito uma terrível bola de gelo. Sentado na cama, com a bolsa de seus modestos pertences sobre os joelhos, esperou que a casa estivesse adormecida, saiu silenciosamente, fechando a porta com cuidado. Os cães latiram, mas ignorou-os. Começou a andar em direção à cidade, pelo mesmo caminho que havia feito de ônibus e que reteve na memória como um mapa. Caminhou toda a noite e, de manhãzinha, chegou à porta de sua casa extenuado. Oliver recebeu-o com ruidosa alegria, e Nora Reeves apareceu no umbral, pegou a sacola de roupa do filho e estendeu a outra mão para lhe fazer uma carícia, mas o gesto ficou no ar.

– Veja se cresce logo – foi tudo o que disse.

Naquela tarde Gregory teve a ideia de tourear o trem.

Corro colina acima, seguido de Oliver, procurando as árvores, ofegante, os ramos arranham-me as pernas, caio e esfolo os joelhos, merda, grito merda e deixo que o cão me lamba o sangue, quase não vejo onde ponho os pés, mas continuo a correr até meu refúgio verde, onde sempre me escondo. Não preciso ver as marcas nos troncos para encontrar o meu caminho, já estive tantas vezes aqui que posso chegar de olhos fechados, conheço cada eucalipto, cada amoreira, cada penhasco. Levanto um ramo e aparece a entrada, um túnel estreito debaixo de um arbusto espinhoso, deve ter sido uma toca de raposa, exatamente a medida de meu corpo; se me arrasto de cotovelos, deslizando com cuidado e calculando bem a curva, com o rosto entre os braços, consigo passar sem me ferir. Lá fora Oliver aguarda que o chame, está habituado a tudo isso. Choveu durante a semana, e o solo está mole, faz frio, estou com febre em todo o corpo há horas, desde cedo no quarto das vassouras na escola, um fogo que nunca terminará, estou certo disso. Qualquer coisa me agarra por trás, e solto um grito, são só os espinhos dos arbustos no meu casaco. Foi assim que Martínez me pegou, pelas costas, ainda sinto a ponta da faca no pescoço, mas parece que já não sai sangue, se você se mexer vou te matar, sacana, *gringo* filho da puta, e não pude me defender, a única coisa que fiz foi chorar e amaldiçoá-lo enquanto ele me fazia aquilo. Agora corre para contar a *Miss* June e então vou cortar a cara da tua irmã e já sabe o que vou fazer com você, disse-me depois, enquanto levantava as calças. Foi embora rindo. Se os outros sabem, estou fodido, vão me chamar de viado para o resto da vida. Ninguém poderá saber, nunca! e se Martínez contar? Quero matá-lo! Tenho as mãos, a roupa e a cara manchadas de barro, minha mãe vai ficar furiosa, é melhor arranjar alguma desculpa: fui atropelado por um automóvel ou agarrado novamente pela gangue, mas aí me lembro de que não será necessário inventar nenhuma mentira porque vou morrer e, quando encontrarem meu corpo, ela não se importará com a minha imundície, assim espero, estará desesperada, não pensará mais nas minhas maldades, só no meu lado bom, que lavo os pratos e que lhe dou quase tudo que ganho engraxando sapatos, e por fim vai concluir que sou um bom filho e lamentará não ter sido mais carinhosa comigo, ter querido oferecer-me às freiras e aos fazendeiros e não ter feito ovos para mim no café da manhã, nem uma única vez sequer, e não é porque isso seja tão complicado, dona Inmaculada prepara-os de olhos fechados, até um débil mental sabe fritar dois ovos, irá se arrepender, mas será tarde demais, porque já estarei morto. Haverá uma cerimônia na escola, render-me-ão homenagem como fizeram para Zarate, que se afogou no mar, dirão que eu era o melhor companheiro e tinha um belo futuro pela frente, arrumarão os alunos em fila e irão obrigá-los a passar diante do meu caixão para beijar a minha testa, os menores começarão a chorar, e as meninas com certeza desmaiarão, as mulheres não aguentam ver sangue, todas gritarão menos Cármen, que abraçará meu cadáver sem nojo. Tomara que, no funeral, *Miss* June não se lembre de ler a carta que lhe escrevi, porra, para que eu fui fazer isso, nunca mais poderei encará-la, é tão bonita, parece uma fada ou uma atriz de cinema, se ela soubesse as coisas que passam pela minha cabeça, ela lá adiante, explicando as contas no quadro, e eu na minha carteira olhando-a como um cretino, com a cabeça nas nuvens, quem pode pensar em números com ela! Penso, por exemplo, ela me dizendo vou ajudá-lo nos trabalhos, Greg, porque as suas notas estão um desastre, então eu não ia embora depois das aulas, os outros, sim, e ficávamos sozinhos no prédio, sem que eu lhe dissesse nada, ficava louca, deitava-se no chão e eu fazia xixi entre as suas pernas. Nunca, em todos os dias da minha vida, vou confessar ao padre essas porcarias que vêm à minha cabeça, sou um tarado, um imundo; ora, onde já se viu escrever aquela carta para *Miss* June! É preciso ser bem idiota. Bom, pelo menos não terei que suportar a vergonha de voltar a vê-la, estarei completamente morto quando ela a ler. E Cármen, pobre Cármen... a única coisa que me dá pena é não poder tornar a vê-la. Se soubesse o que Martínez me fez, acompanhar-me-ia para morrer aqui comigo, mas não posso contar a ninguém, muito menos a ela.

Isso é o mais terrível que aconteceu em toda a minha vida, é a maior maldade que o desgraçado do Martínez me fez, pior do que na Primeira Comunhão, quando me obrigou a comer um pedaço de pão antes de comungar, para que, ao engolir a hóstia, um raio me partisse, e eu fosse direto para o inferno; mas não aconteceu nada disso, não senti nada, porque o pecado não foi meu, mas dele, e quem vai ferver nos caldeirões de Satanás será ele e não eu, por me introduzir no pecado, o que é mais grave do que o próprio pecado, como nos explicou o padre Larraguibel quando nos contou o de Adão e Eva. Dessa vez tive que escrever quinhentas vezes que não devo blasfemar, porque disse ao padre que o pecado era de Deus, porque ele tinha posto a maçã no Jardim do Éden sabendo que Adão iria comê-la de qualquer jeito, e, se isso não era induzir ao pecado, o que era então? Pior foi quando Martínez me despiu no ginásio e escondeu a minha roupa, se não chegasse a encarregada da limpeza e me ajudasse, teria passado a noite no banheiro e no outro dia toda a escola teria me visto de cuecas. Pior do que quando anunciou aos gritos que me tinha visto no banheiro, brincando de médico com Ernestina Pereda. Odeio-o, odeio-o do fundo da minha alma, tomara que morra, não de doença, mas que alguém o mate, sem se esquecer de cortar o seu pau, para que o machão do Martínez me pague todas, odeio-o, odeio-o.

Já estou no meu esconderijo, assobio para Oliver e ouço-o arrastar-se pelo túnel, abraço-o e fico quieto, ele está ofegante, com a língua de fora, olha-me com os olhos de mel e compreende, é o único que conhece os meus segredos. Oliver é um cão horroroso, Judy detesta-o, é uma mistura de várias raças e saiu com um rabo gordo e comprido, como um taco de beisebol. Além disso, é manhoso, rói roupa, rola no cocô dos outros cães e depois se deita nas camas, gosta de briga e às vezes chega todo mordido, mas é quente e, quando não chafurda em merda, até que bem. Enfio o nariz no seu pescoço; por cima tem o pelo duro e curto, junto à pele encontro pelo suave como algodão e, ali, gosto de cheirá-lo; não há nada melhor do que cheiro de cão. O sol já se pôs e está cheio de sombras, faz frio, é uma dessas raras tardes de inverno, e, apesar de eu estar ardendo em febre, posso sentir que minhas orelhas e mãos, estão geladas, uma sensação limpa. Decido não cortar o pescoço com o meu canivete, como havia planejado; vou morrer é de frio, vou congelar aos poucos durante a noite e de manhã estarei durinho, uma morte lenta, porém mais tranquila do que sob o trem. Essa foi a minha primeira ideia, mas, sempre que corro na frente do trem, me acovardo e no último instante dou o salto e me salvo por um triz. Não sei quantas vezes já tentei e desisto de morrer assim; deve doer muito, e além disso repugna-me ficar com as tripas espalhadas, não quero que me recolham com uma pá nem que algum engraçadinho guarde meus dedos de recordação. Empurro Oliver, para que ele não me esqueça, senão não congelo nunca, cavo mais um pouco o chão para me acomodar e me deito de costas. Permaneço imóvel, com essa dor aqui – maldito Martínez, viado desgraçado – e a cabeça cheia de pensamentos, de visões, de palavras, mas depois de algum tempo as lágrimas param de cair e começo a respirar como sempre e então sinto a terra suave e fresca acolher-me como o abraço de dona Inmaculada, afundo, abandono-me e penso no planeta, redondo, flutuando sem gravidade no abismo negro do cosmos, girando, girando, e também nas estrelas da Via Láctea e em como será o fim do mundo, quando tudo explodir e saírem partículas disparadas como os fogos de artifício de 4 de Julho e sinto que sou parte da terra, feito do mesmo material, quando morrer vou me desintegrar, tornar-me migalha de um bolo desfeito, farei parte do solo e crescerão ámores sobre meu corpo. Se penso que não estou só no Universo, que nem sequer sou algo especial, devo ser apenas um amontoado de barro, talvez não tenha uma alma própria, de repente existe uma só alma grande para todos os seres vivos, incluindo Oliver, e não há céu, inferno nem purgatório, devem ser babaquices do padre, que por ser velho tem a mente perturbada, e os Logi e os Mestres do meu pai também não existem, e a única pessoa que anda mais ou menos perto da verdade é minha mãe com a sua religião Bahai, embora ela se prenda a umas merdas que são boas para a Pérsia, como é que podemos usá-la aqui? A ideia de ser uma partícula agrada-me, ser um grão de areia cósmica. *Miss June* diz que a cauda errante dos cometas é formada de poeira estelar, milhares de pedrinhas que refletem a luz. Invade-me uma calma profunda, esqueço-me de Martínez, do medo, da dor e do quarto das vassouras, estou em paz, elevo-me e vou voando com os olhos abertos até o vazio sideral, vou voando, voando com Oliver.

Desde pequena Cármen Morales já tinha a mesma habilidade manual que a caracterizou o resto da vida; qualquer objeto entre os seus dedos perdia a forma original e se transformava. Podia fabricar colares com macarrão de sopa, soldados com rolos de papel higiênico, brinquedos com carretéis de linha e caixas de fósforo. Um dia, brincando com maçãs, descobriu que as podia manter todas no ar sem qualquer dificuldade; fazia malabarismos com cinco ovos e daí passou naturalmente para objetos mais exóticos.

— Para engraxar sapatos sua-se muito e ganha-se pouco, Greg. Aprenda uma habilidade e trabalharemos juntos. Preciso de um sócio — ofereceu ela ao amigo.

Após inúmeros ovos quebrados tornou-se evidente a falta de jeito de Gregory. Não conseguiu dominar nenhum truque interessante, a não ser mexer as orelhas e comer moscas vivas, mas em compensação tocava harmônica de ouvido. Oliver mostrou-se mais talentoso, ensinaram-lhe a caminhar em duas patas com um chapéu no focinho e a tirar papéis de uma caixa. No começo, comia-os, mas depois aprendeu a entregá-los com delicadeza ao cliente. Cármen e Gregory prepararam cuidadosamente os pormenores do espetáculo e partiram para o mais longe possível a fim de fugir dos olhares de seus amigos e vizinhos, pois sabiam que, se o assunto chegasse aos ouvidos de Pedro ou de Inmaculada Morales, ninguém os salvaria de uma boa surra, como a que levaram quando tiveram a ideia de sair pedindo esmola pelo bairro. A menina fez uma saia com lenços multicoloridos e um boné com penas de galinha, e conseguiu emprestadas as botas amarelas de Olga. Gregory surrupiou o chapéu e o laço que o pai usava nas suas prédicas e que Nora guardava como relíquias. Pediram a ajuda de Olga para a redação dos papéis da sorte, assegurando-lhe de que se tratava de uma brincadeira para a festa de fim de ano da escola: lançou-lhes um de seus olhares mais penetrantes, mas não pediu explicações. Começou a ditar-lhes uma enxurrada de profecias no estilo das tabuinhas chinesas da sorte. Completaram seu equipamento com ovos, velas e cinco facas de cozinha escondidas numa bolsa, porque não podiam sair com tal carregamento de suas casas sem levantar suspeitas. Deram um bom banho de mangueira em Oliver e amarraram-lhe uma fita no pescoço com a intenção de abrandar um pouco seu aspecto de cão bravo. Instalaram-se numa esquina bem afastada do bairro, vestiram sua roupa de charlatães e começaram a trabalhar. Logo se juntou uma pequena multidão em volta dos dois e do cão. Cármen, com sua diminuta figura, seus trapos esquisitos e a incrível habilidade para atirar ao ar velas acesas e facas afiadas, era uma atração irresistível, enquanto Gregory se perdia nas canções da sua harmônica. Numa pausa da malabarista, o rapaz abandonou a música e convidou os presentes a tirar a sorte. Por módica quantia o cão escolhia um papelzinho dobrado e passava-o ao cliente, um pouco babado, é verdade, mas perfeitamente legível. Em duas ou três horas, os dois juntaram tanto dinheiro como um operário num dia de trabalho em qualquer das fábricas dos arredores. Quando começou a anoitecer, tiraram os disfarces, guardaram os objetos, dividiram os utensílios e regressaram a suas casas depois de jurar que, nem sob tortura, revelariam o assunto. Cármen enterrou suas botas dentro de uma caixa no quintal, e Gregory entregou parte de seu faturamento em casa, para evitar perguntas incômodas, guardando uma outra para o cinema.

— Se aqui ganhamos tanto, imagine quanto poderemos fazer na Praça Pershing. Ficaríamos milionários. Vai muita gente lá para ouvir os loucos, e também há os ricos que entram e saem do hotel — disse Cármen.

Tamanho atrevimento não tinha passado pela cabeça de Gregory, para quem existia uma fronteira invisível que as pessoas de sua condição não ultrapassavam; do outro lado do mundo, era diferente, os homens caminhavam depressa porque tinham trabalho e assuntos urgentes, as mulheres passeavam de luvas, as lojas eram luxuosas, e os automóveis, reluzentes. Tinha estado ali umas duas vezes, acompanhando a mãe na distribuição de papéis, mas não lhe havia ocorrido aventurar-se sozinho. Cármen revelou-lhe num instante as possibilidades do mercado: há três anos que engraxava sapatos por dez centavos entre os mais pobres dos pobres, sem pensar que, poucos quarteirões à frente, podia cobrar o triplo e conseguir mais clientela. Mas logo em seguida descartou a ideia, assustado.

— Você está louca!

— Por que você é tão palerma, Gregory? Aposto que não conhece o hotel.

— O hotel? Você já entrou no hotel?

— É claro. É como um palácio, com desenhos no teto e nas portas, cortinas com borlas e uns lustres que nem te conto, parecem barcos cheios de luzes. Os pés afundam nos tapetes, como na praia, e todo mundo se veste com elegância, e servem chá com bolos.

— Você já tomou chá no hotel?

— Bem, não exatamente, mas vi as bandejas. Temos que entrar sem olhar para ninguém, como se mamãe estivesse à nossa espera numa mesa, entendeu?

— E se nos pegam?

— Nunca se confessa nada, a princípio. Se alguém diz alguma coisa, você se faz de menino rico, empina o nariz e responde com grosseria. Um dia vou te levar lá. Sem sombra de dúvida, é o melhor lugar que há para se trabalhar.

— Não podemos levar Oliver no trem — disse Gregory baixinho. — Vamos a pé — disse ela.

A partir desse dia passaram a ir à Praça Pershing todas as vezes que Cármen Morales conseguia escapar da vigilância materna. Atraíam mais público do que os oradores empoleirados em seus caixotes falando com paixão inútil sobre coisas que não importavam a ninguém. Sem as provas de malabarismos, o espetáculo carecia de novidade, de modo que, se a amiga não o podia acompanhar, Gregory voltava à sua rotina de engraxate, embora o fizesse agora nas ruas da zona comercial. Os meninos estavam unidos pela necessidade mútua e pelo segredo partilhado, além de muitas outras cumplicidades.

Aos dezesseis anos, Gregory estava no secundário com Juan José Morales; Cármen, um ano atrás; Martínez havia abandonado a escola e fazia parte da gangue *Os Carniceiros*. Reeves não se aproximava dele e, enquanto o pudesse evitar, sentia-se a salvo. A essa altura já se havia atenuado a rebeldia que antes o mantinha em permanente movimento, mas martirizavam-no outras angústias silenciosas. Na escola secundária havia uma maioria de alunos brancos, já não se sentia apontado com o dedo nem devia sair em disparada mal tocava a sineta, para iludir seus inimigos. A educação obrigatória nem sempre era cumprida pelos pobres e menos ainda pelos latinos que, mal acabado o primário, tinham que ganhar a vida num emprego. O pai havia inculcado em Gregory a ambição de estudar, que ele nunca conseguira satisfazer, porque desde os treze anos percorria os campos da Austrália tosquiando ovelhas. A mãe também lhe alimentava a ideia de ter uma profissão para não quebrar a coluna em trabalhos mais humildes, faz as contas, filho, um terço das horas de sua vida você gasta dormindo, um terço andando de um lado para o outro e fazendo coisas, e o terço mais interessante vai ter que trabalhar, por isso é melhor fazê-lo em algo de que goste, dizia. Na única ocasião em que falou em deixar a escola para procurar trabalho, Olga leu sua sorte nas cartas, e saiu a carta da Lei.

– Nem pense em fazer isso. Você será bandido ou policial e, em ambos os casos, será melhor continuar estudando – determinou.

– Não quero ser nenhuma das duas coisas.

– Esta carta diz claramente que você vai se meter com a Lei.

– Não diz se vou ser rico?

– Às vezes rico e às vezes pobre.

– Mas chegarei a ser alguém importante?

– Na vida não se chega a nenhum lado, Gregory. Vive-se, nada mais.

Com Cármen Morales, aprendeu a dançar os ritmos americanos, e os dois chegaram a ser tão especialistas em passos ornamentais, que as pessoas faziam roda para os aplaudir nas exibições de *jitter bug* e *rock'n'roll*. Ela voava com as pernas no ar, e, quando estava quase caindo de cabeça, ele dava uma volta impossível por cima dos ombros, passava-a por entre as pernas, arrastando-a pelo chão, e, com um puxão, deixava-a de pé sã e salva, tudo isso sem perder nem o ritmo, nem os dentes. Gregory economizou durante meses para comprar um casaco de couro preto, e começou a cultivar um cacho de cabelo encaracolado sobre os olhos, mas, como nem o excesso de brilhantina conseguia evitar o triste aspecto da franja, optou por um penteado curto, para trás, mais cômodo ainda que menos adequado à imagem de rebelde que fazia tremerem de temor e de admiração as garotas. Cármen não se parecia nada com as protagonistas dos filmes para adolescentes, louras, virtuosas e bobas, por quem suspiravam os rapazes e que as morenas e rechonchudas meninas mexicanas que descoloravam o cabelo com água oxigenada tentavam imitar. Ela era pólvora pura. Nos fins de semana, os dois amigos enfeitavam-se com as suas melhores roupas, ele sempre com o seu casaco de couro preto mesmo que estivesse fazendo um calor infernal, ela com as calças justas que escondia numa bolsa e vestia num banheiro público, porque se o pai as visse seria obrigada a tirá-las, e partiam para os salões onde já eram conhecidos e não pagavam entrada, porque eram a maior atração da noite. Dançavam incansavelmente sem consumir um refresco sequer porque não podiam pagar. Cármen havia se tornado uma intrépida jovem de cabelos negros e rosto simpático com sobrancelhas e lábios grossos; era de riso fácil e tinha curvas firmes, com os seios demasiado grandes para a sua estatura e idade, protuberâncias que detestava como se fossem uma deformação, mas Gregory observava-os crescerem, imaginando que a cada dia estavam mais redondos. Ao dançar, bamboleava-se sozinho para ver aqueles seios de cortesã desafiarem as leis da gravidade e da decência, mas, ao comprovar que não era o único a admirá-los, sentia uma raiva surda. Sua amiga não o atraía com um desejo concreto, só de pensar nisso sentia-se horrorizado, como se estivesse cometendo o pecado de incesto. Considerava-a tão sua irmã quanto Judy; no entanto, por vezes, suas boas intenções oscilavam sob a traição dos hormônios, que o mantinham em permanente estado de emergência. O padre Larraguibel encarregou-se de lhe encher a cabeça de apocalípticos prognósticos a respeito das consequências de pensar com malícia em mulheres e de tocar seu corpo. Ameaçava os lascivos com raios fulminantes, garantia que cresciam pelos nas palmas das mãos, apareciam espinhas purulentas, o pênis ficava gangrenado, até que o culpado morria em meio a sofrimentos atrozes, ia direto para o inferno, no caso de morrer sem confissão. O rapaz duvidava do raio divino e dos pelos nas palmas das mãos, mas tinha certeza de que os outros males não eram mentira do padre, já os tinha visto em seu pai, lembrava-se de como ele se enchera de pústulas e como morrera masturbando-se. Nem pensar sequer em procurar consolo entre as meninas da escola ou do bairro, que para ele estavam fora dos limites alcançáveis, nem recorrer a prostitutas, que lhe pareciam quase tão temíveis como Martínez. Andava desesperado de amor, incendiado por um calor brutal e incompreensível, assustado pelo tambor do seu coração, pelo mel pegajoso no saco de dormir, pelos sonhos turbulentos e pelas surpresas de seu corpo, os ossos esticavam-se, apareciam músculos, cresciam-lhe pelos, e o sangue esquentava-o num calor insuportável. Bastava um estímulo insignificante para explodir em súbito prazer, que o deixava consternado e meio desvanecido. O simples fato de esbarrar uma mulher na rua, a visão de uma perna feminina, uma cena de filme, numa frase num livro, até o tremer do assento no ônibus, tudo o excitava. Além de estudar, tinha de trabalhar; no entanto, o cansaço não anulava o desejo insondável de se afundar num pântano, de se perder no pecado, de sofrer outra vez esse gozo e essa morte sempre demasiado breves. O esporte e o baile ajudavam-no a libertar energia, mas era preciso qualquer coisa mais drástica para acalmar a ebulição de seus instintos. Tal como na infância, apaixonara-se como um demente por *Miss* June, na adolescência tinha uns súbitos arrebatamentos passionais por garotas inacessíveis, quase sempre mais velhas, de quem não se atrevia a se aproximar e que se conformava em olhar a distância. Um ano mais tarde, atingiu de sopetão seu tamanho e peso definitivos, mas, aos dezesseis anos, era ainda um adolescente magro, com joelhos e orelhas grandes demais, até mesmo patético, embora se pudesse vislumbrar sua boa índole.

– Se conseguir não se tornar bandido ou policial, será ator de cinema, e as mulheres irão adorá-lo – prometia-lhe Olga para consolá-lo quando o via sofrer na mortificação de sua própria pele.

Foi ela quem o tirou finalmente dos incandescentes suplícios da castidade. Desde que Martínez o fechara no quarto das vassouras na escola primária, assaltavam-no dúvidas inconfessáveis a respeito de sua virilidade. Não tinha voltado a explorar Ernestina Pereda nem nenhuma outra garota com o pretexto de brincar de médico, e os conhecimentos sobre esse lado misterioso da existência eram vagos e contraditórios. As migalhas obtidas às escondidas na biblioteca só contribuíam para desconcertá-lo mais ainda, porque iam contra a experiência da rua, as sacanagens dos irmãos Morales e outros amigos, as prédicas do padre, as revelações do cinema e os sobressaltos de sua fantasia. Fechou-se na solidão, negando com teimosa determinação as perturbações do seu coração e o desassossego do corpo, procurando imitar os castos cavaleiros da Távola

Redonda ou os heróis do faroeste, mas a cada instante o ímpeto de sua natureza traía-o. Aquela dor surda e a confusão sem nome dobraram-no por um tempo eterno, até que não pôde mais continuar a suportar aquele martírio e, se Olga não acode em seu socorro, teria acabado meio louco. A mulher viu-o nascer, tinha estado presente em todos os momentos importantes de sua infância, conhecia-o como a um filho, nada que dissesse respeito a ele escapava aos seus olhos e o que não deduzia por simples percepção adivinhava pelo seu talento de nigromante, o que, resumindo, consistia no conhecimento da alma dos outros, bom olho para observar e desfaçatez para improvisar conselhos e profecias. Nesse caso específico não se requeriam dotes de clarividência para deduzir o estado de desamparo de Gregory. Naquele tempo Olga estava com quarenta anos, as curvas de sua juventude haviam se transformado em gordura, e os contratempos de sua vocação de cigana haviam enrugado sua pele, mas mantinha a graça e o estilo, a folhagem de suas crinas ruivas, o roçar das saias e o riso veemente. Ainda morava no mesmo local, mas já não ocupava apenas um quarto, tinha comprado a propriedade para transformá-la em seu templo particular, onde dispunha de um quarto para os remédios, a água magnetizada e toda espécie de ervas, outro para as massagens terapêuticas e abortos, e uma sala de bom tamanho para as sessões de espiritismo, magia e adivinhação. Sempre recebia Gregory na divisão em cima da garagem. Naquele dia encontrou-o triste, e voltou a comovê-la a rude compaixão que nos últimos tempos era seu sentimento primordial por ele.

– Por quem está apaixonado agora? – riu.

– Quero ir embora deste lugar de merda – disse Gregory com a cabeça entre as mãos, derrotado por aquele inimigo no baixo-ventre.

– Para onde está pensando ir?

– Para qualquer lugar, para o caralho, não importa. Aqui não acontece nada, não se pode respirar, estou me afogando.

– Não é o bairro, é você. Está se afogando na própria pele. – A adivinha tirou do armário uma garrafa de uísque, despejou uma boa dose no copo dele e outra para ela, esperou que ele bebesse e serviu-lhe mais. O rapaz não estava habituado à bebida forte, fazia calor, as janelas estavam fechadas e o aroma de incenso, ervas medicinais e patchuli pesava no ar. Aspirou o cheiro de Olga com um estremecimento. Num instante de inspiração caritativa, a mulher se aproximou por trás e envolveu-o com seus braços, os seios já tristes espalmaram-se contra as costas dele, seus dedos cheios de anéis desabotoaram-lhe às cegas a camisa, enquanto ele se fazia de pedra, paralisado pela surpresa e pelo medo, mas então ela começou a beijá-lo no pescoço, a meter-lhe a língua nas orelhas, a sussurrar-lhe palavras em russo, a explorá-lo com suas mãos experientes, a tocá-lo onde ninguém o havia tocado antes, até que ele se abandonou com um soluço, precipitando-se num abismo sem fundo, sacudido de pavor e de antegozo do prazer e, sem saber o que fazia nem por que o fazia, voltou-se para ela, desesperado, rasgando-lhe a roupa com a pressa, assaltando-a como um animal no cio, rolando com ela pelo chão, esperneando para se libertar das calças, abrindo caminho por entre as saias, penetrando-a num impulso de desolação e abatendo-se a seguir com um grito, quando se esvaziava às golfadas, como se uma artéria lhe tivesse arrebentado nas entranhas. Olga deixou-o descansar um pouco sobre seu peito, arranhando-lhe as costas como muitas vezes tinha feito quando ele era menino e, quando calculou que o remorso estava chegando, levantou-se e foi fechar as cortinas. Depois começou a tirar lentamente a blusa rasgada e a saia amassada.

– Agora vou ensinar o que nós, mulheres, gostamos – disse-lhe com um sorriso novo. – Primeiro é não ter pressa, filho...

– Tenho que saber uma coisa, Olga, jure-me que vai me dizer a verdade.

– Que quer saber?

– Meu pai e você... quero dizer, vocês...

– Isso não é da sua conta, não tem nada a ver com você.

– Tenho que saber... vocês eram amantes, não é?

– Não, Gregory. Vou falar só uma vez: não, não éramos amantes. Não volte a tocar no assunto, porque, se o fizer, nunca mais o verei, está compreendendo?

Gregory tinha tanta necessidade de acreditar nisso que não fez mais perguntas. A partir dessa tarde o mundo mudou de cor para ele, visitava Olga quase todos os dias e, como um aluno aplicado, aprendeu o que ela achou por bem revelar-lhe, remexeu em seus esconderijos, atreveu-se a dizer em murmúrios todas as obscenidades possíveis e descobriu maravilhado que não estava completamente sozinho no universo e que já não tinha vontade de morrer. Assim como limpara a alma, também seu corpo se desenvolvia, e, em poucas semanas, deixou de parecer um garoto, seu rosto passou a ter a expressão de um homem satisfeito. Quando Olga se deu conta de que ele, além de agradecido, estava também apaixonado, sacudiu-o furiosa, obrigando-o a olhá-la toda nua e a fazer um inventário meticuloso de sua gordura, de seus cabelos brancos e rugas, de sua fadiga de tantos anos lutando contra o destino, e ameaçou-o solenemente mandá-lo embora se insistisse em continuar com ideias equivocadas. Fez-lhe ver com clareza os limites de sua relação e acrescentou que batesse no peito, porque tinha uma sorte brutal; não encontraria outra mulher que lhe oferecesse sexo grátis e seguro, lhe passasse as camisas a ferro, lhe pusesse dinheiro nos bolsos e não lhe exigisse nada em troca, que ainda era um fedelho e que, quando deixasse de ser, ela estaria velha, que se concentrasse em estudar, para ver se conseguia sair do buraco onde havia crescido e que se tornasse alguém, que vivia na terra das oportunidades e, se não as aproveitasse, seria um imbecil irremediável.

Suas notas melhoraram, fez novos amigos, começou a colaborar no jornal da escola e logo se viu escrevendo artigos inflamados e encabeçando reuniões de alunos por diversas causas, algumas burocráticas, como o horário dos desportos, e outras de princípios, como a discriminação contra os negros e latinos. Herança do pai, suspirava Nora preocupada, porque não queria que se convertesse em pregador. Apaziguado por Olga, tomou gosto pela leitura, aproveitava todos os momentos livres para ir à biblioteca municipal, onde fez amizade com Cyrus, o velho ascensorista. O homem movia os comandos com uma mão e com a outra segurava um livro, tão absorto que o elevador funcionava como uma máquina desengonçada.

Só levantava os olhos quando Gregory chegava; então, por alguns segundos, iluminava-se sua anêmica cara de profeta e um sorriso leve mudava-lhe o ricto insociável de sua boca, mas dominava o gesto imediatamente e saudava-o com um grunhido, para deixar bem claro que apenas os unia uma certa afinidade intelectual. O rapaz geralmente aparecia no meio da tarde, depois da escola, e só ficava uma meia hora, porque tinha que trabalhar. O ancião esperava-o desde cedo e à medida que a hora se aproximava dava por si olhando o relógio, sempre na defesa para dominar afetos desnecessários, mas, se ele deixava de vir, era como se não tivesse nascido o sol. Tornaram-se bons amigos. Reeves gostava de passar os sábados em sua companhia, visitava-o no sórdido quarto da pensão onde morava, outras vezes saíam para passear até o cinema, e ao cair da tarde despedia-se para ir com Cármen aos salões de baile. Tempos depois, Cyrus marcou um encontro com ele num parque, com o pretexto de discutir filosofia e compartilhar um lanche. Esperava-o com uma cesta onde apareciam um pão e o gargalo de uma garrafa; levou-o pelo braço a um local isolado onde ninguém pudesse ouvi-los e ali disse-lhe em sussurros que estava disposto a revelar-lhe um segredo de vida e morte. Depois de fazê-lo jurar que jamais o trairia, confessou-lhe solenemente sua filiação ao Partido Comunista. O rapaz não conseguia entender com clareza o significado de tal confidência, apesar de estarem em plena época da caça às bruxas, desencadeada contra as ideias liberais, mas imaginou que devia ser algo contagioso e de tão má reputação como as doenças venéreas. Fez algumas perguntas que só contribuíram para obscurecer mais o panorama. A mãe deu-lhe uma resposta vaga sobre a Rússia e o massacre de certa família real num palácio de inverno, tudo tão distante que lhe foi impossível fazer a relação com seu lugar e seu tempo. Quando falou a respeito na casa dos Morales, Inmaculada persignou-se espantada, Pedro proibiu-o de proferir grosserias em sua casa e preveniu-o contra o desatino de se envolver em assuntos que não eram de sua competência. A política é um vício, gente honesta e trabalhadora não precisa dela para nada, determinou o padre Larraguibel, cuja inclinação para a catástrofe aumentava com os anos; acusou os comunistas de serem o anti-

Cristo em pessoa e inimigos naturais dos Estados Unidos, assegurou que falar com um deles constituía uma traição automática à cultura cristã e à pátria, já que tudo que se dissesse era remetido imediatamente a Moscou para fins diabólicos. Cuidado, poderá se ver em maus lençóis com a autoridade e acabar na cadeira elétrica, que, aliás, bem mereceria por tanta insensatez, os vermelhos são ateus, bolcheviques e gente má, não têm nada que fazer neste país, que vão para a Rússia se é isso de que gostam, concluiu com um murro sobre a mesa que fez saltar a xícara de café com conhaque. Gregory compreendeu que Cyrus lhe dera a maior prova de amizade ao contar-lhe seu segredo e, em troca, dispôs-se a não enganá-lo no caminho intelectual recém-empreendido. O homem cultivou nele a paixão por certos autores e, sempre que Gregory fazia uma pergunta, mandava-o procurar sozinho a informação; assim, aprendeu a consultar enciclopédias, dicionários e outros recursos de biblioteca. Se todo o resto faltar, procure nos jornais antigos, aconselhou-o. Ante seus olhos abriu-se um vasto horizonte; pela primeira vez pareceu-lhe possível sair do bairro, não estava condenado a permanecer ali enterrado o resto de seus dias, o mundo era enorme, despertou-lhe a curiosidade e o desejo de viver as aventuras que antes lhe bastava ver no cinema. Quando estava livre da escola e do trabalho, permanecia horas com o mestre, subindo e descendo no elevador, até que o enjoo o vencesse e saísse, cambaleante, para respirar ar puro.

À noite jantava com os Morales e, de quebra, ajudava Cármen em suas tarefas, porque era péssima aluna, depois ia à casa de Olga e chegava em casa quando Judy e a mãe já estavam dormindo. Às vezes, durante os fins de semana, procurava a companhia de Nora para comentar suas leituras, mas a relação deles esfriava dia a dia, e não tornaram a ter as conversas dos tempos do caminhão boêmio, quando ela lhe contava argumentos de ópera e lhe decifrava os mistérios do firmamento nas noites estreladas. Com a irmã tinha muito pouco em comum e só bastante distraído é que não percebia sua firme hostilidade. Nesses anos, a casa havia voltado a se deteriorar, as madeiras apodreciam e chovia pelo telhado, mas o terreno havia sido valorizado com o progresso da cidade naquela direção. Pedro

Morales sugeriu vender a propriedade e que os Reeves se instalassem num apartamento pequeno, onde as despesas seriam menores, e a manutenção, mais fácil, mas Nora temia que o marido se perdesse na mudança.

– Os mortos necessitam de um lugar fixo, não podem estar sendo mudados de um lado para o outro. Também as casas necessitam de uma morte e de um nascimento. Um dia nascerão aqui os meus netos – dizia ela.

A não ser Olga, com quem partilhava a prodigiosa intimidade dos amantes impudicos, Cármen Morales era a pessoa mais próxima de Gregory. Já que Olga lhe havia tranquilizado os instintos, pôde contemplar as proeminências de sua amiga sem ficar perturbado. Desejava para ela um destino menos sórdido do que o das mulheres de seu bairro, maltratadas pelos maridos, abatidas pelos filhos e sem solenidade, acreditava que com um pouco de ajuda poderia terminar a escola e aprender uma profissão. Tentou iniciá-la na leitura, mas ela se aborrecia na biblioteca, detestava os estudos e não demonstrava o menor interesse pelas notícias dos jornais.

– Se leio mais de meia página, sinto dor de cabeça, é melhor você ler e depois me contar... – desculpava-se quando a colocava entre um livro e a parede.

– É porque tem os seios grandes. Quanto mais seios, menos cérebro, é uma lei da natureza; por isso essas mulheres desgraçadas são como são – explicou Cyrus a Gregory.

– Esse velho é um cretino! – gritou Cármen quando soube e, a partir daquele dia, usava sutiãs com enchimento só com o intuito de provocar, com resultados tão espetaculares que ninguém na vizinhança deixou de comentar como a mais nova dos Morales estava se desenvolvendo tão bem.

Não só seus seios chamavam atenção, como também havia deixado para trás seu aspecto de ratinho diligente e estava se tornando uma jovem explosiva em volta da qual circulavam os pretendentes, mas sem se atrever a ultrapassar a delicada fronteira da honra, porque do outro lado encontravam-se Pedro Morales e os seus quatro filhos, todos parrudos, determinados e zelosos! Na aparência não era diferente de outras garotas da sua idade, gostava de festas, escrevia pensamentos românticos e versos copiados de um diário, apaixonava-se pelos atores de cinema e flertava com todo rapaz que estivesse ao seu alcance, sempre que conseguia iludir a vigilância da família e de Gregory, que tinha o papel de cavaleiro andante. No entanto, ao contrário de outras jovens, tinha uma imaginação turbulenta que mais tarde iria salvá-la de uma existência banal.

Uma quinta-feira, à saída da escola, Gregory e Cármen encontraram-se na rua em frente a Martínez e mais três de sua gangue. A enxurrada de jovens que saía do prédio parou por um instante e logo desviou para evitá-los, não fossem considerar isso uma provocação, mas Martínez tinha visto a garota no sábado anterior num salão de baile e estava à espera dela com a soberba de quem sabe que é mais forte. Ela estacou, e o mesmo fizeram os outros alunos à sua volta, que perceberam a ameaça no ar e foram incapazes de reagir. Martínez havia crescido muito para a sua idade, era um gigante insolente com bigodinho de gato, algumas tatuagens à vista, roupas desbotadas, o cabelo cheio de brilhantina com dois topetes levantados, calças com tachas na cintura, sapatos com bicos de metal, jaqueta de couro e camisa bordada.

– Anda, belezinha, vem cá me dar um beijo... – deu dois passos e agarrou Cármen pelo queixo.

Com um safanão, ela o afastou, e os olhos do outro ficaram do tamanho de dois raios. Gregory agarrou a amiga pelo braço e quis tirá-la daquela situação covarde, mas o bando bloqueava a passagem, e não havia a quem recorrer; na rua havia sido aberto um terrível vazio, os outros rapazes recuaram a uma distância prudente num amplo semicírculo, e no centro só ficaram eles e os agressores.

– Conheço você, seu filho da puta – gracejou Martínez, empurrando ligeiramente Gregory, e acrescentou para os capangas: – Este é o merda do *gringo* viado de quem falei.

Sem largar Cármen, Gregory voltou a tentar uma manobra para escapar, mas Martínez avançou ameaçador e, então, compreendeu que havia chegado o momento tão temido, já não era possível evitar aquela ameaça que sempre receara. Respirou fundo, fazendo por controlar o terror, obrigando-se a pensar, imaginando que se encontrava sozinho, porque nenhum dos seus camaradas acudiria em sua defesa, e que os outros eram quatro e certamente tinham facas ou soco-inglês. O ódio chegou-lhe como uma onda quente do fundo do ventre até a garganta, as recordações vieram em tropel, aturdindo-o e, por instantes, perdeu a visão e o entendimento, e mergulhou num lodaçal escuro. A voz de Cármen fez com que voltasse à rua.

– Não me toque, cara – e defendia-se das mãos de Martínez enquanto os outros riam.

Gregory empurrou Cármen para um lado e enfrentou o inimigo, os rostos a poucos centímetros, os punhos prontos, os olhos cheios de rancor, tremendo.

– Que é que você quer, *gringo* de merda...? Tem vontade de que eu te enrabe de novo ou prefere brincar comigo? – cochichou Martínez com a voz lenta e suave, como se falasse de amor.

– Vai trepar com a tua mãe! Com quatro capangas contra um só e desarmado, é bem fácil! – respondeu Gregory.

– Está bem, afastem-se porque isto será só entre nós dois – disse Martínez aos seus.

– Não quero uma briga de crianças. O que eu quero é um duelo de morte – disse Gregory de dentes cerrados.

– Que porra vem a ser isso?

– O que você acabou de ouvir, desgraçado! – e Gregory levantou a voz para que todos na rua pudessem ouvi-lo. – Dentro de três dias, atrás da fábrica de pneus, às sete da noite.

Martínez deu uma olhadela em volta, sem compreender muito bem do que se tratava, e os companheiros encolheram os ombros, rindo, enquanto o círculo de curiosos se fechava um pouco, porque ninguém queria perder uma palavra do que estavam dizendo.

– Faca, garrote, correntes ou pistola? – perguntou Martínez, incrédulo.

– O trem – respondeu Gregory.

– E o que é que essa porra de trem tem com isso?

– Vamos ver quem tem mais colhões – e Gregory pegou Cármen pela mão e afastou-se pela rua, virando-lhe as costas com o fingido desprezo de um toureiro pelo touro que ainda não derrotara, caminhando depressa, para que ninguém ouvisse as batidas de seu coração.

Há muitos anos que eu já corria contra o trem, primeiro com a intenção de me matar e depois apenas para despertar o gosto pela vida. Passava rugindo quatro vezes por dia como um dragão impetuoso, alvoroçando o vento e o silêncio. Eu o esperava sempre no mesmo lugar, num terreno baldio e plano, onde algumas vezes se acumulavam sucata e lixo e, noutras, quando o limpavam, os meninos jogavam bola. Primeiro eu ouvia o apito longínquo e o rumor das máquinas, depois via-o surgir, uma gigantesca cobra de ferro e ruído. Meu desafio era calcular o momento exato para atravessar a linha em frente à locomotiva, aguardar até o último momento, tê-lo quase em cima, correr então como um desesperado e alcançar o outro lado com um salto. A vida dependia do mínimo erro, uma leve vacilação, um tropeção nos trilhos, a destreza de minhas pernas e meu sangue-frio. Podia distinguir os diferentes trens pelo estrépito das máquinas, sabia que o primeiro da manhã era mais lento e o das sete e quinze mais veloz. Sentia-me bastante seguro, mas, como já não o toureava há um bom tempo, fui treinar com cada um que passou nos dias seguintes, acompanhado por Cármen e Juan José, para avaliar os resultados. A primeira vez que me viram fazer aquilo deixaram cair o cronômetro das mãos, Cármen desatou a gritar sem controle, por sorte só a ouvi depois que a máquina passou, porque certamente teria titubeado e agora não estaria contando esta história. Descobrimos o melhor lugar para a corrida, onde se pode ver os trilhos com clareza, tiramos as pedras e marcamos a distância com um risco no chão, encurtando-a a cada tentativa, até que não foi possível reduzi-la mais, o trem roçava as minhas costas. À tarde era mais difícil, porque a essa hora estava quase escuro, e as luzes da locomotiva me ofuscavam. Suponho que Martínez também tenha se exercitado do outro lado, onde ninguém podia vê-lo e seu orgulho desmesurado ficava salvo; na frente de seus companheiros não podia mostrar a menor preocupação pelo duelo, tinha que aparentar desprezo absoluto pelo perigo, como verdadeiro macho que era. Eu contava com isso para tirar vantagem, porque durante meus anos na selva do bairro havia aprendido a aceitar com humildade o medo, aquele fogo no estômago que por vezes me atormentava durante vários dias seguidos.

No domingo combinado já havia corrido o boato na escola, e às seis e meia formava-se uma fila de automóveis, motos e bicicletas estacionados no terreno baldio, e uns cinquenta amigos meus, sentados no chão perto dos trilhos, esperavam o início do espetáculo. A fábrica de pneus estava fechada, mas no ar ainda pairava o cheiro nauseabundo de borracha quente. O clima era de festa, alguns tinham levado lanche, outros uísque e genebra disfarçados em garrafas de suco, vários haviam trazido máquinas fotográficas. Cármen evitou a algazarra, manteve-se afastada, rezando. Havia me pedido para desistir, é preferível passar por covarde do que perder a vida num suspiro, além disso Martínez não te fez nada, esse duelo é uma aberração, um pecado, Deus vai nos castigar, suplicou-me. Expliquei-lhe que aquilo nada tinha a ver com o incidente na rua, que ela não era a causadora, mas apenas o pretexto, tratava-se de dívidas muito antigas impossíveis de contar, coisas de homens. Pendurou em meu pescoço um pequeno retângulo de tecido bordado.

— É o escapulário da Virgem de Guadalupe que minha mãe usava quando veio de Zacatecas. É muito milagroso...

Às sete em ponto apareceram quatro automóveis destrambelhados, salpicados com a cor arroxeada d'*Os Carniceiros*, transportando a gangue, que acudiu para apoiar Martínez. Passaram entre nós fazendo a saudação da mão fechada sobre o rosto e mexendo no sexo, em gesto de provocação. Imaginei que, se as coisas não saíssem bem, se armaria ali uma tremenda confusão, e o meu grupo de amigos, embora mais numeroso, não era em nenhum caso um adversário temível para eles, habituados a brigar e andar armados. Tive que olhar duas vezes para distinguir Martínez, porque todos pareciam iguais, os mesmos penteados com brilhantina, jaquetas, adornos e jingados provocantes ao caminhar. Ele não havia renunciado à sua roupa pesada, nem sequer aos sapatos de salto alto, enquanto eu, pelo contrário, vestia uma roupa mais leve — nesse tempo só podia comprar alguma coisa de segunda mão no bazar da igreja – e estava calçando tênis de ginástica. Avaliei as minhas vantagens: eu era mais rápido e leve, mas aquilo era um desafio à morte, e no último instante contava mais o atrevimento do que a destreza. Na escola primária ele era bom atleta, eu, pelo contrário, sempre fora medíocre, mas procurei não pensar nisso.

– Às sete e quinze em ponto passa o expresso. Correremos ao mesmo tempo separados por três passos largos para que você não possa me empurrar, seu filho da puta, eu mais perto do trem, te dou esse presentinho se você quiser – gritei para todos ouvirem.

– Não preciso de vantagem, merda de *gringo* viado.

– Escolhe então: corre mais perto do trem ou parte mais atrás.

– Saio mais atrás.

Com um pau marquei dois riscos no chão, enquanto os membros da quadrilha e alguns dos meus companheiros, encabeçados por Juan José Morales, atravessavam a linha para controlar o duelo do outro lado.

– Tão perto? Está com medo, maricas? – gracejou Martínez desdenhoso.

Havia calculado a sua reação, apaguei os riscos com o pé e tracei-os de novo mais atrás. Juan José Morales e o representante de Martínez mediram os passos de separação e nesse momento ouvimos o apito do trem. Todos os espectadores se adiantaram, a gangue à esquerda, num bloco compacto, meus companheiros à direita. Cármen me deu um último olhar animador, mas vi que estava aflita. Colocamo-nos nas marcas, toquei o escapulário disfarçadamente e bloqueei a mente por completo, concentrando-me em mim próprio e naquela massa de ferro que se precipitava, contando os segundos, o corpo tenso, atento ao estrépito que crescia, eu só em frente ao trem, como tantas vezes antes havia estado. Três, dois, um, agora! e, sem ter consciência do que fazia, senti um bramido selvagem nas entranhas, as pernas saíram disparadas por impulso autônomo, uma descarga elétrica percorreu-me de alto a baixo, os músculos estalaram pelo esforço e o pavor cegou-me como um véu de sangue. O clamor do trem e o meu próprio grito penetraram-me por baixo da pele, invadindo-me por inteiro, tornei-me eu próprio um só e terrível rugido. Vislumbrei as luzes imensas que vinham para cima de mim, minha pele ardeu com o calor dos motores e do ar, partido em dois por aquela gigantesca flecha, as faíscas das rodas metálicas contra os trilhos atingiram-me o rosto. Houve um instante que durou um milênio, uma fração de tempo congelada para sempre, e fiquei suspenso num abismo incomensurável, flutuando diante da locomotiva, um pássaro petrificado em pleno voo, cada partícula esticada no último salto para a frente, a mente presa na certeza da morte.

Não sei o que aconteceu depois. Só me lembro que acordei rolando do outro lado dos trilhos, com náuseas, extenuado, aspirando a plenos pulmões o cheiro de metal quente, aturdido pelo fragor furioso da enorme besta que passava e continuava a passar, compridíssima, interminável, e, quando por fim acabou de se afastar, senti um silêncio anormal, um vazio absoluto, e fui completamente envolvido pela escuridão. Um século depois Cármen e Juan José agarraram-me nos braços para me colocar de pé.

– Levante-se, Gregory, vamos embora daqui antes que chegue a polícia...

E então tive um instante de lucidez e consegui ver, na penumbra da tarde, como os rapazes saíam em disparada até a estrada, como saíam disparados seus carros avermelhados, como não ficou uma viva alma no lugar a não ser Cármen, Juan José e eu, salpicado de sangue, e os pedaços de Martínez espalhados por todo lado.

Segunda Parte

Tanto se repetiu de boca em boca o duelo do trem, enfeitado até tomar proporções fantásticas, que Gregory Reeves se tornou um herói entre seus companheiros. Algo fundamental mudou, então, em seu caráter; cresceu de repente e perdeu aquela espécie de candura angelical, causadora de tantos dissabores e pancadaria, adquiriu segurança e, pela primeira vez em tantos anos, sentiu-se bem em sua pele; já não desejava ser moreno, como os demais do bairro, começava a avaliar as vantagens de não o ser. Na escola secundária havia cerca de quatro mil alunos provenientes de diferentes bairros da cidade, quase todos brancos e de classe média. As meninas usavam o cabelo preso num rabo de cavalo, não falavam palavrões nem pintavam as unhas, frequentavam a igreja, e algumas já tinham ares de matronas irremediáveis, como suas mães. Não perdiam oportunidade de beijar namorados ocasionais na última fila do cinema ou no banco traseiro de um automóvel, mas nada comentavam. Sonhavam com um diamante no dedo anelar, mas os rapazes aproveitavam a liberdade enquanto podiam, antes que o raio fulminante do amor os domesticasse. Viviam sua última oportunidade de divertimentos, jogos e esportes violentos, de se aturdir com o álcool e a velocidade, um tempo de brincadeiras viris, algumas inócuas, como roubar o busto de Lincoln do escritório do reitor, e outras nem tanto, como agarrar um negro, um mexicano ou um homossexual para besuntá-lo com merda. Riam do romantismo, mas utilizavam-no para conseguir um par. Entre eles falavam de sexo sem parar, mas muito poucos tinham oportunidade de praticá-lo. Por pudor, Gregory Reeves nunca mencionou Olga a seus amigos. Na escola sentia-se à vontade, já não era segregado pela cor, ninguém conhecia sua casa nem sua família, ignoravam que sua mãe recebia um cheque da Beneficência Social. Era um dos mais pobres, mas tinha sempre algum dinheiro no bolso porque trabalhava, podia convidar uma garota para o cinema, não lhe faltava dinheiro para uma rodada de cerveja ou uma aposta e no último ano a prosperidade concedeu-lhe um automóvel bastante rodado, mas com motor ainda bom. Sua pobreza só era percebida nas calças puídas, nas camisas rotas e na falta de tempo livre. Parecia maior, era magro, ágil e tão forte como havia sido o pai, achava-se bonito e agia como se o fosse. Nos anos seguintes tirou proveito da lenda de Martínez e do conhecimento das duas culturas em que havia crescido. As extravagâncias intelectuais da família e sua amizade pelo ascensorista da biblioteca desenvolveram-lhe a curiosidade, e, num lugar onde os homens só liam a página de esportes dos jornais e as mulheres preferiam os mexericos de artistas de Hollywood, ele havia lido em ordem alfabética os mais notáveis pensadores, desde Aristóteles até Zoroastro. Tinha uma visão deformada do mundo, mas, de qualquer maneira, mais ampla do que a dos demais estudantes e de vários professores. Cada nova ideia deslumbrava-o, julgava ter descoberto alguma coisa única e sentia o dever de a revelar ao resto da humanidade, mas logo se deu conta de que a exibição de conhecimentos caía como um coice de mula entre seus companheiros. Perto deles, se calava, mas, na frente das garotas, não podia evitar a tentação de brilhar como um malabarista da palavra. As incansáveis discussões com Cyrus ensinaram-no a defender suas ideias com paixão; seu mestre derrubava sua intenção de o comandar pela eloquência; mais fundamento e menos retórica, meu filho, dizia-lhe, mas Gregory comprovou que seus truques de orador funcionavam bem com outras pessoas. Sabia colocar-se na direção do grupo, os outros se acostumaram a lhe dar passagem, e, como a modéstia não era uma de suas virtudes, naturalmente imaginou-se lançado numa carreira política.

– Não é má ideia. Daqui a uns anos o socialismo terá triunfado no mundo, e você poderá ser o primeiro senador comunista deste país – entusiasmava-o Cyrus em conversas secretas no porão da biblioteca, onde durante anos havia tentado, sem grandes resultados, semear na mente de seu discípulo sua incendiada paixão por Marx e Lênin; Reeves considerava essas teorias inquestionáveis do ponto de vista da justiça e da lógica, mas intuía que não tinham a menor chance de triunfar, pelo menos em metade do planeta. Por outro lado, a ideia de fazer fortuna parecia-lhe mais sedutora do que a de partilhar a pobreza por igual, mas jamais se teria atrevido a confessar pensamentos tão mesquinhos.

– Não estou certo de querer ser comunista – defendia-se com prudência.

– E o que vai ser então, filho?

– Democrata, por exemplo...

– Não há nenhuma diferença entre democratas e republicanos, quantas vezes preciso lhe explicar isso? Mas, se quer chegar ao Senado, deve começar agora mesmo. Camarão que adormece, a corrente leva. Você tem que ser presidente dos estudantes.

– Você está maluco, Cyrus; sou o mais pobre da turma e falo inglês como um mexicano. Quem votaria em mim? Não sou nem gringo nem latino, não represento ninguém.

– Por isso mesmo poderá representar todos – e o velho emprestou-lhe *O Príncipe* e outras obras de Maquiavel, para que pudesse aprender acerca da natureza humana. No fim de três semanas de leitura superficial, Gregory Reeves voltou bastante confuso.

– Isso não me serve para nada, Cyrus. Que relação existe entre os italianos do século XV e os vândalos da minha escola?

– Isso é tudo que tem a me dizer sobre Maquiavel? Não compreendeu nada, você é um ignorante. Não merece ser secretário de um pré-escolar e muito menos presidente de grêmio de escola secundária.

O rapaz voltou a enfiar o nariz nos livros, dessa vez com mais dedicação, e pouco a pouco o raio iluminador do estadista florentino atravessou cinco séculos de história, a distância de meio mundo, as barreiras culturais e as brumas de um cérebro juvenil para lhe revelar a arte do poder. Fez anotações num caderno que intitulou, modestamente, "Eu Presidente" e que se tornou profético, porque, graças às estratégias de Maquiavel, aos conselhos de seu mestre e às manipulações de inspiração própria, conseguiu ser eleito por esmagadora maioria. Esse foi o primeiro ano sem problemas raciais na escola, porque alunos e professores trabalharam em conjunto, convencidos por Reeves de que navegavam no mesmo barco e que a ninguém convinha navegar em direções opostas. Organizou também o primeiro baile de meias, escandalizando a Junta Diretora, que o considerou o passo definitivo para a orgia romana, mas nada de pecaminoso aconteceu, foi uma festa inocente, em que os participantes apenas tiraram os sapatos. O novo presidente estava decidido a deixar uma recordação inesquecível nos anais da instituição e a iniciar-se no caminho até a Casa Branca, mas a tarefa mostrou-se mais árdua do que havia calculado. Além das responsabilidades do cargo, ajudava na cozinha de uma casa de jogo de sinuca até tarde da noite, nos finais de semana consertava pneus na garagem de Pedro Morales e no verão trabalhava colhendo frutas nos campos. Sua existência transcorria tão ocupada que se salvou do álcool, das drogas, das apostas no jogo e nas corridas de automóvel em que vários de seus amigos perderam boa parte de sua inocência, quando não a saúde e até a vida.

As garotas tornaram-se sua ideia fixa, manifestada às vezes como um atordoamento feliz capaz de fazê-lo esquecer até o próprio nome, mas em geral era só um martírio de sopa quente nas veias e de obscenidades comuns na cabeça. Com delicadeza, porque lhe tinha muito carinho, mas com determinação irrevogável, Olga afastou-o de sua cama com o pretexto de que já era hora de procurar outros consolos. Sentia-se muito velha para aquelas cavalgadas, disse ela, mas na realidade havia se apaixonado por um caminhoneiro, dez anos mais novo do que ela, que costumava visitá-la entre duas viagens. Aquela matrona de espírito indômito acabou cerzindo meias e aguentando durante vários anos as manhas de um amante mal-assombrado, até que numa de suas viagens o homem desviou do caminho para seguir outro amor e nunca mais voltou. Por outro lado, os encontros entre Olga e Gregory tinham perdido o atrativo da novidade e o encanto do inconfessável, haviam degenerado numa discreta ginástica entre uma avó e seu neto. Olga foi substituída por Ernestina Pereda, companheira de Gregory na escola primária, que agora trabalhava num restaurante. Com ela imaginava o amor, ilusão que se dissipava em poucos minutos, deixando-lhe um sabor de culpa. Possivelmente ele era o único amante de Ernestina com tais escrúpulos, mas, para os derrotar, teria que ter traído sua natureza romântica e os princípios de cavalheirismo aprendidos com sua mãe e as leituras; não desejava aproveitar-se dela, como tantos outros, mas tampouco era capaz de lhe fingir amor. Ainda não se perfilavam no horizonte as mudanças nos costumes que transformariam o sexo num saudável exercício sem risco de gravidez nem complexo de culpa. Ernestina Pereda era um desses seres destinados a explorar o abismo dos sentidos, mas coube-lhe nascer quinze anos antes, quando as mulheres deviam escolher entre a decência e o prazer e ela não tinha força para renunciar a nenhum dos dois. Desde que podia se lembrar vivera deslumbrada com possibilidades de seu corpo; aos sete anos havia transformado o banheiro da escola no seu primeiro laboratório e aos companheiros em porquinhos-da-índia, com quem pesquisou, fez experiências e chegou a surpreendentes conclusões. Gregory não escapou a semelhante afã científico; os dois escapuliam para a sórdida intimidade do banheiro a fim de se apalpar com a melhor das boas vontades, brincadeira que teria continuado indefinidamente se a brutalidade de Martínez e sua gangue não a tivesse interrompido repentinamente. Num recreio, subiram num caixote para espiá-los, surpreenderam-nos brincando de médico, armaram tal escândalo, que Gregory ficou doente de vergonha por uma semana e não voltou a tentar essa diversão até que Olga o resgatou de sua confusão. A essa altura Ernestina Pereda já tinha tido inúmeras experiências. Não havia rapaz do bairro que não a quisesse conhecer, alguns com justificada razão, mas muitos por simples divertimento. Gregory procurava não pensar em tal promiscuidade, seus encontros não tinham artifícios sentimentais, mas sempre haviam contado com uma elementar cortesia, embora não se falasse de sentimentos. O amor apresentava-se a ele em cada ocasão na forma de paixões efêmeras por algumas moças das redondezas, com quem não podia praticar as piruetas de perdição do repertório de Olga nem os volteios frenéticos de Ernestina Pereda. Não tinha dificuldade em conseguir mulheres, namoradas, mas nunca se sentia suficientemente amado; o afeto que recebia era apenas um reflexo pálido da paixão total em que se consumia. Gostava das garotas magras e altas, mas cedia sem opor a menor resistência ante qualquer tentação do sexo oposto, mesmo que fosse a mais rechonchuda, como era o caso das latinas do bairro. Só descartava Cármen como inspiração de seus desvarios eróticos: considerava-a sua companheira, e os seus atributos femininos em nada alteravam sua antiga camaradagem. Contudo, eram de temperamentos diferentes e, pouco a pouco, havia-se criado um abismo intelectual entre os dois. Com ela compartilhava confidências, bailes e cinema, mas era inútil comentar suas leituras ou as inquietações sociais e metafísicas semeadas por Cyrus no seu coração. Quando andava por esses caminhos, sua amiga não se dava ao trabalho de afagá-lo com fingido interesse, imobilizava-o com um olhar de gelo e dizia-lhe que deixasse de babaquices. Com outras garotas não tinha melhor saída; atraía-as no começo pelo seu prestígio de selvagem e de bom dançarino, mas logo se cansavam de suas virtudes e iam embora, comentando que ele era pedante e metido, incapaz de ficar com as mãos quietas, cuidado em aceitar um passeio sozinha no calhambeque dele, primeiro fica chateando com uma história de candidato e depois tenta tirar seu sutiã, mas mesmo assim não faltavam a Reeves aventuras amorosas. Juan José Morales dizia que não valia a pena tentar compreender as mulheres, eram objetos de luxúria e perdição, como asseguravam o cancioneiro latino e o padre Larraguibel, quando se inflamava de zelo católico. Para os machos do bairro havia só dois tipos de mulheres, umas como Ernestina Pereda e outras intocáveis, destinadas à maternidade e ao lar, mas por nenhuma tinha que se apaixonar, isso faz do homem um escravo, quando não um corno. Gregory nunca se conformou com essas premissas e nos trinta anos seguintes perseguiu sem trégua a quimera do amor perfeito, tropeçando inúmeras vezes, caindo e voltando a levantar-se, numa interminável série de obstáculos, até que renunciou à busca e aprendeu a viver em solidão. E, então, por uma dessas irônicas surpresas da existência, encontrou o amor quando já não pensava mais achá-lo. Mas essa é outra história.

As aspirações senatoriais de Gregory Reeves terminaram abruptamente no dia seguinte à sua graduação na escola secundária, quando Judy lhe perguntou o que estava pensando fazer com seu destino, porque já era hora de sair da casa da mãe.

– Há muito tempo já devia estar morando em outro lugar, aqui não cabemos todos, estamos muito apertados.

– Está bem, vou procurar alguma coisa – respondeu Gregory com uma ponta de tristeza por aquela maneira brusca de ser expulso da família e de alívio por sair de um lar onde nunca havia se sentido querido.

– Temos que mandar mamãe ao dentista, não podemos adiar mais.

– Temos algumas economias?

– Não chega. Faltam trezentos dólares. E, além disso, prometemos-lhe uma televisão no Natal.

Judy havia passado por uma adolescência infeliz e havia se convertido numa mulher devastada por uma indignação surda. Seu rosto ainda era de uma beleza surpreendente, e o cabelo, embora cortado rente, tinha a mesma cor branca da infância. Perniciosas camadas de gordura haviam se assentado no esqueleto, mas não a deformavam de todo, porque ainda era muito jovem, e, apesar da obesidade, não era difícil adivinhar as formas originais de seu corpo, e, nas poucas ocasiões em que deixava de se detestar e sorria, recuperava seu encanto. Tinha tido alguns amores com homens brancos que encontrava no trabalho ou em outros bairros; seus vizinhos hispanos haviam abandonado há muito tempo a caça, convencidos de que era uma presa inatingível. Encarregava-se de espantar os esforçados pretendentes com os seus arrebatamentos de altivez ou seus longos silêncios.

– Essa pobre menina nunca se casará, está na cara que odeia os homens – diagnosticou Olga.

– Enquanto não emagrecer ficará assim – disse Gregory.

– O peso não tem nada a ver com isso, Gregory. Não ficará solteira por ser gorda, mas porque tem vontade, por pura raiva.

Por uma vez a clarividência falhou em Olga. Apesar do seu aspecto, Judy casou-se três vezes e teve incontáveis apaixonados, alguns dos quais perderam a paz da alma, perseguindo um amor que ela não pôde ou não quis dar. Teve vários filhos de diferentes maridos e adotou outras crianças, que criou com carinho. Essa ternura natural, que marcou os primeiros anos da vida de Gregory e que tentou muitas vezes recuperar ao longo da tormentosa relação com a irmã, permaneceu congelada na alma de Judy até que pôde orientá-la na direção dos cuidados da maternidade. Os próprios filhos e os dos outros ajudaram-na a superar a paralisia emocional da juventude e a ultrapassar com firmeza o trágico segredo oculto em seu passado. A essa altura havia abandonado a escola e trabalhava numa fábrica de roupa, a situação da família era precária, seu salário e o de Gregory não bastavam. Depois de um ano limpando casas nas horas livres, com as mãos esfoladas e a certeza de que por esse caminho não chegaria a parte alguma, decidiu empregar-se em tempo integral como operária. Juntamente com outras mulheres malpagas e maltratadas cosia num desvão escuro e sem ventilação, onde as baratas passeavam vaidosas. Nesse ofício, as leis eram violadas com impunidade, e as trabalhadoras, exploradas por patrões sem escrúpulos. Regressava a casa com embrulhos de tecidos e passava boa parte da noite na máquina de costura da mãe. Pagavam-lhe as horas extras ao mesmo preço das normais, mas necessitava de dinheiro e, à menor reclamação, punham-na na rua sem qualquer direito; havia muitos desesperados à espera de oportunidade.

Por seu lado, Gregory também estava habituado ao trabalho, havia contribuído para o orçamento da casa desde os sete anos. Com suas poupanças fez algumas mudanças, substituiu a antiga geladeira por uma moderna, o fogão a querosene por um a gás e o gramofone por um toca-discos elétrico para que a mãe ouvisse sua música favorita. A ideia de viver sozinho não o assustava. Seu amigo Cyrus e Olga procuravam convencê-lo de que em vez de empregar-se para sobreviver devia procurar a maneira de pagar a universidade, mas essa alternativa não existia entre os rapazes de seu meio; sobre as suas cabeças havia um teto invisível que os mantinha de olhos no chão. Ao terminar a escola, Gregory viu-se de repente outra vez limitado pelo baixo horizonte do bairro. Durante onze anos tinha feito o possível para ser aceito como mais um da vizinhança e, apesar da cor, quase obteve sucesso. Embora não tenha conseguido pôr em palavras, talvez a verdadeira razão para se tornar operário fosse o desejo de pertencer ao ambiente onde lhe coube crescer; a ideia de elevar-se acima dos outros pelo estudo pareceu-lhe uma traição. Nos anos felizes da escola secundária teve a breve ilusão de escapar à sua sorte, mas no fundo havia assumido sua condição de marginal, e, na hora de enfrentar o futuro, esmagou-o o peso da realidade. Alugou um quarto e lá se instalou com os seus poucos pertences em caixas, os livros emprestados por Cyrus e com Oliver por única companhia. O cão estava muito velho e quase cego, havia perdido vários dentes e grande parte do pelo, mal podia com o seu pesado esqueleto de animal bastardo, mas continuava sendo um amigo discreto e fiel. Poucas semanas trabalhando como operário foram suficientes para Reeves compreender que o sonho americano não era para todos. Quando à noite regressava ao seu quarto e se atirava extenuado na cama e ficava olhando o teto, dava conta da sua desesperança, sentia-se preso a um tronco. Passou o verão numa empresa de transportes onde tinha que carregar volumes pesados nas costas, apareceram músculos onde não sabia que os tinha, e estava adquirindo o rude físico de gladiador, quando um acidente o obrigou a mudar de rumo. Ele e mais outro carregavam um refrigerador pendurado por cordas que cada um levava ao ombro, fazia um calor sufocante, o vão da escada era estreito e em cada degrau o peso descansava por completo num lado do corpo. De repente sentiu uma ardente descarga elétrica na perna direita, teve que forçar a mão com toda a vontade para não largar a carga, senão teria esmagado seu companheiro. Deixou escapar um grito seguido por uma enfiada de palavrões, e, quando conseguiu pousar o refrigerador e olhar-se, viu uma árvore arroxeada de tronco grosso e ramificações, as veias haviam rebentado e em poucos minutos a perna ficou deformada. Foi parar no hospital, onde depois de ser examinado aconselharam-lhe repouso absoluto, advertindo-o de que as veias danificadas tomariam o aspecto de varizes, só a cirurgia poderia eliminá-las. O patrão pagou-lhe uma semana, e Reeves passou a convalescença em seu quarto, suando debaixo do ventilador, com o consolo da lealdade de Oliver, algumas massagens terapêuticas de Olga e os pratos *criollos* preparados por Inmaculada Morales. Os livros de Cyrus, a música clássica e as visitas de alguns amigos foram o seu entretenimento. Cármen aparecia em seu quarto muitas vezes e contava-lhe em pormenores os filmes em exibição, tinha o dom de narrar, e, ao ouvi-la, parecia estar na frente da tela. Juan José Morales, que também tinha feito dezoito anos, passou para se despedir antes de entrar nas Forças Armadas e deixou-lhe de recordação seu álbum com fotografias de mulheres nuas, que preferiu não examinar para evitar maiores suplícios; já sofria bastante com o calor, a imobilidade e o tédio. Cyrus ia vê-lo todos os dias e comentava as notícias em tom sepulcral, a humanidade estava à beira de uma catástrofe, a guerra fria punha em perigo o planeta, existiam demasiadas bombas atômicas prontas a ser ativadas e demasiados generais arrogantes dispostos a fazê-lo; em qualquer momento alguém apertaria o botão fatídico, explodiria o mundo com uma fogueira final e tudo iria definitivamente para o caralho.

– Perdeu-se a ética, vivemos num mundo de valores mesquinhos, de prazeres sem alegria e ações sem sentido.

– Chega, Cyrus! Não me preveniu tantas vezes contra o pessimismo burguês? – dizia gracejando o discípulo.

A mãe se materializava subitamente, discreta e tênue. Levava-lhe bolachas e um osso para Oliver, sentava-se junto à porta na beira da cadeira e conversava com a maior formalidade sobre os mesmos temas de sempre: História, recordações do pai, música. Cada dia parecia mais etérea e confusa. Aos sábados ouviam juntos o programa de ópera na rádio, e Nora, comovida até as lágrimas, comentava que aquelas eram vozes de seres sobrenaturais, os humanos não podiam alcançar tal perfeição. Com suas habituais boas maneiras olhava de longe a pilha de livros junto da cama e perguntava cortesmente o que ele estava lendo.

– Filosofia, mamãe.

– Não gosto dos filósofos, Greg, estão contra Deus. Querem racionalizar a Criação, que é um ato de amor e de magia. Para compreender a vida, a fé é bem mais útil do que a filosofia.

– Você iria gostar desses livros, mãe.

– Sim, suponho que sim. É preciso ler muito, Greg. Com conhecimento e sabedoria seria possível derrotar o mal na Terra.

– Esses livros dizem com outras palavras o mesmo que você me ensinou, que há uma só humanidade, que ninguém deve possuir a terra porque ela pertence a todos, que um dia haverá justiça e igualdade entre os homens.

– Mas esses não são livros religiosos?

– Bem pelo contrário, não são livros sobre deuses, mas sobre homens. Falam de economia, de política, de história...

– Deus queira que não sejam livros comunistas, meu filho.

Ao se despedir, deixava-lhe um folheto sobre a sua fé Bahai ou sobre algum novo guia espiritual dos tantos que brotavam naqueles lados, e partia com um gesto suave de mão, sem tocar o filho. Sua passagem pelo quarto era tão rápida, que Gregory ficava em dúvida se realmente havia estado ali ou se aquela senhora de cabelo cor de neve e vestido antiquado tinha sido apenas um produto da sua imaginação. Sentia por ela um carinho doloroso, parecia-lhe uma figura seráfica, intocada pela maldade, fina e delicada como as aparições dos contos. Em alguns momentos, tomava-o uma ira contra ela, queria arrancá-la às sacudidelas de seu persistente sono ligeiro, gritar-lhe que abrisse os olhos de uma vez por todas e o olhasse de frente, olhe-me, mãe, estou aqui, não está vendo?, mas, de um modo geral, desejava apenas aproximar-se, tocá-la, rir com ela e contar-lhe seus segredos.

Uma tarde Pedro Morales fechou a garagem cedo para ir vê-lo. Desde a morte de Charles Reeves tinha assumido tacitamente a tarefa de velar pela família do seu mestre.

— Isso é um acidente de trabalho. Têm que te dar uma indenização — explicou-lhe.

— Disseram-me que não tenho direito a nada, dom Pedro.

— Teu patrão tem seguro, não?

— O patrão disse que ele não é o patrão e que nós não somos seus empregados, somos prestadores de serviços. Pagam-nos como efetivos, mandam-nos embora em qualquer momento, e não temos direito a seguro. Você sabe como são as coisas.

— Isso é ilegal. Um advogado poderá ajudá-lo, meu filho.

Mas Reeves não tinha dinheiro para advogados e desanimou-o a ideia de perder-se durante anos em embaraçosos processos. Mal voltou a ficar de pé, conseguiu um trabalho menos cansativo, embora não mais agradável, numa fábrica de móveis, onde o pó fino da serragem que flutuava no ambiente e as emanações da cola, verniz e diluente mantinham os trabalhadores em permanente estado de cegueira. Durante vários meses fez pernas de cadeiras, todas exatamente iguais. O acidente da perna deixou-o de sobreaviso e tantas vezes enfrentou o capataz, reclamando direitos escritos nos contratos e ignorados na prática, que terminaram qualificando-o de revoltado incurável e despedindo-o. Dali, andou por diferentes empregos e de todos saía mal em poucas semanas.

— Por que se aborrece tanto, Greg? Não está mais na escola secundária, já não é presidente de nada. Se pagam o seu, não reclame, fica tranquilo — aconselhava-lhe Olga sem esperanças de ser ouvida.

— Você está certo, filho, tem que ter solidariedade de classe. A união faz a força — exclamava Cyrus, apontando uma invisível bandeira com o indicador tremendo. — O trabalho eleva o homem, e todos os trabalhadores são igualmente dignos e deveriam receber o mesmo pagamento, mas nem todos os homens têm as mesmas habilidades. Você não dá para isto, Greg, é um esforço inútil, não o leva a lugar nenhum, é como lançar areia no mar.

— Por que não se dedica à arte? É melhor. Seu pai era artista, não era? — aconselhava Cármen.

— E morreu na miséria, deixando-nos a cargo da Beneficência Social. Não, obrigado, estou cheio de ser pobre. A pobreza é uma merda.

— Ninguém se torna rico como operário numa fábrica. Além disso, você não sabe obedecer às ordens e se chateia depressa. Você só serve para ser seu próprio patrão – insistia sua amiga, que aplicava os mesmos princípios para ela.

Cármen já não tinha idade para malabarismos de rua, vestida de trapos multicoloridos, nem queria ganhar a vida num emprego; horrorizava-a a ideia de passar o dia trancada num escritório ou num galpão em frente a uma máquina de costura; ganhava algum dinheiro fazendo artesanato para vender em lojas e feiras ambulantes. Como Judy e muitas outras garotas do bairro, também não havia concluído o secundário; não tinha preparo, mas sobrava-lhe imaginação e, em segredo, contava com a cumplicidade do pai para escapar ao martírio de um trabalho rotineiro. Ou Pedro Morales vacilava a vontade diante daquela jovem extravagante; por isso permitia-lhe algumas liberdades que não tolerou nos outros filhos.

Na fábrica de latas o trabalho era simples, mas qualquer distração podia custar um par de dedos. A máquina a cargo de Gregory Reeves selava a interminável fila de latas que passavam numa correia transportadora. O ruído era enlouquecedor, um clamor de alavancas e lâminas metálicas, um rugido de máquinas de selar e rodas dentadas, um chiar de ferros mal-lubrificados, um trovejar de martelos, um arranhar de cutelos, uma zoada de rolos. Gregory, com bolas de cera nos ouvidos, mal podia suportar o estrépito em sua cabeça, sentia-se dentro de um grande campanário, o ruído deixava-o exausto; ao sair para a rua estava tão atordoado, que nem se defendia do tumulto do tráfego e por um bom tempo parecia-lhe estar mergulhado no silêncio do fundo do mar. A única coisa importante era a produção, e cada operário era obrigado a chegar ao limite das suas forças e muitas vezes ultrapassá-lo às apalpadelas se queria manter o emprego. Às segundas-feiras os homens chegavam lânguidos pela ressaca das farras de fim de semana e mal conseguiam ficar acordados. Ao soar a sirena da tarde, o ruído cessava imediatamente, e por alguns minutos Gregory perdia a razão e julgava flutuar no vazio. Os trabalhadores lavavam-se nas torneiras do pátio, mudavam de roupa e saíam em tropel a caminho dos bares. A princípio tentou acompanhá-los; imerso no fumo, saturado de tequila barata e cerveja preta, rindo das piadas grosseiras e cantando *rancheras* desafinadas, mais enfastiado do que alegre, podia imaginar por alguns momentos que tinha amigos, mas, mal saía para o ar livre e se libertava um pouco da fumaça do bar, compreendia que estava se consolando com equívocos de despeitado. Nada tinha em comum com os outros, os mexicanos desconfiavam dele, tal como faziam com todos os gringos. Logo renunciou a essa camaradagem ilusória e partia da fábrica para o seu quarto, onde se fechava para ler e ouvir música. A fim de ganhar a confiança dos outros operários, encabeçava os movimentos, era o primeiro a protestar quando alguém se acidentava ou era atropelado, mas na prática tornava-se difícil difundir as ideias de Cyrus sobre justiça social, porque não contava com o apoio dos supostos beneficiados.

– Querem segurança, Cyrus. Têm medo. Cada um quer o que é seu, ninguém se importa com os outros.

– Pode-se vencer o temor, Gregory. Deve ensinar-lhes sacrificar os interesses individuais por causas comuns.

– Na vida real parece que cada um defende o seu poleiro. Vivemos numa sociedade muito egoísta.

– Tem que falar com eles, Greg. O homem é o único animal que se guia por uma ética e que pode ir além do instinto. Se não fosse assim ainda estaríamos na Idade da Pedra. Este é um momento crucial da História; se nos salvarmos de um cataclisma atômico, os elementos terão sido dados para o nascimento do Homem Novo – explicava, incansável, o ascensorista na sua elaborada linguagem.

– Tomara que você tenha razão, mas receio que o Homem Novo nascerá em outro lugar, Cyrus, não por estas bandas. Neste bairro ninguém pensa em saltos biológicos, mas em sobreviver.

Assim era, ninguém queria chamar a atenção. Os hispanos, na sua maioria ilegais, haviam chegado ao Norte vencendo incontáveis obstáculos e não tinham a menor intenção de provocar novas desgraças com artimanhas políticas que podiam atrair os temíveis agentes da "Migra". O capataz da fábrica, um homenzarrão de barba ruiva, havia observado Reeves durante meses. Não o despedira porque era um dos pacientes admiradores de Judy, sonhava em despi-la um dia para percorrer com as mãos suas carnes generosas e, por algum tempo, pensou abrandar-lhe o coração servindo-se de seu irmão. Não perdia a ocasião de tomar uns tragos com Gregory, sempre à espera de ser correspondido com um convite para a casa dos Reeves. Não quero vê-lo aqui, resmungou Judy quando o irmão lhe insinuou isso, sem imaginar que o ruivo ganharia a partida à força de tenacidade e que com o tempo chegaria a ser o seu primeiro marido. Certa vez o homem surpreendeu Gregory distribuindo umas folhas mal-escritas em espanhol e quis saber de que diabo se tratava.

– São artigos da Lei do Trabalho – respondeu desafiante. – Que porra é essa?

– As condições deste galpão são insalubres, e devem-nos muitas horas extraordinárias.

– Venha até o escritório, Reeves.

Uma vez a sós, ofereceu-lhe uma cadeira e um copo de genebra, de uma garrafa que guardava no armário de primeiros socorros. Por um bom tempo observou-o em silêncio, procurando a maneira de lhe explicar suas razões. Era de poucas palavras e nunca teria se dado a esse trabalho se Judy não estivesse no meio.

– Aqui você pode ir longe, cara. Como estou vendo as coisas, você poderá vir a ser capataz em menos de cinco anos. Tem educação, sabe mandar.

– E também sou branco, não é verdade? – acrescentou Reeves.

– Também. Até nisso você tem sorte.

– Pelo visto nenhum dos meus companheiros sairá algum dia da correia transportadora...

– Esses índios piolhentos não são flor que se cheire. Brigam, Reeves. Roubam, não se pode confiar neles. Além disso, são ignorantes, não entendem nada, não aprendem inglês, são preguiçosos.

– Não sabe o que está dizendo. Têm mais habilidade e senso de honra do que você e eu. Você viveu neste bairro toda a sua vida e não sabe uma palavra de espanhol, mas qualquer um deles aprende inglês em poucas semanas. Muito menos são preguiçosos; trabalham mais do que qualquer branco e pela metade do salário.

– Que importância tem essa gentalha? Você nada tem a ver com eles, é diferente. Acredite, você será capataz e, quem sabe, um dia virá a ser dono da sua própria fábrica; tem boa fibra, precisa pensar no seu futuro. Vou ajudá-lo, mas não quero discussões, isso não é bom para você. Por outro lado, esses índios não se queixam de nada, estão bastante satisfeitos.

– Pergunte a eles, verá como estão satisfeitos...

– Se não gostam, que vão para o país deles; ninguém também pediu que viessem para cá.

Reeves tinha ouvido essa frase inúmeras vezes e saiu do escritório indignado. No pátio, onde os operários se lavavam, viu o latão de lixo cheio até a borda com seus panfletos, derrubou-o com um pontapé e foi embora, gritando palavrões. Para esquecer o episódio, foi ao cinema assistir a filmes de horror, depois comeu um hambúrguer, de pé em um balcão, e à meia-noite voltou a pé para o seu quarto. Entretanto, a raiva havia se transformado em angustiado sentimento de impotência. Ao chegar, encontrou um bilhete em sua porta: Cyrus estava no hospital.

O velho ascensorista agonizou dois dias sem outra companhia que não a de Gregory Reeves. Não tinha família e não quis avisar nenhum dos seus amigos, porque considerava a morte um assunto privado. Detestava os sentimentos e advertiu Gregory de que, à primeira lágrima, era melhor que fosse embora, porque não estava disposto a passar os últimos momentos nesta terra consolando um chorão.

Havia-o chamado, explicou, porque faltava ensinar-lhe algumas coisas, e não queria partir com o remorso de uma tarefa inacabada. Naqueles dias seu coração foi-se apagando com rapidez, passava muitas horas concentrado no fatigante processo de despedir-se da vida e desprender-se de seu corpo. Aos poucos dispunha de forças para falar e teve suficiente lucidez para prevenir o discípulo uma vez mais sobre os perigos do individualismo e ditar-lhe uma lista de autores fundamentais com instruções quanto à ordem de leitura. Em seguida, entregou-lhe a chave de um cofre da estação de trem e, com muitas pausas para respirar, deu-lhe as suas disposições finais.

– Encontrará lá oitocentos e dez dólares em notas. Ninguém sabe que os tenho, o hospital não os poderá reclamar para pagar minhas despesas. A caridade pública ou a biblioteca pagarão o meu funeral, não vão me jogar no lixo, tenho certeza. Esse dinheiro é para você, filho, para a universidade. Pode-se começar de baixo, mas é muito melhor começar por cima e, sem diploma, custa-se muito a sair desse buraco. Quanto mais alto você estiver, mais poderá fazer para mudar as coisas deste capitalismo condenado, está entendendo?

– Cyrus...

– Não me interrompa, estou perdendo as forças. Para que enchi seu cérebro de leituras durante tantos anos? Para usá-lo! Quando alguém ganha o sustento com o que não gosta, se sente como um escravo, quando faz o que ama, se sente como um príncipe. Pegue o dinheiro e vá para longe desta cidade, está me ouvindo? Você tirou boas notas na escola, vão admiti-lo sem problemas em qualquer universidade. Jure para mim que vai fazê-lo.

– Mas...

– Jure-me!

– Juro que tentarei...

– Não me basta. Jure que fará.

– Está bem, farei – e Gregory Reeves teve que sair para o corredor para que o amigo não o visse chorar. Como um soco, tinha-lhe voltado um medo antigo. Depois de ver Martínez destroçado na linha do trem, achou que havia superado sua obsessão da morte e, na verdade, não pensou nela durante anos, mas, ao sentir no ar do quarto de Cyrus esse tênue aroma de amêndoas amargas, o terror voltou-lhe com a mesma intensidade dos tempos de infância. Perguntou-se por que esse odor lhe provocava náuseas, mas não pôde recordar. Nessa noite Cyrus morreu com discrição e dignidade, tal como havia vivido, acompanhado do homem que considerava filho. Pouco antes do fim, tiraram o moribundo da enfermaria e levaram-no para um quarto particular. Avisado por Cármen, o padre Larraguibel apresentou-se para oferecer o consolo de sua fé, mas Gregory considerou uma falta de respeito incomodar Cyrus, agnóstico irrestrito, com aspersões de água benta e latinórios.

— Isso não lhe pode fazer mal e quem sabe não lhe faz bem? — ponderou o cura.

— Sinto muito, padre, Cyrus não gostaria, o senhor me perdoe.

— Não cabe a você decidir, rapaz — respondeu o outro, categórico, e, sem mais explicações, afastou-o com um empurrão, tirou de sua maleta a estola da sua autoridade e os santos óleos da extrema-unção, e começou a cumprir sua missão, aproveitando o fato de o enfermo não estar em condições de se defender.

A morte foi tranquila e passaram-se vários minutos antes que Gregory se desse conta do que acontecera. Ficou um bom tempo sentado junto ao corpo do amigo falando-lhe pela última vez, agradecendo-lhe o que devia agradecer, pedindo-lhe que não o abandonasse e velasse por ele lá no céu dos incrédulos, olha que idiota eu sou, Cyrus, pedir-lhe isso, exatamente a você, que, se não crê em Deus, menos ainda em anjos da guarda. Na manhã seguinte tirou seu modesto tesouro do cofre, juntou-lhe algumas poupanças suas, pagou um solene funeral com música de órgão e profusão de gardênias, para o qual convidou o pessoal da biblioteca e outras personalidades que desconheciam a existência de Cyrus e assistiram só porque ele pediu, como sua mãe, Judy e a tribo dos Morales, incluindo a avó maluca que estava perto dos cem anos e ainda era capaz de se alegrar com um enterro alheio, feliz por não ser ela quem ia no caixão. O dia amanheceu com um sol radiante, fazia calor, e Gregory suava em seu terno escuro alugado. Ao caminhar atrás do féretro pelas aleias do cemitério, despedia-se silenciosamente de seu velho mestre, da primeira etapa da sua vida, daquela cidade e dos amigos. Uma semana mais tarde, tomou o trem para Berkeley. Levava noventa dólares no bolso e bem poucas boas recordações.

Saltei do trem com a antecipação de quem abre um caderno em branco; minha vida começava de novo. Tinha ouvido tanto daquela cidade profana, subversiva e visionária, onde conviviam os lunáticos com os Prêmios Nobel, que me pareceu sentir o ar carregado de energia, rajadas de um vento contagioso tirando de cima de mim vinte anos de rotinas, fadiga e asfixia. Já não dava mais, Cyrus tinha razão, minha alma estava apodrecendo. Vi uma fileira de luzes amarelas na névoa lunar, uma estação descuidada, sombras de viajantes silenciosos carregando malas e embrulhos, ouvi os latidos de um cão. Havia uma impalpável umidade fria e um cheiro estranho, uma mistura de ferros de locomotiva e vapor de café. Era uma estação tristonha, como muitas, mas isso não desfez meu entusiasmo, pus o saco de lona às costas e parti dando saltos de alegria, gritando a plenos pulmões que aquela era a primeira noite de todos os futuros dias estupendos da minha vida. Ninguém se voltou para me olhar, como se aquele arrebatamento de súbita demência fosse o mais normal, e assim era na verdade, como comprovei na manhã seguinte mal saí do albergue de jovens e pus os pés na rua para empreender a aventura de me inscrever na universidade, conseguir um emprego e encontrar um lugar onde morar. Era outro planeta. A mim, que havia crescido numa espécie de gueto, a atmosfera cosmopolita e libertária de Berkeley embriagou. Num muro estava escrito a pinceladas de tinta verde: *tudo se tolera menos a intolerância.* Os anos que passei ali foram intensos e esplêndidos; ainda hoje quando vou lá de visita, coisa que faço com frequência, sinto que pertenço àquela cidade. Quando cheguei, no começo da década de sessenta, não era nem a sombra do circo indescritível que veio a ser na época em que fui para o outro lado da baía, mas já era extravagante, berço de movimentos radicais e atrevidas formas de rebelião. Coube-me assistir à transformação de verme em casulo e em inseto de grandes asas multicores que alvoroçou toda uma geração. Dos quatro pontos cardeais chegavam jovens atrás de novas ideias que ainda não tinham nome, mas que se percebiam no ar, como pulsações de um tambor em surdina. Era a Meca dos peregrinos sem Deus, o outro extremo do continente, para onde se fugia das velhas desilusões ou se ia em busca de alguma utopia, a própria essência da Califórnia, alma desse vasto território iluminado e sem memória, uma Torre de Babel de brancos, asiáticos, negros, alguns latinos, meninos, velhos jovens e, sobretudo, jovens: *Não confie em ninguém com mais de trinta anos.* Estava na moda ser pobre ou pelo menos aparentar sê-lo, e assim continuou a ser nas décadas futuras, quando o país inteiro se abandonou à embriaguez da cobiça e do êxito. Seus habitantes pareceram-me meio maltrapilhos; frequentemente o mendigo da esquina tinha aspecto menos lamentável do que o transeunte generoso que lhe dava uma esmola. Eu observava com curiosidade de provinciano. Em meu bairro de Los Angeles não havia um único *hippie*, os machos mexicanos tê-lo-iam destroçado, e, ainda que tivesse visto alguns na praia, no Centro ou pela televisão, nada era comparável a esse espetáculo. Em torno da universidade, os herdeiros dos *beatniks* tinham tomado conta das ruas com as suas cabeleiras, barbas e costeletas, flores, colares, túnicas indianas, *blue jeans* desbotados e sandálias franciscanas. O cheiro da marijuana misturava-se com o do tráfego, do incenso, do café e das especiarias das cozinhas orientais. Na universidade ainda se usava o cabelo curto e a roupa convencional, mas creio que já se vislumbravam as mudanças que dois ou três anos mais tarde acabariam com essa prudente monotonia. No *campus*, os estudantes tiravam os sapatos e as camisas para apanhar sol, antecipando a época próxima em que homens e mulheres ficariam completamente nus, festejando a revolução do amor coletivo. *Jovens para sempre*, dizia o *graffiti* num muro, e, a todas as horas, o impiedoso carrilhão do Campanilo nos recordava a passagem inexorável do tempo.

Coubera-me ver de perto vários rostos do racismo, sou dos poucos brancos que o sofri na própria carne. Quando a filha mais velha dos Morales se lamentou pelas suas maçãs do rosto indígenas e a sua cor de canela, o pai pegou-a pelo braço, arrastou-a até o espelho e disse-lhe para se olhar bem olhada e que agradecesse à Santíssima Virgem de Guadalupe por não ser uma porca negra.

Nessa ocasião, pensei que de muito pouco tinha servido a dom Pedro Morales o diploma do *Plano Infinito* pendurado na parede, certificando a superioridade da sua alma; no fundo, tinha os mesmos preconceitos que os outros latinos, que detestavam negros e asiáticos. Na universidade, nesse tempo, não entravam hispanos, todos eram brancos, exceto alguns poucos, descendentes dos imigrantes chineses. Nem havia negros nas salas de aula, apenas uns quantos nas equipes desportivas. Viam-se muito poucos nos escritórios, lojas e restaurantes; em compensação enchiam as cadeias e os hospitais. É óbvio que havia segregação, mas os negros não tinham a condição de estrangeiros, tão humilhante para os meus amigos latinos; pelo menos eles caminhavam sobre o seu próprio solo e muitos começavam a fazê-lo com grandes passadas ruidosas.

Percorri as repartições tentando localizar-me no labirinto do *campus*, calculando quanto dinheiro necessitava para sobreviver e como conseguir um emprego. Mandavam-me de um guichê para outro em trâmites circulares que faziam fila; a burocracia esmagou-me, ninguém tinha ideia de nada; como recém-chegados, éramos considerados uma praga inevitável que procuravam sacudir. Não compreendi bem se nos tratavam como lixo para fortalecer nosso ânimo ou se era eu que andava perdido; cheguei a suspeitar de que me discriminavam pelo meu sotaque *chicano*. De vez em quando, um ou outro estudante de boa vontade, sobrevivente de outros obstáculos, soprava-me alguma informação para me guiar na direção correta; sem essa ajuda, teria passado um mês rodando como um idiota. Nos dormitórios não havia vagas, e não me interessavam as fraternidades, antros conservadores e classistas, onde um tipo como eu não tem acolhida. Um dos rapazes com quem topei várias vezes durante as morosas diligências desses dias disse-me que havia conseguido um quarto para alugar e que estava disposto a dividi-lo comigo. Chamava-se Timothy Duane e, como vim a saber depois, era considerado pelas garotas o cara mais bonito da universidade. Quando Cármen o conheceu, muitos anos mais tarde, disse que parecia uma estátua grega. De grego, nada tem, é um irlandês de olhos claros e cabelos negros igual a tantos outros. Contou-me que seu avô fugira de Dublin no começo do século perseguido pela justiça inglesa, chegou a Nova Iorque com uma mão na frente e outra atrás, e em poucos anos dedicado a negócios escusos fez fortuna. Na velhice tornou-se um benfeitor das artes, e ninguém se lembrou de seu começo meio turvo; ao morrer deixou à descendência um monte de dinheiro e um bom nome. Timothy cresceu em internatos católicos para meninos ricos, onde aprendeu alguns esportes, cultivaram-lhe um pesado complexo de culpa que, de qualquer forma, estou certo de que já trazia de berço. No fundo da alma desejava ser ator, mas o pai achava que só havia duas profissões respeitáveis, médico ou advogado, tudo o mais era fanfarra para palhaços, e com maior razão tudo que se relacionasse com teatro, que aos seus olhos era coisa de homossexuais e pervertidos. Reduzia à metade seus impostos com a fundação das artes inventada pelo avô Duane, mas isso não lhe desenvolveu simpatia pelos artistas. Manteve-se autoritário e com boa saúde durante quase um século, privando a humanidade da figura perfeita de seu filho na tela ou sobre um palco. Tim tornou-se um médico que detesta a profissão e assegura que se dedicou à patologia porque pelo menos não tem necessidade de ouvir as queixas dos mortos nem de os consolar. Ao renunciar aos seus sonhos histriônicos e ao trocar os palcos pelas geladas salas de dissecação, tornou-se um solitário atormentado por demônios tenazes. Perseguiram-no muitas mulheres, mas todos os seus amores fracassaram pelo caminho, deixando-lhe uma suspeita de pesadelo e desconfiança, até que tarde em sua vida, quando já havia perdido o riso, a esperança e boa parte de seu garbo, apareceu alguém que o salvou de si mesmo. Mas estou me adiantando, isso aconteceu muito depois. Na época em que o conheci enganava o pai com a promessa de estudar leis ou medicina, enquanto às escondidas se dedicava ao teatro, sua verdadeira paixão. Havia chegado à cidade naquela semana e ainda estava na fase de exploração, mas, ao contrário de mim, possuía experiência no mundo da educação para brancos, tinha a retaguarda de um pai rico e uma figura que lhe abria as portas. Pela sua circunspecção, parecia o dono da universidade. Aqui estuda-se pouco, mas aprende-se muito, abra os olhos e feche a boca, aconselhou-me. Eu ainda era muito ingênuo. Seu quarto era a mansarda de uma casa velha, uma só peça com tetos de catedral e duas claraboias por onde se vislumbrava a torre do Campanilo. Tim mostrou-me que também se podiam ver outras coisas; subindo numa cadeira, víamos o banheiro de um dormitório, onde todas as manhãs desfilavam garotas com roupas íntimas a caminho do chuveiro. Ao descobrirem, pouco depois, que as observávamos, algumas passeavam nuas. No quarto havia muito poucos móveis, apenas duas camas, uma mesa grande e uma estante para livros. Pusemos um pedaço de tubo de canalização entre duas vigas para pendurar a roupa, o resto foi parar numa caixa de papelão no chão. A casa era ocupada por duas mulheres encantadoras, Joan e Susan, que com o tempo se tornaram boas amigas. Tinham uma cozinha ampla onde preparavam as receitas de um livro que pensavam escrever; o aroma dos seus guisados davam água na boca; graças a elas aprendi a cozinhar. Pouco depois seriam famosas, não tanto pelo seu talento culinário ou pelo livro que nunca chegou a ser publicado, mas porque lançaram a moda de queimar o sutiã em manifestações públicas. Esse gesto, produto de um arrebatamento de inspiração quando lhes negaram a entrada num bar só para homens e captado casualmente pela máquina fotográfica de um turista japonês, saiu no noticiário da televisão, foi imitado por outras mulheres e depressa se tornou a contrassenha das feministas do mundo. A casa era ideal, estava a um passo da universidade e era muito cômoda. Além disso, eu gostava do seu ar senhorial; comparada com os outros lugares onde tinha morado parecia um palácio. Anos depois, acolheria uma das mais célebres comunidades *hippies* da cidade, vinte e tantas pessoas em amável promiscuidade sob o mesmo teto, e o jardim transformava-se numa descuidada plantação de marijuana, mas a essa altura eu já havia me mudado para outro lugar.

Tim obrigou-me a me desfazer das minhas camisas; disse que eu parecia um pássaro tropical com essa moda do sul da Califórnia; em Berkeley ninguém se vestia assim, eu não podia sair em manifestações com essa fachada. Explicou-me que, se não protestávamos, não éramos ninguém e não conseguiríamos mulheres. Eu tinha visto os letreiros e cartazes anunciando diversas causas: fome, ditaduras e revoluções em pontos do planeta impossíveis de localizar num mapa, direitos das minorias, das mulheres, as florestas e as espécies em perigo, paz e fraternidade. Não se podia avançar um quarteirão sem pôr a assinatura num manifesto nem tomar um café sem doar vinte e cinco centavos para uma coleta, visando a algum fim tão altruísta quanto distante. O tempo de estudo era mínimo, comparado com o dedicado a reclamar pelos males alheios, denunciar o governo, os militares, a política exterior, os abusos raciais, os crimes ecológicos e as eternas injustiças. Essa preocupação obsessiva pelos assuntos do mundo, mesmo os mais disparatados, foi uma revelação. Cyrus me havia semeado durante anos perguntas na mente, mas até então pareciam-me material de livros e de exercícios intelectuais sem aplicação prática na existência diária, coisas que só podia discutir com ele, porque o resto dos mortais ficava impermeável a tais temas. Agora partilhava essas inquietações com os amigos, sentíamo-nos parte de uma complexa rede, onde cada ação repercutia com imprevisíveis consequências no destino futuro da humanidade. Segundo meus companheiros dos cafés, havia uma revolução em marcha que ninguém podia deter, nossas teorias e costumes seriam em breve universalmente imitados, tínhamos a responsabilidade histórica de estar ao lado dos bons, e os bons eram supostamente os extremistas. Nada devia ficar de pé, era necessário aplainar o terreno para a nova sociedade. Ouvi pela primeira vez a palavra *política* sussurrada no elevador da biblioteca e sabia que ser chamado *liberal* ou *radical* era um insulto apenas menos ofensivo do que *comunista*. Agora estava na única cidade dos Estados Unidos onde isso era ao contrário; ali, a única coisa pior do que ser conservador era ser neutro ou indiferente. Uma semana mais tarde encontrava-me instalado no quarto de meu amigo Duane, assistia regularmente às aulas e tinha conseguido dois trabalhos para sobreviver. O estudo não me pesava, aquela universidade ainda não se tornara o terrível filtro de cérebros que veio a ser depois, parecia-me a escola secundária, porém mais desordenada. Era obrigatório o serviço militar durante dois anos. Divertia-me tanto nos exercícios de verão e gostava tanto do uniforme, que servi quatro anos e obtive o grau de oficial. Ao inscrever-me, fizeram-me assinar um juramento de que não era comunista. Quando estava pondo a assinatura no documento, senti o olhar irônico de Cyrus na minha nuca tão vivamente, que me virei para cumprimentá-lo.

O capataz da fábrica de latas sonhava todas as noites com Judy Reeves e, acordado, a visão dessa mulher perseguia-o sem tréguas. Não era um daqueles homens obcecados pelas gordas, nem sequer havia notado que ela o fosse. A seus olhos era perfeita, não lhe faltava nem sobrava nada, e, se alguém lhe tivesse dito que tinha praticamente o dobro do seu peso normal, ter-se-ia deveras surpreendido. Não se fixava no tamanho dos seus defeitos, mas na qualidade de suas virtudes, amava seus seios redondos e o seu traseiro generoso, gostava que fossem grandes, assim havia mais para percorrer com as mãos. Deslumbrava-o a pele de bebê, as mãos castigadas pela costura e afazeres domésticos, mas de forma nobre, o sorriso radioso que tinha vislumbrado algumas vezes e o seu cabelo fino e tão claro como fios de prata. A determinação da jovem para rechaçá-lo só aumentava seu desejo. Procurava oportunidades para se aproximar apesar da arrogância com que ela o ignorava uma vez e outra vez. De banho tomado, com camisa limpa e perfumado com água-de-colônia para dissipar o odor acre da fábrica, ficava todas as tardes no ponto do ônibus à espera que sua amada regressasse do trabalho, estendia-lhe a mão para ajudá-la a descer do veículo e não se aborrecia quando ela preferia saltar aos trambolhões em vez de se apoiar nele. Caminhava a seu lado, falando-lhe em tom quotidiano, como se fossem amigos íntimos; sem desanimar com o teimoso silêncio de Judy, contava-lhe pormenores do seu dia, notícias de pessoas desconhecidas para ela e resultados do beisebol. Acompanhava-a até a porta de casa, convidava-a para jantar – certo de sua negativa silenciosa – e despedia-se com a promessa de vê-la no dia seguinte no mesmo local. Esse paciente assédio manteve-se sem variações durante dois meses.

– Quem é aquele homem que vem com você todos os dias? – perguntou finalmente Nora Reeves.

– Ninguém, mamãe.

– Como se chama?

– Não lhe perguntei, não me interessa.

No dia seguinte, Nora aguardou espreitando pela janela e, antes que Judy fechasse a porta no nariz do ruivo gigante, saiu ao seu encontro e convidou-o para tomar uma cerveja, apesar do olhar assassino da filha.

Sentado na minúscula sala, numa cadeira demasiado frágil para o seu enorme corpanzil, o pretendente permaneceu calado, apertando as mãos para fazer estalarem os nós dos dedos, enquanto Nora o observava atenta da poltrona de vime. Judy havia desaparecido no quarto, e, através das paredes finas, ouviam-se seus furiosos resmungos.

– Permita-me agradecer-lhe suas finas atenções para com minha filha – disse Nora Reeves.

– Ah! – respondeu o homem, incapaz de discorrer uma resposta mais elaborada, porque não estava acostumado àquela linguagem rebuscada.

– Você parece boa pessoa.

– Ah!...

– É?

– Quê?

– Por acaso você é boa pessoa?

– Não sei, minha senhora.

– Como se chama?

– Jim Morgan.

– Eu me chamo Nora, e meu marido, Charles Reeves, Mestre Obreiro e doutor em Ciências Divinas, certamente você ouviu falar dele, é muito conhecido...

Judy, que escutava a conversa do outro quarto, não aguentou mais e entrou como um tufão na sala, enfrentando o tímido admirador com as mãos na cintura.

– Que, diabo, você quer de mim? Por que não me deixa em paz?

— Não posso... acho que estou apaixonado; na verdade, sinto-o... — balbuciou o desditoso galã, com o rosto tão incendiado como seu cabelo.

— Está bem, se a única maneira de me livrar desse pesadelo é ir para a cama com você, vamos lá de uma vez por todas!

Nora Reeves soltou uma exclamação de espanto e levantou-se com tal sobressalto, que a poltrona tombou; sua filha nunca havia usado tal vocabulário em sua presença. Morgan também se pôs de pé, despediu-se de Nora com um gesto, enfiou a boina e saiu.

— Vejo que me enganei com você. O que quero é casamento — disse-lhe secamente da porta.

No outro dia, ao saltar do ônibus, Judy não encontrou ninguém disposto a estender-lhe a mão para ajudá-la. Suspirou aliviada e pôs-se a andar com o seu lento bamboleio de fragata, observando o que se passava na rua, as pessoas apressadas, os gatos esgravatando nas lixeiras, os meninos morenos correndo em brincadeiras de vaqueiros e bandidos. O caminho tornou-se longo e, quando chegou a casa, a alegria se havia dissipado, e em seu lugar sentia um áspero despeito. Naquela noite não pôde dormir, revirava-se entre os lençóis como uma baleia atingida na maré baixa, desesperada. Levantou-se ao nascer do sol, comeu duas bananas, tomou uma xícara de chocolate e comeu ainda três ovos estrelados com bacon e oito torradas com manteiga e marmelada. A mãe foi dar com ela na porta, com bigodes de chocolate e gema de ovo e dois fios de lágrimas caindo-lhe pela face.

— Ontem à noite seu pai veio de novo. Manda dizer que enterre fígados de frangos ao pé do salgueiro.

— Não me fale dele, mamãe.

— É por causa das formigas. Ele disse que, assim, elas sairão da casa.

Naquele dia Judy não foi trabalhar, em vez disso visitou Olga. A adivinha olhou-a dos pés à cabeça, avaliando as gorduras, as pernas inchadas, a respiração ofegante, o horrível vestido feito às pressas com tecido ordinário, a tremenda desolação nos olhos absolutamente azuis da garota e não precisou da bola de cristal para improvisar um conselho.

— O que você mais gostaria de ter, Judy?

— Filhos — respondeu ela sem vacilar.

— Então precisa de um homem. E já que é isso mesmo que deseja, é melhor que seja um marido.

A jovem dirigiu-se à pastelaria da esquina e devorou três pastéis folhados e dois copos de sidra; dali foi ao cabeleireiro, onde nunca havia posto os pés, e, nas três horas seguintes, uma mexicana gorducha e simpática fez-lhe um permanente, pintou-lhe as unhas das mãos e dos pés de um rosa fulminante e depilou-lhe as pernas, enquanto ela comia um quilo de bombons com paciente determinação. Depois pegou o ônibus no Centro com a intenção de comprar um vestido na única loja para gordas que havia no Estado da Califórnia. Conseguiu uma saia azul-celeste e uma blusa com flores que lhe disfarçavam um pouco o volume e lhe faziam ressaltar o frescor infantil da pele e dos olhos. Assim enfeitada, às cinco da tarde parou de braços cruzados e expressão determinada à porta da fábrica onde trabalhava seu apaixonado. Soou a sirena, viu sair o tropel de operários latinos e, vinte minutos mais tarde, apareceu o capataz de barba por fazer, suado e com a camisa cheia de óleo. Ao vê-la, parou boquiaberto.

— Como disse que se chamava? — perguntou-lhe Judy com um vozeirão pouco amável para ocultar a vergonha.

— Jim. Jim Morgan... Está muito bonita.

— Ainda quer casar comigo?

— Claro que sim!

O padre Larraguibel celebrou a cerimônia na paróquia de Lourdes, apesar de Judy ser bahai, como a mãe, e Jim pertencer à Igreja dos Santos Apóstolos, mas seus amigos eram católicos e, naquele bairro, o único casamento válido era com os rituais do Vaticano. Gregory viajou especialmente para levar a irmã até o altar. Pedro Morales financiou a festa, enquanto Inmaculada, as filhas e amigas passaram dois dias preparando pratos mexicanos e fazendo bolos para a festa. O noivo encarregou-se do licor e da música, fizeram uma farra no meio da rua com o melhor grupo de *mariachis* e mais de cem convidados que dançaram toda a noite os ritmos latinos. Nora Reeves fez para a filha um primoroso vestido de noiva com tantos véus de organdi que, de longe, parecia um veleiro de piratas e, de perto, o berço de um príncipe herdeiro. Jim Morgan tinha algumas economias, pôde instalar sua mulher numa casa pequena, mas confortável, e comprar-lhe uma mobília de quarto nova com uma cama de medidas especiais, capaz de conter ambos e de resistir aos encontrões de rinoceronte com que se amaram de boa vontade na primeira semana. Na sexta-feira seguinte, o marido não veio dormir. A esposa esperou-o até domingo, quando apareceu tão embriagado, que não podia recordar onde havia estado nem com quem. Judy pegou uma garrafa de leite e quebrou na cabeça dele. Em outro homem mais fraco, o golpe talvez tivesse matado, mas nele apenas quebrou a cabeça e, longe de esmagá-lo, deixou-o num frenético estado de excitação. Limpou o sangue dos olhos com a manga, atirou-se para cima de Judy e, apesar de seus furiosos pontapés, naquela noite geraram o primeiro filho, um magnífico menino que pesou cinco quilos ao nascer. Judy Reeves, iluminada por uma felicidade que nunca imaginara possível, deu-lhe o peito, determinada a conceder àquela criança o amor que ela nunca tivera. Havia descoberto sua vocação de mãe.

Para Cármen Morales, a partida de Gregory foi uma ofensa pessoal. No fundo de seu coração, soube sempre que ele não pertencia ao bairro e que mais cedo ou mais tarde tomaria outros rumos, mas supunha que, quando chegasse esse momento, partiriam juntos, talvez para viver aventuras com um circo itinerante, como tantas vezes haviam planejado. Não podia imaginar sua existência sem ele. Até onde se lembrava, tinha-o visto quase diariamente, nada de grande ou pequeno lhe havia acontecido sem compartilhar com seu amigo. Ele lhe havia revelado os mistérios da infância, que Papai Noel não existia e os bebês não cresciam em repolhos nem eram trazidos de Paris pela cegonha; foi o primeiro a inteirar-se da novidade quando ela descobriu, aos onze anos, uma mancha vermelha na calcinha. Estava mais perto dele do que da própria mãe ou dos irmãos, haviam crescido juntos, contavam um ao outro aquelas coisas proibidas pelo pudor segundo o qual havia sido educada. Como Gregory, também ela se enamorava a cada momento com paixões fulminantes e de curta duração, mas, ao contrário dele, estava atada pelas tradições patriarcais de sua família e de seu ambiente. Sua natureza apaixonada esbarrava no duplo código moral que tornava as mulheres prisioneiras e em troca outorgava licença de caça aos homens. Tinha de cuidar de sua reputação, porque qualquer sombra podia desencadear uma tragédia, o pai e os irmãos vigiavam-na de perto, dispostos a defender a honra da casa, enquanto ao mesmo tempo tentavam fazer com outras mulheres o que jamais permitiam às de seu sangue. Cármen tinha um espírito indômito, mas nesse tempo ainda estava enredada nas teias de aranha do que iriam dizer depois. Temia, sobretudo, o pai, depois, o explosivo padre Larraguibel e Deus, nessa ordem, e finalmente, as más-línguas, capazes de destroçar-lhe o futuro. Como tantas outras garotas de sua geração, foi criada com o axioma de que o casamento e a maternidade eram o mais perfeito destino – *casaram-se, tiveram muitos filhos e foram muito felizes –*, mas à sua volta não havia um só exemplo de felicidade doméstica, nem sequer seus pais, que permaneciam juntos porque não podiam imaginar outra alternativa, mas estavam longe de imitar os pares românticos do cinema. Nunca os tinha visto fazer uma carícia, e corria o boato de que Pedro Morales tinha um filho com outra mulher. Não, não era isso que desejava para si mesma. Continuava sonhando, como na infância, com uma vida diferente e aventureira, mas não tinha coragem de romper com seu ambiente e sair dali. Sabia que muito se falava pelas suas costas, quem pensa que é a mais nova dos Morales?, não tem um trabalho fixo, anda sozinha de noite, pinta demais os olhos, aquilo que está em seu tornozelo não é uma pulseira?, sai muito com Gregory Reeves, afinal nem parentes são, os Morales deviam cuidar melhor da filha, já está em idade de se casar, mas não será fácil conseguir marido com esses modos de gringa desenvolta. No entanto, nunca lhe haviam faltado veementes candidatos ao casamento. Recebeu a primeira proposta quando fez quinze anos e, aos dezenove, já tinha tido cinco pretendentes desesperados para se casar, havia se apaixonado por todos com paixão quimérica e havia enjoado de todos logo após algumas semanas, mal começavam as inevitáveis rotinas. Quando Charles Reeves morreu, já tinha seu primeiro namorado americano, Tom Clayton; todos os outros haviam sido latinos da vizinhança. Tratava-se de um jornalista irônico e enérgico que a deslumbrou com seu conhecimento do mundo e suas estupendas teorias sobre o amor livre e a igualdade entre os sexos, temas que ela jamais se atreveria a sugerir em sua casa, mas que havia discutido longamente com Gregory.

– Puro palavreado, o que ele quer é ir para a cama com você e depois sair correndo – determinou o amigo.

– Você é o elo perdido, mais atrasado do que meu pai!

– Falou em casamento?

– O casamento mata o amor.

– E o que não o mata, Cármen, por Deus!

– Não me interessa entrar na igreja vestida de branco, Greg. Eu sou diferente.

– Diz logo, você já trepou com ele...

– Não, ainda não – e, depois de uma pausa cheia de suspiros acrescentou: – O que se sente? Conte-me o que se sente...

– É como uma descarga elétrica, nada mais. A verdade é que o sexo está supervalorizado, muitas ilusões e, no fim, fica-se sempre meio frustrado.

– Mentiroso. Se fosse assim, não viveria correndo atrás de todas as mulheres.

– É exatamente aí que está a armadilha, Cármen. Todos imaginam que, com outra, será melhor.

Gregory foi embora em setembro, e, em janeiro do ano seguinte, Tom Clayton partiu para Washington com a intenção de se incorporar na equipe de imprensa do presidente mais carismático do século, cuja política de grandes ideias o fascinava. Desejava galgar o poder e participar dos sobressaltos da História, sentia que no Leste não havia futuro para um jornalista ambicioso, estava demasiado longe do coração do império, como disse a Cármen.

Deixou-a banhada em lágrimas, porque, a essa altura, se apaixonara pela primeira vez; comparando com o sentimento que então a sacudia, todos os outros tinham sido namoros insignificantes. Por telefone e em breves notas salpicadas de horrores gramaticais, contou a Gregory todos os pormenores de seu romântico suplício, censurando-o não só por tê-la deixado sozinha em tal momento, mas também por lhe haver mentido a propósito da corrente elétrica, porque sabendo como era o assunto na realidade, não teria demorado tanto tempo a fazê-lo parte de sua vida.

– É pena que esteja tão longe, Greg. Não tenho com quem desabafar.

– Aqui as pessoas são mais modernas, todos dormem com todos e depois falam disso.

– Se meus pais souberem, eles me matarão.

Os Morales souberam-no três meses mais tarde, quando a polícia chegou para interrogá-los. Tom Clayton não respondeu às cartas de Cármen nem deu sinais de vida até que, várias semanas mais tarde, ela conseguiu pegá-lo por telefone numa hora avançada da madrugada, para lhe dizer, com a voz quebrada de terror, que estava grávida. O homem foi amável, mas categórico: aquilo não era problema seu, queria dedicar-se ao jornalismo político e tinha que pensar em sua carreira, não era hora de voltar e, por outro lado, nunca havia mencionado a palavra casamento, era partidário das relações espontâneas e supunha que ela partilhava suas ideias, não haviam discutido isso tantas vezes? Em todo caso, não queria prejudicá-la, assumiria a sua responsabilidade e, no dia seguinte, poria um cheque no correio para resolver da maneira habitual esse pequeno inconveniente. Cármen abandonou a cabine telefônica e caminhou como sonâmbula até uma cafeteria, onde se deixou cair numa cadeira, totalmente descomposta. Ali ficou, com os olhos cravados na xícara, até que lhe informaram que era hora de fechar. Mais tarde, estendida sobre a cama com uma dor surda na cabeça, concluiu que o mais importante era guardar segredo ou arruinaria sua vida irremediavelmente. Nos dias seguintes, várias vezes pensou em ligar para Gregory, mas nem a ele desejava confiar sua desgraça.

Essa era a sua hora da verdade e quis enfrentá-la sozinha; uma coisa era desafiar o mundo com vagos desafios feministas e outra muito distinta era ser mãe solteira naquele meio. Concluiu que sua família não voltaria a dirigir-lhe a palavra, que a expulsariam de casa, de seu clã e até do bairro, os pais e irmãos morreriam de vergonha, ficaria sob sua responsabilidade ter aquela criança, mantê-la e criá-la, trabalhar em qualquer serviço para sobreviver, as mulheres iriam repudiá-la e os homens tratá-la-iam como a uma prostituta. Achou que o bebê carregaria também o peso insuportável do anátema. Não tinha preparo para tão grande batalha, nem tampouco para tomar uma decisão. Debateu-se nessa incerteza um tempo interminável, dissimulando as náuseas que a abatiam de manhã e a sonolência que a dominava à tarde, iludindo a família e comunicando-se o mínimo com Gregory, até que um dia não conseguiu mais abotoar a saia e compreendeu a urgência de agir o mais depressa possível. Telefonou outra vez para Tom Clayton, mas disseram-lhe que estava viajando e não sabiam quando iria regressar. Foi, então, à igreja de Lourdes, rogando que o padre basco não aparecesse, ajoelhou-se diante do altar, como tantas vezes havia feito em sua vida, e pela primeira vez dirigiu-se à Virgem para falar de mulher para mulher. Há anos cultivava caladas dúvidas sobre a religião, a missa de domingo havia se tornado apenas um ritual social para ela, mas, naquele instante de temor, teve necessidade de se reencontrar com os consolos de sua fé. A estátua de Nossa Senhora com suas roupagens de seda e a auréola de pérolas não lhe ofereceu ajuda, o rosto de gesso olhava o vazio com seus olhos de vidro pintado. Cármen explicou-lhe suas razões para cometer o pecado que estava planejando, pediu-lhe benevolência e bênção e dali foi diretamente para a casa de Olga.

– Não devia ter esperado tanto – disse a maga depois de apalpá-la com suas mãos experientes. – Nas primeiras semanas não há riscos, mas agora...

– Agora também. Tem que fazê-lo.

– É muito arriscado.

– Não importa. Por favor, ajude-me... – e começou a chorar desesperada nos braços da adivinha.

Olga tinha visto Cármen crescer, os Morales eram como sua própria família, e tinha vivido naquele bairro o suficiente para saber o que aguardava aquela menina logo que a barriga começasse a aparecer. Disse-lhe para voltar na noite seguinte, preparou seus instrumentos e as ervas medicinais, e deu um polimento no Buda, porque naquela situação as duas iriam precisar de muita sorte. Cármen disse em casa que iria com uma amiga passar alguns dias na praia e mudou-se para casa de Olga. Nada restara da alegre fisionomia da jovem, o medo da dor imediatamente anulava os demais temores, agora não podia pensar nem nos riscos, nem nas possíveis consequências, a única coisa que queria era dormir profundamente e despertar livre daquele pesadelo. Mas, apesar das poções de Olga e da metade da garrafa de uísque que engoliu a seco, nem assim perdeu o sentido do presente e nenhum sono piedoso ajudou-a no transe; teve que suportá-lo amarrada pelos pulsos e tornozelos à mesa da cozinha, com um trapo enfiado na boca para que seus gemidos não fossem ouvidos na rua, até que não aguentou mais e fez sinais de que preferia qualquer coisa menos aquele martírio, mas a curandeira respondeu-lhe que àquela altura já era tarde para se arrepender e teriam que chegar ao fim daquela tarefa brutal. Em seguida Cármen ficou encolhida como uma criancinha com uma bolsa de gelo no ventre, chorando copiosamente, até que o cansaço a venceu, os calmantes e o álcool fizeram efeito e pôde, então, dormir. Trinta horas depois, quando ainda não despertara e parecia perdida em delírios de outro mundo, enquanto um fio de sangue, tênue, mas constante, manchava os lençóis, Olga soube que, pela primeira vez, sua estrela da boa sorte havia falhado. Tentou baixar-lhe a febre e estancar a hemorragia com todos os recursos de seu engenhoso repertório, mas Cármen piorava a cada minuto; era evidente que sua vida estava se esvaindo. Olga começou a ficar aflita, a menina podia morrer debaixo do seu teto e, nesse caso, ela estaria perdida; por outro lado, não podia jogá-la na rua nem avisar à família. Enquanto segurava sua cabeça para obrigá-la a beber água, pareceu-lhe que murmurava o nome de Gregory, e, então, compreendeu que ele era a única pessoa a quem podia pedir ajuda. Quando lhe telefonou, ele estava dormindo. Venha agora mesmo, disse-lhe, e, pelo tom de sua voz, ele adivinhou a urgência da mensagem, não fez perguntas, tomou o primeiro avião da manhã e, poucas horas depois, tinha a amiga nos braços e levava-a num táxi para o hospital mais próximo, lamentando que naquelas horríveis semanas não tivesse confiado nele, por que me botou de lado, eu devia estar acompanhando você, eu avisei, Cármen, Tom Clayton é um grande filho da puta, mas nem todos são iguais, nem todos vão para a cama e depois se mandam, como diz seu pai, juro que existem homens melhores do que Clayton, por que não me deixou ajudá-la antes, talvez o bebê tivesse vivido, não devia ter feito isso sozinha, para que somos amigos, para que somos irmãos senão para nos ajudarmos, que porra de vida, Cármen, não morra, por favor, não morra.

Enquanto os cirurgiões operavam, a polícia, avisada pelo hospital das condições em que chegara a paciente, tentava arrancar informações de Gregory Reeves.

– Vamos fazer um acordo – propôs o oficial, exasperado depois de três horas de interrogatório inútil. – Diz quem fez o aborto e deixo-o ir embora imediatamente, nem sequer você será fichado. Não farei mais perguntas, nada, ficará totalmente livre.

– Não sei quem o fez, já disse cem vezes. Nem sequer moro aqui, tomei o avião da manhã, veja a minha passagem. Minha amiga telefonou-me e trouxe-a para o hospital, é tudo que sei.

– É o pai da criança?

– Não. Não via Cármen Morales há mais de oito meses.

– Onde foi buscá-la?

– Estava à minha espera no aeroporto.

– Impossível, não teria podido caminhar. Diz onde foi buscá-la e deixo-o ir. Do contrário será preso como cúmplice e por sonegar informação.

– Isso terá que ser provado.

E voltava a repetir-se uma vez mais o ciclo de perguntas, respostas, ameaças e evasivas. Por fim, os policiais soltaram-no e foram à casa dos Morales interrogar a família. Foi assim que Pedro e Inmaculada se inteiraram do sucedido e, embora suspeitassem de

Olga, não o disseram, em parte porque adivinharam a boa intenção de ajudar sua filha e em parte porque no bairro mexicano denúncia era crime inconcebível.

– Deus castigou-a, assim não terei que castigá-la – disse Pedro Morales com voz rouca quando soube do estado grave em que a filha se encontrava.

Gregory Reeves ficou junto da amiga até passar o perigo. Dormiu sentado numa cadeira a seu lado durante três noites, despertando de vez em quando para vigiar a respiração da doente. No quarto dia, de madrugada, Cármen acordou sem febre.

– Estou com fome – disse.

– Graças a Deus! – ele sorriu, tirando da bolsa uma lata de leite condensado. Beberam o líquido doce e pegajoso em sorvos lentos, de mãos dadas, como tantas vezes haviam feito quando crianças.

Nesse ínterim, Olga pegava sua mala e partia para Porto Rico, o mais longe que podia, dizendo no bairro que estava indo jogar nos cassinos de Las Vegas porque o espírito de um índio havia aparecido para lhe segredar ao ouvido uma combinação de cartas. Pedro Morales pôs uma fita negra no braço, disse, na rua, que um parente seu havia morrido e, em casa, que sua filha nunca havia existido e proibiu que mencionassem seu nome. Inmaculada prometeu à Virgem rezar um terço todos os dias até o fim da vida para perdoar Cármen pelo pecado cometido, pegou o dinheiro que guardava escondido debaixo de uma tábua do soalho e foi vê-la sem o marido saber. Encontrou-a sentada numa cadeira, olhando pela janela o muro de tijolos do edifício em frente, vestida com a bata de tecido grosseiro verde do hospital. Sentiu-a tão infeliz, que guardou as reprimendas e as lágrimas e a envolveu em seus braços. Cármen escondeu o rosto no peito da mãe e deixou-se embalar por longo tempo, aspirando aquele odor de roupa limpa e cozinha que a havia acompanhado toda a sua infância.

– Aqui está a minha poupança, filha. É melhor ir embora por algum tempo, até que o coração de seu pai se abrande por sentir a sua falta. Escreva-me, não para casa, mas para a de Nora Reeves, é a pessoa mais discreta que conheço. Cuide-se muito e que Deus a ajude...

– Deus esqueceu-se de que que eu existo, mamãe.

– Não diga isso nem brincando – cortou Inmaculada. – Aconteça o que acontecer, Deus te ama e eu também, filha. Sempre estaremos ao seu lado, entende?

– Sim, mãe.

Gregory Reeves viu Samantha Ernst pela primeira vez numa quadra de tênis onde jogava enquanto ele podava os arbustos à volta do parque. Um de seus empregos era o serviço de sala de jantar num pavilhão feminino que havia em frente à sua casa. Duas cozinheiras preparavam os alimentos, e Gregory comandava uma equipe de cinco estudantes para servir à mesa e lavar os pratos, posição muito invejada, porque lhe permitia livre acesso ao edifício e às estudantes. Nas horas livres, trabalhava como jardineiro. Além de cortar a sebe e arrancar ervas, nada sabia de plantas quando começou, mas tinha um bom mestre, um romeno chamado Balcescu, de aspecto bárbaro e coração brando, que raspava a cabeça e a lustrava com um pedaço de feltro, arranhava uma vertiginosa mistura de idiomas e amava as plantas tanto quanto a si mesmo. Em seu país, fora guarda de fronteira, mas, mal surgiu uma oportunidade, fugiu aproveitando seu conhecimento do terreno e, depois de muito deambular, entrou nos Estados Unidos a pé pelo Canadá, sem dinheiro, sem papéis e só com duas palavras em inglês: dinheiro e liberdade. Convencido de que disso se encarregaria a América, fez poucos esforços para alargar o vocabulário, fazendo-se entender por mímica. Com ele, Gregory aprendeu a lutar contra as lagartas, moscas-brancas, caracóis, formigas e outros bichos inimigos da vegetação; a fertilizar, fazer enxertos e transplantes. Mais do que um trabalho, essas horas ao ar livre eram um divertido passatempo, sobretudo porque tinha que decifrar as instruções de seu chefe mediante um permanente exercício de intuição. Nesse dia em que podava a cerca, bateu os olhos numa das jogadoras de tênis, ficou observando-a por um bom tempo, não tanto pela aparência da jovem, que fora da quadra não lhe chamara a atenção, mas pela sua posição de atleta. Tinha músculos tensos, pernas velozes, um rosto largo e ossos nobres, o cabelo curto e aquele bronzeado de cobre de quem estivera sempre ao sol. Gregory sentiu-se atraído pela sua agilidade de animal sadio, esperou que terminasse a partida e ficou na saída à espera dela. Não sabia o que havia de lhe dizer e, quando ela passou a seu lado com a raquete ao ombro e a pele brilhando de suor, ainda não lhe ocorria nenhuma frase especial; ficou mudo. Seguiu-a a certa distância e viu-a entrar num ostensivo carro esportivo. Nessa noite contou o ocorrido a Timothy Duane, em tom de estudada indiferença.

– Você não é tão cretino a ponto de se apaixonar, Greg.

– Claro que não. Gosto dela, nada mais.

– Ela mora com as demais estudantes?

– Nunca a vi por lá.

– Azar o seu. Poderia ter usado a chave...

– Não parece estudante, tem um conversível vermelho.

– Deve ser a mulher de algum magnata...

– Não acredito que seja casada.

– Então é puta.

– E onde foi que você viu puta jogar tênis, Tim? Trabalham de noite e dormem de dia. Não sei como falar com uma garota dessas... ela é muito diferente das do meu meio.

– Não fale com ela; jogue tênis com ela.

– Nunca peguei numa raquete.

– Não posso acreditar! O que você fez em toda a sua vida?

– Trabalhei.

– O que porra você sabe fazer, Greg?

– Dançar.

– Então, convide-a para dançar.

– Não me atrevo.

– Quer que eu fale com ela?

– Nem se aproxime! – exclamou Gregory, pouco disposto a competir com o amigo aos olhos fosse de quem fosse e muito menos aos olhos daquela mulher.

No dia seguinte, ficou um bom tempo olhando-a enquanto fingia cuidar dos arbustos; quando ela passou a seu lado, fez um gesto para detê-la, mas de novo a timidez o venceu. A cena se repetiu até que, por fim, Balcescu viu que as plantas tinham sido podadas até à raiz e decidiu intervir antes que o resto do parque padecesse igual sorte. O romeno entrou no campo, interrompeu a partida com uma enxurrada de palavras em língua da Transilvânia e, como a aterrorizada garota não obedecesse aos seus gestos peremptórios apontando para o seu admirador, que observava atônito do outro lado da rede, agarrou-a por um braço e arrastou-a murmurando qualquer coisa a respeito de dinheiro e de liberdade, para confusão maior ainda da jogadora. E foi assim que Gregory Reeves se encontrou cara a cara com Samantha Ernst, que, para escapar de Balcescu, se agarrou a ele, e terminaram tomando café com o beneplácito do pitoresco mestre jardineiro. Sentaram-se numa desengonçada mesa da cafeteria mais frequentada da cidade, um lugar em perpétua decadência, apinhado de gente, onde várias gerações de estudantes haviam escrito milhares de poemas e discutido todas as teorias possíveis, e outros casais, como eles, haviam iniciado o cauteloso processo de se conhecer. Gregory tentou deslumbrá-la com o seu repertório de temas literários, mas, perante seu ar distraído, logo abandonou essa tática, optando por descobrir pouco a pouco um terreno comum. A jovem também não se entusiasmou com os direitos civis ou com a revolução cubana, parecia não ter opinião sobre nada, mas Gregory confundiu a sua atitude passiva com profundidade de espírito e não soltou a presa.

Fora do campo desportivo, Samantha Ernst não oferecia muito interesse, mas, de qualquer modo, bastante mais do que as jovens da escola secundária ou do bairro latino. Queria dedicar-se à arqueologia, gostava da ideia de explorar lugares exóticos em busca de civilizações milenares ao ar livre e de *short*, mas, quando pesou as exigências da profissão, renunciou aos seus propósitos. Não tinha paciência para a meticulosa classificação de ossos roídos e pedaços de cântaros que não mais serviam para nada. Começou, então, um tempo de indecisão que abarcaria diversos aspectos de sua existência. Havia crescido na bela casa com duas piscinas de um produtor de filmes de Hollywood, seu pai, que se casara quatro vezes e vivia rodeado de ninfas recém-saídas da casca, a quem prometia um estrelato fulminante em troca de pequenos favores pessoais. A mãe, uma aristocrata da Virgínia com orgulho de rainha e boas maneiras de preceptora, suportou estoicamente os devaneios do marido com o consolo de um arsenal de drogas e vários cartões de crédito, até que um dia se olhou no espelho e não distinguiu a própria imagem, apagada pelo desgaste da solidão. Encontraram-na flutuando em espuma rosada na banheira de mármore onde cortara as veias. Samantha, que então tinha dezesseis anos, conseguiu passar despercebida no tumulto de meios-irmãos, ex-esposas, noivas de ocasião, criados, amizades e cães de raça da mansão paterna. Continuou a nadar e a jogar tênis com a mesma tenacidade de sempre, sem nostalgias inúteis e sem julgar a mãe.

Tinha pouco a ver com ela, nunca haviam compartilhado nenhuma intimidade e talvez a tivesse esquecido de todo a não ser pelos pesadelos da espuma rosada. Chegou a Berkeley, como tantos outros, atraída pela sua reputação libertária, estava farta das boas maneiras burguesas impostas pela mãe e das festas de efebos e donzelas do pai. Seu automóvel chamava a atenção no meio dos calhambeques dos outros estudantes, e sua casa era um refúgio boêmio fechado no meio das árvores e gigantescos arbustos com uma vista soberba da baía, cujo aluguel era pago pelo pai. Gregory ficou deslumbrado pelo requinte da jovem, não conhecia ninguém capaz de comer com seis talheres e distinguir a autenticidade de um xale de seda ou de um tapete persa à primeira vista, exceto Timothy Duane, mas ele gozava de tudo, especialmente dos xales de seda e dos tapetes persas. A primeira vez que a convidou para dançar, ela surgiu radiante com um vestido amarelo decotado e com colar de pérolas. Sentindo-se ridículo no terno emprestado por Duane, compreendeu que tinha que a levar a um local muito mais caro do que havia pensado. Samantha dançava mal, seguia a música com atenção e contava os passos, dois, um, dois, um, rígida como uma vassoura nos braços do companheiro, bebia suco de frutas, falava pouco e tinha um ar tão distante e frio, que Gregory a imaginou carregada de mistério. Pôs a sua teimosia a serviço desse amor e convenceu-se de que os gostos comuns ou a paixão não eram requisitos indispensáveis para constituir família. E essa era exatamente a sua intenção, ainda que não se atrevesse a admiti-lo no seu íntimo e muito menos a colocá-lo em palavras. Toda a sua vida havia desejado pertencer a um verdadeiro lar, como o dos Morales, e tão apaixonado estava por aquele sonho doméstico, que decidiu concretizá-lo com a primeira mulher ao seu alcance, sem procurar saber se ela tinha ou não o mesmo plano.

Reeves graduou-se com mérito em Literatura, seu bom amigo Cyrus deve tê-lo celebrado no outro mundo, e entrou para a Faculdade de Direito em São Francisco. A ideia de ser advogado ocorreu-lhe para contradizer Timothy Duane, que considerava que o mais parecido com um advogado era um pirata, por isso logo se sentiu seduzido. Mal tomou a decisão, telefonou para Olga para lhe dizer que ela havia se enganado acerca dele, não seria bandido nem policial, se pudesse evitá-lo. A feiticeira, que havia regressado de Porto Rico há bastante tempo com novos conhecimentos adivinhatórios e medicinais, respondeu-lhe que tinha acertado metade, como sempre, porque ia trabalhar com a lei e, além disso, os advogados não eram outra coisa senão ladrões com licença. Uma das razões de Reeves para continuar os estudos foi evitar o serviço militar enquanto pudesse. A guerra do Vietnam, que antes parecia um conflito minúsculo e longínquo, tornara-se alarmante, e já não era divertido exibir o uniforme de oficial da reserva nem exercitar-se em jogos bélicos durante os fins de semana. Um adiamento de três ou quatro anos, enquanto recebia o diploma, podia salvá-lo de ir para a frente de batalha.

– Não encontro explicação para a feroz resistência desses anões orientais. Como é que não perceberam que somos o poder militar mais esmagador da História? Estamos ganhando a guerra, com certeza. Suas baixas são tantas, segundo os cálculos oficiais, que não há inimigos vivos, os que disparam do outro lado são fantasmas – gozava Timothy Duane.

Aquilo que, para Duane, era sarcasmo, para muitos outros constituía uma verdade, estavam convencidos de que bastaria um último esforço, e esses seres ilusórios seriam vencidos para sempre ou eliminados da face do planeta. Assim o asseguravam os generais pela televisão, enquanto às suas costas as câmaras mostravam as fileiras de sacos com corpos de soldados americanos aguardando nas pistas de aterrissagem. Hinos, bandeiras e desfiles nas cidades da pátria. Fragor, pó e confusão no Sudeste Asiático. Calado registro do nome dos mortos, nenhuma lista dos mutilados no corpo ou na alma. Nos protestos de rua, os jovens pacifistas queimavam bandeiras e convocações de recrutamento. Traidores, viados vermelhos, se não gostam da América, vão-se embora, não os queremos, gritavam-lhes os adversários. A polícia sufocava as rebeliões com cassetetes e, por vezes, com tiros. Paz e amor, irmão, cantarolavam, entretanto, os *hippies*, oferecendo flores aos que lhes apontavam espingardas, dançando em roda de mãos dadas, com os olhos perdidos num paraíso de marijuana, sorrindo sempre com a chocante felicidade que ninguém lhes podia perdoar. Gregory vacilava. Atraía-o a aventura da guerra, mas sentia uma desconfiança instintiva contra o entusiasmo bélico. Dementes, todos dementes, suspirava Timothy Duane, livre do serviço militar à custa de uma dúzia de duvidosos atestados médicos, que provavam uma infância de doenças.

Após um longo período de amizade, a paixão inicial de Gregory por Samantha tornou-se amor, sua desconfiança dissipou-se, e a relação acomodou-se nos hábitos e ritos dos namoros eternos. Partilhavam o cinema e os passeios ao ar livre, concertos e teatros, sentavam-se juntos para estudar debaixo das árvores, outras vezes encontravam-se à saída das aulas em São Francisco e passeavam, como turistas, de mãos dadas pelo bairro chinês. Os planos de Reeves eram tão burgueses que não se atrevia nem a comentá-los com Samantha; construiriam uma casa com jardim de rosas, e, enquanto ele ganhasse o pão como advogado, ela cozinharia e criaria as crianças, tudo correto e decente. A recordação de seu lar no caminhão ambulante, quando o pai estava com saúde, perdurava em sua memória como o único tempo feliz de sua vida. Imaginava que, se pudesse reproduzir essa pequena tribo, voltaria a se sentir seguro e tranquilo, sonhava sentar-se à cabeceira de uma grande mesa com os filhos e amigos, como tantas vezes tinha visto na casa dos Morales. Pensava neles frequentemente, porque, apesar da pobreza e limitações do meio onde tiveram que viver, continuavam a ser o melhor exemplo ao seu alcance. Naqueles tempos de comunidades *hippies* e *fast food*, sua secreta ilusão de patriarca era suspeita e mais valia não a mencionar em voz alta. A realidade mudava em ritmo aterrador, todos os dias havia menos espaço para mesas familiares, o mundo rodava velozmente, as coisas andavam de pernas para o ar, a vida havia se tornado uma verdadeira luta e nem sequer o cinema, único terreno seguro de outros tempos, oferecia o menor consolo. Os vaqueiros, os índios, os apaixonados castos e os bravos soldados em seus solenes uniformes apareciam na televisão em filmes antigos interrompidos de dez em dez minutos por anúncios comerciais de desodorantes e cerveja, mas, no santuário dos cinemas, onde antes se refugiava em busca de uma efêmera tranquilidade, havia agora muitas probabilidades de receber um golpe baixo. John Wayne, o herói duro, valente e solitário, a quem tentava imitar sem nenhum êxito, havia retrocedido diante do avanço dos filmes de vanguarda. Preso em sua cadeira de espectador, suportava guerreiros japoneses fazendo o *harakiri* na tela enorme, lésbicas suecas em ação e extraterrestres sádicos apoderando-se do planeta. Nem com os melodramas se podia descontrair porque já não terminavam com beijos e violinos, mas sim em depressão ou suicídio.

Nas férias, separavam-se durante semanas, Samantha ia visitar o pai, e ele distribuía seu tempo entre os obrigatórios acampamentos militares e o trabalho político, difundindo junto a outros estudantes os postulados dos direitos civis. Impossível duas realidades mais díspares: os rudes treinos militares onde brancos e negros eram aparentemente iguais sob as ordens do sargento, e as arriscadas missões pelos estados do sul, onde trabalhava com as comunidades negras praticamente em segredo para evitar os grupos de racistas brancos dispostos a impedir qualquer ideia de justiça racial. A essa altura, os Panteras Negras com suas boinas, sua malévola retórica e suas marchas marciais causavam espanto e fascínio. Negros de arrogante negritude, negros vestidos de preto com óculos escuros e expressão provocante ocupavam as calçadas, de braços dados com as mulheres, negras atrevidas marchando com os seios empinados apontando para a frente, já não cediam a passagem aos brancos, já não olhavam para o chão nem baixavam a voz. Os tímidos e humilhados de outrora agora desafiavam. No fim do verão, o casal se reencontrava sem urgência, mas com sincera alegria, como dois bons camaradas. Raramente discutiam, não falavam de temas conflituosos, mas também não se mostravam entediados, o silêncio era mais cômodo. Gregory não pedia opinião a Samantha, nem lhe contava suas atividades, porque ela parecia não o escutar; o esforço de comunicar suas ideias incomodava-a. Nada a entusiasmava, a não ser o esporte e algumas novidades trazidas do Oriente, como as danças rodopiantes dos derviches e as técnicas de meditação transcendental. Nesse aspecto, tinha muitas opções, porque a cidade oferecia uma infinidade de *workshops* maratônicos para aqueles que desejavam adquirir a laboriosa sabedoria dos grandes místicos da Índia num cômodo fim de semana. Reeves havia sido criado entre Logi e Mestres Obreiros, tinha visto sua mãe desprender-se da realidade e fugir por caminhos espirituais e conhecia as bruxarias de Olga, não raro ridicularizava essas disciplinas. Samantha lamentava sua escassa sensibilidade, mas não se ofendia nem o tentava mudar, a tarefa teria sido esgotante. Sua energia era muito limitada, talvez fosse simplesmente preguiçosa, como seus gatos, mas naquele lugar e naquele tempo era fácil confundir seu temperamento abúlico com a paz budista tão em voga. Faltava-lhe brio até para o amor, mas Gregory insistia em chamar de timidez a frieza, e punha sua perseverante imaginação a serviço daquele insípido namoro, inventando virtudes onde não havia. Aprendeu a usar uma raquete de tênis para acompanhar a namorada em sua única paixão, mesmo detestando aquele jogo, porque nunca conseguia vencê-la e, como se tratava de uma competição entre apenas dois adversários, não tinha jeito de dividir a derrota entre outros membros da mesma equipe. Ela, ao contrário, não se preocupou em aprender nenhuma das coisas que o atraíam. Na única ocasião em que ouviram uma ópera, ela dormiu no segundo ato e, sempre que saíam para dançar, acabavam de mau humor, porque ela era incapaz de descontrair-se ou de vibrar com a música. O mesmo quando faziam amor; abraçavam-se em ritmos diferentes, e ficava uma sensação de vazio, mas nenhum dos dois viu nesses desencontros um aviso para o futuro, jogaram a culpa no receio de gravidez. Ela recusava todos os anticoncepcionais, uns por serem pouco estéticos ou incômodos e outros porque não estava disposta a interferir no delicado equilíbrio de seus hormônios. Cuidava do corpo de maneira obsessiva, fazia ginástica durante horas, tomava litros de água por dia e se bronzeava completamente nua. Enquanto Gregory aprendia a cozinhar com as amigas Joan e Susan e lia o *Kama Sutra* e quantos outros manuais eróticos caíssem em suas mãos, ela mordiscava vegetais crus e defendia a castidade como medida higiênica para o organismo e disciplina da alma.

Reeves perdeu o encantamento inicial pela universidade na exata medida em que perdeu o sotaque *chicano*. Ao se formar, concluiu, como tantos outros, que havia obtido mais conhecimento na rua do que nas aulas. A educação universitária procurava adaptar os estudantes a uma existência produtiva e dócil, projeto que esbarrava na recente rebelião dos jovens. Os professores não se davam conta desse terremoto; mergulhados em suas rivalidades e na burocracia, não percebiam a gravidade do que estava ocorrendo. Durante esse tempo, Gregory não teve mestres dignos de serem recordados, nenhum como Cyrus, que o obrigava a rever as ideias e a aventurar-se na exploração intelectual, apesar de muitos serem celebridades científicas ou humanistas. Gastava horas em pesquisas inúteis, memorizando dados e escrevendo teses que ninguém revisava. Suas românticas ideias sobre a vida de estudante foram varridas por uma rotina sem sentido. Não queria abandonar aquela cidade extravagante, apesar de, por razões práticas, ter sido preferível viver em São Francisco. A República Popular de Berkeley havia se entranhado em sua pele, gostava de se perder naquelas ruas onde pululavam *swamis* em túnicas de algodão, mulheres com ares de espíritos renascentistas, sábios sem objetivo na terra, revolucionários sem revoluções, músicos de rua, pregadores, loucos, camelôs, artesãos, policiais e criminosos. O estilo da Índia predominava entre os jovens, que desejavam afastar-se o mais possível de seus pais burgueses. Vendia-se de tudo quanto havia pelas ruas e praças: drogas, camisas, discos, livros usados, bijuterias. O tráfego era um tumulto de ônibus cobertos de *graffiti*, bicicletas, antigos Cadillacs verde-limão e rosa-shocking, e carros decrépitos de uma empresa de táxis baratos para gente normal e gratuitos para gente especial, como vagabundos e manifestantes de algum protesto.

Para ganhar a vida, depois das aulas, Gregory cuidava de meninos que recolhia na escola e entretinha durante algumas horas da tarde, até que os pais regressassem a casa. A princípio só contava com cinco crianças, mas logo aumentou o número e pôde deixar o emprego de garçom no pavilhão feminino e de jardineiro com Balcescu, comprou um pequeno ônibus e contratou dois ajudantes. Ganhava mais dinheiro do que qualquer dos seus companheiros, e, visto de fora, o trabalho era simpático, embora, na prática, se tornasse esgotante; os meninos pareciam de areia, todos iguais a distância, escorregadios quando tentava impor-lhes limites e pegajosos quando os queria tirar de cima dele, mas dava carinho a todos e, nos fins de semana, sentia a sua falta. Um dos meninos tinha talento para desaparecer, fazia tanto esforço para passar despercebido que, por isso mesmo, foi o único a não ser esquecido nos anos seguintes. Uma tarde perdeu-se. Antes de partir, Gregory sempre contava as crianças, mas daquela vez estava atrasado e não o fez. O percurso habitual levou-o à casa do garoto, e, ao chegar, deu-se conta, aterrado, de que ele não se encontrava no ônibus. Deu a volta e regressou ao parque, onde chegou quando já escurecia. Correu chamando-o a plenos pulmões, enquanto dentro do veículo os outros choramingavam, cansados, e por último voou até um telefone para pedir socorro. Quinze minutos mais tarde tinha um destacamento de policiais com lanternas e cães, vários voluntários, uma ambulância que esperava em caso de necessidade, dois jornalistas, um fotógrafo e uns cinquenta vizinhos e curiosos observando por trás dos cordões:

– Tem que avisar os pais – decidiu o oficial.

— Meu Deus! Como vou lhes dizer?

— Vamos, eu o acompanho. Essas coisas acontecem, eu já vi de tudo. Depois aparecem os cadáveres, é melhor não os descrever, alguns violados... torturados... Nunca faltam pervertidos. Eu mandaria todos para a cadeira elétrica.

Reeves sentiu os joelhos fraquejarem, estava com náuseas. Ao chegar, abriu-se a porta e apareceu o garoto perdido com a cara lambuzada de manteiga de amendoim. Chateara-se e tinha preferido ir para casa assistir televisão, disse. A mãe ainda não havia chegado do trabalho e não suspeitava de que davam seu filho por desaparecido. Desde esse dia, Gregory amarrou uma corda na cintura de seu cliente fugitivo, tal como fazia Inmaculada Morales com a mãe louca, o que evitou novos problemas e desanimou qualquer ideia de independência nos demais meninos. Excelente ideia! que importa se depois têm de pagar a um psiquiatra para lhes tirar o complexo de cachorro, comentou Cármen, a quem ele contou o sucedido por telefone.

Joan e Susan mudaram-se para uma antiga mansão bastante deteriorada, mas ainda firme em seus pilares, onde inauguraram um restaurante vegetariano e macrobiótico que viria a se tornar o melhor da cidade. No lugar delas, instalou-se na casa uma colônia de *hippies* que começou a crescer e se multiplicar em ritmo veloz. Primeiro, foram dois casais com os filhos, mas depressa a tribo aumentou, as portas permaneciam abertas para os que quisessem chegar àquele oásis de drogas, artesanato modesto, ioga, música oriental, amor livre e panela comum. Timothy Duane não aguentou a desordem nem a imundície e alugou um apartamento em São Francisco, onde estudava medicina. Ofereceu ao amigo compartilhá-lo, mas Reeves não se decidiu a deixar a mansarda, apesar de também estudar na cidade e estar farto dos *hippies*. Incomodava-o encontrar estranhos em seu quarto, detestava a música monótona dos tamborins, apitos e flautas, e ficava encolerizado quando desapareciam seus pertences. Paz e amor, irmão, sorriam-lhe com mansidão os chamados Filhos das Flores quando descia que nem uma fera para reclamar camisas. Voltava quase sempre com o rabo entre as pernas, para o último canto privado de seu quarto, sem as botas e sentindo-se um capitalista podre. Berkeley havia se tornado o centro de drogas e rebelião, todos os dias apareciam novos nômades em busca do paraíso, chegavam em motos ruidosas, calhambeques desconjuntados e ônibus adaptados como casas provisórias, acampavam nos parques públicos, copulavam docemente nas ruas, alimentavam-se de ar, música e ervas. O cheiro da marijuana anulava os demais aromas; eram duas revoluções em marcha, uma, a dos *hippies*, que tentavam mudar as leis do universo com orações em sânscrito, flores e beijos, e outra, a dos iconoclastas, que pretendiam mudar as leis do país com protestos, gritos e pedras. A segunda tinha mais a ver com o caráter de Gregory, mas não lhe sobrava tempo para essas atividades e esgotou-lhe o entusiasmo pelas revoltas de rua quando compreendeu que aquilo havia se tornado um modo de vida, uma espécie de sofrido passatempo. Deixou de se sentir culpado quando ficava estudando em vez de provocar a polícia, considerava mais útil o seu silencioso trabalho, casa a casa, entre os negros do sul durante os verões. Quando não havia manifestações de apoio aos direitos civis, havia-as contra a guerra do Vietnam, raramente um dia findava sem alguma discussão pública. A polícia usava táticas e equipes de combate para manter o simulacro da ordem. Organizou-se uma contraofensiva destinada a preservar os valores dos Pais da Pátria, entre os horrorizados com a promiscuidade, a revolta e o desprezo pela propriedade privada. Levantou-se um coro de vozes em defesa do sagrado *american way of life*. Estão demolindo os fundamentos da civilização cristã ocidental! Este país vai acabar transformado em Sodoma comunista e psicodélica, é o que esses desgraçados querem! Os negros e os *hippies* mandarão o sistema para o caralho!, dizia Timothy Duane em tom de chacota a seu pai e a outros senhores do clube. Não eram os únicos a colocar todos os dissidentes no mesmo saco; nessa simplificação costumava cair também a imprensa, embora bastasse apenas uma olhadela superficial para ver as enormes diferenças. Os direitos civis fortaleciam-se na mesma medida em que os *hippies*, embarcados numa viagem prodigiosa com cogumelos alucinógenos, erva, sexo e *rock*, pouca conta davam das suas próprias fraquezas e da força de seus inimigos, e acreditavam que a humanidade havia entrado numa etapa superior e nada tornaria a ser como antes. Não devemos subestimar a estupidez humana, uns quantos dementes beijam-se e tatuam pombas no peito, mas asseguro-lhe que deles não vai ficar nem rastro, a História vai devorá-los, dizia Duane. Nas prolongadas conversas noturnas com os amigos, ele punha sempre a nota cética, convencido de que a mediocridade derrotaria, finalmente, os grandes ideais e que, por isso, não valia a pena entusiasmar-se com a Era de Aquário nem com nenhuma outra. Sustentava que era uma perda de tempo gastar os verões inscrevendo os negros nos registros eleitorais, porque não se dariam ao trabalho de votar ou fá-lo-iam pelos republicanos; no entanto, cada vez que se tratava de arrecadar fundos para as campanhas dos direitos civis, fazia por arrancar um cheque de três zeros de sua mãe. Defendia o feminismo como uma magnífica intenção, porque o libertava de pagar a parte correspondente à mulher num encontro e, de lambuja, podia levá-la de graça para a cama, mas na vida real não aproveitava essas vantagens. Tinha uma atitude cínica que chocava e divertia Gregory.

Liberdade e dinheiro, dinheiro e liberdade, profetizava enigmaticamente Balcescu, que então já havia adquirido vocabulário um pouco mais extenso em inglês, havia deixado crescer uma trança de mandarim em sua cabeça raspada, vestia-se como um camponês feudal russo e ensinava no parque sua própria filosofia a um grupo de seguidores. Duane atribuía o êxito do mestre jardineiro ao fato de ninguém entender sobre o que falava e à sua extraordinária perícia para cultivar marijuana em banheiras e cogumelos mágicos em jardineiras dentro dos armários. O romeno tinha na sua garagem uma pequena fábrica de ácido lisérgico, negócio florescente que em pouco tempo o converteria em homem rico. Embora Gregory não trabalhasse com ele havia anos, tinham mantido uma boa amizade baseada no amor pelas rosas e pelos prazeres da comida. Balcescu tinha um instinto natural para inventar pratos à base de alho, que nomeava de maneira impronunciável e fazia passar como típicos de seu país. Também lhe ensinou a cultivar rosas em barris com rodas, para poder levá-la consigo em caso de mudar de casa ou emigrar.

– Não penso em emigrar! – ria Gregory.

– Nunca se sabe. Falta liberdade, falta dinheiro, que fazer? Emigrar! – suspirava o outro com patética expressão de nostalgia.

Samantha Ernst estudava literatura nas horas livres, depois de fazer ginástica e esporte. Nunca trabalhara e nunca o iria fazer. Naquele ano, o pai arruinara-se com um filme milionário sobre o Império Bizantino que foi um fiasco monumental e destruiu em pouco tempo seu próprio império. Como todos os seus meios-irmãos e madrastas, que até então haviam desfrutado da generosidade do produtor de cinema, Samantha teve de se arranjar sozinha, embora não chegasse a passar necessidade, porque Gregory Reeves estava ali. Haviam planejado o casamento para quando ele terminasse os estudos e conseguisse um trabalho seguro, mas a ruína do magnata precipitou as coisas, e tiveram que antecipá-lo. Casaram-se numa cerimônia tão privada, que pareceu secreta, com Timothy Duane e o instrutor de tênis como únicas testemunhas, e depois deram a notícia por telefone aos parentes e amigos. Nora e Judy Reeves viam Gregory uma vez por ano, no Dia de Ação de Graças, sentiam-se muito longe dele, e não ficaram surpresas por não terem sido convidadas para a cerimônia, mas os Morales ofenderam-se profundamente e deixaram de falar por algum tempo com o "filho *gringo*", como o chamavam, até que o nascimento de Margaret lhes abrandou o coração e acabaram perdoando-o.

Gregory mudou-se para a casa de Samantha com os seus pertences, incluindo os barris de rosas, disposto a cumprir seu sonho de uma família feliz. A vida de casados não foi tão idílica como havia imaginado; na realidade, o casamento não resolveu nenhum dos problemas do noivado, só acrescentou outros, mas não se deixou abater, supôs que as coisas melhorariam quando se tornasse advogado, tivesse um trabalho normal e menos pressões. Sua empresa para cuidar de crianças rendia o suficiente para oferecer uma vida confortável à mulher, mas ela não gozava nada desse bem-estar. Seu horário havia se tornado uma verdadeira corrida de obstáculos. Levantava-se ao amanhecer para fazer suas tarefas, gastava uma hora até chegar às aulas e outra para regressar, trabalhava à tarde. Levava as crianças a museus, parques e espetáculos e, enquanto as vigiava com um olho, com o outro estudava. Uma vez por semana ia à lavanderia automática e ao mercado, e muitas noites ganhava alguns dólares ajudando Joan e Susan no restaurante. No fim do dia aparecia em casa extenuado, preparava um pedaço de carne grelhada, comia sozinho e continuava a estudar. A carne crua e o cheiro do assado repugnavam Samantha, que preferia não estar presente à hora do jantar. Nem os horários coincidiam; ela dormia até o meio-dia e começava suas atividades à tarde, e tinha sempre alguma coisa para fazer à noite: atabaques africanos, ioga, danças do Camboja. Enquanto o marido voava cumprindo uma infinidade de obrigações, ela parecia sempre abatida, como se o mero fato de existir fosse uma prova titânica para a sua natureza evasiva. Com a convivência não aumentou seu interesse pelos jogos do amor, e, na cama, continuou tão indiferente como antes, com o agravante de que agora tinham mais oportunidades de estar juntos e menos pretextos para a frieza. Gregory tentou praticar os conselhos de seus manuais, apesar de se sentir bastante ridículo no exercício de danças eróticas que Samantha não apreciava nem um pouco. Face aos escassos resultados de seus esforços, supôs que as mulheres não sentiam grande entusiasmo por esse assunto, salvo Ernestina Pereda, que constituía uma feliz exceção. Ignorou as incontáveis publicações que provavam o contrário e, enquanto o mundo ocidental descobria a torrencial libido feminina, dispôs-se a substituir a paixão pela paciência, ainda que não renunciasse de todo à ideia de levar Samantha, pouco a pouco, até os jardins pecaminosos da luxúria, como dizia Timothy Duane, com sua atormentada consciência católica, ou à pura e simples diligência sexual.

Quando Samantha descobriu que estava grávida, desmoralizou-se por completo. Sentiu que seu corpo bronzeado e sem um grama de gordura tornou-se asqueroso recipiente onde crescia um ávido sapo, impossível de reconhecer como algo seu. Nas primeiras semanas, esgotou-se fazendo os mais violentos exercícios de seu repertório com a inconsciente esperança de se libertar daquela perniciosa servidão, mas depressa foi vencida pela fadiga, acabando estendida na cama olhando o teto, desesperada e furiosa com Gregory, que parecia encantado com a ideia de um descendente e que respondia às suas queixas com consolos sentimentais, o menos apropriado nessas circunstâncias, como lhe disse tantas vezes. É culpa sua, só culpa sua, censurava-o, não quero filhos, pelo menos por agora, você é que fala todo o tempo em formar uma família, olha que droga de ideias que lhe vêm à cabeça, e de tanto falar em semelhante estupidez, olha no que deu, droga. Não podia compreender esse golpe de azar, julgava-se estéril, porque em tantos anos sem tomar precauções não tinha levado susto. Se eu não o desejo, nunca vai acontecer, insistia ela como uma menina mimada, incapaz de tolerar uma imposição desagradável.

Era acometida de ataques de náuseas, mais por repugnância de si mesma e recusa da criança do que pelo seu estado. O marido comprou um livro sobre comida natural e pediu a Joan e Susan que lhe fizessem pratos saudáveis, esforço inútil, porque ela apenas tolerava um bocado de aipo ou de maçã. Três meses depois, quando notou mudanças na cintura e nos seios, abandonou-se à sua sorte com uma espécie de raiva urgente. Seu fastio tornou-se voracidade e, contra todos os seus princípios vegetarianos, devorava metodicamente gordas costeletas de porco e salsichões, que Gregory preparava, à tarde, e mordiscava frios ao longo do dia. Uma noite jantavam com um grupo de amigos num restaurante espanhol, quando descobriu a especialidade do dia, dobradinha à madrilena, um guisado de tripas com a consistência de toalha turca ensopada em molho de tomate. Tantas vezes pediu o mesmo prato, a qualquer hora, que o cozinheiro se entusiasmou com ela e lhe oferecia caixas de plástico transbordando com o seu indigesto guisado. Engordou, a pele cobriu-se de manchas e acabou sentindo-se absolutamente deprimida, doente e culpada, envenenada por alimentos putrefactos e cadáveres de animais, mas que não podia deixar de devorar, como um castigo. Dormia demasiado e no resto do tempo via televisão estendida na cama com seus gatos. Reeves, alérgico ao pelo desses animais, mudou-se para outro quarto sem perder o bom humor nem a paciência, isso já vai passar, são desejos de mulher grávida, e sorria.

Samantha detestava o serviço doméstico, e, se antes, pelo menos, se mantinha uma certa decência na casa, naqueles meses sua relativa organização transformara-se num caos. Gregory procurava pôr algo em ordem, mas, por mais que limpasse, o cheiro dos gatos e da dobradinha à madrilena impregnava o ambiente.

    Naquele ano surgiu a moda dos partos naturais aquáticos, uma original combinação de exercícios respiratórios, bálsamos, meditação oriental e água corrente. Era necessário treinamento para dar à luz dentro de uma banheira, amparada pelo pai da criança e acompanhada pelos amigos e quem quisesse participar, para o recém-nascido entrar no mundo sem o trauma de abandonar o ambiente líquido, morno e silencioso do ventre materno e aterrar subitamente no terror de uma sala de cirurgia, sob o foco de implacáveis refletores e rodeado de instrumentos cirúrgicos. A ideia não era má, mas, na prática, tornava-se um pouco complicada. Samantha havia se negado a tocar no tema do parto, fiel à sua teoria de que se não desejava uma coisa ela jamais aconteceria, mas no sétimo mês não teve outro remédio senão enfrentar a realidade, porque dentro de um prazo determinado o bebê iria nascer e ela teria uma participação inevitável no acontecimento. Parir numa banheira de água morna, à meia-luz, com duas matronas beatíficas, pareceu-lhe menos temível do que sobre uma mesa de hospital nas mãos de um homem com avental e máscara cirúrgica para ninguém o reconhecer; no entanto, não concordava em fazer daquilo uma reunião social, apesar da promessa das parteiras naturalistas de que não teria que se ocupar com nada, o custo do parto incluía as bebidas, a marijuana, a música e as fotografias. Se casamos sem festa, não pretendo parir em público e tampouco quero que me fotografem com as pernas abertas, decidiu Samantha, pondo fim ao dilema. Levantou-se finalmente da cama, começou a ir com o marido às aulas, onde viu outras mulheres no mesmo estado que ela, e descobriu que a maternidade não era necessariamente uma desgraça. Surpreendida, notou que as outras exibiam as barrigas com orgulho, até pareciam contentes. Isso teve um efeito terapêutico, recuperou em parte o respeito pelo seu corpo, resolveu cuidar de si, não renunciou à dobradinha à madrilena, mas acrescentou também verduras e frutas à dieta, fazia longas caminhadas e friccionava a pele com óleo de amêndoas, loção de sálvia e hortelã-pimenta, comprou roupa para o bebê, e, por algumas semanas, reapareceu-lhe a antiga personalidade. Os extensos preparativos para o parto incluíram a instalação de uma imensa tina de madeira na sala, que, em princípio, podiam alugar, mas convenceram-nos da vantagem de comprá-la. Depois do parto, podiam usá-la para outros fins, disseram-lhes, já que também começavam a estar na moda os banhos comunitários entre amigos, todos nus, mergulhados em água quente. O artefato acabou tornando-se inútil, porque, cinco semanas antes da data prevista, Samantha deu à luz uma filha a quem chamaram Margaret, como a avó materna morta em espuma rosada. Gregory chegou à tarde a casa e encontrou a mulher sentada no charco das suas águas amnióticas, tão descontrolada, que não lhe havia passado pela cabeça pedir ajuda, nem sequer recordava a respiração de foca aprendida nos cursos de parto aquático. Fê-la subir no ônibus que usava para seu trabalho e disparou para o hospital; onde tiveram que fazer uma cesariana para salvar a menina. Margaret não entrou no mundo em tina de madeira, embalada por cânticos suaves e nuvens de incenso, como estava previsto, iniciou a vida dentro de uma incubadeira, como um patético peixe solitário num aquário. Dois dias mais tarde, quando a mãe dava os primeiros passos pelo corredor do hospital, o pai lembrou-se de telefonar às parteiras espirituais, aos parentes e aos amigos para lhes dar a notícia. Lamentou não ter Cármen a seu lado, a única pessoa com quem teria desejado compartilhar as aflições daqueles momentos.

Para Margaret Ernst o vento do desastre começou a soprar no próprio dia de seu nascimento, quando sua aristocrática mãe a colocou nas mãos de uma enfermeira, afastando-se dela para sempre, e se tornou um furacão que a deixou fora da realidade, no momento de dar à luz uma filha. Muito mais tarde, confessaria a seu psicanalista, com a maior sinceridade, que aquela criança minúscula respirando com dificuldade dentro de uma caixa de vidro só lhe inspirava aversão. Secretamente, agradeceu não ter leite para amamentá-la e, talvez, no mais fundo de seu coração, desejasse mesmo que ela desaparecesse para não se ver obrigada a carregá-la nos braços. O que aprendeu nos cursos não serviu para nada, era-lhe impossível considerar Margaret uma menina a mais entre os milhares delas nascidas no planeta; no mesmo dia e à mesma hora, e nunca a pôde aceitar. Nem se resignou com a ideia de que estava unida àquele verme por iniludíveis responsabilidades. Olhou-se no espelho e viu uma grande costura atravessando o ventre, que antes era liso e bronzeado, agora feito um odre frouxo, cheio de estrias, e chorou desconsolada pela beleza perdida. O marido tentou aproximar-se para ajudá-la, mas todas as vezes foi afastado com virulência demente. Vai-se acostumar, é muito recente, está descontrolada, pensava Gregory, mas, decorridas três semanas, quando deram alta à menina no hospital e a mãe ainda não deixava de se examinar ao espelho e lamentar-se, teve de pedir auxílio a sua irmã. Talvez a mãe tivesse sido a pessoa mais indicada naquele transe, mas Samantha não suportava a sogra, nunca pôde apreciar qualquer das suas virtudes, considerava-a uma velha extravagante capaz de arrancar uma tartaruga de sua casca. Também pensou em Olga, que tanto prazer sentia nos nascimentos e nos bebês, mas compreendeu que, se sua mulher não tolerava Nora, menos ainda Olga.

– Preciso de você, Judy. Samantha está deprimida e doente, e eu não sei nada sobre recém-nascidos, por favor, venha! – Gregory implorou por telefone.

– Vou pedir autorização no trabalho na sexta-feira e passarei o fim de semana com vocês, não posso fazer mais do que isso – respondeu ela.

Farta das farras de Jim Morgan, o gigante ruivo com quem teve filhos, Judy divorciara-se e voltara a viver com a mãe na mesma casa de sempre. Nora cuidava dos netos, um dos quais ainda de colo, enquanto Judy sustentava a família. Jim Morgan amava sua mulher e amá-la-ia até o fim de seus dias, apesar de ela se ter tornado uma harpia que o perseguia pela casa aos gritos, se punha à porta da fábrica para insultá-lo diante dos seus operários e corria os bares à procura dele para armar escândalo. Quando o expulsou definitivamente de casa e abriu um processo de divórcio, o homem sentiu que sua vida terminava e entregou-se a uma bebedeira tal, que despertou entre grades. Não podia explicar como a desgraça havia acontecido, nem sequer recordava o homem que matara. Algumas testemunhas disseram que havia sido um acidente e que Morgan nunca tinha tido intenção de liquidá-lo, dera-lhe um golpe insignificante, e o infeliz partira para o outro mundo, mas as circunstâncias não beneficiavam o acusado. A vítima estava mais do que sóbria e era um alfenim peso-pluma que, quando começou a discussão, se encontrava na esquina com uma sineta na mão, pedindo esmola para o Exército da Salvação. Da prisão, Jim Morgan não pôde ajudar nos gastos dos filhos, e Judy alegrou-se com o fato, convencida de que, quanto menos contato tivessem os filhos com um pai criminoso, melhor seria para eles, mas, como não ganhava para manter o lar sozinha, voltou para a casa da mãe.

Gregory foi buscar a irmã no aeroporto e espantou-se ao ver como ela havia engordado. Não conseguiu disfarçar sua impressão, e ela percebeu.

– Não me diga nada, já sei o que está pensando.

– Faz uma dieta, Judy!

– Falar é fácil, a prova é que já fiz dieta muitas vezes. Só perdi um, dois quilos no máximo.

A mulher subiu com dificuldade no ônibus de Gregory e partiram à procura de Margaret no hospital. Entregaram-lhes um pequeno embrulho coberto por um xale, tão levezinho que o abriram para verificar o conteúdo. Entre a lã descobriram uma minúscula criança, dormindo placidamente. Judy aproximou o rosto da sobrinha e começou a beijá-la e a cheirá-la como uma cadela faria ao seu filhote, transfigurada por uma ternura que Gregory não via nela há dezenas de anos, mas que não tinha esquecido. Durante todo o caminho ficou conversando com o bebê, acariciando-o, enquanto o irmão a observava de soslaio, surpreendido ao ver que Judy se transformava, as camadas de gordura que a deformavam desapareceram, revelando a radiante beleza oculta em seu interior. Ao chegar a casa encontraram os gatos enfiados no berço e Samantha no quarto, de cabeça para baixo, procurando alívio para a aflição emocional com acrobacias de faquir. Gregory começou a sacudir o pelo dos animais para colocar o bebê, enquanto Judy, cansada da viagem e pelas horas em pé, deu um empurrão na cunhada, tirando-a do nirvana e devolvendo-a à posição de cabeça para cima e às responsabilidades da realidade.

— Venha para eu explicar como se prepara uma mamadeira e como se troca fralda — ordenou-lhe.

— Terá que explicar isso a Gregory, eu não sirvo para essas coisas — balbuciou Samantha, recuando.

— É melhor ele não se aproximar da menina, pode ter saído com as mesmas porras do meu pai — grunhiu Judy de muito mau humor.

— Do que você está falando? — perguntou Gregory com a recém-nascida nos braços.

— Sabe muito bem do que estou falando. Não sou retardada, acha que não percebo que está sempre rodeado de crianças?

— É o meu trabalho!

— Claro, é o seu trabalho. De todos os trabalhos possíveis tinha logo que escolher esse. Tem que haver alguma razão para isso! Aposto que se diverte com as menininhas, não é? Os homens são todos uns pervertidos.

Gregory colocou Margaret na cama, agarrou a irmã por um braço e arrastou-a para a cozinha, fechando a porta atrás de si.

— Agora vai me explicar que caralho está dizendo!

— Você tem uma surpreendente capacidade de se fazer de bobo, Gregory. Não posso acreditar que não saiba...

— Não!

E então Judy derramou o veneno que havia suportado em silêncio desde aquela noite em que não lhe permitira que dormisse com ela, fazia mais de vinte anos, o pesado segredo guardado zelosamente com a suspeita de que não era na verdade um enigma e que todos o sabiam, o recôndito tema dos seus pesadelos e rancores, a vergonha inconfessável que agora se atrevia a expor só para proteger a sobrinha, a pobre inocente, como ela disse, para evitar que se repita o mesmo pecado de incesto na família, porque essas coisas estão no sangue, são maldições genéticas, e a única herança de Charles Reeves, esse crápula que em má hora nos trouxe ao mundo, é a maldade suja da luxúria, e, se necessita de mais pormenores, posso contá-los porque nada esqueci, tenho tudo gravado a fogo na memória, se quer posso lhe contar como ele me levava para a despensa com diferentes pretextos e me fazia abrir a braguilha dele e colocava o pênis nas minhas mãos e me dizia que aquilo era o meu boneco, o meu caramelo, que fizesse assim e assado, mais forte, até que...

– Basta! – gritou Gregory com as mãos nos ouvidos.

Todas as segundas-feiras pela manhã Gregory Reeves telefonava para Cármen Morales, costume que manteve sempre. Depois do aborto que quase lhe custara a vida, a amiga despedira-se da mãe e desaparecera sem deixar rastro. Em casa dos Morales seu nome foi apagado, mas ninguém a esqueceu, sobretudo o pai, que sonhava com ela em silêncio, mas que, por orgulho, jamais admitiu que estava morrendo de pena pela filha ausente. A jovem não voltou a se comunicar com a família, mas, dois meses mais tarde, Gregory recebeu um cartão-postal do México, com um número e uma pequena flor desenhada, a inconfundível assinatura de Cármen. Foi o único que teve notícias suas em todo esse tempo, e era por intermédio dele que Inmaculada Morales sabia os passos de sua filha. Nas breves conversas das segundas-feiras, os dois amigos punham em dia suas vidas e planos. As vozes chegavam-lhes desfiguradas por interferências e pela própria ansiedade das comunicações a longa distância, custava-lhes reconhecerem-se nessas frases interrompidas e, para ambos, começava a apagar-se o rosto do outro, eram dois cegos com as mãos estendidas na escuridão. Cármen havia se instalado num quarto de má reputação nos subúrbios da Cidade do México e trabalhava numa oficina de joalheria. Perdia tantas horas viajando de ônibus de um extremo a outro daquela imensa cidade desesperada, que não lhe sobrava tempo para outras atividades. Não tinha amigos nem amores. A desilusão provocada por Tom Clayton destruíra sua ingênua tendência para se apaixonar à primeira vista e, por outro lado, naquele meio era muito difícil encontrar um companheiro que entendesse e aceitasse seu caráter independente. O machismo do pai e dos irmãos era suave comparado com aquele que agora suportava, e, por prudência, conformou-se com a solidão, como se fosse um mal menor. A desafortunada intervenção de Olga e a operação posterior privaram-na da possibilidade de ter filhos, o que a tornou mais livre, mas também mais triste. Vivia na tácita fronteira onde termina a cidade oficial e começa o mundo inadmissível dos marginais. O prédio era um corredor estreito com duas filas de quartos dos lados, duas pias, um lavatório ao centro e banheiros comuns ao fundo, sempre tão sujos, que os evitava. Aquele lugar era mais violento do que o gueto onde havia sido criada, as pessoas tinham que lutar pelo seu pequeno espaço, havia rancores demais e escasseavam esperanças; estava num país de pesadelo ignorado pelos turistas, um labirinto terrível em torno da bela cidade fundada pelos astecas, um enorme conglomerado de casinhas miseráveis e ruas sem pavimento e sem luz, apinhadas de lixo, que se estendia até uma periferia sem limites. Deambulava por entre índios humilhados e mestiços indigentes, meninos nus e cães famintos, mulheres vergadas pelo peso dos filhos e pelo trabalho, homens ociosos e resignados com a má sorte, com as mãos nos cabos dos punhais prontos para defender a dignidade e a honradez eternamente ameaçadas. Já não contava com a proteção da família e bem depressa compreendeu que ali uma mulher jovem e sozinha era como um coelho rodeado de cães perdigueiros. À noite não saía, dormia com uma tranca na porta, outra na janela e uma navalha debaixo do travesseiro. Quando ia lavar sua roupa, encontrava outras mulheres que a olhavam com desconfiança, porque era diferente. Chamavam-na de gringa, apesar de lhes haver explicado mil vezes que sua família era de zacatecas. Com os homens não falava. Às vezes comprava caramelos e sentava-se na calçada à espera de que as crianças se aproximassem, eram esses os seus poucos momentos alegres. Na oficina da joalheria trabalhavam alguns índios de mãos mágicas, que raramente lhe dirigiam a palavra, mas que lhe ensinaram o segredo da sua arte. Para ela as horas passavam sem sentir, absorta no laborioso processo de moldar a cera, esvaziar os metais, talhar, polir, engastar as pedras e montar cada uma das minúsculas peças. À noite, no quarto, desenhava brincos, anéis e pulseiras, que, a princípio, fazia de lata com pedaços de vidro só para praticar, mas depois, quando pôde poupar alguma coisa, em prata com pedras semipreciosas. Nos momentos livres, vendia-os de porta em porta, evitando que seus patrões viessem a saber dessa modesta habilidade.

O nascimento da filha afundou Samantha numa discreta, mas feroz depressão, não teve arrebatamentos escandalosos nem grandes mudanças aparentes na conduta, mas não voltou a ser a mesma. Continuou a levantar-se ao meio-dia, a assistir televisão e a tomar sol como uma lagartixa, sem opor resistência à realidade nem tampouco participar dela. Comia muito pouco, estava sempre sonolenta e só ressuscitava na quadra de tênis, enquanto Margaret vegetava num carrinho à sombra, tão abandonada, que aos oito meses ainda não era capaz de se sentar e apenas sorria. A mãe só a tocava para lhe trocar as fraldas e colocar-lhe a chupeta na boca. À noite, Gregory dava-lhe banho e, às vezes, embalava-a por alguns momentos, procurando fazê-lo sempre na presença de Samantha. Gostava muito da menina e, quando a tinha nos braços, sentia uma dolorosa ternura, um desejo esmagador de protegê-la, mas não era capaz de mimá-la como desejava. A confissão de sua irmã erguera uma muralha entre ele e a filha. Nem se sentia mais à vontade com as crianças de quem cuidava em seu trabalho e, quando se dava conta, estava se examinando em busca de qualquer pormenor revelador de uma suposta índole silenciosa herdada do pai. Ao comparar Margaret com outras crianças da sua idade, achava-a atrasada no seu desenvolvimento; sem dúvida, alguma coisa não estava bem, mas não quis partilhar suas suspeitas com a mulher para não a assustar e afastar ainda mais do bebê. Testava-a, para ver se ouvia bem, talvez fosse surda, por isso parecia tão quieta, mas, quando batia palmas perto do berço, ela se sobressaltava.

Achou que Samantha não se dera conta disso, mas um dia ela lhe perguntou como é que se sabia quando uma criança era retardada, e, então, puderam falar pela primeira vez de seus temores. Depois de examinar Margaret por dentro e por fora, no hospital diagnosticaram que ela era sã, simplesmente necessitava de estímulos, era como um animal dentro de uma jaula, privado de sentidos. Os pais frequentaram, então, um curso de estimulação precoce, onde aprenderam a acariciar a filha, a falar-lhe, cantarolar, mostrar-lhe pouco a pouco o mundo à sua volta e outras destrezas elementares que qualquer miserável orangotango sabe fazer ao nascer e que eles tiveram de aprender num manual de instruções. Os resultados foram evidentes em poucas semanas, quando a menina começou a arrastar-se pelo chão, e um ano mais tarde pronunciou suas duas primeiras palavras, que não foram papai nem mamãe, mas gato e tênis.

Gregory estudava para os exames finais, horas, dias, meses, enfiado nos livros e agradecendo ao céu sua boa memória, a única coisa que funcionava bem, enquanto o resto à sua volta parecia deteriorar-se irremediavelmente num rápido processo de decomposição. A guerra do Vietnam, longe de terminar, como havia calculado, assumia proporções de catástrofe. Juntamente com o alívio de finalmente se tornar advogado, havia o inevitável pesadelo de ir para o *front*, porque tinha um compromisso com as Forças Armadas e não podia continuar a adiar o serviço militar. Sua família era o principal motivo de angústia, sua relação com Samantha andava aos trancos e barrancos, e uma separação acabaria sem dúvida por rompê-la, além disso tinha medo de deixar Margaret, que crescia cheia de carências. A filha vivia de maneira tão calada e misteriosa que Samantha por vezes se esquecia dela, e, quando Gregory chegava à noite, descobria que não havia comido desde que acordara. Não brincava com as outras crianças, entretinha-se horas assistindo a telenovelas, nunca tinha apetite, lavava-se de forma obsessiva, suja, suja, dizia a cada momento, arrastando um banquinho até a pia para ensaboar as mãos longamente. Urinava na cama e chorava desesperadamente quando acordava com os lençóis molhados. Era muito bonita e continuaria a sê-lo, apesar das agressões que cometeria contra seu corpo; tinha a graça nobre da avó da Virgínia e o exótico rosto eslavo de Nora Reeves, tal como se vê numa fotografia tirada no barco de refugiados que a trouxe de Odessa. Enquanto Margaret vivia na sombra dos móveis e escondida pelos cantos, os pais, demasiado ocupados em seus próprios assuntos e enganados pela sua aparência de boa menina, não foram capazes de ver os demônios que cresciam em sua alma.

Viviam-se tempos de grandes mudanças e de contínuas surpresas. A novidade do amor livre, depois de tantos séculos mantido em cativeiro, correu com rapidez, e o que começou como outra fantasia dos *hippies* tornou-se o jogo predileto dos burgueses. Assombrado, Gregory viu como as mesmas pessoas, que pouco tempo antes defendiam as ideias mais puritanas, praticavam agora a libertinagem em pequenas orgias de índole doméstica. Quando solteiro, era quase impossível conseguir uma garota disposta a fazer amor sem uma promessa de casamento; o prazer sem culpa e sem medo era impensável antes das pílulas anticoncepcionais. Tinha a impressão de ter passado os primeiros dez anos de sua juventude dedicado a conseguir mulheres, todo o empenho e imaginação se esvaíam nessa esgotante caçada e, geralmente, em vão. Mas depressa as coisas deram a volta e em questão de dois ou três anos a castidade deixou de ser uma virtude para se tornar um defeito do qual cada um tinha que se curar antes que os vizinhos tomassem conhecimento. Foi uma mudança tão brusca, que Gregory, encapsulado em seus problemas, não teve tempo de se adaptar às mudanças dramáticas; a revolução chegou tarde demais. Apesar do seu fracasso com Samantha, não lhe passou pela cabeça a ideia de aproveitar as insinuações de algumas audaciosas companheiras de estudo ou mães de meninos de quem cuidava.

Um sábado de primavera, os Reeves foram convidados para jantar em casa de uns amigos. Já não era costume sentar-se à mesa, a comida aguardava na cozinha, e cada comensal servia-se em pratos descartáveis e acomodava-se o melhor que podia equilibrando um copo cheio, um prato entulhado de salada, um pão, um guardanapo e, às vezes, até um cigarro. Bebia-se demasiado e fumava-se marijuana. Gregory tinha tido um dia pesado, sentia-se cansado e perguntava se não estaria melhor em sua casa do que ocupado em despedaçar um frango sobre os joelhos sem o deixar cair em sua roupa. Depois da sobremesa, iniciou-se uma manobra coletiva, as pessoas tiraram a roupa para se meter numa grande banheira de água quente instalada no jardim à luz da lua. A moda dos partos aquáticos passou sem grandes consequências, mas a muitas famílias ficou a recordação de uma tina monumental. Os Reeves ainda conservavam a deles na sala, servindo de piscina para Margaret e depósito, onde ia parar o que apanhavam do chão e se destinava ao esquecimento. Os outros, mais atrevidos, transformaram os artefatos em centro de atração, até que a indústria nacional pôs no mercado grandes piscinas para tal fim. Gregory não se sentiu tentado a sair para a friagem do pátio, mas pareceu-lhe de mau gosto ficar vestido quando os outros estavam nus, pois poderiam pensar também que tinha algo de que se envergonhar. Tirou a roupa, observando Samantha de soslaio e estranhando a naturalidade com que sua mulher se exibia. Não tinha pudores, sentia-se orgulhoso de seu corpo e frequentemente andava nu em sua casa, mas aquela exposição pública deixou-o um pouco nervoso; os outros participantes da reunião, pelo contrário, pareciam tão à vontade, como qualquer aborígine do Amazonas. As mulheres procuravam manter-se dentro d'água, mas os homens aproveitavam qualquer pretexto para se exibir, os mais arrogantes ofereciam o espetáculo de sua nudez enquanto serviam bebidas, acendiam cigarros ou trocavam os discos, alguns até ficavam de cócoras na borda da banheira a poucos centímetros do rosto de uma esposa alheia. Gregory compreendeu que não era a primeira vez que os amigos se encontravam nessa situação e sentiu-se traído como se todos compartilhassem um segredo do qual ele havia sido propositadamente excluído. Suspeitou de que Samantha já houvesse estado antes em festas parecidas e não tinha visto razão para lhe contar. Procurou não olhar as mulheres, mas seus olhos iam para os seios perfeitos da mãe da dona da casa, uma matrona de quase sessenta anos, em quem não se havia fixado até que surgiram flutuando na água aqueles atributos inesperados numa pessoa da sua idade. Em seu inquieto destino Reeves teria que passear por tantas geografias femininas que lhe seria impossível recordá-las todas, mas nunca esqueceria os seios daquela avó. Entretanto, Samantha, de pálpebras fechadas e cabeça jogada para trás, mais relaxada e satisfeita do que alguma vez o marido tivesse visto, cantarolava à vontade, com um copo de vinho branco numa das mãos e a outra perdida debaixo da água, parecia que demasiado perto das pernas de Timothy Duane. No caminho de volta a casa, ele tentou tocar no assunto, mas ela adormeceu no automóvel. No dia seguinte, em frente a uma xícara de café fumegante na cozinha iluminada pelo sol, a festa nudista parecia um sonho longínquo e nenhum dos dois a mencionou. A partir dessa noite Samantha aproveitava todas as oportunidades para experimentar novas sensações em grupo e, em contrapartida, na privacidade do leito matrimonial continuava fria como sempre. Por que se privar? Não há outra coisa a fazer senão somar experiências à vida, de cada encontro pode sair-se enriquecido e tem-se, portanto, mais para oferecer a seu par, o amor chega para muitos, o prazer é um poço inesgotável de que se pode beber até à saciedade, asseguravam os profetas do casamento aberto. Gregory suspeitava de que havia alguma tramoia nesses raciocínios, mas não se atrevia a manifestar suas dúvidas com medo de parecer um troglodita. Sentia-se forasteiro naquele meio, a promiscuidade não o convencia e, ao ver a aceitação entusiasmada de todos os seus amigos, concluiu que seu passado do bairro lhe pesava e por isso não conseguia adaptar-se. Não queria admitir quanto o incomodava que outros homens manuseassem Samantha com o pretexto de lhe fazer massagens desintoxicantes, ativar seus pontos nevrálgicos ou estimular o crescimento espiritual mediante a comunhão dos corpos. Ela o confundia, ele acreditava que ela ocultava aspectos de sua personalidade e mantinha uma existência secreta, nunca mostrava seu verdadeiro rosto, mas sim uma sucessão de máscaras. Parecia-lhe perverso acariciar outra mulher na frente da sua, mas também não queria ficar para trás. A cada semana os sexólogos da moda descobriam novas zonas erógenas e, pelo visto, precisava explorar todas para não passar por ignorante; em sua mesa de cabeceira empilhavam-se manuais à espera da vez para serem estudados. Em certa ocasião, atreveu-se a objetar um método de encontro com o Eu e o despertar da Consciência por meio da masturbação coletiva, e Samantha o acusou de bárbaro, alma incipiente e primitiva.

— Não sei o que tem a ver a qualidade da minha alma com o fato perfeitamente natural de eu não gostar de ver os dedos de outros homens entre as suas pernas!

— Típico de uma cultura subdesenvolvida e provinciana – disse ela, sorvendo impassível seu suco de aipo.

— Como? – perguntou ele desconcertado.

— Você é como esses latinos entre os quais foi criado. Nunca devia ter saído daquele bairro.

Gregory pensou em Pedro e Inmaculada Morales e tentou imaginá-los numa banheira de água quente com os vizinhos estimulando mutuamente o Eu e a Consciência. Só de pensar nisso passou sua raiva e caiu na gargalhada. Na segunda-feira seguinte comentou o assunto por telefone com Cármen e, a dois mil quilômetros de distância, ouviu o riso incontrolável da amiga; nenhum desses modernismos havia chegado ao gueto de Los Angeles e, muito menos, ao México, onde ela vivia.

— Loucos, são todos loucos – disse Cármen. — Nem morta eu fico nua em frente de maridos alheios. Não saberia para onde olhar, Greg. Por outro lado, se alguns homens já me bolinam vestida, imagina como seria se eu me despisse.

— Como você é índia, mulher! Aqui ninguém faria isso olhando para você.

— Então pra que o fazem?

Não me sentia bem em lugar nenhum; o bairro onde cresci pertencia ao passado, e eu não havia conseguido plantar raízes em outro canto. De minha família pouco restava, minha mulher e minha filha estavam tão distantes de mim como antes haviam estado minha mãe e Judy. Também sentia falta dos amigos, Cármen estava em outro planeta, não contava muito com Timothy, porque se aborrecia com Samantha e acho mesmo que nos evitava; até o próprio Balcescu, tão parecido com uma caricatura, que era quase impermeável a qualquer mudança, tinha dado uma reviravolta para se tornar a imagem de um santo. Vivia rodeado de acólitos que veneravam o ar que ele exalava e, de tanto se olhar refletido no espelho desses olhos adoradores, o extravagante romeno acabou por se levar a sério. Com a perda do senso de humor, desapareceu também seu interesse para inventar pratos exóticos ou cultivar rosas, de maneira que não restou entre nós muita coisa em comum. Joan e Susan conservaram seu encanto e o delicioso odor de ervas e perfumes que lhes impregnava a pele, mas haviam se tornado inacessíveis, viviam dedicadas às lutas feministas e à química culinária de suas receitas vegetarianas, eram especialistas em disfarçar o *tofu* para lhe dar sabor de empada de rim. Na Faculdade de Direito não fiz novas amizades; enquanto estudantes, competíamos num meio feroz, cada um absorvido em seus projetos e ambições, estudávamos sem descanso. Não sobrava ânimo para reuniões, e até as inquietações políticas e intelectuais tinham ficado em último plano. Teria sido difícil explicar a Cyrus que, por ali, o único problema da esquerda era que ninguém queria ser de direita. À tarde, ao regressar a minha casa, sentia um cansaço visceral, pelo caminho imaginava a possibilidade de pegar um atalho e perder-me no horizonte, como fazia meu pai quando percorríamos o país sem rumo nem meta. O caos da casa deixava-me nervoso, e não é que eu seja fanático por organização, muito pelo contrário. Suponho que estivesse esgotado pelos estudos e pelo trabalho, com certeza não me portava como bom marido, e Samantha, por sua vez, contribuía muito pouco. Por vezes, parecíamos mais adversários do que aliados. Nessas circunstâncias, ficamos cegos e não vislumbramos a saída do túnel onde nos metemos, parece que estaremos sempre na máquina de moer carne, que não há saída. Quando você tiver o seu diploma, tudo será diferente, consolava-me Cármen a distância, mas eu sabia que essa não era a única causa de meu mal-estar. Assistia fielmente a uma série televisiva sobre um astuto advogado que colocava em jogo sua reputação e, às vezes, a vida para salvar da cadeia um inocente ou castigar um culpado. Não perdia um capítulo com a esperança de que a personagem me devolvesse o entusiasmo pelas leis e me redimisse do imenso tédio que essa profissão me provocava. Ainda não começara a exercê-la e já estava desiludido. O futuro apresentava-se muito diferente da aventura imaginada na minha juventude; o último esforço para terminar o curso aborrecia-me tanto, que comecei a dizer que ia abandonar o estudo e dedicar-me a outra coisa. O aborrecimento é raiva sem entusiasmo, assegurou-me Timothy Duane. Segundo ele, eu estava farto do mundo e de mim próprio, e não era para menos, meu destino nunca havia sido um mar de rosas. Aconselhava-me que me libertasse de complicações, começando pelo casamento com Samantha, que lhe parecia um erro evidente. Eu me negava a admitir o fato, mas chegou um momento em que, pelo menos nesse aspecto, tive que lhe dar razão. Fui a uma festa como tantas outras a que íamos nessa época, numa casa como todas as demais, móveis desconjuntados, tapeçarias indianas cobrindo as manchas do sofá, cartazes de Ho Chi Min e de Che Guevara ao lado de mantras bordados da Índia, os mesmos casais amigos, os homens sem cuecas e as mulheres sem sutiã, a comida fria e pedaços de queijo cada vez mais rançosos à medida que passavam as horas, muita bebida, cigarrilhas e marijuana de tão má qualidade, que o fumo espantava os mosquitos. E também as mesmas conversas intermináveis sobre os últimos seminários do grito primal, em que cada um gritava até enrouquecer para libertar a agressão, ou do regresso ao útero, onde os participantes sem roupa se deitavam em posição fetal e chupavam o dedo. Nunca consegui entender essas terapias nem me prestei a experimentá-las, irritava-me falar sobre o tema, estava cansado de ouvir as múltiplas mudanças transcendentais nas vidas de cada um de meus conhecidos. Instalei-me no terraço para beber sozinho. Admito que cada dia bebia mais. Havia desistido dos licores fortes, porque me causavam alergias e começava a me sufocar com as mucosas inflamadas e uma terrível opressão no peito. Logo descobri que o vinho provocava os mesmos sintomas, mas conseguia consumir mais quantidade antes de me sentir realmente doente. Horas antes, tinha tido uma discussão aos berros com Samantha e começava a suspeitar de que o nosso casamento rolava para o abismo. Entrava eu na garagem com o automóvel, quando vi chegar um vizinho com Margaret pela mão; minha filha tinha pouco mais de dois anos. Acho que é sua, encontrei-a andando sozinha a um quilômetro daqui, e, para ir tão longe, deve ter caminhado desde cedo, disse o homem sem esconder sua censura e desprezo. Abracei a menina, espantado. Sentia a fronte latejar e quase não conseguia falar quando enfrentei minha mulher para lhe perguntar onde estava quando Margaret saíra de casa, como é que não tinha dado pela sua ausência em tantas horas. Respondeu-me com as mãos na cintura, tão furiosa como eu, alegando que o vizinho era um desgraçado e a odiava porque os gatos haviam comido seu canário, que não tinha explicações a dar-me, afinal ela também não me perguntava onde eu havia estado o dia todo, Margaret era muito independente para a sua idade e não estava disposta a vigiá-la como um carcereiro nem a mantê-la amarrada com uma corda, como eu fazia com as crianças que tinha sob minha responsabilidade, e continuou até que não aguentei mais e saí da sala batendo a porta. Depois tomei um banho frio para tirar da imaginação diversas fatalidades que poderiam ter acontecido a Margaret nesse maldito quilômetro, mas não foi suficiente, porque na festa continuei irritado com Samantha. Fui para o terraço com um copo de vinho e deixei-me cair numa cadeira, de mau humor, um pouco tonto e farto da música monótona de Katmandu que vinha da sala. Avaliei o tempo perdido naquela fastidiosa reunião, dentro de uma semana teria que prestar os exames finais e cada minuto de estudo era precioso. Nessa altura chegou Timothy Duane que, ao ver-me, puxou outra cadeira e se sentou a meu lado. Tínhamos poucas oportunidades de estar sozinhos. Notei que havia perdido peso nos últimos anos, suas rugas haviam sido marcadas a cinzel, já não tinha aquele ar de inocência que, apesar das suas fanfarronices, era um de seus encantos quando nos conhecemos. Tirou do bolso um tubo de vidro, colocou cocaína nas costas da mão e aspirou ruidosamente, depois ofereceu-me, mas eu não a posso consumir; mata-me, a única vez que a usei senti que me

cravavam um punhal gelado entre os olhos, a dor de cabeça durou três dias e, do paraíso prometido, nem me lembro. Tim disse-me que entrássemos, porque estavam organizando um jogo, mas eu não tinha o menor interesse de ver novamente todo mundo.
– Esse é diferente. Vamos trocar de esposas – insistiu.
– Você não tem nenhuma, que eu saiba.
– Trouxe uma amiga.
– Tem cara de puta, a sua amiga.
– E é – ele riu, arrastando-me para a sala.
Os homens haviam se reunido em volta da mesa da sala de jantar, perguntei pelas mulheres e disseram-me que esperavam nos automóveis. Pareciam nervosos, davam-se tapinhas nas costas, diziam gracejos de duplo sentido e celebraram-nos com grandes risadas. Explicaram as normas: proibido voltar atrás, nada de arrependimento nem de tentar mudanças. Apagaram a luz, puseram suas chaves numa bandeja, alguém as misturou e cada participante pegou uma, ao acaso. Apesar das névoas do álcool e da confusão, que impediu de me precipitar para a bandeja como os outros, quando acenderam a luz vi claramente o meu chaveiro nas mãos de um dentista narigudo e pedante, considerado uma pequena celebridade porque tirava dentes molares com agulhas chinesas cravadas nos pés como única anestesia. Peguei as últimas chaves, desejando agarrar o dentista pela roupa e arrebentar-lhe a cara com um daqueles murros certeiros que o padre Larraguibel me havia ensinado no pátio da igreja de Lourdes, mas detive-me com medo de parecer ridículo. Os outros saíram em direção aos carros entre gargalhadas e graças, e eu fui para a cozinha pôr a cabeça debaixo de um jato de água fria para sacudir o atordoamento. Servi-me do resto de café de uma garrafa térmica e sentei-me num banco para evocar os tempos em que a vida era mais simples e todos conheciam as regras. Pouco depois encontrou-me no mesmo lugar a companheira que me havia cabido, uma loura sardenta e simpática, mãe de três filhos e professora de Matemática na escola primária, a última pessoa com quem me teria ocorrido praticar o adultério. Estou à sua espera há um bom tempo, disse-me com um sorriso tímido. Expliquei-lhe que não me sentia

bem, mas entendeu que eu a recusava porque ela não me agradava, pareceu encolher-se no umbral da porta como uma menina apanhada em falta. Sorri para ela o melhor que pude, ela se aproximou, pegou-me a mão, ajudou a me colocar de pé e levou-me ao automóvel com um misto de delicado pudor e firmeza que me desarmou. Guiou até sua casa. Encontramos os filhos dormindo em frente da televisão e os levamos no colo para suas camas. Minha amiga vestiu-lhes os pijamas, beijou-os na testa, ajeitou-lhes os cobertores e ficou perto deles até tornarem a adormecer. Depois fomos para o quarto, onde a fotografia do marido vestido com a toga da formatura presidia sobre a cômoda. Ela disse que ia vestir qualquer coisa mais cômoda e desapareceu no banheiro, enquanto eu desabotoava a camisa, sentindo-me um imbecil por não poder tirar Samantha e o dentista da mente e perguntando a mim mesmo por que, diabo, não era capaz de participar desses jogos tão à vontade como os outros, por que sentia tanta raiva. A loura voltou sem maquiagem, penteando-se, vestida com um roupão vermelho acolchoado, perfeito para uma mãe que madruga para preparar o café da manhã da família, mas muito pouco adequado às circunstâncias. Não havia nenhuma coqueteria em seus gestos, como se fôssemos um velho casal nos últimos preparos antes de ir para a cama depois de um dia de trabalho. Sentou-se em meus joelhos e começou a tirar a minha camisa. Tinha um sorriso acolhedor, o nariz arrebitado e um fresco aroma a sabonete e pasta de dentes, mas não me provocava nenhuma excitação. Pedi-lhe que me perdoasse, que havia bebido muito e que a alergia me incomodava.

– A verdade é que não sei para que vim. Não gosto desses jogos, não gosto nada mesmo e acho que Samantha também não – confessei-lhe por último.

– Como? – e começou a rir divertida. – Sua mulher se deita com vários amigos seus e dizem que também com algumas amigas suas, por que não se diverte um pouco também?

Aqueles não foram bons tempos para mim. Minha vida foi uma soma de tropeções, mas agora, aos cinquenta anos, quando olho para trás e peso os esforços e as desgraças, creio que esse período foi o pior, porque algo fundamental se torceu na minha alma e não voltei a ser o mesmo. Suponho que tarde ou cedo se perde a candura. Talvez seja melhor assim, porque não dá para se andar pelo mundo como um ingênuo, em carne viva e sem defesas. Criei-me brigando na rua. Devia ter endurecido muito tempo antes, mas não foi assim. Agora, quando já fui vencido pela dor várias vezes e posso ler meu destino como um mapa cheio de erros, quando não sinto nenhuma pena de mim e sou capaz de rever minha existência sem sentimentalismos, porque encontrei alguma paz, só lamento a perda da inocência. Dou pouco valor ao idealismo da juventude, época em que ainda para mim existia uma nítida linha divisória entre o bem e o mal e acreditava que era possível agir de acordo com princípios inabaláveis. Sei muito bem que não se tratava de uma posição prática nem realista, mas restava uma pura paixão nessa intransigência que ainda me comove quando a encontro nos outros. Não posso dizer em que momento comecei a mudar e me tornei o homem duro que sou agora. Seria difícil atribuir tudo à guerra, mas, na verdade, a deterioração começou antes. Ou poderia, então, dizer que o trabalho de advogado requer boa dose de cinismo, não conheço nenhum que se livre disso, mas também essa resposta é incompleta. Cármen diz para eu não me preocupar, que, por mais cinismo que se tenha, ele nunca será o suficiente para se viver neste mundo e que, além disso, essas dúvidas são pura tolice de minha parte, que apesar das aparências continuo o mesmo animalzinho rude e combativo, mas de coração manso, que ela me adotou como irmão há muito tempo, só que eu me conheço bem e sei como sou por dentro.

Colegas, mulheres, amigas e clientes traíram-me, mas nenhuma traição me doeu tanto quanto a de Samantha porque não a esperava. A partir de então, desconfio sempre, já não me surpreendo quando alguém falha. Naquela noite não voltei para casa. Tirei o roupão vermelho da professora de Matemática e mergulhamos no leito conjugal. Não deve guardar de mim uma boa recordação, certamente esperava um amante imaginativo e experiente e só encontrou alguém disposto a sair do impasse o mais depressa possível. Vesti-me logo e fui andando até o apartamento de Joan e Susan, onde cheguei às três da manhã, extenuado e com mostras evidentes de ter bebido. Toquei a campainha durante vários minutos, até que elas apareceram de camisola e descalças. Receberam-me sem fazer perguntas, como se estivessem habituadas a receber visitas a essa hora. Enquanto uma preparava chá de camomila, a outra improvisou uma cama no sofá da sala. Devem ter colocado qualquer coisa na camomila, porque acordei doze horas depois com o sol no rosto e o cão de minhas amigas deitado aos meus pés. Creio que nessas horas de sono minha juventude acabou.

Quando me levantei, tinha na mente e no coração as resoluções que guiariam minha vida nos anos futuros, ainda que o ignorasse naquele momento. Agora que posso ver o passado com certa perspectiva, dou conta de que naquele instante comecei a ser a pessoa que fui por muito tempo, homem arrogante, frívolo e ciumento que sempre detestei e de quem me custou tanto desprender-me.

Fiquei com minhas amigas cinco dias sem me comunicar com Samantha. Revezaram-se para me acompanhar e ouvir com paciência eu contar mil vezes minhas nostalgias, desesperanças e queixas. Na sexta-feira apresentei-me aos exames finais sem angústia, porque não tinha ilusão, o diploma de advogado não me interessava, na verdade sentia uma profunda indiferença pelo futuro. Dois meses mais tarde avisaram-me, do outro lado do mundo, que obtivera o diploma na primeira tentativa, o que raramente acontece nessa concorrida profissão. Do exame fui diretamente para a repartição de recrutamento das Forças Armadas. Tive que treinar durante dezesseis semanas, mas a guerra estava no seu apogeu e o curso tinha sido reduzido para doze. Em alguns aspectos esses três meses foram piores do que a própria guerra, mas saí dali com noventa quilos de músculo, a resistência de um camelo completamente embrutecido, pronto para destroçar minha própria sombra, se me tivessem ordenado isso. Dois dias antes de embarcar, o computador selecionou-me para o Instituto de Idiomas em Monterrey. Suponho que o fato de ter sido criado no bairro mexicano e estar acostumado ao russo de minha mãe e ao italiano de suas óperas, tudo isso tenha treinado meu ouvido. Passei quase dois meses num paraíso de costas abruptas com focas apanhando sol sobre as rochas, casas vitorianas e entardeceres de cartões-postais, estudando vietnamita o dia inteiro com professores que se revezavam de hora em hora e com a ameaça de que, se não aprendesse depressa, seria julgado por traição à pátria. No fim do curso arranhava aquele idioma melhor do que a maioria de meus companheiros. Parti para o Vietnam acarinhando a secreta fantasia de morrer para não ter que enfrentar os trabalhos e os pesadelos da existência. Mas morrer é muito mais difícil do que continuar vivendo.

Terceira Parte

Gente. A guerra é gente. A primeira palavra que me vem à cabeça quando penso nela é gente: nós, os amigos, meus irmãos, todos unidos na mesma fraternidade desesperada. Meus companheiros. E os outros, esses homens e mulheres pequenos, de rostos indecifráveis, a quem devo odiar, mas que não posso, porque nas últimas semanas aprendi a conhecê-los. Aqui tudo é branco ou negro, não há meios-tons nem ambiguidades, acabou a manipulação, a hipocrisia, o engano. Vida ou morte, matar ou morrer. Nós somos os bons, e eles são os maus; sem essa certeza, estamos fodidos, e, de certa forma, esse desvario é refrescante, é uma das virtudes da guerra. A esse buraco chega de tudo, negros fugindo da miséria, camponeses pobres que ainda acreditam no sonho americano, alguns latinos de cabeça quente devido a uma raiva de séculos, aspirantes a heróis, psicopatas e outros, como eu, que vivem fugindo de fracassos ou de culpas, mas no combate somos iguais, não importa o passado, uma bala é a grande experiência democrática. Temos que provar todos os dias que somos homens, somos guerreiros, resistir, suportar a dor e o incômodo, não se queixar nunca, matar, apertar os dentes e não pensar – não averigue, obedeça – para isso nos domaram como fazem com cavalos, treinaram-nos a pontapés, insultos e humilhações. Não somos indivíduos, neste trágico teatro da violência, somos máquinas a serviço da porra da pátria. Cada um faz o que pode para sobreviver; senti-me bem quando matei, porque, pelo menos daquela vez, ficara vivo. Aceito a demência e não tento explicá-la, simplesmente agarro minha arma e disparo. Não pensar, para não se confundir ou vacilar; se o fizer, morre, é a lei inequívoca da guerra. O inimigo não tem face, não é humano, é um animal, um monstro, um demônio; se pudesse acreditar nisso do fundo do coração, seria mais simples, mas Cyrus ensinou-me a questionar tudo, obrigou-me a chamar as coisas pelo nome: matar, assassinar. Vim para sacudir a minha indiferença e submergir em qualquer coisa apaixonante; vim, com uma atitude cínica, disposto a colecionar experiências temerárias para dar sentido à minha vida. Vim por culpa de Hemingway, em busca da honradez, do mito do macho, de uma definição de masculinidade, orgulhoso dos músculos e da resistência adquirida em treinamentos, disposto a provar meu valor, porque no fundo sempre suspeitei de que sou um covarde, e para provar minha força, porque estava farto de ser traído por meus sentimentos. Um rito de iniciação tardio. Aos vinte e oito anos, ninguém vem para esta perdição. Os primeiros quatro meses foram um jogo fatídico, uma aposta constante contra mim próprio; observava-me a certa distância e julgava-me com ironia, o passado perseguia-me e buscava extremos do risco, da dor, do cansaço, do embrutecimento, e, então, quando alcançava o limite, não podia suportá-lo. As drogas ajudam. Mas um dia despertei sentindo-me vivo, essencialmente vivo, mais vivo do que sempre havia estado, apaixonado por esta fogueira que é a existência. Compreendi que sou muito mortal, uma casca de ovo, uma insignificância que num instante se faz pó e de que não fica nem a recordação. Quando chegam os novos contingentes, vou olhar os homens, examino-os com cuidado, desenvolvi um sexto sentido para ler os sinais, sei quais irão morrer e quais talvez não. Os mais valentões e atrevidos morrerão primeiro, porque se julgam invencíveis, esses são mortos pela soberba. Os mais assustados morrerão também, porque se paralisam ou se transtornam, disparam às cegas e podem atingir um companheiro, não é conveniente estar perto deles, trazem azar, não os quero no meu pelotão. Os melhores mantêm-se tranquilos, não correm riscos inúteis, não fazem por ganhar ou chamar a atenção, têm uma tremenda vontade de viver. Gosto dos latinos, são calados e aparentemente intratáveis, mas como dinamite por dentro, explosivos, mortíferos, a morte não os assusta. Não só são bravos, como bons camaradas.

Tomo montes de pílulas de anfetamina, todas misturadas, sinto um aperto no estômago, gosto amargo na boca, falo tão rápido que não sei o que digo, logo não consigo falar, masco chicletes para não morder a língua, depois me atordoo com álcool e soníferos para poder dormir um pouco. Sonho com rios de sangue, mares de gasolina em chamas, feridas abertas, lábios de mulher, vulvas, pilhas de mortos, cabeças decapitadas, crianças ardendo em *napalm*, essas repugnantes fotografias que os soldados colecionam, tudo é vermelho, só vermelho. Aprendi a dormir em fragmentos, cinco ou dez minutos sempre que posso, estendido em qualquer lugar, embrulhado em meu poncho de plástico, sempre com os sentidos alerta. Desenvolveu-se minha audição, posso ouvir as patas de um inseto arrastando-se pela terra, e afinou-se meu olfato, posso sentir o cheiro de guerrilheiros a vários metros de distância; eles comem salada de peixe, e, quando estão assustados e transpiram, o odor espalha-se. A que cheiramos nós? A loção de barbear, suponho, porque a bebemos como se fosse uísque, tem quarenta por cento de álcool. Quando consigo dormir umas duas horas sem pesadelos, fico novo, mas nem sempre isso acontece. Se não estou de guarda ou em alguma missão, passo a noite no acampamento tiritando debaixo de um toldo ensopado de chuva em uma barraca fétida a urina, botas, umidade, restos de rações apodrecidas, suor, ouvindo a corrida rápida das ratazanas e os ruídos dos homens, com mosquitos até na boca. Às vezes acordo chorando que nem um imbecil, como Juan José riria de mim, quantas vezes ele me levou para um canto da escola a fim de que os outros não me vissem chorar, fique calado..., *gringo* maricas, os homens não choram, sacudia-me furioso e, como as ameaças, longe de resolver o problema, agravavam-no, optava por suplicar que me calasse, por favor, que mais você quer, mano, antes que nos agarrem a pontapés, os dois como dois mariquinhas. Para começar a funcionar, tomo aspirina com café, frio, é claro, fumo a primeira erva do dia e antes de partir devoro a anfetamina. Sinto falta de uma comida quente, um banho, uma cerveja gelada, estou farto dessas rações que nos lançam do ar em pacotes azuis e amarelos, feijões com carne de porco e salada de fruta. Aqui volto a ser como um menino, é uma sensação estranha, não há responsabilidades consigo mesmo, não há interrogações, é só obedecer, embora na verdade isso me custe bastante; sirvo para dar ordens, não para obedecê-las às cegas; nunca serei um bom militar. É fácil passar despercebido, apagar-se como uma sombra. A menos que se cometa uma estupidez descomunal, os dias transcorrem um após o outro com o único objetivo de sobreviver; esta tremenda maquinaria invencível encarrega-se de tudo, os de cima tomam as decisões e supõe-se que sabem fazê-lo, não tenho preocupações, posso desaparecer nas filas, sou igual aos demais, sou um número sem rosto, sem passado e sem futuro. É como tornar-se louco, flutua-se num limbo de tempo eterno e de espaços torcidos, ninguém pode pedir-me contas de nada, basta cumprir meu trabalho e no resto posso fazer o que me der na telha. Nada mais perigoso do que se sentir superior, a gente fica só como um umbigo, preveniu-me Juan José através do fumo da marijuana empapado em ópio, àquele dia na praia. Certamente, a única coisa que te salva é a obstinada fraternidade dos soldados. Sinto uma pena furiosa, vontade de chorar pela dor acumulada, a própria e a alheia, de pegar uma metralhadora e sair matando, não aguento de tanta vontade de gritar até rebentar o universo inteiro, tenho um bramido que acaba atravessado na garganta. Está louco, mano, na guerra não há piedade. Encontrei-me com Juan José na praia em alguns dias de licença; um milagre que entre meio milhão de combatentes estivéssemos no mesmo lugar ao mesmo tempo. Abraçamo-nos sem poder acreditar em tamanha casualidade, que sorte fantástica vermo-nos aqui, mano, e batíamos nas costas um do outro e ríamos, felizes, esquecendo por um momento onde estávamos e para quê. Tratamos de pôr o passado em dia, tarefa impossível, porque não nos víamos há dez anos, desde quando entrara para as Forças Armadas e andava se pavoneando em seu uniforme, enquanto eu havia me tornado operário de dólar e meio por hora. Cada um partiu para a sua, ele para o seu destino de soldado e eu para trabalhar como *lombo molhado* por um ano, até que Cyrus me obrigou a sair do bairro. Não pretendo continuar na merda da garagem de meu pai, irmão, disse-me Juan José a essa altura, meu velho é um traficante de negros, a carreira militar é o melhor que posso fazer, sirvo nessa porra até os trinta e oito ou quarenta anos, depois me reformo com um bom soldo, e o mundo é meu, mano, que outra coisa posso fazer com a minha cor de pele e esta cara de índio? E, além do mais, as mulheres ficam encantadas com os uniformes. Ríamos como loucos na praia. Lembra-se de quando roubávamos cigarros do Pau Colorido e o vinho de missa do padre Larraguibel? E das lutas com bosta de cavalo? E quando tosquiamos Oliver e lhe passamos mercurocromo e o levamos à escola com a história de que estava com peste bubônica? Que merda é essa de peste bubônica, mano?, com esse carinho brusco e dissimulado, essa rudeza salpicada de palavrões e de boas intenções com que nos tratávamos desde meninos. Contou-me que se havia apaixonado por uma garota vietnamita e, ao mostrar-me a fotografia que guardava num saco plástico em sua carteira, ficou sério e mudou de voz. Era um desses instantâneos de má qualidade, com demasiada exposição, onde o rosto da mulher parecia uma lua pálida emoldurada pela sombra da cabeleira. Chamaram-me a atenção os olhos, mas o resto pareceu-me igual a tantas outras caras asiáticas que vira naqueles meses.

– Chama-se Thui – disse-me.
– É um nome de duende.
– Significa água.

Tinha ouvido histórias sobre meu amigo, os soldados falam, correm boatos em sussurros. Confirmou-me o que circulava secretamente: uma missão difícil, o oficial comandante do pelotão era novo, viram-se rodeados, começou o fogo, caíram cinco, e o oficial ordenou a retirada sem levar os feridos. Olha que filho da puta, mano, como é que íamos deixá-los ali, imagina se fosse você, eu não te abandonaria nas mãos do inimigo, foi isso que tentei explicar, mas o filho da puta estava histérico, mano, sacou da pistola e ameaçou-me, gritava e mexia os braços sem controle. Não esperei que se acalmasse, não havia tempo, disparei à queima-roupa. Caiu sem se dar conta. Batemos em retirada carregando os nossos, como tem que ser, mano. Salvamos todos, menos um, que não tinha volta, haviam-lhe rebentado as tripas. Pobre-diabo, agarrava os intestinos com as mãos e olhava-me desesperado, não me deixe vivo, *Buena Estrella*, não me deixe, suplicou... E tive que lhe dar um tiro na cabeça, que Deus me perdoe, maldita porra esta, mano.

Os corpos deviam ser enfiados em sacos com o nome numa etiqueta, mas nem sempre se cumprem as formalidades, falta tempo ou faltam sacos, pegam-lhes pelos pulsos e tornozelos e atiram-nos para dentro dos helicópteros, ou amarram-nos como pacotes, envoltos em seus ponchos, cobertos de moscas; em poucas horas os cadáveres estão inchados, disformes, comidos pelas larvas, fervendo no caldo da decomposição. Os helicópteros são pássaros de fazer vento, aterram num tornado, levantando o pó, os detritos e o barro imundo trinta metros à sua volta. Quando os mortos já estão há muitas horas aguardando no calor ou na chuva, saem pedaços de carne no redemoinho, e, se você está perto, pode levar um deles na cara. Na montanha neguei-me a subir os corpos. Ajudei os feridos, mas depois tornei-me pedra, e ninguém se atreveu a dar-me ordens, parece que eu estava além da vida e da morte, fora de mim. Crise nervosa, caso psicótico, não me recordo o nome que deram. Lavam os helicópteros com mangueira, mas o cheiro não desaparece. Nem o eco dos gritos, os mortos jamais vão de todo. Não estou chorando, é a maldita alergia ou o fumo, quem sabe, ando sempre com os olhos irritados, vive-se respirando porcaria. Dou sempre graças por não ser um dos que viaja em sacos plásticos ou, pior ainda, uns dos outros, os que têm o peito aberto como uma fruta arrebentada, cotos vermelhos, onde tinham os braços ou as pernas, mas que ainda vivem e talvez continuem a viver por muitos anos, perseguidos sempre por más recordações. Obrigado por ainda estar vivo, obrigado, meu Deus, gritava em inglês, lá na montanha, anjo da guarda, doce companhia, não me desampare nem de noite nem de dia, acrescentava em espanhol, mas ninguém me ouvia, nem eu próprio podia me ouvir por entre o fogo da batalha e os gemidos dos feridos, puta-mãe-de-deus, tire-me daqui, gritava com o escapulário da Virgem de Guadalupe no pescoço, um trapo negro endurecido pelo sangue seco de Juan José. Ganhei-o de um capelão algumas semanas depois de terem matado meu irmão. Coube a ele fechar-lhe os olhos, disse-me que já tinha a cor cinzenta dos fantasmas quando tirou o escapulário e pediu-lhe que o entregasse a mim para me dar sorte, para ver se eu saía daqui com vida. Quais foram as suas últimas palavras?, foi a única coisa que me ocorreu perguntar ao capelão. Segure-me, padre, que vou cair, ampare-me porque lá embaixo está muito escuro, foi a última coisa que você disse, mano, e eu não estava lá para ouvi-lo nem para agarrá-lo com firmeza e arrancar você da morte, merda! Maldita merda! De que te serviu o escapulário, mano? Aqui todos perdem a fé, mas tornamo-nos supersticiosos e começamos a ver sinais fatídicos em toda parte: as terças-feiras são azarentas; há sete dias precisamente não acontece nada, é a calma antes da tormenta, caem sempre três aviões e hoje caíram dois... você viverá até velho, Greg, terá tempo de cometer muitos erros, de se arrepender de alguns e de sofrer como um condenado, não será uma vida fácil, mas garanto-lhe que será longa, assim está escrito nas linhas de sua mão e nas cartas do Tarô, jurou-me Olga, mas pode tê-lo inventado, ela não sabe nada, é uma charlatã pior do que meu pai, pior do que todos os adivinhos e vendedores de amuletos deste país condenado. Disse o mesmo para Juan José Morales, e ele acreditou, como você foi otário, mano. Estava certo de uma boa sorte, por isso não tinha cuidado, sua confiança era tão contagiosa que dois sujeitos do seu pelotão faziam o possível para não sair de seu lado, convencidos de que junto dele estavam a salvo. Agora nenhum dos três pode ir reclamar a Olga seja o que for.

A selva está cheia de rumores, de guinchos de animais, de patas, de atritos, de murmúrios; o bosque, pelo contrário, é silencioso, um silêncio opaco. Suponho que no ar tudo seja purificado pelo fogo, límpido, mas aqui embaixo é o inferno. Com o tempo, todos se habituam: a pior perversão, o mais obsceno da guerra é que, a todos, tudo isso parece normal. A princípio, fiquei paralisado, depois, eufórico, mas sempre com a consciência adormecida. Agora, na aldeia, voltei a pensar. Na batalha não há no que pensar, cada um se transforma em máquina de destruição e morte. Ninguém quer sujeitos educados, críticos, com consciência, só servem os machos explodindo de testosterona, os negros analfabetos, os bandidos latinos, os criminosos que arrancam das prisões para trazer para cá; tipos como eu são um fardo. Depois de cada missão, os músculos latejam, não posso controlar as mãos, tenho os dentes cerrados e um tique no rosto, como um sorriso demente; muitos também o têm; depois passa, dizem eles. Nesses meses acostumei-me a ter os ossos empapados, os pés em carne viva dentro das botas, os dedos enclavinhados na arma, a sensação constante de estar rodeado de sombras, de esperar o tiro gratuito que virá a qualquer instante de qualquer lado, contando os passos que faltam para alcançar aquele arbusto, os minutos para chegar ao rio, a hora para cumprir esse turno, os dias para completar o meu tempo e regressar a casa. Contando só segundos de vida e fazendo as contas, com muita sorte a próxima rajada de metralhadora matará meu companheiro e não a mim. E perguntando-me que merda faço eu aqui, sem querer admitir, nem no mais profundo e estranho fascínio da violência, esta vertigem da guerra. Naquela madrugada na montanha, quando começou a nascer o dia, vimos que apenas nove restávamos vivos, os mortos e os feridos não se podiam contar. Tínhamos lutado à noite. Com a primeira luz da manhã, chegaram os bombardeiros, metralharam as encostas, obrigando os guerrilheiros a retirar-se, depois aterrissaram os helicópteros. O ruído dos motores foi música para mim, as batidas do coração de minha mãe antes de eu nascer, tique-taque, vida. Oremos, disse o capelão metodista, e os outros cantam *Aleluia* enquanto eu canto *Ó Susana*; confesse-se, meu filho, diz-me o capelão católico e eu digo que vá se confessar à puta que o pariu, mas logo me arrependo, não me venha cair um raio na cabeça, como dizia o padre Larraguibel, e me pegue em pecado mortal. Não tema, Deus está com você. No sermão de domingo, leram a história de Jó. Vergado pelas desgraças com que o Senhor o põe à prova, Jó diz: "O que temo me chega, o que me atemoriza me agarra; não tenho descanso; a confusão apoderou-se de mim." Não pense em coisas feias, mano, senão acontecem, não se deve chamar a má morte com o pensamento, aconselhava-me Juan José Morales, sempre rindo, *Buena Estrella*. Chamavam Juan José de *Buena Estrella Morales*.

 E o fumo, claro. Tenho a mente em bruma. Fumo de tabaco, de erva, de haxixe e de quanta porcaria, neblina de amanheceres frios na montanha e do vapor quente dos vales ao meio-dia, poluição de motores e pó, fumaça fétida de *napalm*, de fósforo, dos incontáveis explosivos e do incêndio, sem começo nem fim, que está transformando este país num deserto de negras cicatrizes. Toda espécie de fumo de todas as cores. De cima devem parecer nuvens e às vezes até são, aqui embaixo são parte do medo. Não podemos parar nem um instante, ninguém pode; se nos movemos, temos a sensação de estar enganando a morte, corremos como ratazanas envenenadas. O inimigo, pelo contrário, está quieto, não desperdiça angústias, espera calado, tem várias gerações de treino para a dor, é impossível decifrar a expressão imutável daqueles rostos. Esses caras não sentem nada, são como sapos de laboratório, disse-me um *marine* que se especializara em arrancar confissões. Nós nos mobilizamos para viver e no caminho nos encontramos face a face com a morte. Eles se arrastam silenciosos em seus túneis, mimetizam-se com a folhagem, desaparecem num instante, têm olhos para ver de noite. Nunca estamos a salvo. Faz as contas, disse-me Juan José Morales, quantos homens vieram para esta merda e quantas são as baixas? A porcentagem é insignificante, mano, vamos sair daqui inteiros, não se preocupe. Suponho que tinha razão, e a maioria de nós viverá para contá-lo, mas aqui só pensamos nos mortos e nessas histórias atrozes dos sobreviventes. Sim, muitos saem ilesos na aparência, mas nenhum volta a ser como antes, ficamos marcados para sempre, mas quem é que se importa com isso, de qualquer maneira somos lixo, esta guerra é de negros e brancos pobres, camponeses, dos povos pequenos, dos bairros mais miseráveis, os senhorezinhos não estão nas primeiras filas, seus pais trataram de fazer as coisas para mantê-los em casa ou os tios coronéis mandam-nos para terreno seguro. Minha mãe acha que a mais grave perversidade é o racismo. Cyrus dizia que é a injustiça de classes, os dois têm razão, suponho, nem na hora de ir para a guerra somos iguais. Não se aceitam mexicanos nem cães, pregavam cartazes até há bem pouco tempo em alguns restaurantes; só para brancos, estava escrito nos banheiros públicos; aqui, ao contrário, os de cor são bem-vindos, muito bem-vindos, mas por trás da aparente camaradagem arde o rancor da raça, brancos com brancos, negros com negros, latinos com latinos, asiáticos com asiáticos, cada qual com a sua linguagem, a sua música, seus ritos, suas superstições. Nos acampamentos, os bairros têm fronteiras invioláveis, eu não me atreveria a entrar no dos negros sem ser convidado, o mesmo no gueto onde me criei, nada mudou. Cada um tem a sua história, mas eu não a quero ouvir, tampouco quero amigos, não posso me dar o luxo de ter o carinho de alguém e depois vê-lo morrer, como Juan José ou esse pobre rapaz do Kansas lá na montanha, só quero cumprir com o meu trabalho, fazer o meu tempo e sair com vida. Rezo para ter uma ferida grave e ser devolvido para casa, mas não muito grave a ponto de ficar inválido. Que pelo menos me acertem os bagos, dizia em cada voo um piloto de helicóptero, um alegre mulato do Alabama que regressou à sua aldeia carregado de medalhas numa cadeira de rodas. Isso nunca me acontecerá, isso das medalhas, dizia eu, e deram-me uma porque fiquei louco, sou um herói de guerra, tenho uma reles estrela de prata, não era minha intenção fazer nada além do meu dever, sempre disse que é preferível viver como um covarde a morrer como um idiota, mas, por uma dessas ironias ridículas, agora sou um herói barato. Primeira lição do bairro: não há mérito algum no heroísmo, apenas na sobrevivência. Ai, Juan José, como é que você não sabia disso, se você mesmo foi quem me ensinou quando éramos dois caras duros? E agora como é que vou explicar isso aos teus pais e aos teus irmãos, como diabo vou olhar na cara da tua mãe e Cármen, como é que vou lhes contar a verdade, terei que mentir, irmão, e continuarei a mentir sempre, porque não tenho cara para lhes dizer que pulverizaram metade do teu corpo e que essas condecorações ganhas com coragem, que certamente já entregaram à tua mãe para pendurá-las na parede da sala, são apenas estrelas de latão pintado e que, na hora de morrer gritando, nada significam.

Conheço a violência, é uma fera desengonçada, inútil discutir com ela, temos que a enganar. Invejo os pilotos, lá em cima você desaparece com mais elegância, cai como uma pedra ou explode em um milhão de fragmentos, sem tempo sequer para rezar como Martínez quando o trem o colheu, viado sem-vergonha, já nem sequer o odeio, ao contrário, aqui embaixo, com a infantaria, a gente pode ser despachado de mil maneiras, espetado nos paus afiados de uma armadilha, decapitado por uma machadada, estourado por uma granada ou uma mina, cortado ao meio por uma rajada de metralhadora, transformado num archote, e isso sem falar em todas as mortes engenhosas no caso de cair prisioneiro. Cavar um buraco na terra e esconder-me ali até que isto acabe, refugiar-me numa toca, como fazia com Oliver quando era criança. Por que não me coube um trabalho de escriturário?, há muitos caras que passam a guerra debaixo de um ventilador; se tivesse sido mais esperto, não estaria aqui, teria servido quando saí da escola secundária, por exemplo, em vez de partir os ossos como o mais raso dos soldados, nesse tempo ainda não se falava em guerra. E agora aqui estou que nem um cretino, numa idade em que ninguém vem para este inferno, sinto-me como avô desses garotos fodidos em farda camuflada. Não me interessa acabar com os ossos carcomidos debaixo de uma cruz no cemitério militar, mais um entre milhares iguais, prefiro morrer de velho nos braços de Cármen. Ora, há muito tempo não pensava em Cármen, por que eu disse Cármen e não Samantha? Por que me veio esse fulgor à mente? Em sua última carta, falou-me de outro pretendente, chinês ou japonês, parece, não diz o nome, quem será dessa vez? Tem verdadeiro talento para escolher o que menos lhe convém, deve ser um pé-rapado e cabeludo, também há deles aos montões na Europa. Na última fotografia que me mandou, aparece de pé em frente da Catedral de Barcelona vestida de bailarina flamenca ou qualquer coisa desse gênero, não sou nenhum puritano, mas lembrei-me de Pedro Morales e escrevi-lhe dizendo que já não tem idade para aquelas crianciçes, que tirasse aqueles trapos e pusesse um sutiã, mas, o que tenho com isso, a vida é dela, que se foda por ser burra. Cármen... gostaria muito de ouvir a sua voz. Cármen.

    Receio ter ficado doido de vez, ter perdido a noção do bem e do mal, da decência. Acostumei-me tanto à infâmia que não posso imaginar a realidade sem ela. Procuro lembrar como se divertem os amigos, como se prepara um desjejum familiar, como se fala a uma mulher num primeiro encontro, mas tudo isso se enevoou, e creio que nunca mais voltará. O passado é um torvelinho de rajadas que tudo apaga, os concursos de baile com Cármen, minha mãe em sua poltrona de vime ouvindo ópera, o duelo com Martínez, que me tornou um herói barato da escola, caralho, temos que ver as loucuras que fazemos nessa idade, nenhuma garota resistia a mim, e quando comprei o Buick pediam-me para sair, eu era mais pobre do que rato de sacristia, mas consegui aquele calhambeque destrambelhado, ao volante sentia-me como um xeque e no banco traseiro cometi não sei quantos desvarios pecaminosos. Não passávamos das apalpadelas, claro, eu atacava e a garota se defendia sem entusiasmo, não devia colaborar com a sua própria sedução embora estivesse morrendo de vontade, uma agitação que mais parecia briga de gatos e nos deixava extenuados; tirar na hora, senão posso engravidá-la, se trepa com ela tem que casar, é cavalheiro ou não? Só Ernestina Pereda o fazia com todos, bendita Ernestina Pereda, Deus te guarde, santa Ernestina, gostava de reinar, mas depois chorava e eu tinha que jurar que guardaria segredo, um segredo que todos conhecíamos e nos aproveitávamos do seu ardor e da sua generosidade; se não tivesse sido por você meu sangue teria ficado envenenado de tantas obsessões. Aqui as mulheres são como meninas impúberes, pequeninas, uns montinhos de ossos, não têm seios nem pelos em parte alguma, e estão sempre tristes, suscitam mais compaixão do que vontade de ir com elas para a cama, a única coisa abundante é o cabelo comprido, aquelas melenas lisas e escuras com fulgores azuis. Fi-lo com uma garota num quarto cheio de gente, a família comia num canto e um menino chorava dentro de uma caixa de provisões do Exército, nós na cama, separados do resto da família por uma cortina rota, ela recitava uma enfiada de obscenidades em inglês aprendidas de memória, deve haver um manual para porcarias, o Alto Comando pensa em todos os pormenores, se há manuais para o uso das latrinas, por que não faria outro para treinar prostitutas, por pior que seja trata-se de bons rapazes, o coração da pátria, não é? Cale-se, desgraçada, pedi, mas não me compreendeu ou não teve vontade de calar-se e sua família falava do outro lado da cortina e o bebê continuava chorando. Recordei logo qualquer coisa que vi aos cinco anos numa aldeia empoeirada do sul, dois homens violando uma negrinha, dois gigantes estuprando uma infeliz criança fraca e tão pequena como a que estava comigo, e senti-me como um deles, enorme e satânico, e a vontade se foi, brochei por completo, não sei por que me lembrei nesse momento de qualquer coisa ocorrida há mais de vinte anos do outro lado do planeta. Leo Galupi, aquele velhaco encantador, levou-me para ver a *Avó*, uma das curiosidades daqui, uma mulher imemorial, coberta de rugas, que se arrasta debaixo das mesas do bar oferecendo seus serviços, é uma mestra, dizem; depois de passar pelas suas mandíbulas de chimpanzé, o cara torna-se exigente; dão-lhe dez dólares e não é preciso fazer nada, ela se encarrega de tudo, depois até limpa você e sobe o zíper de suas calças, vai consolando os fregueses, por turnos, atarefada debaixo da mesa, enquanto os outros continuam a beber e a jogar cartas, e a contar anedotas vulgares. Eu não consegui, venceu-me a repugnância ou a pena. A *Avó* tem os cabelos quase brancos, uma anciã nada vulnerável, com bíceps de Charles Atlas e uns quantos dentes afiados como um serrote, a qualquer momento podendo fazer o que todos receamos, arrancar o pau de alguém com uma valente dentada, esse risco faz parte do jogo, cada cliente teme que seja exatamente ele quem a velha escolherá e zás!

Aqui na aldeia voltei a sentir-me homem. Convidam-me em turnos, um dia em cada casa, cozinham para mim, e a família instala-se à minha volta para me ver comer, todos sorridentes, orgulhosos de me alimentar ainda que a comida não chegue para eles. E aprendi a aceitar o que me oferecem e a agradecer sem exageros, para não os ofender. Nada mais difícil do que receber com simplicidade, já não me lembrava, desde os tempos em casa dos Morales não me tinham voltado a dar sem esperar fosse o que fosse em troca, para mim foi uma lição de carinho e humildade, é impossível passar pela vida sem ficar devendo nada a ninguém. Às vezes um dos homens pega-me na mão, como a uma noiva, e também aprendi a não tirar a minha. A princípio envergonhava-me, os homens não se tocam, os homens não choram, os homens não se comovem, os homens, os homens... Há quanto tempo ninguém me tocava por pura simpatia, por amizade? Não devo abrandar-me, abrir-me, confiar; se me descuido, morro. Não pensar, o mais importante é não cismar. Se imaginamos a morte, ela acontece, é como uma premonição, mas não posso deixar de fazê-lo, tenho a cabeça cheia de visões de morte, de palavras de morte. Quero pensar na vida...

Em fins de fevereiro a companhia encontrava-se no alto de uma montanha com ordens de defender o lugar a todo custo. Em investigação posterior não ficou clara a razão pela qual os homens tinham que resistir como o fizeram, mas a burocracia e o tempo encarregaram-se de cobrir o assunto com um manto de esquecimento. Vamos todos morrer aqui, disse a Gregory Reeves, tremendo, um rapaz do Kansas. Não era o seu batismo de fogo, há meses que estava na frente de batalha. Mas teve o pressentimento certeiro do final e considerou que mal tivera tempo de tomar gosto pela vida; tinha acabado de completar vinte anos não havia uma semana. Não vai morrer, não fale isso, sacudiu-o Reeves. Os soldados aguardaram, cavando trincheiras e amontoando sacos de terra e pedras para formar uma barricada, não tanto com a esperança de se proteger, mas para disfarçar o medo e se manter ocupados; de qualquer modo, a espera eternizou-se, tensos, angustiados, empunhando as armas, esgotados pelo frio depois do pôr do sol e pelo calor durante o dia. O ataque foi à noite, e desde o primeiro momento souberam que estavam perante um inimigo dez vezes mais numeroso e que não havia meio de escapar. Poucas horas depois o acampamento era um enclave desesperado onde um punhado de homens ainda se mantinha disparando, rodeado pelos corpos de mais de cem companheiros tombados nas ladeiras. No fulgor alaranjado de uma explosão, Gregory Reeves conseguiu ver o soldado do Kansas que voava pelo ar até o outro lado da barricada e, sem saber o que fazia nem por quê, saltou por cima dos sacos e arrastou-se até ele num inferno de fogo cruzado, de estalidos fulgurantes, de fumaceira irrespirável. Conseguiu segurá-lo pelos braços, chamando-o pelo nome, não se preocupe, estou aqui, não aconteceu nada, e sentiu as mãos agarradas à roupa e a sua voz quebrada pelos estertores da agonia, e o cheiro do medo, do sangue e da carne rasgada, e em outra explosão de outro estrondo viu a morte nos olhos e na cor da pele, e conseguiu ver também que lhe faltavam as pernas, por baixo havia um charco negro. Não está acontecendo nada, vou levá-lo para o outro lado, daqui a pouco virão os helicópteros e logo estaremos tomando cerveja e celebrando, coragem. Não me deixe só, por favor não me deixe só, e Reeves sentiu que as trevas envolviam os dois e quis salvá-lo do desespero, mas ele escapou-lhe das mãos como areia, desfez-se, fez-se em fumaça, e quando ficou com o peso da cabeça do homem em seu peito e as mãos o soltaram e o último espasmo de sangue quente lhe banhou o pescoço, soube que algo se lhe havia rompido por dentro num turbilhão de fragmentos, um espelho pulverizado. Com cuidado colocou o companheiro no chão e depois atirou sua arma para longe. Então o som terrível de um imenso sino repicou dentro dele e um alarido metálico saiu-lhe das entranhas e sacudiu a noite, e por um instante venceu o fragor dos explosivos, congelou o tempo e deteve a marcha do mundo. E continuou gritando até que não lhe ficou mais ar nem grito. Por fim dissipou-se o eco do sino, mas o tempo continuou alterado, e, a partir desse instante até o amanhecer, tudo sucedeu numa única imagem imóvel e imutável, uma fotografia em branco, preto e vermelho na qual os acontecimentos da noite ficaram registrados para sempre. Ele não está nesse mural sangrento. Busca-se entre os cadáveres e os feridos, entre os sacos de terra e nos sulcos das trincheiras, mas não se encontra. Desapareceu de sua própria memória. Um dos homens salvos contou, depois, que o viu atirar fora a arma e gritar de pé, com os braços levantados, como se pedisse a próxima rajada de balas, e, quando esvaziou esse longo bramido dos pulmões, voltou-se para ele, que estava a dois metros de distância sangrando de dor, carregou-o atravessado nos ombros e caminhou assim, sem se importar com o fogo que zumbia à sua volta, em linha reta até o cume, onde quatro mãos se estenderam para receber o ferido. Gregory Reeves voltou atrás em busca de outro companheiro abatido e depois mais outro e durante o resto dessa noite aziaga transportou-os debaixo de fogo cruzado, com a certeza de que, enquanto o fizesse, nada lhe poderia acontecer, tornara-se invulnerável. Em toda a sua vida nunca havia tido antes e nunca voltaria a ter aquela sensação de poder absoluto.

    Ao amanhecer chegou ajuda. Os helicópteros levaram primeiro os feridos, depois os nove sobreviventes e por fim descarregaram os sacos plásticos para colocar os mortos. Dos homens que salvaram, oito estavam extenuados de tensão e terror, tremendo tanto em suas roupas ensopadas, que não conseguiam segurar o frasco na mão para tomar um gole de uísque, mas quando, horas mais tarde, os depositaram na praia para se recuperar do horror em três dias de diversão e repouso, já podiam falar do que acontecera, contando pormenores. Imundos e excitados até a demência, todos juntos, de braços dados, uma família de bandoleiros desesperados, atiraram-se como animais às cervejas geladas e aos hambúrgeres quentes, que não viam há meses, e, quando alguém lhes quis explicar as normas, armaram uma discussão que por pouco não degenerou em outra matança. Quando chegou a polícia militar e viram seus rostos e souberam pelo que haviam passado, tiraram-lhes as armas e deixaram-nos soltos, para ver se um pouco de água salgada e areia os devolveriam ao mundo dos vivos. O nosso sobrevivente, Gregory Reeves, foi o último a subir no helicóptero, depois de ajudar os demais. Permaneceu mudo e rígido no banco, com os olhos fixos em frente, sulcos de profunda fadiga marcados no rosto, sem um arranhão e coberto de sangue alheio. Tinha os nervos à flor da pele. Não o puderam mandar para a praia, deram-lhe uma injeção e acordou dois dias mais tarde num hospital de campanha, atado à cama para não se ferir no tumulto dos pesadelos. Disseram-lhe que salvara a vida de onze companheiros e que pelos seus atos de extremo valor lhe haviam outorgado uma das mais altas condecorações. De acordo com os supersticiosos códigos da guerra, os nove sobreviventes intactos do massacre haviam escamoteado o corpo da morte, mas já estavam marcados. Juntos não tinham a menor possibilidade de escapar uma segunda vez, mas, separados, talvez pudessem continuar a enganar o destino. Mandaram-nos para diferentes companhias, com o tácito acordo de que não se comunicariam por um tempo. Por outro lado, ninguém desejava isso, à euforia de terem sido salvos seguiu-se o terror de não poder explicar por que razão tinham sido os únicos afortunados entre mais de cem homens. Dois dos feridos se recuperaram em poucas semanas, e Gregory Reeves cruzou com eles em duas ou três ocasiões. Não lhe dirigiram a palavra, fingiram não o reconhecer porque a dívida era demasiado grande, não a podiam pagar, e isso criava neles um sentimento de vergonha.

Vários meses haviam passado desde que Reeves pusera os pés no Vietnam, quando, por fim, os superiores se lembraram de que falava a língua nativa e o Serviço de Inteligência o mandara para uma aldeia das montanhas, para ligação com as guerrilhas aliadas. Sua missão oficial era ensinar inglês na escola, mas nenhum lugarejo tinha a menor dúvida sobre a verdadeira natureza de seu trabalho, de modo que nem ele mesmo se deu ao trabalho de fingir. No primeiro dia de aula apareceu com a metralhadora numa das mãos e a maleta com livros na outra, atravessou a sala sem olhar para os lados, pôs a pasta sobre a mesa e virou-se para seus alunos. Vinte homens de diferentes idades, curvados em profunda reverência, saudavam-no. Não se inclinavam perante ele, mas perante o mestre, pelo respeito ancestral desse povo face ao conhecimento. Sentiu uma onda de sangue no rosto, em nenhum momento de guerra havia sentido tanta responsabilidade como então. Lentamente tirou a arma do ombro e caminhou até a parede, para pendurá-la em um prego, em seguida regressou ao estrado, inclinou-se para saudar os alunos, agradecendo em silêncio seus doze anos de escola e sete de universidade. O curso de inglês, que no começo era só uma tela para colher informações, transformou-se, desde o primeiro dia, num dever premente para ele, a única forma de retribuir aos aldeões, com alguma coisa, o muito que deles recebia.

Vivia numa casa modesta, mas fresca e cômoda, que tinha pertencido a um funcionário do governo francês, uma das poucas num raio de muitos quilômetros, que dispunha de uma privada ao fundo do pátio. As corridas dos gatos e dos ratos do forro do teto acabaram se tornando tão familiares que, quando sossegavam à noite, ele acordava desesperado. Dispunha de muito tempo livre para preparar as aulas, na verdade tinha muito pouco o que fazer, a missão militar era uma piada, e a guerrilha aliada acabou por ser uma sombra indefinida. Os contatos esporádicos eram surrealistas, e suas informações acabaram por se tornar exercícios de adivinhação. Comunicava-se diariamente pelo rádio com o seu batalhão, mas raras vezes tinha novidades para oferecer. Encontrava-se em plena zona de combate, embora a guerra desse a impressão de ser uma história em qualquer outra parte. Caminhava por entre as casas com os telhados de palha, pisando o barro e os excrementos de porcos e cumprimentando as pessoas pelo nome, ajudando os camponeses a colocar pesados arados de madeira puxados por búfalos para preparar as plantações de arroz, as mulheres que iam com a sua tropa de filhos buscar água em grandes cântaros, os meninos soltando pipas no ar e fazendo bolas de meia. À noite vibravam as canções das mães para embalar os filhos e as vozes dos homens em seu idioma de trinados e murmúrios. Esses sons marcavam o ritmo das horas, eram a música da aldeia. Também voltou a ouvir a sua própria música pela primeira vez numa eternidade, instalava-se com o seu gravador de concertos e durante algumas horas imaginava que a guerra era apenas um sonho mau. Parecia-lhe ter nascido entre aquela gente tolerante e doce, capaz, no entanto, de empunhar uma arma e dar a própria pele para defender a sua terra. Em pouco tempo falava o idioma com fluidez, ainda que com sotaque áspero que provocava alegres risadas, mas nunca na sala de aula. Aqueles que o tratavam com familiaridade, quando o convidavam para comer, saudavam-no com vênias na escola. Jogava cartas com um grupo de homens à noite e a norma era dizer obscenidades em verdadeiros duelos verbais de humor sarcástico, nos quais perdia sempre, porque no tempo em que demorava a traduzir a piada os outros já estavam em outra coisa. Tinha que ser cuidadoso no trato, havia um limite incerto entre as piadas habituais e um protocolo inviolável imposto pelo respeito e pelas boas maneiras. Na aparência comportavam-se como iguais, mas havia um complexo e sutil sistema de hierarquias, cada um velava pela sua honra com orgulhosa determinação. Eram hospitaleiros e amigáveis; assim como as portas das casas estavam sempre abertas para Reeves, do mesmo modo chegavam visitantes à sua sem aviso prévio e ficavam horas e horas em conversa amena. A habilidade para contar histórias constituía o traço mais apreciado, havia entre eles um ancião narrador capaz de arrastar o auditório para o céu ou para o inferno, de comover homens mais corajosos com suas histórias sentimentais e seus complicados relatos de donzelas em perigo e de filhos em desgraça. Quando se calava todos ficavam em silêncio por um longo tempo e em seguida o mesmo velho dava a primeira risada gozando de seus ouvintes, enganados como meninos pela magia de suas palavras. Reeves sentia-se rodeado de amigos, um membro a mais de uma vasta família. Logo deixou de se ver como um gigante branco, esqueceu as diferenças de tamanho, cultura, raça, língua e propósitos e abandonou-se ao prazer de ser como todos. Uma noite surpreendeu-se olhando a abóbada negra do céu e sorrindo ante a evidência de que ali, naquele remoto vilarejo asiático, era o único lugar onde havia se sentido aceito como parte de uma comunidade em quase trinta anos de vida.

Escreveu para Timothy Duane pedindo-lhe uma lista de materiais para suas aulas porque seus textos eram infantis e antiquados, e contactou uma escola secundária em São Francisco para que seus estudantes trocassem cartas com rapazes americanos. Os alunos contaram sua vida em duas páginas escritas em seu laborioso inglês, e semanas mais tarde receberam uma bolsa com as respostas dos Estados Unidos. Nessa tarde houve festa para celebrar o acontecimento. Entre outras coisas, Timothy Duane mandou uma máscara para ilustrar a tradição anual do *Halloween*, de borracha, com cara de gorila, cabelos verdes, dentadura de tubarão e orelhas em ponta que se moviam como gelatina. Reeves colocou-a, cobriu o corpo com um lençol e saiu aos saltos pela rua com uma tocha acesa em cada mão, sem imaginar o terrífico efeito da brincadeira. Armou-se um alvoroço comparável ao provocado por um ataque aéreo, mulheres e crianças fugiram para a selva em ensurdecedora gritaria, e os homens conseguiram vencer o espanto e organizaram-se para atacar o monstro a pauladas. O gorila teve de correr para salvar a vida, enrolado no lençol, enquanto procurava arrancar o disfarce aos puxões. Conseguiu identificar-se a tempo, mas não antes de receber algumas pedradas. A máscara tornou-se o troféu mais apreciado pelas pessoas, os curiosos faziam fila para admirá-la de perto e tocá-la com dedo hesitante. Reeves pensou dá-la como prêmio ao melhor aluno de seu curso, mas ante semelhante estímulo muitos tiraram a nota máxima, de modo que optou por entregar aquele tesouro à comunidade. O rosto de King Kong terminou na Câmara Municipal, junto de uma bandeira ensanguentada, um estojo de primeiros socorros, um rádio transmissor e outras relíquias. Em retribuição, ofereceram ao professor de inglês um pequeno dragão de madeira, símbolo da prosperidade e boa sorte, que, comparado com o monstro de borracha, parecia um querubim.

A ilusória tranquilidade desses meses na aldeia terminou para Reeves antes da data prevista. Os primeiros sintomas foram semelhantes aos de uma disenteria, culpou a água contaminada e as comidas estranhas, e limitou-se a pedir um medicamento pelo rádio. Enviaram-lhe uma caixa com vários frascos e uma folha impressa com instruções. Começou a ferver a água, recusou os convites sem ser ofensivo e tomou os remédios metodicamente. Durante alguns dias sentiu-se melhor, mas logo o mal-estar voltou com maior intensidade. Pensou tratar-se de uma ressaca do mal anterior e não se preocupou, disposto a matar o vírus com indiferença; não era coisa de choramingar como uma velha, os homens não se queixam, mano, mas piorava a olhos vistos, perdeu peso, não podia com os ossos, custava-lhe um esforço descomunal levantar-se da cama e fixar a vista nas letras para preparar as aulas ou rever os trabalhos dos alunos. Ficava com o giz na mão, sem força para mexer o braço, olhando a superfície negra do quadro como quem está tonto, sem saber o que significavam as patas de galinha escritas por ele, nem mesmo que raio era aquele calor que o consumia por dentro. *Is this pencil red? No, this pencil is blue*, e não conseguia recordar de qual lápis se tratava nem a quem podia importar que a ponta de um lápis fosse vermelha ou azul. Em menos de dois meses perdeu dezoito quilos e, quando comentou que estava diminuindo de tamanho e ficando da cor de um chuchu, respondeu, com sorriso fraco, que um bom espião se devia mimetizar no ambiente. Naquela altura já ninguém na aldeia fazia mistério de suas mensagens em código, e ele mesmo permitia piadas a esse respeito. As pessoas consideravam sua presença uma consequência inevitável da guerra, não se tratava de nada pessoal, se não fosse Reeves, seria outro, não havia alternativa. Dos inúmeros estrangeiros que por ali haviam passado, amigos ou inimigos, aquele era o único com quem se sentiam bem, por isso sentiam carinho por ele. Às vezes aparecia uma criança dizendo-lhe ao ouvido que se aproximava uma noite de tormenta e seria conveniente manter as luzes apagadas, fechar bem as portas e não sair por nada. De modo geral o clima não parecia ter-se alterado, Reeves olhava a ferradura lívida da lua por uma fresta da janela, ouvia os gritos dos pássaros noturnos e fazia ouvido de mercador para outros tráfegos nas ruelas do vilarejo. Não dava informações sobre esses episódios; seus superiores não compreenderiam que para sobreviver as pessoas não poderiam fazer outra coisa senão dobrar-se diante dos mais fortes, de um e de outro lado. Uma única palavra sua sobre essas estranhas noites de silenciosas diligências e uma expedição punitiva acabaria com seus amigos e deixaria o povoado reduzido a um montão de choças calcinadas, tragédia que de modo algum mudaria os planos dos guerrilheiros. A falta de notícias pareceu suspeita ao batalhão, por isso foram buscá-lo para fazer-lhe algumas perguntas pessoalmente. A caminho da base desmaiou no jipe e ao chegar tiveram que fazê-lo descer entre dois homens e arrastá-lo até uma cadeira na sombra. Deram-lhe um garrafão de água que ele bebeu inteiro sem respirar e em seguida vomitou. Os exames de sangue descartaram as doenças habituais, e o médico, receando infecção contagiosa, mandou-o de avião diretamente para um hospital do Havaí.

A experiência do hospital foi decisiva para Gregory Reeves, porque teve oportunidade de pensar no futuro, luxo que até então desconhecera. Poucas vezes havia disposto de tanto tempo sem atividade; encontrava-se numa bolha, flutuando no vazio, as horas eram eternas para ele. Nos meses de batalha havia afinado os sentidos e agora, no relativo silêncio de sua cama de doente, sobressaltava-se quando um termômetro caía na bandeja metálica ou uma porta se fechava. O cheiro da comida incomodava-o, o dos medicamentos enjoava-o, e o de uma ferida provocava-lhe vômito. O roçar dos lençóis era um suplício para a sua pele, a comida parecia areia em sua boca. Alimentaram-no com soros durante vários dias, e, logo, a paciência de uma enfermeira, que lhe dava às colheradas papinhas de recém-nascido, devolveu-lhe o apetite. Nos primeiros dias concentrou-se em si mesmo, os cinco sentidos postos a serviço de sua cura, dependendo dos altos e baixos dos seus males e reações de seu organismo, mas, quando se sentiu melhor, pôde olhar à sua volta. Ao desintoxicar-se das drogas com que tinha funcionado desde o começo do serviço, despejou-se-lhe a neblina do espírito, e uma impiedosa lucidez permitiu que visse a si mesmo. Deitado de costas, com os olhos cravados no ventilador do teto, pensava que lhe coubera nascer entre os mais pobres e que até esse momento sua vida tinha sido só trabalho e penúria. Conseguiu ultrapassar o cerco onde se criara e tornara-se advogado, mais do que qualquer dos seus companheiros de infância havia conseguido, mas não se livrara do estigma da pobreza. O casamento não o aliviou dessa sensação, os melindres e a abulia de sua mulher, que antes lhe produziam curiosidade, agora incomodavam-no. Timothy Duane dizia que o mundo se dividia em abelhas-rainhas, destinadas ao prazer, e em obreiras, cuja missão era sustentar as primeiras. Gente como Samantha e Timothy tinham recebido tudo antes de nascer, eram seres sem preocupações, havia sempre alguém disposto a pagar as suas contas, se a herança não bastasse. Malditos sejam, murmurava ao comparar-se a eles. Juro que quebrarei a mão pela sorte, repetia ele, procurando não pensar que o azar poderia levá-lo ao cemitério. Não, isso não pode acontecer, faltam-me menos de dois meses, nunca irão me mandar de volta para a frente de batalha, tranquilizava-se. Sentia simpatia pelos outros doentes, perdedores como ele, mas incomodavam-no seus gemidos, os lentos passos arrastando as sapatilhas sobre o linóleo, sua mesquinhez e miséria. Ouvia aquelas mínimas conversas e queixas considerando-os desprezíveis, apenas um número nas listas administrativas, nada importante, bem podiam desaparecer amanhã que não ficaria nem rastro de sua passagem pelo mundo.

 E eu? Alguém se lembraria de mim? Ninguém, não tenho mulher nem filhos que me chorem, nem a minha mãe. E Cármen? Ainda estará sofrendo pelo irmão, adorava Juan José, o único que se manteve em contato, quando os demais a repudiaram. Cuidado outra vez, agora estou ficando sentimental. A verdade é que não me importa nem um pouco ser recordado, o que quero é ser rico, ter poder. Meu pai tinha-o no mundo dos marginais em que se movia, era capaz de hipnotizar uma sala cheia e deixar as pessoas convencidas de que ele era o representante da Suprema Inteligência, fez-nos crer que conhecia os planos e regulamentos do Universo, mas morreu igualmente amarrado a uma cama, soltando espuma pela boca e pus por vinte crateras na pele, louco de pedra. Sei o que está murmurando, Cyrus, que só conta o poder moral. Você é um bom exemplo disso, mas passou anos fechado num elevador sem ar nem luz, lendo às escondidas, suponho que sua alma ainda ande esgravatando livros. De que serviu ser tão bom homem? Deu-me muito, não posso negá-lo, mas você não tinha nada, vivia miserável e sozinho. Pedro Morales é outro homem justo. Quando garotinho acreditava que ele era poderoso, tinha medo do seu vozeirão de patriarca e de seu rosto pétreo de índio com dentes de ouro, pobre Pedro Morales, incapaz de matar uma mosca, outra vítima desta pura sociedade, dizem que desde a partida de Cármen está acabado, envelheceu, e agora ainda se soma a morte de Juan José. Eu terei o verdadeiro poder do dinheiro e do prestígio, esse que nunca vi em meu bairro, ninguém me olhará de cima nem me levantará a voz. Sua alma aflita deve estar revoltada com o meu cinismo, Cyrus, mas tente compreender, o mundo é dos fortes e já estou farto de andar na fila dos fracos. Chega! Primeiro tenho que me curar, não posso levantar os braços para me pentear, custa-me respirar e sinto o cérebro quase fervendo, e isso nada tem a ver com essa doença condenada, vem de antes, as alergias estão me consumindo. Não tomarei mais drogas, estão me matando, quando muito um pouco de marijuana para suportar o dia, mas nada de pílulas nem de injetar-me porcarias, tenho que regressar ao mundo dos sãos. Não serei mais um veterano em cadeira de rodas, bêbado, drogado e vencido. Já há muitos desses. Serei rico, caralho!

Os pensamentos atropelavam-se em sua mente, fechava os olhos e via uma espiral de imagens girando, abria-os, e, na superfície cinzenta do teto, projetavam-se suas recordações. Custava-lhe muito dormir; à noite ficava acordado na escuridão, lutando para fazer passar o ar pelos pulmões.

Identificaram a infecção, administraram-lhe antibióticos, e, em três semanas, estava de pé. Havia recuperado peso, mas nunca mais teria a força de antigamente, acabando por compreender que a musculatura nada tinha a ver com a masculinidade. Atenuaram-se os efeitos da alergia, a dor de cabeça cedeu, já não respirava aos borbotões nem tinha os olhos injetados de sangue, mas ainda se sentia fraco, e, ao menor esforço, enevoava-se a vista. Incrédulo, certo dia ouviu o médico dar-lhe alta e recebeu ordens para regressar à frente de batalha. Não imaginou que voltaria a empunhar uma arma, esperava acabar as semanas de serviço que lhe restavam em alguma missão burocrática ou de volta ao vilarejo. Levaram-no para Saigon com dois dias de licença e ordens terminantes de aproveitar essas quarenta e oito horas para conseguir ficar de pé. Aproveitou-as para procurar Thui, a noiva de Juan José Morales. Com meia dúzia de investigações de seu amigo Leo Galupi, para quem o mundo não tinha segredos, conseguiu localizá-la por telefone e marcaram encontro num modesto restaurante. Gregory esperava-a angustiado, não sabia como suavizar o golpe para lhe dar a notícia do que acontecera. Thui disse-lhe que se vestiria de azul com um colar de contas brancas, para ele poder reconhecê-la. Reeves viu-a entrar e, antes de se aproximar, ficou alguns segundos examinando-a a distância e dominando as batidas aceleradas de seu coração. A mulher não era bonita, tinha a pele sem brilho, como se estivesse doente, nariz achatado e pernas curtas, a única coisa notável eram os olhos muito separados e oblíquos, duas perfeitas amêndoas negras.

Estendeu-lhe uma mão pequena, que desapareceu na dele, e cumprimentou-o com um murmúrio sem o olhar. Sentaram-se a uma mesa com toalha plástica, ela aguardava impassível com as mãos na saia e olhos baixos, enquanto ele examinava o *menu* com uma dedicação absurda, perguntando-se por que diabo lhe havia telefonado, agora estava metido numa enrascada, e a única coisa que desejava era fugir dali. O empregado trouxe-lhes cervejas e um prato com um picadinho difícil de identificar, mas sem dúvida mortífero para um convalescente de infecção intestinal. O silêncio tornou-se incómodo, Gregory apalpava o escapulário da Virgem de Guadalupe debaixo da camisa. Por fim, Thui levantou os olhos e olhou-o sem qualquer expressão.

– Já sei – disse-lhe no seu inglês arrevesado.

– Quê? – e de imediato lamentou ter-lhe perguntado.

– O que aconteceu a Juan José. Já sei.

– Sinto muito. Não sei o que lhe dizer, não tenho jeito para essas coisas... sei que vocês se gostavam muito. Eu também sentia muito carinho por ele – balbuciou Gregory, e a tristeza cortou-lhe o discurso, e sentiu a alma cheia de lágrimas impossíveis de verter, enquanto batia na mesa com o punho.

– Que posso fazer por você? – quis saber ela.

– Sou eu quem deve perguntar isso. Foi precisamente por isso que lhe telefonei. Desculpe-me, devo parecer-lhe um intruso... Juan José falou-lhe de mim?

– Falou-me da sua família e de seu país. Vocês eram irmãos, não eram?

– Digamos que sim. Ele também me falou de você, Thui, disse-me que estava apaixonado pela primeira vez na vida, que você era uma pessoa muito doce e que quando terminasse a guerra se casaria e a levaria para a América.

– Sim.

– Precisa de alguma coisa? Juan José gostaria que eu...

– Nada, muito obrigada.

– Dinheiro?

– Não.

Ficaram sem mais o que dizer um ao outro, longo tempo, por fim ela disse que precisava voltar ao seu trabalho e levantou-se. Sua cabeça ultrapassava apenas uns centímetros à de Gregory, que ainda estava sentado. Pôs-lhe sua mão de menina no ombro e sorriu, um sorriso tênue e meio travesso que acentuava seu ar de duende.

– Não se preocupe, Juan José deixou-me tudo de que necessito – disse.

Medo. Terror. Estou me asfixiando de medo, qualquer coisa que não senti nos meses anteriores, isto é novo. Antes estava programado para esta merda, sabia o que fazer, o corpo não falhava, estava sempre alerta, tenso, um verdadeiro soldado. Agora sou um pobre-diabo doente, crispado pela impotência, um saco de trapos. Muitos morrem nos últimos dias de serviço porque relaxam ou se assustam. Tenho medo de morrer num minuto, sem tempo de me despedir da luz, e outro medo pior, o de morrer lentamente. Medo do sangue, do meu próprio sangue jorrando num manancial; da dor, de sobreviver mutilado, de tornar-me louco, da sífilis e de outras pestes que nos contagiam, de cair prisioneiro e acabar torturado dentro de uma jaula de macacos, de que a selva me engula, de adormecer e sonhar, de me acostumar a matar, da violência, das drogas, da imundície, das putas, da obediência estúpida, dos gritos, e que depois – se há um depois – não possa andar pela rua como uma pessoa normal e acabe violando velhinhas nos parques ou apontando um rifle para crianças no pátio de uma escola. Medo de tudo que me aguarda. Valente é aquele que se mantém sereno perante o perigo, você sublinhou para mim no livro, Cyrus; dizia-me que não fosse pusilânime, que o homem nobre não desfalece e vence o temor, mas isso é diferente, esses não são perigos ilusórios, não são sombras nem monstros de minha imaginação, é o fogo do fim do mundo, Cyrus.

E raiva. Devia sentir ódio, mas, apesar dos treinos, da propaganda e do que vejo e me contam, não posso sentir o ódio necessário; culpa da minha mãe, talvez, que me encheu a cabeça de prédicas Bahai, ou culpa dos meus amigos na aldeia, que me ensinaram a ver as semelhanças e a esquecer as diferenças. Nada de ódio, mas sim muita raiva, uma ira tenaz contra todos, contra o inimigo, esses filhos da puta que se movem debaixo da terra como toupeiras e se multiplicam à mesma velocidade com que os exterminamos, iguais, na aparência, aos homens e mulheres que me convidam para comer em suas casas no vilarejo. Raiva contra cada um dos corruptos bastardos que se tornam ricos com esta guerra, contra os políticos e os generais, seus mapas e seus computadores, seu café quente, seus erros mortíferos e sua infinita soberba; contra os burocratas e suas listas de baixas, números em longas colunas, sacos plásticos em intermináveis fileiras; contra os que ficam em casa e queimam suas cartas de recrutamento, e também contra os que agitam bandeiras e nos aplaudem quando aparecemos na tela do televisor e que também não sabem por que razão estamos todos nos matando. Carne de canhão ou heroicos defensores da liberdade, é assim que nos chamam os filhos da puta, ninguém pode pronunciar os nomes dos lugares onde caímos, mas todos dão opiniões, todos têm suas ideias a respeito disso. Ideias! É o que menos falta faz aqui, malditas ideias. E raiva contra estas cataratas de água, esta chuva que ensopa e apodrece tudo, este clima de outro planeta onde congelamos e fervemos alternadamente, contra este país arrasado e sua selva desafiadora. Estamos ganhando, com certeza, assim sempre me diz Leo Galupi, o rei do mercado negro, que cumpriu seus dois anos e depois voltou para ficar e não pensa ir embora nunca, porque esta merda o encanta e além disso está ficando milionário vendendo-nos marfim de contrabando e, aos outros, as nossas cuecas e desodorantes. Em todas as batalhas saímos vencedores, segundo Galupi, não sei por que temos então esta sensação de derrota. O bem sempre triunfa, como no cinema, e nós somos os bons, não é? Controlamos o céu e o mar, podemos reduzir este país a cinzas e deixar no mapa apenas uma única cratera, um imenso crematório onde nada poderá crescer durante um milhão de anos, é só uma questão de apertar o famoso botão, mais fácil do que em Hiroshima, ainda se lembra, mamãe, ou já se esqueceu? Não tornou a falar mais nisso há anos, velha; de que fala, agora, com o fantasma de meu pai? Essas bombas passaram da moda, temos outras que matam mais e melhor, o que acha, hem? Mas guerras não se ganham no ar nem na água, ganham-se sobre a terra, palmo a palmo, homem a homem. Extrema brutalidade. Por que não lançamos um ataque nuclear, para ver se podemos voltar para casa de uma vez por todas?, dizem os *marines* na segunda cerveja. Não quero estar por perto quando o fizermos. Não devo pensar nos amigos desaparecidos, nos mutilados, no casario em chamas, nas massas de refugiados, nos monges ardendo em gasolina; nem em Juan José Morales e no pobre rapaz de Kansas, nem me lembrar da minha filha cada vez que vejo uma dessas crianças cheias de cicatrizes, cegas, queimadas. Só devo pensar em sair daqui com vida, só isso. Não posso olhar ninguém nos olhos, estamos marcados pela morte, espantam-me os olhos vazios desses rapazes de dezoito anos, todos com um abismo negro no olhar.

Rodeiam-nos, conhecem nossas mínimas intenções, escutam nossos sussurros, cheiram-nos, seguem-nos, vigiam-nos, esperam. Eles não têm alternativa: ganhar ou morrer, não perguntam que merda fazem aqui, nasceram neste solo há milhares de anos e lutam há pelo menos cem. O garoto que nos vende fruta, a mulher sem orelhas que nos guia aos bordéis, o velho que queima o lixo, todos são inimigos. Ou talvez nenhum deles o seja. Durante três meses no vilarejo voltei a ser um homem, não um guerreiro, um homem, mas agora sou outra vez um animal acossado. E se fosse um pesadelo? Um pesadelo... logo despertarei num deserto limpo, pela mão de meu pai, olhando o entardecer. Aqui os céus são maravilhosos, a única coisa que a guerra ainda não devastou. Os amanheceres são longos, e o céu move-se lentamente, laranja, púrpura, amarelo, o sol é um disco enorme de ouro puro.

Nunca pensei que me enviariam de volta para este inferno, falta-me só um mês, mais exatamente vinte e cinco dias. Não quero morrer agora, seria um final estúpido, não é possível ter sobrevivido aos pontapés das gangues do bairro, correndo contra um trem em marcha, ao massacre da montanha e treze meses sob fogo cruzado para terminar, sem pena nem glória, num saco, exterminado no último momento, como um idiota. Não pode ser. Talvez Olga tenha razão, talvez eu seja diferente dos outros, e por isso saí são e salvo da montanha, sou invencível e imortal. Isso pensa todo mundo; se não fosse assim, não poderíamos continuar lutando, Juan José também se sentiu imortal. Sorte, carma, destino... Cuidado com essas palavras; eu as estou empregando demais, não existe nada disso, são mentiras da minha mãe e de Olga para ludibriar os ignorantes. Cada um forja seu destino à força de golpes e trabalhos, farei com a minha existência o que me der na telha... se sair vivo e puder voltar para casa. E não é isso sorte, por acaso? O regresso não depende de mim, nada que eu faça ou deixe de fazer me pode assegurar que não perderei as pernas, ou os braços, ou a vida nestes vinte e cinco dias.

Inmaculada Morales compreendeu que o marido estava mal antes do primeiro ataque; conhecia-o bem e notou as mudanças que ele não percebia. Pedro gozava de esplêndida saúde; como único medicamento de confiança, usava essência de eucalipto para esfregar as costas doloridas pelo excesso de trabalho, e a única vez que lhe deram uma anestesia foi para lhe trocar os dentes sãos por outros de ouro. Não se sabia a sua idade exata, havia encomendado sua certidão de nascimento a um falsificador em Tijuana quando chegou o momento de legalizar os papéis de imigração, e escolheu a data ao acaso. Sua mulher calculava mais ou menos cinquenta e cinco na época em que Cármen foi embora. Depois disso, Pedro Morales não voltou a ser o mesmo, tornou-se um homem taciturno, de expressão hierática, com quem a convivência era difícil. Os filhos jamais questionaram sua autoridade, não lhes teria ocorrido desafiá-lo ou pedir-lhe explicações. Tempos depois, quando os mais velhos se casaram e lhe deram netos, suavizou-se um pouco o seu caráter; ao ver as crianças balbuciarem meias palavras e arrastarem-se como baratas a seu pés, sorria, como nos bons tempos. Inmaculada nunca lhe pôde falar de Cármen. Tentou uma vez, e ele quase lhe bateu, olha o que me obriga a fazer, mulher!, rugiu ao ver-se de braço no ar. Ao contrário de tantos outros homens do bairro, considerava uma covardia bater em sua companheira; com as filhas era muito diferente, dizia ele, porque tinha que as educar. Apesar de sua antiquada severidade, Inmaculada percebia a falta que Cármen lhe fazia e teve uma ideia para mantê-lo informado. Iniciou com Gregory Reeves uma correspondência esporádica, na qual o único tema era a filha ausente. Ela lhe enviava cartões-postais com flores e pombas para lhe dar notícias da família, e seu filho *gringo* respondia comentando sua última conversa telefônica com Cármen. Soube, assim, dos pormenores da vida da filha, de sua estada no México, de sua viagem à Europa, de seus amores, de seu trabalho. Deixava os bilhetes esquecidos onde o pai pudesse ler sem pôr à prova seu orgulho ferido. Nesses anos, os costumes mudaram drasticamente, e o tropeção de Cármen passou a ser coisa corriqueira, custava muito continuar recriminando-a, como se fosse um produto de Satanás. A gravidez fora do casamento era o tema preferido de filmes, séries de televisão e novelas; na vida real, as atrizes famosas tinham filhos sem que se soubesse a identidade do pai, as feministas apregoavam o direito ao aborto, e os *hippies* copulavam em parques públicos à vista de quem os quisesse observar, de maneira que nem sequer o severo padre Larraguibel entendia a intransigência de Pedro Morales.

Nessa quarta-feira aziaga, dois jovens oficiais apresentaram-se na casa da família Morales, dois rapazes assustados que tentavam ocultar sua mágoa por trás da absurda rigidez de soldados e da formalidade de um discurso tantas vezes repetido. Traziam a notícia da morte de Juan José. Haveria um serviço religioso se a família estivesse de acordo, o corpo seria sepultado dentro de uma semana no cemitério militar, disseram eles, e entregaram aos pais as condecorações ganhas pelo filho em ações heroicas, muito além do simples dever. Nessa noite Pedro Morales sofreu o terceiro ataque. Sentiu uma repentina fraqueza nos ossos, como se o corpo tivesse virado cera mole, e caiu exangue aos pés da mulher, que não conseguiu levantá-lo para estendê-lo na cama nem se atreveu a deixá-lo sozinho para pedir ajuda. Quando Inmaculada viu que não respirava, jogou-lhe água fria no rosto, mas o gesto não surtiu o mínimo efeito; então lembrou-se de um programa de televisão e começou a fazer-lhe respiração boca a boca e a bater-lhe no peito com os punhos. Um minuto depois, o marido despertou, molhado como um pato e, mal passou o enjoo, tomou dois copos de tequila e devorou meia torta de maçã. Negou-se a ir ao hospital, certo de que eram apenas nervos, o mal-estar passaria se dormisse, disse ele, e assim foi. No dia seguinte, levantou-se cedo, como de costume, abriu a oficina e, depois de dar ordens aos mecânicos, saiu para comprar um terno preto para o funeral do filho. Do desmaio não lhe ficou mais do que uma forte dor nas costelas que a mulher havia socado com murros. Face à impossibilidade de levá-lo ao médico, Inmaculada decidiu consultar Olga, com quem havia se reconciliado depois do trágico acidente de Cármen, porque compreendera que a curandeira só tinha querido ajudá-la. Conhecia sua longa experiência, não teria se arriscado a praticar um aborto tardio se não se tratasse da garota a quem queria como sobrinha. As coisas haviam saído mal, mas achava que não fora culpa sua, e sim vontade de Deus. Olga já sabia da morte de Juan José e preparava-se, como todo o bairro, para assistir à missa do padre Larraguibel. As duas mulheres abraçaram-se longamente e sentaram-se depois para tomar café, comentando os desmaios de Pedro Morales.

— Já não é o mesmo de sempre. Está emagrecendo. Toma litros de limonada, já deve ter buracos na barriga de tanto limão. Não tem forças nem para brigar comigo, assim como também já não vai à oficina há muitos dias.

— Mais alguma coisa?

— Chora enquanto dorme.

— *Don* Pedro é muito macho, por isso não pode chorar acordado. Tem o coração cheio de lágrimas pela morte do filho, é natural que lhe saiam enquanto dorme.

— Isso começou antes do acontecido a Juan José, que Deus o tenha em Seu Santo Seio.

— Das duas uma: ou o sangue se lhe decompôs, ou o que ele tem é cansaço.

— Creio que está muito doente. Foi assim com a minha mãe, lembra-se dela?

Olga lembrava-se bem dela, fora notícia quando apareceu na televisão ao fazer cento e cinco anos. A avó maluca, que normalmente era uma pessoa alegre, despertou uma manhã banhada em pranto e não houve maneira de consolá-la, ia morrer e lamentava partir sozinha, agradava-lhe a companhia da família. Achava que ainda se encontrava em sua aldeia em Zacatecas, nunca percebera que havia vivido trinta anos nos Estados Unidos, que os netos eram *chicanos* e que além do limite de seu bairro falava-se inglês. Passou a ferro o melhor vestido, porque pretendia ser enterrada com decência, e fez-se conduzir ao campo-santo para localizar o túmulo dos antepassados. Os rapazes Morales haviam encomendado às pressas uma lápide com os nomes dos pais da senhora e colocaram-na estrategicamente para que ela a pudesse ver com os próprios olhos. Como os mortos se reproduzem!, foi seu único comentário ao ver o tamanho do cemitério do condado. Nas semanas seguintes continuou chorando, antecipadamente, sua própria partida até se consumir como uma vela e ficar sem luz.

– Vou dar-lhe o xarope da Madalena, é muito bom nesses casos. Se *don* Pedro não melhorar, teremos que levá-lo a um médico – recomendou Olga. – Desculpe a intromissão, senhora, mas fazer amor é saudável para o corpo e para o espírito. Recomendo que seja carinhosa com ele.

Inmaculada ficou ruborizada. Isso era um assunto que jamais poderia discutir com alguém.

– No seu lugar, eu telefonaria para Cármen pedindo-lhe que voltasse. Já se passou muito tempo e o pai precisa dela. É hora de fazer as pazes.

– Meu marido não lhe perdoaria, dona Olga.

– *Don* Pedro acaba de perder um filho, não acha que seria um bom consolo ressuscitar a menina que ele considera morta? Cármen sempre foi a sua favorita.

Inmaculada levou o xarope da Madalena para não pecar por mal-agradecida. Não confiava nas beberagens da adivinha, mas confiava cegamente em seu bom senso como conselheira. Quando chegou a casa, atirou o frasco no lixo e procurou na lata, onde guardava os postais de Gregory Reeves, até que encontrou o último endereço da filha.

Cármen Morales viveu quatro anos na cidade do México. Os dois primeiros foram de tanta solidão e penúrias, que tomou gosto pela leitura, o que nunca imaginara ser possível. No princípio, Gregory mandava-lhe romances em inglês, mas logo se inscreveu numa biblioteca pública e começou a ler em espanhol. Ali conheceu um antropólogo vinte anos mais velho, que a iniciou no estudo de outras culturas e no respeito por sua herança indígena. Tão fascinado estava ele pelo decote da garota como ela pelos conhecimentos de seu novo amigo. No começo, Cármen ficou horrorizada com o passado de violência e sangue daquele continente, não encontrava nada admirável em sacerdotes cobertos de sangue seco ocupados em arrancar o coração das vítimas de seus sacrifícios, mas o antropólogo fez-lhe ver o significado daqueles rituais, contou-lhe antigas lendas, ensinou-lhe a decifrar hieróglifos, levou-a a museus e mostrou-lhe tantos livros de arte, mantos de penas, tapeçarias, baixos-relevos e esculturas, que ela acabou apreciando aquela estética feroz. Seu maior interesse eram os desenhos e cores dos tecidos, pinturas, cerâmicas e ornamentos, entretinha-se horas interpretando-os num caderno para aplicá-los em suas joias. De tanto andarem juntos observando múmias e aterrorizantes estátuas astecas, o antropólogo e sua aluna tornaram-se amantes. Ele lhe pediu que vivessem juntos para partilhar amores e despesas, ela deixou o quartinho pestilento onde havia sobrevivido até então e mudou-se para o apartamento de seu namorado em pleno centro da cidade. A poluição do ar era alarmante, às vezes os pássaros caíam mortos do céu, mas ao menos dispunha de um banho de água quente e um quarto assoalhado onde instalou sua oficina de joalheria. Julgou ter encontrado a felicidade e imaginou que poderia adquirir sabedoria por contato físico, estava ávida de aprender, vivia em pleno estado de graça e surpresa face a seu amante, cada migalha de conhecimento que ele atirava caía em terreno fértil. Em troca das magníficas lições do antropólogo, estava disposta a servi-lo, lavar a roupa, limpar a casa, preparar a comida e até cortar-lhe as unhas e os cabelos, entregando-lhe tudo que ganhava na venda de seus adornos de prata aos turistas. O homem não só sabia de índios fantasmagóricos e cemitérios de cântaros roídos pelas traças, como também era especialista em filmes, livros, restaurantes; decidia a maneira de ela se vestir, falar, fazer amor e até de pensar. A submissão durou para a jovem muito mais do que se esperava numa pessoa do seu temperamento, durante quase dois anos obedeceu-lhe com reverência, suportou não só que tivesse outras mulheres e a informasse, com profusão, de pormenores escabrosos "porque entre nós não deve haver segredos", mas também que a esbofeteasse quando à tarde tomava uns copos a mais. Depois de cada cena de violência, seu erudito companheiro chegava a casa com flores e atirava-se chorando para seu regaço, suplicando compreensão – o demônio havia se apoderado dele – e jurava que nunca mais tornaria a fazer aquilo. Cármen perdoava, mas não esquecia; contudo, absorvia informação, como uma esponja. Tinha vergonha de admitir aquelas agressões, sentia-se humilhada e, às vezes, julgava merecê-las, talvez isso fosse normal, o pai não lhe havia batido tantas vezes? Finalmente, um dia, atreveu-se a contar tudo a Gregory Reeves numa de suas conversas secretas por telefone às segundas-feiras; o amigo deu um grito para o céu, chamou-a de estúpida, alertou-a com estatísticas de sua invenção e convenceu-a de que o homem não mudaria nunca, muito pelo contrário, o abuso iria aumentar até alcançar, quem sabe, que extremos. Dez dias depois, Cármen recebeu de Gregory um cheque para comprar uma passagem e uma carta oferecendo-lhe ajuda e rogando-lhe que regressasse aos Estados Unidos. O presente chegou no dia seguinte a uma briga em que, com um safanão, o antropólogo lhe jogou uma panela com sopa quente. Fora um acidente, reconheceram ambos, mas ela passou dois dias esfregando leite e azeite no peito. Mal conseguiu vestir uma blusa, foi à agência de viagens com intenção de voar para casa, mas, enquanto aguardava, dando uma olhadela nuns folhetos turísticos, recordou a fúria do pai e concluiu que não tinha forças para enfrentá-lo. Num rasgo de fantasia, girou a bússola e comprou uma passagem para Amsterdam. Partiu sem dizer nada a ninguém; nem sequer se despediu de seu amante; tinha intenção de deixar-lhe uma carta, mas no trabalho de fazer a mala esqueceu-se disso. No bolso levava suas ferramentas e materiais de trabalho e duas latas de leite condensado para aliviar os dissabores do caminho.

A Europa deslumbrou-a. Percorreu-a com uma mochila às costas, ganhando a vida sem grande dificuldade; ensinava inglês, vendia suas joias quando as podia fabricar e, se a fome ameaçava, podia recorrer sempre a Gregory para pedir ajuda. Não deixou ficar catedral, castelo nem museu por visitar, até que, saturada, prometeu não voltar a pôr os pés naqueles templos do turismo, era preferível caminhar pelas ruas desfrutando a vida. Num verão, entrou em Barcelona e, ao descer do trem, foi rodeada por um grupo de ciganas ruidosas que insistiam em ler-lhe a sorte e vender-lhe amuletos. Observou-as assombrada e decidiu que era esse o estilo que mais lhe convinha; não só para o seu ofício de joalheira, mas também para se vestir. Mais tarde descobriu a influência mourisca do sul da Espanha e as cores do norte da África, que adotou numa mistura feliz. Instalou-se numa pensão do bairro gótico sem um raio de luz natural e uma barulheira de canalizações gemendo sem descanso, mas seu quarto era amplo, tinha teto alto, traves de madeira e dispunha de uma enorme mesa de trabalho. Em poucos dias já tinha feito saias de lenços que faziam lembrar os vestidos de Olga nos anos de juventude e os seus disfarces dos tempos do malabarismo na Praça Pershing. Não tiraria esse tipo de trapos nunca mais; nos anos que se seguiram refinou-os até a perfeição, pelo prazer de usá-los, sem saber que futuramente a tornariam célebre e rica.

Depois de viajar de Oslo até Atenas com a bagagem às costas e quase sem dinheiro, concluiu que já era tempo de acabar com vagabundagens, havia chegado a hora de assentar a poeira. Estava convencida de que a única ocupação adequada para ela era a joalheria, mas nesse campo havia uma concorrência impiedosa, para se evidenciar não bastavam desenhos originais, antes de mais nada tinha que descobrir os segredos do ofício. Barcelona era o local ideal para isso. Inscreveu-se em diversos cursos onde aprendeu técnicas milenares e pouco a pouco nasceu seu estilo único, combinação do sólido artesanato antigo e uma atrevida marca cigana com toques da

África, América Latina e também coisas da Índia, tão em voga naquela década. Foi sempre a aluna mais original do curso, suas criações eram vendidas tão depressa que não conseguia atender a todos os pedidos. Tudo caminhava melhor do que ela esperava até que passou na sua frente um jovem japonês, um pouco mais novo do que ela, também joalheiro. Cármen havia conseguido colocar suas joias em lojas de prestígio; em contrapartida, ele oferecia as suas com pouco êxito nas *ramblas*, diferença que o humilhava. Para consolá-lo, ela voltou a vender na rua, com o pretexto de se encontrar, ali, a alma da cidade. Instalaram-se juntos na pensão crepuscular de Cármen. Rapidamente as diferenças culturais pesaram mais do que a atração mútua, mas era tanta a necessidade de companhia que ela ignorou os sintomas. O japonês não renunciou aos seus costumes ancestrais, passava sempre à frente e esperava ser servido. Massageava-o durante horas na banheira quente e depois enchia-a com água fria. O mesmo com a comida, a cama, as ferramentas e os materiais de trabalho, na rua caminhava à frente, e ela tinha que o seguir dois passos atrás. Se fazia sol, o jovem saía para vender, e Cármen ficava trabalhando no quarto escuro, mas, se amanhecia com chuva, era ela quem tinha que passar o dia ao ar livre, porque seu amante sofria de oportunas dores reumáticas relacionadas com a temperatura ambiental. A princípio, tais raridades pareceram-lhe graciosas, coisas de orientais, disse ela com bom humor, mas, depois de suportá-las por algum tempo, acabou a paciência e começaram os desentendimentos. O homem nunca perdia a compostura e, às recriminações, opunha um longo silêncio glacial, mas ela não se queixava, porque ao menos aquele abstinha-se de lhe dar bofetões ou de regá-la com sopa fervendo. No fim, cedia para não ficar sozinha e porque seu companheiro a fascinava, atraíam-na seu longo cabelo negro, seu corpo pequeno, todo músculo, seu sotaque estranho e a precisão de seus movimentos. Aproximava-se tímida, ronronava-lhe um pouco e em geral conseguia abrandá-lo, reconciliavam-se na cama, onde ele era um especialista. Por inércia, teriam permanecido juntos, mas chegou um telegrama de Inmaculada anunciando a doença de Pedro Morales, pedindo à filha que, pelo amor de Deus, voltasse, porque era a única pessoa capaz de salvar o pai, que se consumia de tristeza. Então soube quanto amava aquele velho teimoso, quanto desejava encostar a cabeça no peito acolhedor da mãe e voltou a ser, mesmo que por um instante, a menina mimada de antes. Pensando que a viagem fosse só por umas duas semanas, partiu levando a roupa indispensável que meteu apressadamente numa bolsa. O japonês acompanhou-a ao aeroporto, desejou-lhe boa sorte e despediu-se com uma leve inclinação, nunca a tocava em público.

De tanto ver a cara da morte, aprendi o valor da existência. A única coisa que temos é a vida e nenhuma é mais valiosa do que outra. A de Juan José Morales não vale mais do que a dos homens que matei, no entanto, os mortos não me pesam, andam sempre comigo, são meus camaradas. Matar ou morrer não é para mim uma questão moral, as dúvidas e confusões são de outra índole. Sou um dos afortunados que saiu ileso da guerra.

Quando regressei, fui do aeroporto para um motel, não telefonei para ninguém. São Francisco estava coberto de nuvens e soprava um vento de inverno, como sempre acontece no verão, e decidi aguardar pelo nascer do sol para telefonar para Samantha, não sei por que achei que o clima podia tornar mais amável o nosso encontro; a verdade é que nos havíamos separado decididos pelo divórcio, nunca nos escrevemos, e, no dia em que lhe telefonei do Havaí, ficou evidente que não tínhamos mais nada a dizer um ao outro. Sentia-me cansado, sem ânimo para discussões e críticas, muito menos para contar a ela ou a alguém as minhas experiências de guerra. Queria ver Margaret, é claro, mas talvez minha filha nem me reconhecesse, naquela idade as crianças esquecem-se em pouco dias, e ela não me via há meses. Deixei minhas coisas no quarto e saí à procura de um café; sentia falta do bom café de São Francisco, é o melhor do mundo. Caminhei por aquele delírio urbano onde raramente se vê o mar, linhas retas que sobem e descem, traçadas segundo um desenho geométrico indiferente à topografia das onze colinas, procurei meus cantos conhecidos, mas tudo estava desfigurado pela neblina. Pareceu-me um lugar estrangeiro, não identifiquei os edifícios e comecei a dar voltas, desorientado, naquela cidade de contradições e fragrâncias, depravada como todos os portos e travessa como uma garota de pés ligeiros. Não encontro explicação para a marca de elegância de São Francisco, afinal foi fundada por uma cambada de aventureiros com a febre do ouro fácil, prostitutas e bandoleiros. Um chinês roçou-me o braço e saltei como se um escorpião me tivesse picado, com os punhos apertados, procurando a arma que não tinha comigo. O homem sorriu, tenha um bom dia, disse-me ao afastar-se, e fiquei paralisado, sentindo os olhares dos outros, ainda que na verdade ninguém estivesse olhando para mim, enquanto passavam os bondes com seus toques de campainha, estudantes, secretárias, os turistas que não podiam faltar, trabalhadores latinos, comerciantes asiáticos, *hippies*, prostitutas negras com perucas louras, homossexuais de mãos dadas, todos os atores de um filme, iluminados por uma luz artificial, enquanto eu ficava do lado de cá da tela, sem nada perceber, totalmente à margem, a mil anos de distância. Andei pelo bairro italiano, por Chinatown, pelas ruas dos marinheiros onde vendem licor, drogas e pornografia – ovelhas infláveis era a última novidade – juntamente com medalhas de São Cristóvão para proteger dos azares da navegação. Voltei ao hotel, tomei vários soníferos e não dei por mim até vinte horas depois, quando fui acordado por um sol radiante que entrava pela janela.

Peguei o telefone para falar com Samantha, mas não me lembrei do número da minha própria casa e então decidi esperar um pouco, dar-me um ou dois dias de solidão para recompor parcialmente o corpo e a alma, necessitava lavar-me por dentro e por fora de tantos pecados e recordações atrozes. Sentia-me contaminado, sujo, morto de cansaço. Nem telefonei aos Morales, teria que ter ido diretamente a Los Angeles, mas faltavam-me forças para tanto, ainda não podia falar de Juan José, olhar nos olhos de Inmaculada e Pedro e assegurar-lhes que o filho havia morrido pela pátria, como um herói, confesso e sem dor, quase sem se dar conta disso, quando na verdade morrera aos gritos e só haviam enterrado metade de seu corpo. Não podia lhes dizer que suas últimas palavras não haviam sido uma mensagem para eles, apertara a mão do capelão, dizendo-lhe segure-me, padre, que estou caindo muito fundo. Nada é como nos filmes, nem sequer a morte, morremos pura e simplesmente, mas aterrorizados numa poça de sangue e merda. No cinema ninguém morre de verdade. No Vietnam imaginava que logo se acenderiam as luzes do cinema e sairíamos para a rua, sem pressa, para tomar um café e logo eu teria esquecido tudo. Agora, quando já aprendi a viver com os estragos da boa memória, já não acho que a vida é um conto de fadas, aceito-a com toda a dor que ela traz.

De minha irmã me havia afastado muito, desde que nascera Margaret deixamos de nos ver, não quis telefonar-lhe nem tampouco à minha mãe, de que teríamos falado? Opunha-se à guerra, considerava mais decente desertar do que matar, toda forma de violência é vergonhosa e perversa, lembre-se de Ghandi, dizia-me ela, não podemos apoiar uma cultura de armas, estamos neste mundo para celebrar a vida e promover a compaixão e a justiça. Pobre velha, desligada da realidade, vagueava pelos ambientes do *Plano Infinito* atrás do meu pai, meia doida da cabeça, mas com uma lucidez inquestionável em suas divagações. Parti para o Vietnam sem me despedir, porque não a quis ferir; para ela, tratava-se de um assunto de princípios, nada tinha a ver com a minha segurança pessoal. Suponho que gostava de mim a seu modo, mas sempre houvera um abismo entre nós. Que me teria aconselhado meu pai? Jamais me teria dito que fosse para a prisão ou para o exílio, ter-me-ia convidado para caçar e, no silêncio do amanhecer, limpando os pratos, ter-me-ia dado um tapinha no ombro, e nós teríamos compreendido sem necessidade de palavras, como às vezes nos entendemos entre homens.

Passei os três primeiros dias trancado no motel em frente à televisão com várias caixas de cerveja e garrafas de uísque, depois fui para a praia com um saco de dormir e passei duas semanas admirando o mar, fumando erva e conversando com o fantasma de Juan José. A água estava fria, mas nadava assim mesmo até sentir o sangue congelar nas veias e o cérebro intumescer, sem recordações, em branco. O mar lá embaixo é morno, sobre a areia formigam soldados, três dias de jogos, cerveja e *rock* para compensar meses de luta. Durante duas semanas não disse uma frase completa a ninguém, apenas grunhidos para pedir uma *pizza* ou um hambúrguer, creio que no fundo o que queria era regressar ao Vietnam, porque pelo menos na frente de batalha tinha camaradas e alguma coisa para fazer, aqui estava sem amigos, sozinho, não pertencia a nenhum lugar. Na vida civil ninguém falava o idioma da guerra, não existia um vocabulário para contar as experiências do campo de batalha, mas, mesmo que houvesse, de qualquer modo ninguém ia querer ouvir a minha história, ninguém estava interessado em más notícias. Apenas entre ex-combatentes sentia-me confiante e falava daquelas coisas que jamais diria a um civil, eles podiam entender por que uma pessoa se fecha ao carinho e tem medo de se aproximar, sabem que é muito mais fácil a coragem física do que a emocional, por que também perderam amigos tão queridos como irmãos e decidiram eliminar no futuro essa dor insuportável, é melhor não amar ninguém com muita intensidade. Sem me dar conta, comecei a rodar por esse abismo onde tantos se perdem, vendo o lado encantador da violência, e pensando que nunca me aconteceria nada tão apaixonante, que talvez o resto da minha existência fosse um deserto cinzento.

    Creio ter descoberto o segredo que explica a permanência da guerra. Joan e Susan argumentam que é um invento dos machos velhos para eliminar os jovens porque os odeiam, os temem, não desejam partilhar nada com eles, mulheres, poder ou dinheiro, sabem que mais cedo ou mais tarde os espoliarão, por isso enviam-nos para a morte, até mesmo os próprios filhos. Para os velhos existe uma razão lógica, mas por que será que ela é feita pelos jovens? Como é que em tantos milênios não se revoltaram contra esses massacres rituais? Tenho uma resposta. Há algo mais do que o instinto primordial de combate e a vertigem do sangue: o prazer. Descobri-o na montanha. Não me atrevo a pronunciar essa palavra em voz alta, iria me trazer má sorte, mas repito-a em silêncio, prazer, prazer. O mais intenso que se pode experimentar, muito mais do que o do sexo, a sede saciada, o primeiro amor correspondido ou a revelação divina, dizem os que sabem do assunto.

Naquela noite na montanha estive a uma fração de segundo da morte. A bala passou roçando meu rosto, e atingiu no peito o soldado que estava atrás de mim. O pânico paralisou-me por instantes, fiquei suspenso no fascínio de meu próprio espanto, houve logo uma perda de consciência e comecei a disparar freneticamente, gritando e amaldiçoando, incapaz de parar ou de raciocinar, enquanto zumbiam as balas, ardiam as labaredas e explodia o mundo num fragor de cataclismo, envolveu-me o calor, a fumaça e o tremendo vazio do oxigênio sugado em cada labareda; não recordo quanto tempo durou tudo isso nem o que fiz, nem por que o fiz, só me lembro do milagre de me encontrar vivo, a descarga de adrenalina e a dor por todo o corpo, uma dor sensual, um prazer atroz, distinto dos outros prazeres conhecidos, muito mais formidável do que o mais longo orgasmo, um prazer que me invadiu por completo, transformando-me o sangue em caramelo e os ossos em areia, afundando-me por fim num vazio negro.

Estava há quase duas semanas no motel da praia quando acordei uma noite aos gritos. No pesadelo, encontrava-me sozinho na montanha ao amanhecer, via os corpos a meus pés e a sombra dos guerrilheiros subindo em mim na neblina. Aproximavam-se. Tudo era muito lento e silencioso, um filme mudo. Disparava minha arma, sentia-a recuar, doíam-me as mãos, via as faíscas, mas não havia um único ruído. As balas atravessavam o inimigo sem o deter, os guerrilheiros eram transparentes, como se desenhados sobre um cristal, avançavam inexoráveis, rodeavam-me. Abri a boca para gritar, mas o horror me havia invadido por dentro, e minha voz não saía, apenas pedaços de gelo. Não consegui voltar a dormir, atordoado pelo ruído de meu próprio coração. Levantei-me, peguei a jaqueta e saí para caminhar pela praia. Está bem, chega de lamentações, disse às gaivotas quando amanheceu.

Cármen Morales não se atreveu a chegar diretamente onde vivia a família, porque não sabia como seria recebida pelo pai, a quem não via há sete anos. No aeroporto tomou um táxi para a casa dos Reeves. Ao passar pelas ruas de seu bairro surpreendeu-se com as transformações: via-se que estava menos pobre, mais limpo, organizado e muito menor do que o recordava. Além das mudanças reais, pesava em sua mente a comparação com os imensos bairros marginais do México. Sorriu ao pensar que aquele conjunto de ruas tinha sido o seu universo por muitos anos e que fugira dali como uma exilada, chorando pela família e o torrão perdidos. Agora sentia-se forasteira. O motorista olhava-a com curiosidade pelo espelho retrovisor e não resistiu à tentação de perguntar-lhe de onde era. Nunca tinha visto ninguém como aquela mulher de saia multicolorida e pulseiras ruidosas, não se parecia nada com aquelas *hippies* sonâmbulas embrulhadas em trapos semelhantes, esta tinha a atitude determinada de uma pessoa de negócios.

– Sou cigana – disse Cármen com o maior orgulho.

– De onde é isso?

– Nós, os ciganos, não temos pátria, somos de todos os lugares.

– Fala muito bem inglês – disse o homem.

Custou-lhe localizar a cabana dos Reeves. Naqueles anos havia crescido um matagal que engolia a horta, o salgueiro tapava a fachada da casa. Pôs-se a andar pelo atalho ao longo do pátio. Reconheceu o lugar onde Oliver estava enterrado, seguindo as instruções de Gregory que desejava que os restos de seu companheiro de infância descansassem em casa familiar em vez de ir parar no lixo, como os de qualquer cão sem história. Sentada na entrada, na mesma cadeira de vime desmantelada onde sempre a tinha visto, encontrou Nora Reeves. Era já uma anciã, usava um coque e um avental tão desbotado como o resto de sua pessoa. Havia reduzido de tamanho e ostentava uma expressão doce e um pouco idiota, como se sua alma não estivesse realmente ali. Levantou-se vacilante e saudou Cármen com gentileza, sem a reconhecer.

– Sou eu, dona Nora, sou Cármen, a filha de Pedro e Inmaculada Morales...

A mulher demorou quase um minuto para localizar a recém-chegada no mapa confuso de sua memória, ficou olhando-a de boca aberta, sem poder relacionar a imagem da menina de tranças pretas que brincava com seu filho com aquela aparição vinda do harém de um xeque. Por fim, estendeu-lhe as mãos e abraçou-a tremendo. Sentaram-se para tomar chá quente em copos de vidro e puseram-se em dia sobre as notícias do passado. Pouco tempo depois, chegaram alvoroçados os filhos de Judy que vinham da escola, quatro crianças de idades indefinidas, duas ruivas e duas de aspecto latino. Nora explicou que os primeiros eram de Judy e os outros viviam com ela, ainda que fossem filhos anteriores de seu segundo marido. A avó serviu-lhes leite e pão com marmelada.

— Moram todos aqui? — perguntou Cármen surpresa.

— Não. Cuido deles depois da escola até a mãe vir buscá-los à noite.

Lá pelas sete apareceu Judy, que também não reconheceu sua amiga. Cármen recordava-a enorme, mas não imaginara que pudesse continuar aumentando de peso até adquirir tais dimensões; a mulher não cabia em nenhuma das cadeiras disponíveis, deixou-se cair com dificuldade nos degraus da porta, dando a impressão de que seria necessário um guindaste para movê-la. No entanto, estava radiante.

— Isto não é só gordura, estou grávida outra vez — disse orgulhosa.

Tanto seus próprios filhos como os outros correram para trepar na amável humanidade da mãe, que os recebeu sorrindo e os acomodou entre seus pneus com uma destreza nascida da prática e do carinho, ao mesmo tempo que distribuía pequenos sonhos polvilhados, deixando, de passagem, alguns na própria boca. Ao vê-la brincar com os filhos, Cármen compreendeu que a maternidade era o estado natural de sua amiga e não pôde evitar uma pontinha de inveja.

— Depois do jantar, irei acompanhá-la até sua casa, mas antes vamos telefonar para dona Inmaculada, para que possa preparar o ânimo de seu pai. Não tem uma roupa mais normal? Lembre-se de que o velho não aceita extravagâncias nas mulheres. É assim a moda na Europa? — perguntou Judy sem qualquer ironia.

Pedro Morales esperava a filha com o terno do funeral, mas enfeitado com uma gravata vermelha e, na lapela, um cravo de seu jardim. Inmaculada lhe havia dado a notícia com a maior cautela, prevendo uma reação violenta, e ficou surpresa quando o marido sorriu como se lhe tivessem tirado vinte anos de cima.

– Escova a minha roupa, mulher – foi a única coisa que atinou dizer enquanto assoava o nariz com um lenço para esconder a emoção.

– A menina deve ter mudado muito, com a ajuda de Deus... – advertiu Inmaculada.

– Não se preocupe, velha. Mesmo que venha com o cabelo pintado de azul vou reconhecê-la.

No entanto, não estava preparado para a mulher que entrou em casa meia hora depois e, tal como acontecera com Nora e Judy, demorou alguns segundos para fechar a boca. Julgou que Cármen tinha crescido, mas logo notou as sandálias de salto alto e um montão de cabelo crespo e revolto sobre a cabeça, que lhe somavam um palmo à estatura. Tinha posto tantos adornos que parecia um ídolo, os olhos estavam pintados com riscos negros e disfarçara-se de qualquer coisa que lhe recordou um cartaz turístico do Marrocos colado na parede do bar Os Três Amigos. De qualquer modo, pareceu-lhe que a filha estava muito bela. Abraçaram-se longamente e choraram juntos por Juan José e por aqueles sete anos de ausência. Depois ela acocorou-se a seu lado para lhe contar algumas de suas aventuras, omitindo o necessário para não o escandalizar. Nesse ínterim, Inmaculada trabalhava na cozinha, repetindo obrigada, bendito Deus, e Judy, agarrada ao telefone, telefonava aos irmãos Morales e aos amigos para lhes dizer que Cármen havia regressado transformada numa zíngara extravagante e cabeluda, mas que no fundo continuava a ser a mesma; que trouxessem cervejas e guitarras, porque Inmaculada estava fazendo petiscos para celebrar.

A presença da filha devolveu o bom humor a Pedro Morales. Ante a insistência de Cármen e do resto da família, aceitou finalmente ir a um médico, que diagnosticou diabetes avançada.

Nenhum dos meus antepassados teve nada semelhante, isto é uma novidade americana, não pretendo picar-me toda hora como um pestilento, esse doutor não sabe o que diz, nos laboratórios mudam as amostras e cometem erros monumentais, resmungava o doente ofendido, mas uma vez mais Inmaculada se impôs, obrigou-o a seguir uma dieta e encarregou-se de lhe administrar remédios nas horas certas. Prefiro discutir com você todos os dias a ficar viúva, amansar outro marido dá muito trabalho, concluiu. A ele não havia passado pela cabeça que pudesse ser substituído no coração aparentemente incondicional da mulher, e a surpresa tirou-lhe a vontade de continuar discutindo. Nunca admitiu a doença, mas resignou-se ao tratamento "para agradar esta louca", como costumava dizer.

Depressa o bairro pareceu pequeno a Cármen Morales; após algumas semanas vivendo com os pais, consumia-se de asfixia. Durante sua ausência, havia idealizado o passado, nos momentos de maior solidão sentia saudades da ternura da mãe, da proteção do pai e da companhia dos seus, mas havia esquecido a estreiteza do lugar onde nascera. Naqueles anos ela havia mudado, o pó de meio mundo acumulava-se em seus sapatos. Passeava pela casa como um leopardo enjaulado, preenchendo o espaço e a paz com o remoinho de suas saias, o ruído das pulseiras e sua impaciência. Na rua, as pessoas voltavam a cabeça para olhá-la, e os meninos aproximavam-se para tocá-la. Era impossível ignorar a reprovação e os cochichos pelas suas costas, olha como se veste a mais nova dos Morales, naquela cabeça há séculos que não entra um pente, com certeza se tornou *hippie* ou puta, diziam. Também não havia trabalho para ela, não estava disposta a empregar-se numa fábrica, como Judy Reeves, e no bairro não havia mercado para suas joias, as mulheres usavam ouro pintado e diamantes falsos, nenhuma poria seus brincos de aborígine. Supôs que não seria difícil colocá-los em algumas lojas no centro da cidade, onde faziam compras as atrizes, as damas sofisticadas e os turistas, mas, fechada em casa dos pais, não tinha estímulo para a criatividade; as ideias escasseavam, assim como a vontade de trabalhar. Dava voltas pelos quartos farta das figuras de porcelana, das flores de seda, dos retratos da família, das cadeiras de veludo cor de rubi com capas de plástico, símbolos da nova elegância dos Morales. Esses adornos, orgulho de sua mãe, provocavam-lhe pesadelos, preferia mil vezes a casa da infância, onde crescera com os irmãos na maior modéstia. Não suportava os programas de rádio e televisão que atroavam dia e noite com as novelas meladas e tragédias, e os anúncios, aos gritos, de diferentes marcas de sabonete, vendas de automóveis e jogos de sorte. O pior era aquela vocação generalizada para as intrigas, todos viviam dependentes uns dos outros, não se movia um pelo na vizinhança sem se provocar comentários. Sentia-se como um marciano em visita e consolava-se com os pratos da mãe, que se havia adaptado à estrita dieta do marido sem perder nada do sabor de suas receitas, e passava horas entre as suas panelas, envolta no perfume delicioso de molhos e especiarias. Cármen aborrecia-se; à parte jogar damas com o pai, ajudava nas tarefas domésticas e recebia os parentes aos domingos, quando a família se reunia para almoçar; não havia outras distrações. Pensou regressar à Espanha, mas também não pertencia àquela terra e, por outro lado, a distância não sentia a mesma atração pelo amante. Havia-lhe escrito e telefonado, mas suas respostas eram gélidas. Longe de seus músculos cor de avelã e da sua cabeleira negra, recordava com estremecimento o banho frio e as demais humilhações, e sentia um profundo tédio pela ideia de voltar para o seu lado. Foi Olga quem lhe recomendou explorar Berkeley, porque, com um pouco de sorte, Gregory Reeves regressaria num futuro próximo e poderia ajudá-la, era o lugar perfeito para uma pessoa tão original como ela, a julgar pelas notícias da imprensa, que todas as semanas comentavam um novo escândalo nos jardins da universidade. Cármen concordou que não perderia nada em experimentar. Telefonou ao amante para lhe pedir suas economias e ferramentas de joalheria, ele se comprometeu a fazê-lo quando tivesse tempo, mas passaram-se várias semanas e outras cinco chamadas sem notícia da remessa; então compreendeu quanto ocupado ele estava e não insistiu mais. Decidiu lançar-se à aventura com o mínimo de recursos, como tantas outras vezes tinha feito, mas, quando Pedro Morales soube de seus planos, longe de se opor, passou-lhe um cheque e pagou-lhe a passagem. Estava feliz por haver recuperado a filha, mas não era cego perante suas necessidades e sentia pena de vê-la bater contra as paredes como um pássaro de asas quebradas.

Em Berkeley, Cármen Morales floresceu, como se a cidade tivesse nascido para lhe servir de marco. Na multidão das ruas suas coisas não chamavam a atenção de ninguém, e o conteúdo de sua blusa não provocava assobios descarados, como acontecia no bairro latino. Encontrou ali desafios semelhantes aos que a fascinavam na Europa e uma liberdade até então desconhecida. Também a natureza de água e montes parecia feita à sua medida. Pensou que, tomando as devidas precauções, poderia subsistir alguns meses com o presente do pai, mas decidiu procurar emprego, porque planejava fabricar joias e necessitava de ferramentas e materiais. Gregory Reeves, sem dúvida, ter-lhe-ia oferecido um sofá em sua casa, para ela se instalar por algum tempo, mas nem sonhar com a mesma generosidade da parte de Samantha. Não conhecia a mulher do amigo, mas adivinhou que a receberia sem entusiasmo, quanto mais agora, que estava em pleno processo de divórcio. Marcou um encontro por telefone para conhecer a pequena Margaret, de quem tinha várias fotografias enviadas por Gregory; mas, quando chegou, Samantha não estava, quem lhe abriu a porta foi uma menina tão delicada e frágil, que imaginou que fosse filha de Gregory Reeves e de sua atlética mãe. Comparou-a com os sobrinhos da mesma idade e pareceu-lhe uma criança estranha, a miniatura perfeita de uma mulher bela e triste. Margaret fê-la entrar, dizendo-lhe, com afetada pronúncia, que a mamãe estava jogando tênis e que voltaria logo. Por alguns breves momentos, interessou-se vagamente pelas pulseiras de Cármen, mas logo se sentou em completo silêncio, de pernas cruzadas e mãos sobre a saia. Foi inútil tentar arrancar-lhe uma palavra, acabaram as duas sentadas frente a frente sem se olhar, como estranhas numa sala de espera. Por fim, entrou Samantha, com a raquete numa das mãos e uma bisnaga na outra, e, tal como Cármen havia previsto, recebeu-a com frieza. Observaram-se sem disfarces, cada uma tinha da outra uma imagem pelas descrições de Gregory e ambas se sentiram aliviadas pelas suas fantasias serem diferentes da realidade. Cármen esperava uma mulher mais bonita, não aquela espécie de rapaz vigoroso com a pele curtida pelo sol, como será ela daqui a alguns anos, as gringas envelhecem mal, disse para si mesma. Por seu lado, Samantha alegrou-se por ver que a outra se vestia com aqueles trapos soltos que lhe pareceram horrorosos, certamente escondia vários quilos entre as costelas, via-se mesmo que não tinha feito exercício em toda a sua vida e que bem depressa seria uma matrona roliça, as latinas envelhecem mal, pensou com satisfação. As duas souberam num instante que jamais poderiam ser amigas, e a visita foi muito rápida. Ao sair, Cármen sentiu-se satisfeita pelo seu melhor amigo estar tratando do divórcio daquela campeã de tênis, e Samantha perguntou a si mesma se Gregory, ao regressar, no caso de o fazer, se tornaria amante daquela mulher gorducha, ideia que certamente tinha vivido no coração de ambos por muitos anos. Que aproveite bem, murmurou; sem saber por que razão, essa perspectiva a irritava.

Cármen não podia pagar por muito tempo o quarto do motel, decidiu procurar trabalho e um lugar onde viver. Sentou-se num café perto da universidade para passar os olhos num jornal e, entre inúmeros anúncios de mensagens holísticas, aromaterapias, cristais milagrosos, triângulos de cobre para melhorar a cor da aura e outras novidades que teriam encantado Olga, descobriu ofertas de diversos empregos. Telefonou para vários até que, de um restaurante, marcaram encontro para o dia seguinte, tinha de apresentar-se com o seu cartão do seguro social e uma carta de recomendação, duas coisas que não possuía. A primeira não foi difícil, averiguou simplesmente onde tinha de se inscrever, preencheu um formulário e deram-lhe um número, mas a segunda, não sabia como conseguir. Imaginou que Gregory Reeves a teria feito sem vacilar; era uma pena que estivesse tão longe, mas esse inconveniente não seria um obstáculo insuperável. Descobriu uma lojinha onde alugavam máquinas de escrever e redigiu uma carta afirmando sua competência em cuidar de crianças, sua honradez e o bom trato com o público. A redação ficou um pouco floreada, mas o que olhos não veem, coração não sente, como diria sua mãe. Gregory não precisava inteirar-se dos pormenores. Sabia de memória a assinatura do amigo, não tinha sido em vão que se haviam correspondido durante anos. No dia seguinte, apresentou-se no emprego, que era uma casa antiga decorada com plantas e tranças de alhos. Foi recebida por uma mulher de cabelos grisalhos e rosto jovial, vestida com calças com grandes bolsos e sandálias de frade franciscano.

– Interessante – disse quando leu a carta de recomendação. – Muito interessante... Então você conhece Gregory Reeves?

– Trabalhei para ele – disse Cármen ruborizada.

– Que eu saiba está no Vietnam há mais de um ano; como explica que esta carta tenha a data de ontem?

Era Joan, uma das amigas de Gregory, e aquele era o restaurante macrobiótico onde tantas vezes ia comer hambúrgueres vegetarianos e procurar consolo. Com os joelhos tremendo e um fio de voz, Cármen admitiu seu engano e em poucas frases contou sua relação com Reeves.

– Está bem, vê-se logo que é uma pessoa de recursos – Joan sorriu.

– Gregory é como um filho para mim, embora eu não tenha idade para ser sua mãe, que meus cabelos não a enganem. Dormiu a última noite no sofá da minha sala antes de partir para a guerra. Que estupidez tão grande ele cometeu! Susan e eu cansamo-nos de lhe dizer que não o fizesse, mas foi inútil. Espero que volte com a mesma pressa com que foi, seria uma desgraça se algo lhe acontecesse, sempre me pareceu um luxo de homem. Se é amiga dele, também será nossa amiga. Pode começar hoje mesmo. Ponha um avental e um lenço na cabeça para não enfiar seus cabelos nos pratos dos clientes e vá até a cozinha para Susan explicar o trabalho.

Pouco depois, Cármen Morales não só atendia às mesas, como também ajudava na cozinha, porque tinha boa mão para os condimentos e descobria novas combinações para variar o *menu*. Tornouse tão amiga de Joan e Susan, que lhe alugaram o canto da casa, um quarto amplo repleto de ferro-velho, que, uma vez esvaziado e limpo, se tornou um refúgio ideal. Tinha duas janelas olhando para a baía com soberba perspectiva e uma claraboia no teto para seguir o curso das estrelas. De dia, Cármen gozava da luz natural e, de noite, iluminava-se com dois grandes candeeiros vitorianos descobertos no mercado das pulgas. Trabalhava durante a tarde e parte da noite no restaurante, mas, de manhã, dispunha de tempo livre. Comprou ferramentas e materiais, e nos momentos de lazer voltava ao seu ofício de joalheira, comprovando aliviada que não havia perdido a inspiração nem o desejo de trabalhar. Os primeiros brincos foram para as suas patroas, a quem teve de furar as orelhas para que os pudessem usar; ficaram ambas um pouco doloridas, mas só os tiravam para dormir, convencidas de que faziam ressaltar a sua personalidade, feministas sem deixar de ser femininas, e riram. Consideravam Cármen a melhor colaboradora que tinham tido, mas aconselharam-na a não perder o talento atendendo às mesas e mexendo panelas, tinha que se dedicar por completo à joalheria.

– É a única coisa que convém a você. Cada pessoa nasce com uma só graça, e a felicidade consiste em descobri-la a tempo – diziam-lhe quando se sentavam para tomar chá de manga e contar suas vidas.

– Não se preocupem, sou feliz – respondia Cármen com plena convicção. Tinha a certeza no coração de que as penúrias pertenciam ao passado e agora começava a melhor parte de sua existência.

De volta ao mundo dos vivos, Gregory Reeves juntou recordações da guerra – fotos, cartas, fitas com música, roupa e a sua medalha de herói –, regou-as com gasolina e ateou-lhes fogo. Só guardou o pequeno dragão de madeira pintado, recordação de seus amigos do vilarejo, e o escapulário de Juan José. Tinha intenção de o devolver a Inmaculada Morales logo que descobrisse a forma de lhe tirar o sangue seco. Tinha jurado não se comportar como tantos outros veteranos enganchados para sempre à nostalgia do único tempo grandioso de suas vidas, inválidos de espírito, incapazes de se adaptar a uma existência banal nem de libertar-se dos múltiplos traumas da guerra. Evitava as notícias da imprensa, os protestos na rua, os amigos de então que haviam regressado e se juntavam para reviver as aventuras e a camaradagem do Vietnam. Tampouco queria saber dos outros, dos que estavam em cadeiras de rodas ou meio loucos, nem dos suicidas. Nos primeiros dias agradecia cada pormenor quotidiano, um hambúrguer com batatas fritas, a água quente do banho, a cama com lençóis, a comodidade de sua roupa de civil, as conversas das pessoas na rua, o silêncio e a intimidade de seu quarto, mas compreendeu depressa que isso também tinha os seus perigos. Não, não devia celebrar nada, nem sequer o fato de ter o corpo inteiro. O passado ficava para trás, se pudesse apagar pura e simplesmente, a memória. De dia conseguia esquecer tudo quase por completo, mas à noite sofria de pesadelos e despertava banhado em suor, com o ruído das armas explodindo-lhe por dentro e visões em vermelho assaltando-o sem tréguas. Sonhava com um menino perdido num parque, e esse menino era ele, mas sonhava sobretudo com a montanha, de onde disparava contra sombras transparentes. Estendia a mão à procura de pílulas ou de erva, tateava a mesa, acendia a luz meio dormindo, sem saber onde se encontrava. Guardava o uísque na cozinha, assim tinha tempo de pensar antes de beber um gole. Imaginava pequenos obstáculos para se ajudar: nada de álcool antes de me vestir ou comer qualquer coisa, não beberei se for dia ímpar ou se ainda não tiver nascido o sol, primeiro farei vinte flexões e ouvirei um concerto completo. Assim retardava a decisão de abrir o armário onde guardava a garrafa e, em geral, conseguia controlar-se, mas não se decidia a eliminar o licor, tinha sempre um pouco à mão para uma emergência. Quando por fim telefonou para Samantha, escondeu-lhe que há mais de duas semanas estava apenas a trinta quilómetros de casa, fez-lhe crer que acabava de regressar, e pediu-lhe que fosse ao seu encontro no aeroporto, onde a aguardou de banho tomado, barbeado e sóbrio, em roupa de civil. Ficou surpreso ao ver quanto Margaret havia crescido e como estava bonita, parecia uma daquelas princesas desenhadas à pena nas histórias antigas, com olhos azuis, cabelos louros e crespos e um estranho rosto triangular de feições muito finas.

Também notou como a mulher havia mudado pouco, usava até as mesmas calças brancas da última vez que a vira. Margaret estendeu-lhe uma mão lânguida sem sorrir e negou-se a dar-lhe um beijo. Tinha gestos de *coquette* copiados das atrizes de telenovela e caminhava rebolando. Gregory sentiu-se incomodado com ela, não conseguia vê-la como a menina que, na realidade, era, mas como uma indecente paródia de mulher fatal, e envergonhou-se dele próprio; talvez Judy tivesse razão, apesar de tudo, e a índole perversa de seu pai estivesse latente em seu sangue, como uma maldição hereditária. Samantha deu-lhe as boas-vindas bem mornas, alegrava-se por vê-lo em tão boa forma, estava mais magro, porém mais forte, o bronzeado ficava-lhe bem, disse ela, evidentemente a guerra não tinha sido assim tão traumatizante para ele; pelo contrário, ela é que não estava bem de todo, lamentava ter que o dizer, a situação econômica ia mal, as economias haviam acabado e tornava-se impossível sobreviver com o soldo, não se queixava, é claro, compreendia as circunstâncias, mas não estava acostumada a passar penúrias, nem Margaret. Não, não podia continuar cuidando de crianças, era um trabalho muito pesado e aborrecido, além disso tinha que tomar conta da filha, ou não? Ao subir para o automóvel, comunicou-lhe suavemente que lhe havia reservado um quarto no hotel, mas não havia inconveniente em guardar suas coisas na garagem até que se instalasse melhor. Se Gregory havia alimentado algumas ilusões sobre uma possível reconciliação, aquelas poucas frases foram suficientes para perceber uma vez mais o abismo que os separava. Samantha não havia perdido sua habitual cortesia, possuía controle admirável sobre as suas emoções e era capaz de manter uma conversa por tempo indefinido sem nada dizer. Não lhe fez perguntas, não desejava inteirar-se de situações desagradáveis, mediante um esforço descomunal havia conseguido permanecer num mundo de fantasia, onde não sobrava lugar para a dor ou a fealdade. Fiel a si mesma, pretendia ignorar a guerra, o divórcio, o rompimento com a sua família e tudo aquilo que pudesse alterar o seu horário de tênis. Gregory pensou com certo alívio que a mulher era uma página em branco e não sentia remorsos de começar outra vida sem ela. No resto do caminho tentou se comunicar com Margaret, mas a filha não estava disposta a conceder-lhe a mínima facilidade. Sentada no assento traseiro, mordia as unhas pintadas de vermelho, brincava com um caracol do cabelo e olhava-se no espelho retrovisor, respondendo com monossílabos se a mãe lhe falava, mas ficando tenazmente calada se ele o fazia.

Alugou uma casa do outro lado da baía, cujo principal atrativo era um cais praticamente em ruínas. Pensava comprar um bote no futuro, mais por bravata do que por gosto de navegar; cada vez que saía no barco de Timothy Duane acabava convencido de que tanto trabalho apenas se justificava para salvar a vida de um náufrago, mas jamais como passatempo. Com o mesmo critério, adquiriu um Porsche, esperava provocar a admiração dos homens e chamar a atenção das mulheres. Os carros são símbolos fálicos, não sei por que razão o seu é pequeno, estreito, baixo e sacolejante, gracejou Cármen quando soube. Teve pelo menos o bom critério de não comprar móveis antes de conseguir um emprego seguro e conformou-se com uma cama do tamanho de um ringue de boxe, uma mesa de múltiplos usos e um par de cadeiras. Já instalado, partiu para Los Angeles, aonde não ia desde que levara Margaret para apresentá-la à família Morales, vários anos antes.

Nora Reeves recebeu-o com naturalidade, como se o tivesse visto no dia anterior, ofereceu-lhe uma xícara de café e contou-lhe as novidades do bairro e de seu pai, que continuava se comunicando com ela todas as semanas para mantê-la informada sobre a marcha do *Plano Infinito*. Não se referiu à guerra e, pela primeira vez, Gregory comparou as semelhanças entre Samantha e sua mãe, a mesma frieza, indolência e cortesia, idêntica determinação para ignorar a realidade, apesar de, para sua mãe, esta última ter sido mais difícil, porque lhe havia cabido uma existência muito mais dura. No caso de Nora Reeves não bastava a indiferença, era necessária uma vontade muito firme para que os problemas não a atingissem. Encontrou Judy na cama com um recém-nascido nos braços e outras crianças brincando à sua volta. Coberta por um lençol, disfarçava a gordura, parecia uma opulenta madona renascentista. Ocupada nos afazeres da criança, não atinou perguntar-lhe como estava, concluindo que, se ele se encontrava aparentemente inteiro diante de seus olhos, é porque não havia a menor novidade. O segundo marido da irmã era dono de um táxi, viúvo, pai das duas crianças mais velhas e do bebê. Era um latino nascido no país, um desses *chicanos* que falam mal o espanhol, mas que têm a inconfundível marca indígena dos antepassados, pequeno, magro, com um grande bigode caído de guerreiro mongol. Comparado com o antecessor, o gigantesco Jim Morgan, parecia um pobre-diabo desnutrido. Gregory não soube se esse homem amava Judy mais do que a temia; imaginou uma discussão entre os dois e não pôde evitar um sorriso, a irmã seria capaz de quebrar a cabeça do marido com uma só mão, tal como quebrava ovos no café da manhã. Como será que eles fazem amor?, perguntou-se Gregory, fascinado.

Os Morales receberam-no como ninguém havia feito até aquele momento, abraçaram-no por longos minutos, chorando. Gregory esteve tentado a pensar que se lamentavam porque era ele e não seu filho Juan José quem regressava ileso, mas a expressão de absoluta felicidade de seus velhos amigos afastou-lhe essas mesquinhas dúvidas do coração. Retiraram a capa de plástico de uma das cadeiras e sentaram-no ali para interrogá-lo sobre pormenores da guerra. Tinha a intenção de não tocar no assunto, mas surpreeendeu-se ao contar-lhes o que quiseram saber. Compreendeu que isso fazia parte do luto, entre os três estavam enterrando finalmente Juan José. Inmaculada esqueceu-se de acender as luzes e oferecer-lhe comida, ninguém se mexeu até alta noite, quando Pedro foi à cozinha buscar cerveja. A sós com Inmaculada, Gregory tirou o escapulário do pescoço e entregou-lhe. Havia desistido da ideia de o lavar porque receou que no processo ele se desintegrasse, mas não teve necessidade de explicar a origem das manchas escuras. Ela o recebeu sem o olhar e colocou-o sob a blusa.

– Seria pecado jogá-lo no lixo, porque foi benzido por um bispo, mas, se não pôde proteger meu filho, é porque não serve para nada – suspirou.

E então puderam falar dos últimos momentos de Juan José. Os pais, sentados lado a lado no horrendo sofá cor de rubi, e de mãos dadas pela primeira vez em frente de alguém, ouviram tremendo o que Gregory Reeves havia jurado não lhes contar, mas não foi capaz de calar-se. Falou-lhes da reputação de afortunado e valente de Juan José, de como o encontrou por milagre na praia e quanto teria dado para ser ele e mais ninguém a estar a seu lado para segurá-lo em seus braços quando estava caindo, padre, segure-me que estou caindo muito fundo.

– Teve tempo de fazer as pazes com Deus? – quis saber a mãe.
– Estava com o capelão.
– Sofreu muito? – perguntou Pedro Morales.
– Isso não sei, foi tudo muito rápido...
– Tinha medo? Estava desesperado? Gritava?
– Não, disseram-me que estava tranquilo.
– Pelo menos você está de volta, louvado seja Deus – disse Inmaculada, e por um momento Gregory sentiu-se perdoado de toda a culpa, redimido da angústia, a salvo das suas piores recordações, e uma onda de agradecimento sacudiu-o inteiro. Nessa noite os Morales não permitiram que ele se alojasse num hotel, obrigaram-no a ficar com eles e prepararam a cama de solteiro de Juan José. Na gaveta da mesa de cabeceira encontrou um caderno escolar com poemas escritos a lápis pelo amigo. Eram versos de amor.

Antes de tomar o avião de volta, visitou Olga. Os anos tinham caído sobre ela, nada restava do antigo aspecto de papagaio, estava feito uma bruxa descabelada, mas sua energia de curandeira e vidente não havia diminuído. Nessa altura de sua existência já estava plenamente convencida da estupidez humana, confiava mais em seus bruxedos do que nas ervas medicinais, porque diziam mais à insondável credulidade alheia. Tudo está na mente, a imaginação faz milagres, dizia ela. Sua casa também mostrava o desgaste do tempo, parecia um bazar de *santero* entulhado de empoeirados artigos de magia, com mais desordem e menos colorido do que antigamente. No teto ainda estavam pendurados ramos secos, cascas e raízes, haviam se multiplicado as prateleiras com frascos e caixas, o antigo aroma de incenso das tendas paquistanesas havia desaparecido, tragado por perfumes mais poderosos. Muitos potes ainda conservavam nomes sugestivos: Não me esqueça, Negócio Seguro, Conquistador Irresistível, Vingança Assolapada, Prazer Violento, Tira Tudo. Com seu olho treinado para descobrir o invisível, Olga logo notou as mudanças em Gregory, o cerco à sua volta impossível de cruzar, o olhar duro, o riso estridente e sem alegria, a voz mais seca e aquela expressão nova na boca que não teria importância em lábios finos, mas que nos seus parecia brincalhona. Irradiava uma força de animal raivoso, mas debaixo da carcaça ela distinguiu os pedaços de uma alma destroçada. Sentiu que não era o momento de lhe oferecer sua vasta prática de conselheira, porque ele estava hermético, por isso preferiu falar-lhe de si mesma.

– Tenho muitos inimigos, Gregory – confessou. – Quero fazer o bem, mas pagam-me com inveja e rancores. Agora dizem por aí que tenho pacto com o diabo.

– É fatal para o negócio, imagino...

– Não acredite, enquanto existir gente assustada e magoada este ofício nunca estará em baixa – respondeu Olga com uma careta de picardia.

– E, a propósito, posso fazer alguma coisa por você?

– Não creio, Olga. O que eu tenho não se cura com orações.

Os Morales deram a Reeves o endereço de Cármen. Julgava-a ainda na Europa e custou-lhe imaginar que vivessem a distância de uma ponte. Seus telefonemas das segundas-feiras se haviam interrompido, e a correspondência sofria enormes atrasos no Vietnam, o último contato havia sido um cartão-postal de Barcelona para lhe contar de um amante japonês. Pareceu-lhe uma coincidência estranha que sua amiga se tivesse instalado em casa de Joan e Susan, a realidade às vezes torna-se tão improvável como as absurdas novelas de televisão que Inmaculada acompanhava fielmente.

Ao longo de seu destino aventureiro, sobretudo quando se sentia perseguido pela solidão depois de se enredar com uma nova mulher e descobrir que também não era ela quem procurava,

Gregory Reeves perguntou-se muitas vezes por que ele e Cármen não haviam sido amantes. Quando se atreveu a falar-lhe disso, ela respondeu que nesse tempo ele estava fechado para a única espécie de amor que podiam partilhar, protegia-se com uma capa de cinismo de que, no fim das contas, não se servia, já que a menor brisa o deixava outra vez inválido face aos elementos, mas isso era suficiente para lhe isolar a alma.

– Nesse tempo você estava voltado para o dinheiro e o sexo, era uma espécie de obsessão. Culpemos a guerra, se você quiser, ainda que eu ache que havia outras causas, também levava com você muita coisa da infância – disse Cármen anos mais tarde, quando ambos haviam percorrido os próprios labirintos e puderam encontrar uma saída. – O estranho é que bastava raspar um pouco a superfície para se ver que, por trás de suas defesas, pedia ajuda. Mas eu não estava na lista para uma boa relação, não havia amadurecido e não lhe podia dar o amor imenso de que necessitava.

Depois de sua visita aos Morales, Gregory adiou com renovados pretextos o encontro com a amiga. A ideia de vê-la intimidava-o, receava que os dois tivessem mudado e não se reconhecessem ou, pior ainda, que não gostassem um do outro. Por fim foi impossível inventar novas desculpas, e duas semanas mais tarde foi visitá-la. Preferiu surpreendê-la e apareceu no restaurante sem avisar, mas ali soube que ela havia deixado o trabalho havia poucos dias. Joan e Susan receberam-no exultantes, revistaram-no da cabeça aos pés para comprovar que estava inteiro, encheram-no de lasanha vegetariana e doces de mel, e por último indicaram-lhe a rua onde poderia encontrar Cármen. Notou a transformação na aparência das duas mulheres, usavam brincos visíveis a distância, haviam cortado o cabelo e Joan havia passado *rouge*, a julgar pelo rubor injustificado de suas faces. Explicaram-lhe, entre risos, que não podiam continuar usando tranças de peles-vermelhas ou coquinhos de vovozinha, as argolas de Tamar exigiam qualquer coisa de coqueteria, não viam nenhum mal nisso, como haviam descoberto um pouco tardiamente, é verdade, mas tencionavam recuperar o tempo perdido. Pode-se ser feminista com estes penduricalhos nas orelhas e com alguma maquilagem, não se assuste, homem, não renunciamos a nenhum dos nossos postulados, asseguraram-lhe. Gregory quis saber quem era Tamar, e logo lhe explicaram que Cármen havia mudado o nome porque agora dedicava tempo integral à produção de joias, queria impor um estilo e um nome, e o seu parecia-lhe pouco exótico. Ia todos os dias para a rua dos *hippies* oferecer sua mercadoria numa bandeja com pés. Os postos eram tirados na sorte numa loteria diária, sistema que evitava as discussões dos anos anteriores, quando os vendedores ambulantes defendiam a socos e pontapés o pequeno território de sua preferência. Para conseguir boa localização, tinha que madrugar, mas ela era muito disciplinada, contaram Joan e Susan, portanto, encontrá-la-ia na primeira esquina, o local mais solicitado, porque ficava perto da universidade, de onde podiam usar os banheiros.

 Ladeavam a rua, em ambas as calçadas, comerciantes e modestos artesãos que ganhavam o pão com as vendas do dia e sobreviviam de ilusões metafísicas, ingenuidades políticas e drogas. Entre eles pululavam uns quantos dementes, atraídos quem sabe por que misterioso ímã. O governo havia cortado os fundos para a assistência médica, deixando sem recursos os já empobrecidos hospitais psiquiátricos, que se viam na obrigação de soltar os pacientes. Os enfermos eram auxiliados pela caridade alheia, no verão, e depressa recolhidos no inverno para evitar a vergonha dos cadáveres hirtos na via pública. A polícia ignorava esses pobres loucos, a menos que fossem agressivos; os vizinhos conheciam-nos, não mais os temiam e não viam inconvenientes em alimentá-los quando começavam a desfalecer de fome. Muitas vezes não se distinguiam dos *hippies*, mas alguns eram inconfundíveis e famosos, como um bailarino vestido com malha translúcida e capa flamejante de arcanjo caído, que flutuava silencioso na ponta dos pés, sobressaltando os transeuntes distraídos. Entre os mais célebres estava um infeliz visionário que lia a sorte em cartas de sua invenção e vivia gemendo pelos horrores do mundo. Desesperado perante tanta maldade e cobiça, um dia não aguentou mais e arrancou os olhos com uma colher em plena via pública. Levou-o uma ambulância, e pouco depois estava de volta, calado e sorridente porque já não via a cruel realidade. Alguém fez buracos em suas cartas para que pudesse diferenciá-las, e ele continuou adivinhando a sorte dos transeuntes, agora com maior êxito, porque havia se tornado uma lenda. Foi entre eles que Gregory procurou a amiga. Abriu passagem no tumulto e no trânsito da rua, sem a ver; era Natal e uma multidão barulhenta ocupava as calçadas no afã das compras de última hora. Quando por fim deu com ela, demorou alguns segundos para associar aquela imagem à que guardava entre as suas recordações. Estava sentada num banquinho por trás de uma mesa portátil onde expunha suas obras, em refulgentes fileiras; o cabelo caía-lhe em desordem pelos ombros, usava um xale de odalisca bordado de arabescos, os braços cobertos de pulseiras e um estranho vestido escuro de algodão atado como uma túnica à cintura por uma fileira de moedas de prata e cobre. Atendia um casal de turistas que certamente havia feito a viagem desde a sua granja no centro-oeste para ver de perto os espantos de Berkeley mostrados pela televisão. Não percebeu a presença de Gregory, e ele se manteve a distância, observando-a escondido pelo tráfego das pessoas. Nesses minutos recordou quantas coisas havia compartilhado com ela, os cálidos sonhos da adolescência, as ilusões que ela lhe havia provocado, e julgou amá-la desde a época remota em que dormiram na mesma cama, no dia da morte de seu pai. Pareceu-lhe muito mudada, tinha segurança e postura em seus modos, os traços latinos haviam se acentuado: os olhos mais negros, os gestos mais largos, o riso mais atrevido. As viagens haviam agudizado a intuição de sua amiga, que, assim, se tornara mais astuta, daí a mudança de nome e estilo. A essa altura usava-se a palavra "étnico" para designar quem era proveniente de lugares que ninguém podia localizar no mapa e ela se aproveitou disso porque adivinhou que naquele meio ninguém exibiria com orgulho as joias de uma humilde *chicana*. Em sua mesa havia um letreiro anunciando "Tamar, joias étnicas". Do lugar onde se encontrava, Gregory ouviu sua conversa com os clientes, dizia-lhes que era cigana e eles vacilavam, receando que os enganasse na transação. Falava com um ligeiro sotaque que não tinha antes. Gregory sabia-a incapaz de fingir por afetação, mas bem podia tê-lo adotado por travessura, tal como se inventava um passado misterioso, mais por amor à brincadeira do que por vocação de mentirosa. Se alguém lhe tivesse recordado que a era filha repudiada de um casal de imigrantes ilegais de Zacatecas, ela mesma se teria surpreendido. Nas cartas, ela lhe contava a extravagante autobiografia que ia escrevendo em capítulos, como um folhetim de televisão, e ele a advertiu em mais de uma ocasião que tivesse cuidado, porque, de tanto repetir aquelas mentiras, acabaria acreditando nelas. Agora, ao vê-la a poucos metros de distância, compreendia que Cármen havia se transformado na protagonista de sua própria novela e que Tamar vestia melhor a roupa de pitoresca vendedora de miçangas. Nesse instante, ela levantou os olhos e, ao vê-lo, escapou-lhe um grito.

Abraçaram-se longamente como dois meninos perdidos, finalmente ambos buscaram a boca do outro e beijaram-se trêmulos com a paixão que haviam cultivado em anos de fantasias secretas. Cármen guardou tudo às pressas, dobrou a mesa e partiram empurrando um carrinho de supermercado onde iam as caixas com joias, olhando-se com avidez, à procura de um lugar onde pudessem fazer amor. A urgência era tal que não se deram tempo de falar nada, necessitavam tocar-se, explorar-se e comprovar que o outro era tal como o haviam imaginado. Ela não quis partilhar Gregory com Joan e Susan, receou que, se fossem para sua casa, o encontro seria inevitável e, por mais discretas que as duas mulheres fossem, seria bem difícil evitar sua companhia; ele pensou o mesmo e, sem a consultar, levou-a a um motel modesto sem outra vantagem do que a proximidade. Ali despiram-se atropeladamente e jogaram-se sobre a cama atordoados de ansiedade, esfomeados. O primeiro abraço foi intenso e violento, investiram sem preâmbulos num tumulto de arquejos e lençóis, agrediram-se sem se dar tréguas, e depois caíram derrotados por um sono profundo durante alguns minutos. Cármen despertou primeiro e levantou-se para observar o homem com quem havia crescido e que, no entanto agora, parecia-lhe um estranho. Havia sonhado infinitas vezes com ele e agora tinha-o ao alcance de sua boca. A guerra havia-o talhado a golpes, estava mais magro e musculoso, os tendões saltavam como cordas sob a pele, e numa perna tinha as veias marcadas e azuis, resquícios do acidente de seus tempos de carregador. Mesmo dormindo, estava tenso. Beijou-o com melancolia, havia imaginado um encontro muito diferente, não aquela espécie de mútua violação, aquela batalha descarnada; não tinham feito amor, mas qualquer coisa que a deixara com sabor de pecado. Pareceu-lhe que ele não estava inteiramente ali, seu espírito encontrava-se ausente, não a havia abraçado, mas sabe-se lá que fantasma de seu passado ou de seus pesadelos; faltara ternura, cumplicidade, bom humor, não o ouvira murmurar seu nome nem olhá-la nos olhos. Ela também não havia estado no seu melhor dia, mas não soube em que havia falhado, Gregory marcara o ritmo e tudo se sucedera tão desesperadamente que ela se perdera numa selva escura e agora emergia quente, úmida, um pouco dolorida e triste. Os fracassos no amor não haviam destruído sua capacidade de ternura. Aberta para recebê-lo, esbarrou com a insuspeitada resistência desse amigo a quem havia esperado desde a infância, mas atribuiu-a às privações da guerra e não perdeu a esperança de encontrar uma fresta por onde entrar em sua alma. Inclinou-se para beijá-lo outra vez e ele despertou sobressaltado, na defensiva, mas, ao reconhecê-la, sorriu e, pela primeira vez, pareceu descontraído. Tomou-a pelos ombros e puxou-a para si.

– Você é solitário e lutador, como um vaqueiro de filme, Greg.

– Nunca montei um cavalo em toda a minha vida, Cármen.

Não sabia quão acertado era o diagnóstico da amiga nem quão profético. A solidão e a luta determinaram seu destino. Voltaram-lhe em tropel as recordações que procurava manter a distância, e sentiu uma profunda amargura, impossível de compartilhar com alguém, nem sequer com ela naquele momento de intimidade. Havia crescido como o matagal do quintal de sua casa, sem água nem jardineiro, entre os desvarios metafísicos do pai, os silêncios inalteráveis da mãe, o rancor tenaz da irmã e a violência do bairro, suportando agressões pela cor de sua pele e pelas privações da família, dividido sempre entre as solicitações de um coração sentimental e aquela febre combativa, aquela energia selvagem que lhe fazia arder o sangue e perder a cabeça. Uma parte vergava-o ante a compaixão e outra impelia-o para a devassidão. Vivia apanhado na perene indecisão dessas forças opostas que o dividiam em metades irreconciliáveis, uma garra que o rasgava por dentro, separando-o dos demais. Sentia-se condenado à solidão. Aceite tudo de uma vez e deixe de pensar nisso, Gregory, nascemos, vivemos e morremos sozinhos, havia lhe assegurado Cyrus; a vida é confusão e sofrimento, mas, sobretudo, solidão. Há explicações filosóficas, mas, se prefere a história do Jardim do Éden, considere que esse é o castigo da raça humana por ter mordido o fruto do conhecimento. Essa ideia provocava em Reeves um fogo de rebeldia; não havia renunciado à ilusão de sua infância, quando esperava que sua angústia de estar vivo desaparecesse por encanto. Naqueles anos, quando se escondia na despensa de sua casa tomado por um medo irracional, imaginava que um dia despertaria liberto para sempre daquela sua dor surda no centro do corpo; tudo era questão de se ajustar aos princípios e regras da decência. No entanto, não tinha sido assim. Passara pelos ritos de iniciação e sucessivas etapas do caminho para a virilidade, formara-se sozinho, com calado sofrimento à força de golpes e pancadas, fiel ao mito nacional do indivíduo independente, orgulhoso e livre. Considerava-se um bom cidadão, disposto a pagar seus impostos e a defender sua pátria, mas em qualquer lugar havia uma armadilha insidiosa e, em vez da suposta recompensa, continuava preso num pântano. Não foi suficiente cumprir e cumprir; a vida era uma noiva insaciável, exigia sempre mais esforço e mais coragem. No Vietnam, aprendera que, para sobreviver, era necessário violar muitas regras, o mundo não era dos tímidos, mas dos audazes; na vida real safava-se melhor o vilão do que o herói. Não havia uma resolução moral na guerra, também não havia vencedores, todos faziam parte da mesma derrota descomunal, e, agora, na vida civil parecia-lhe que também era assim, mas estava decidido a escapar dessa maldição. Subirei nos poleiros superiores deste galinheiro, nem que tenha que passar por cima da minha própria mãe, dizia frequentemente quando se barbeava ao espelho do banheiro, para ver se, à força de o repetir, conseguia superar a sensação de abatimento com que despertava todas as manhãs. Não estava disposto a falar dessas coisas com ninguém, nem sequer com Cármen. Sentiu na boca o roçar do cabelo dela, aspirou seu odor de sereia brava e abandonou-se mais uma vez às solicitações do desejo. Viu seu corpo vibrante na penumbra das cortinas, ouviu seu riso e gemidos, sentiu o tremor de seus mamilos nas palmas das mãos, e, por um instante demasiado breve, julgou-se redimido de seu anátema de solitário, mas, em seguida, os movimentos acelerados de seu ventre e o tambor caótico de seu coração terminaram com essa quimera, e afundou-se mais e mais no abismo absoluto do prazer, o último e mais profundo isolamento.

Vestiram-se muito depois, quando a necessidade de respirar ar fresco e comer qualquer coisa mais do que *pizza* fria e cerveja morna, único serviço do hotel, lhes devolveu o sentido da realidade. Tiveram muito tempo para se acariciar com mais calma e pôr em dia o passado, de terminar as conversas iniciadas por telefone durante anos, de relembrar Juan José, de contar as ilusões perdidas, os amores fracassados, os projetos por concluir, as aventuras e dores acumuladas. Nessas horas, Cármen comprovou que em Gregory não só o corpo havia mudado, como também a alma, mas supôs que, com o tempo, suas más recordações iriam se apagar e voltaria a ser o mesmo de antes, o bom amigo sentimental e divertido com quem ganhava concursos de *rock'n' roll*, o confidente, o irmão. Não, irmão nunca mais, disse para si com pesar. Quando se lhes esgotou a curiosidade de se explorarem, vestiram a roupa e saíram para a rua, deixando o carrinho das bijuterias no quarto. Sentados em frente de fumegantes xícaras de café e torradas, olharam-se à luz avermelhada da tarde e sentiram-se incomodados. Não sabiam o que era aquela sombra instalada entre os dois, mas nenhum pôde ignorar seu pernicioso efeito. Haviam saciado os apetites do desejo, mas não houvera verdadeiro encontro, não haviam se fundido num só espírito nem lhes havia surgido um amor capaz de lhes transtornar a vida, como tinham imaginado. Uma vez vestidos e apaziguados, compreenderam como eram divergentes seus caminhos, estavam de acordo em muito pouco, seus interesses eram diferentes, não compartilhavam planos nem valores.

Quando Gregory expôs as ambições de se tornar advogado com êxito e fazer dinheiro, ela achou que ele estava brincando, aquela voracidade não se coadunava em nada com ele; onde tinham ficado as ideias, os livros inspirados e os discursos de Cyrus com que tantas vezes ele a aborrecera na adolescência e dos quais ela gozava para chateá-lo, mas que com o tempo tinha tornado seus? Durante anos havia-se julgado mais frívola e tinha-o considerado seu guia; agora sentia-se traída. Por seu lado, Gregory não tinha paciência para ouvir as opiniões de Cármen sobre nenhum tema importante, da guerra aos *hippies*, pareciam-lhe disparates de uma garota mimada e boêmia que nunca havia passado verdadeiras necessidades. O fato de se sentir plenamente realizada, vendendo objetos na rua, e de pensar passar o resto da sua existência como uma vagabunda, empurrando seu carrinho e vivendo do ar, lado a lado com dementes e fracassados, era prova suficiente de sua imaturidade.

– Você se tornou um capitalista – acusou-o Cármen, horrorizada.

– E por que não? Você não tem a menor ideia do que é um capitalista! – replicou Gregory, e ela não pôde explicar o que sentia atravessado no peito, enredando-se em divagações que soavam como coisas de adolescente.

Tinham pago o quarto do hotel para outra noite, mas, depois de terminar em silêncio a terceira xícara de café, cada qual isolado nos próprios pensamentos, e de passear um pouco olhando o espetáculo da rua ao anoitecer, ela disse que tinha de recolher suas coisas no hotel e voltar para casa por ter muito trabalho pendente. Isso evitou Reeves de inventar uma desculpa. Separaram-se com um beijo rápido nos lábios e a promessa vaga de se visitarem muito em breve. Não voltaram a se comunicar até quase dois anos mais tarde, quanda Cármen Morales lhe telefonou para lhe pedir ajuda; tinha que ir buscar um menino do outro lado do mundo.

Timothy Duane convidou Gregory Reeves para um jantar em casa dos pais e, sem querer, deu-lhe o empurrão de que ele necessitava para se levantar. Duane havia recebido o amigo com o aperto de mão costumeiro, como se acabasse de voltar de umas férias curtas, e só o brilho de seus olhos revelou a emoção que sentia ao vê-lo, mas, como todos os outros, recusou-se a saber pormenores da guerra. Gregory tinha a impressão de haver cometido algo vergonhoso, regressar do Vietnam era o equivalente a sair da cadeia depois de uma longa condenação, as pessoas fingiam que nada havia sucedido, tratavam-no com exagerada cortesia ou ignoravam-no por completo, não havia lugar para os combatentes fora do campo de batalha. O jantar em casa dos Duane foi aborrecido e formal. Abriu-lhe a porta uma negra velha e formosa, de uniforme flamejante, que o conduziu à sala. Maravilhado, verificou que não havia um centímetro quadrado de parede ou de chão sem adornos, a profusão de quadros, tapetes, esculturas, móveis, almofadas e plantas não deixava um espaço de serenidade para descansar a vista. Havia mesas com incrustações de madrepérola e filigranas de ouro, cadeiras de ébano com assentos de seda, gaiolas de prata para pássaros embalsamados e uma coleção de porcelana e cristais digna de museu. Timothy veio ao seu encontro.

– Que luxo! – Reeves deixou escapar como saudação.

– Ela é o único luxo desta casa. Apresento-lhe Bel Benedict – respondeu o amigo, apontando a criada que, na verdade, parecia uma escultura africana.

Gregory conheceu por fim o pai do amigo de quem mal tinha ouvido falar por parte do filho, um patriarca esnobe e seco, incapaz de dizer duas frases sem deixar patente sua autoridade. Aquela noite podia ter sido abominável para Gregory, não fossem as orquídeas que salvaram a reunião e lhe abriram as portas da carreira de advogado. Seu amigo Balcescu o havia iniciado no vício sem retorno da botânica, que começou com uma paixão por rosas e que, com os anos, estendeu-se a outras espécies. Naquele palacete atulhado de objetos preciosos, o que lhe chamou a atenção foram as orquídeas da mãe de Timothy. Havia-as de mil formas, plantadas em floreiras, caindo dos tetos, em cascas de árvores e crescendo como uma selva num jardim interior onde a senhora havia reproduzido um clima amazônico. Enquanto os outros tomavam café, Gregory escapuliu para o jardim a fim de admirá-las. Encontrou ali um ancião de sobrancelhas diabólicas e rosto firme, igualmente entusiasmado com as flores. Comentaram as plantas, ambos surpreendidos pelos conhecimentos um do outro. O homem, veio a saber, era um dos advogados mais famosos do país, um polvo cujos tentáculos abraçavam todo o oeste, e que, ao tomar conhecimento de que procurava trabalho, lhe deu seu cartão e convidou-o para conversar com ele. Uma semana mais tarde contratou-o para a sua firma.

Gregory Reeves era mais um entre sessenta profissionais, todos igualmente ambiciosos, mas nem todos tão determinados, sob as ordens dos três fundadores que se tinham tornado milionários com a desgraça alheia. Os escritórios ocupavam três andares de uma torre em pleno Centro, de onde se via a baía emoldurada em aço e vidro. As janelas não se abriam, respirava-se o ar de máquinas, e um sistema de luzes dissimuladas nos tetos criava a ilusão de um eterno dia polar. O número de janelas de cada escritório determinava a importância do seu ocupante; a princípio não teve nenhuma, quando saiu sete anos mais tarde podia gabar-se de ter duas em esquina, por onde apenas vislumbrava o edifício da frente e um pedaço insignificante do céu, mas que representavam sua ascensão na firma e na escala social. Também tinha várias floreiras com plantas e um nobre sofá de couro inglês, capaz de suportar muitos maus tratos sem perder a estoica dignidade. Por esse móvel desfilaram várias colegas e um número indeterminado de secretárias, amigas e clientes que tornaram mais ligeiros os aborrecidos casos de heranças, seguros e impostos que lhe couberam resolver. Em determinada altura, o chefe visitou-o com o pretexto de trocar informações sobre uma rara variedade de fetos, e depois convidou-o para almoçar duas ou três vezes. Ao observá-lo a distância havia detectado a agressividade e a energia de seu novo empregado, por isso lhe mandou casos mais interessantes para pôr suas garras à prova. Excelente, Reeves, siga por esse caminho e mais cedo do que espera talvez seja meu sócio, felicitava-o de vez em quando. Gregory suspeitava de que ele dizia o mesmo a outros empregados, mas em vinte e cinco anos muito poucos haviam alcançado tal posição na firma. Não tinha esperanças vãs de uma ascensão importante, sabia que o exploravam, trabalhava entre dez e quinze horas por dia, mas considerava isso parte do estágio para voar sozinho um dia, e não se queixava. A lei era uma teia de aranha de burocracias, e a habilidade consistia em ser a aranha e não a mosca; o sistema judicial havia se tornado uma soma de regulamentos tão enredados que já não serviam para o que haviam sido criados e, longe de aplicar a justiça, complicavam-na até a loucura. Seu propósito não estava em procurar a verdade, castigar os culpados ou recompensar as vítimas, como lhe haviam ensinado na universidade, mas em ganhar a causa por qualquer meio ao seu alcance. Para ter êxito tinha que conhecer até os mais absurdos resquícios legais e usá-los em seu proveito. Ocultar documentos, confundir testemunhas e falsear dados eram práticas correntes, o desafio residia em fazê-lo com eficiência e discrição. O garrote da lei não devia cair nunca sobre clientes capazes de pagar aos astutos advogados da firma. Sua vida tomou um rumo que teria espantado sua mãe e Cyrus, perdeu boa parte da ilusão em seu trabalho, considerava-o apenas uma escada para alcançar o topo. Nem a possuía em outros aspectos de sua vida, muito menos no amor ou na família. O divórcio de Samantha terminou sem agressões desnecessárias, com acordo celebrado por ambos num restaurante italiano, entre dois copos de vinho *chianti*. Não tinham nada de valioso para repartir, Gregory aceitou pagar-lhe uma pensão e custear os gastos de Margaret. Ao despedir-se perguntou-lhe se poderia levar os barris com as roseiras, que, de tanto abandono, se haviam tornado paus secos, mas se sentia no dever de os ressuscitar. Ela não viu inconveniente e ofereceu-lhe também a tina de madeira do frustrado parto aquático, onde talvez pudesse cultivar uma selva doméstica. No começo, Gregory fazia viagens semanais para ver a filha, mas depressa as visitas se espaçaram, a menina aguardava-o com uma lista de coisas para ele lhe comprar e, uma vez satisfeitos seus caprichos, ignorava-o e parecia incomodada com sua presença. Não se comunicou com Judy ou com a mãe por longo tempo; nem telefonou para Cármen, justificava-se dizendo que estava muito ocupado com o trabalho.

As relações sociais constituíam parte fundamental do êxito na carreira, as amizades servem para abrir portas, disseram-lhe seus colegas no escritório. Devia estar no lugar preciso no momento oportuno e com as pessoas certas. Os juízes partilhavam o clube com os advogados que encontravam depois nos tribunais, entre amigos entendiam-se. Os esportes não eram o seu forte, mas obrigou-se a jogar golfe porque lhe dava a oportunidade de fazer contatos. Tal como havia planejado, adquiriu um barco com a ideia de se vestir de branco e navegar acompanhado por colegas invejosos e mulheres invejáveis, mas nunca entendeu os caprichos do vento nem os segredos das velas, cada passeio na baía resultava num desastre e a embarcação acabou abandonada no cais, com ninhos de gaivotas nos mastros e coberta por uma cabeleira de algas podres. Gregory passara uma infância de pobreza e uma juventude de escassez, mas havia se alimentado de filmes que lhe deixaram o gosto pela boa vida. No cinema de seu bairro vira homens de *smoking*, mulheres vestidas de *lamé* e mesas de quatro candelabros servidas por criados de uniforme. Ainda que tudo aquilo pertencesse a um passado hipotético de Hollywood e não tivesse aplicação prática na realidade, fascinava-o assim mesmo. Talvez por isso se tivesse enamorado de Samantha, era fácil imaginá-la no papel de uma ruiva gélida e distinta do cinema. Encomendava seus ternos a um alfaiate chinês, o mais caro da cidade, o mesmo que vestia o velho das orquídeas e outros magnatas, comprava camisas de seda e usava correntes de ouro com suas iniciais. O alfaiate acabou se tornando um bom conselheiro e impediu-o de usar sapatos bicolores, gravatas berrantes, calças quadriculadas e outras tentações, até que pouco a pouco Reeves afinou o gosto em matéria de vestuário. Com a decoração de sua casa teve também uma eficiente professora. A princípio comprou a crédito todos os ornamentos que chamavam sua atenção, quanto maior e mais elaborado melhor, tentando reproduzir em pequena escala a casa dos pais de Timothy Duane, porque imaginava que assim viviam os ricos, mas, por mais que se endividasse, não conseguia financiar semelhantes extravagâncias. Começou a colecionar móveis antigos de segunda mão, candelabros com pingentes, jarrões e até um par de abissínios de bronze, em tamanho natural, com turbante e sandálias. Sua casa estava se tornando um bazar de quinquilharias turcas, quando cruzou o seu destino uma jovem decoradora que o salvou das consequências do mau gosto. Conheceu-a numa festa e nessa mesma noite iniciaram uma apaixonada e fugaz relação muito importante para Gregory, porque nunca esqueceu as lições dessa mulher. Ensinou-lhe que a ostenção é inimiga da elegância, ideia totalmente contrária aos preceitos do bairro latino e que a ele nunca havia ocorrido, e começou a eliminar, sem olhar para trás, quase todo o conteúdo da casa, incluindo os abissínios, que vendeu por preço exorbitante ao Hotel Saint Francis, onde podem ser vistos hoje à entrada do bar. Só deixou a cama imperial, os barris de rosas e a tina dos partos transformada em viveiro de plantas. Nas cinco semanas de romance partilhado, ela transformou a casa, dando-lhe um ambiente simples e funcional, mandou pintar as paredes de branco e atapetar o chão em tom de areia, e em seguida acompanhou Gregory para comprar uns quantos móveis modernos. Foi enfática nas suas instruções: pouco, mas bom, cores neutras, mínimo de adornos e, em face da dúvida, abstenha-se. Graças aos seus conselhos, a casa adquiriu austeridade de convento e assim se manteve até seu dono se casar, vários anos mais tarde.

Reeves não falava nunca de sua experiência no Vietnam, em parte porque ninguém o queria ouvir, mas, sobretudo, porque achava que o silêncio o curaria finalmente de suas recordações. Havia partido disposto a defender os interesses da pátria, com a imagem dos heróis na mente, e tinha voltado vencido, sem compreender para que os seus morriam aos milhares e matavam sem remorsos em terra alheia. A essa altura, a guerra, que no começo contava com o apoio eufórico da opinião pública, havia se tornado pesadelo nacional, os protestos dos pacifistas se haviam estendido, desafiando o governo. Ninguém compreendia que fosse possível mandar viajantes para o espaço e não se encontrasse maneira de acabar com aquele conflito sem fim. De volta, os soldados enfrentavam uma hostilidade mais feroz do que a dos inimigos, em vez do respeito e da admiração prometidos, quando eram recrutados. Eram apontados como assassinos, seus padecimentos não interessavam a ninguém. Muitos que suportaram, sem vergar, os rigores da batalha, quebraram-se ao voltar, quando constataram que não havia lugar para eles.

– Este é um país de triunfadores, Greg. A única coisa que ninguém perdoa é o fracasso – disse Timothy Duane. – Não é a moral ou a justiça dessa guerra o que questionamos, ninguém quer saber de seus mortos quanto mais dos alheios, o que nos fode é que não ganhamos e vamos sair de lá com o rabo entre as pernas.

– Aqui só muito poucos sabem o que é realmente a guerra, Tim.

Nunca fomos invadidos pelo inimigo nem bombardeados, levamos um século lutando, mas, desde a Guerra Civil, não se ouve um tiro em nosso território. As pessoas não fazem ideia do que seja uma cidade sob fogo cruzado. Mudariam de critério se seus filhos morressem arrebentados por uma explosão, se suas casas fossem reduzidas a cinzas e não tivessem o que comer – respondera Reeves na única oportunidade em que tocou no assunto com o amigo.

Não gastou energias em lamentos gratuitos e, com a mesma determinação que teve para sair vivo do Vietnam, propôs-se superar os obstáculos semeados no caminho. Não se afastou nem um fio de cabelo da decisão de progredir, tomada na cama de um hospital do Havaí, e tão bem a conseguiu que, ao acabar a guerra, alguns anos mais tarde estava transformado no paradigma do homem de sucesso e manejava sua vida com a mesma atrevida perícia de malabarista com que Cármen mantinha cinco facas de açougueiro no ar. A essa altura tinha conseguido quase tudo que ambicionara, dispunha de mais dinheiro, mulheres e prestígio do que alguma vez sonhara, mas não se sentia tranquilo. Ninguém soube da angústia que pesava em seus ombros como um saco de pedras, porque tinhas ares de jactância e desembaraço de um trapaceiro, exceto Cármen, de quem nunca pôde esconder, mas que nem ela o pôde ajudar.

– O que está acontecendo com você é que se encontra na arena de uma praça de touros, mas não tem instinto de matador – dizia-lhe ela.

Que procurava eu nas mulheres? Ainda não sei. Não se tratava de encontrar a outra metade da minha alma para me sentir completo nem nada que se parecesse com isso. Naquele tempo não estava amadurecido para essa possibilidade, andava atrás de qualquer coisa inteiramente terrena. Exigia de minhas companheiras algo que eu mesmo não sabia nomear e, quando não o obtinha, ficava triste. A qualquer outro mais esperto, o divórcio, a guerra e a idade ter-lhe-iam curado as intenções românticas, mas não foi esse o meu caso. Por um lado, esforçava-me para levar quase todas as mulheres para a cama por puro desejo sexual e, por outro, enfurecia-me quando não respondiam às minhas secretas solicitações sentimentais. Confusão, pura confusão. Durante várias décadas senti-me frustrado, depois de cada cópula assaltava-me uma melancolia raivosa, um desejo de me afastar depressa. Até com Cármen foi assim; com razão ela não quis me ver durante alguns anos, deve ter-me detestado. As mulheres são aranhas devoradoras, se você não se livrar delas, nunca poderá ser você mesmo, viverá sozinho só para satisfazê-las, advertia-me Timothy Duane, que se reunia todas as semanas com um grupo de homens para falar da masculinidade ameaçada pelo ataque feminista. Nunca o levei a sério, meu amigo não é bom exemplo nesse assunto. Na juventude eu não tinha altivez nem conhecimento para perseguir garotas com algum método, fizera isso com a imprudência de um cachorro, e os resultados foram um desastre. Fui fiel a Samantha até aquela noite em que me coube tirar o roupão vermelho da professora de matemática que eu não desejava, mas não estou orgulhoso dessa lealdade a que ela não retribuiu; pelo contrário, portei-me como um idiota, além de corno. Quando me vi novamente solteiro, decidi aproveitar as vantagens da revolução nos costumes, haviam desaparecido as antigas estratégias de conquista, ninguém tinha medo do diabo, das más-línguas ou de uma gravidez inoportuna, de modo que pus à prova a cama de minha casa, as de incontáveis hotéis e até as britânicas molas do sofá de meu escritório. Meu chefe avisou-me secamente que perderia o posto se recebesse queixas das empregadas. Não lhe dei ouvidos, mas tive sorte porque ninguém reclamou ou então os boatos não chegaram aos ouvidos dele. Com Timothy Duane reservamos certas noites fixas na semana para farrear, trocávamos informações e fazíamos listas de candidatas. Para ele isso era um esporte; para mim, um delírio. Meu amigo era bom moço, galante e rico, mas eu dançava melhor, podia tocar de ouvido vários instrumentos e sabia cozinhar, essas besteiras que chamam a atenção de algumas mulheres. Juntos, julgávamo-nos irresistíveis, mas suponho que o éramos apenas porque nos interessava a quantidade e não a qualidade, saíamos com qualquer uma que aceitasse nosso convite, não posso dizer que fôssemos seletivos. Ambos nos apaixonamos no mesmo dia por uma filipina descontraída e ambiciosa a quem intoxicamos com atenções, numa corrida veloz para ver quem ganhava seu coração, mas ela estava muito mais adiantada e disse-nos sem preâmbulos o que pensava fazer com os dois. Aquele acordo salomônico fracassou à primeira tentativa, não pudemos suportar a concorrência. A partir de então repartíamos as garotas de modo tão prosaico, que, se elas o tivessem suspeitado, nunca nos teriam aceitado. Tinha vários nomes na minha agenda e telefonava-lhes regularmente, nenhuma era fixa e a nenhuma fazia promessas; a combinação era cômoda para mim, mas não me bastava; mal me passava pela frente outra mais ou menos interessante, atirava-me atrás dela com a mesma urgência com que logo a deixava. Suponho que me impelia a ilusão de encontrar um dia a companheira ideal que justificasse a busca, tal como bebia vinho, apesar de ele aumentar minhas alergias, esperando encontrar a garrafa perfeita, ou como fazia turismo no verão, correndo de uma cidade para outra numa fatigante perseguição ao lugar maravilhoso onde estaria totalmente ao meu gosto. Procurando, procurando sempre, mas procurando fora de mim mesmo.

Nessa etapa de minha vida, a sexualidade equivalia à violência da guerra, era uma forma maligna de estabelecer contato que, no fim das contas, me deixava um terrível vazio. Até então eu não sabia que em cada encontro aprendia alguma coisa, que não caminhava em círculos como um cego, mas numa lenta espiral ascendente. Estava amadurecendo num esforço colossal, tal como Olga havia vaticinado. Você é um animal muito forte e teimoso, não terá uma vida fácil, vai precisar aguentar muita pancada, previa. Ela foi a minha primeira professora naquilo que teria que determinar uma boa parte de meu caráter. Aos dezesseis anos não me fez só praticar aventuras eróticas; sua lição mais importante foi sobre os fundamentos de um verdadeiro casal. Ensinou-me que, no amor, os dois se abrem, se aceitam, se rendem. Tive sorte, poucos homens têm ocasião de aprender isso na juventude, mas não o soube compreender, e depressa o esqueci. O amor é a música, e o sexo é apenas o instrumento, dizia-me Olga, mas demorei mais da metade da minha vida para encontrar meu centro, e por isso custou-me tanto aprender a tocar a música. Persegui o amor com tenacidade onde não o podia encontrar, e em inúmeras ocasiões em que o tive em frente dos olhos fui incapaz de o ver. Minhas relações foram irritadas e fugazes, não podia render-me a uma mulher nem aceitá-la. Cármen o percebeu na única ocasião em que partilhamos a cama, mas ela própria não tinha vivido ainda uma relação plena, era tão ignorante quanto eu, nenhum de nós podia conduzir o outro pelos caminhos do amor. Nem ela havia experimentado a intimidade absoluta, todos os seus companheiros haviam-na ofendido ou abandonado, não confiava em ninguém, e, quando quis fazê-lo comigo, também a defraudei. Estou convencido de que tentou, de boa-fé, receber-me em sua alma tanto quanto em seu corpo, Cármen é carinho puro, instinto e compaixão, a ternura não lhe custa nada, mas eu não estava pronto e, depois, quando quis aproximar-me, era tarde demais. Inútil chorar sobre leite derramado, como diz dona Inmaculada, a vida traz-nos muitas surpresas e, à luz das coisas que me ocorreram agora, talvez fosse melhor assim. Nesse tempo, as mulheres, como a roupa ou o automóvel, eram símbolos de poder, substituíam-se sem deixar marcas, como pirilampos de um longo e inútil delírio. Se alguma das minhas amigas chorou em segredo ante a impossibilidade de me atrair para uma relação profunda, não a trago na memória, tal como não tenho o registro das companheiras casuais. Não desejo evocar os rostos das amantes do tempo da insensatez, mas, se quisesse fazê-lo, creio que só encontraria páginas em branco.

Os Morales receberam a carta que mudaria o destino de Cármen e leram-na por telefone: *Senhorita, entrego-lhe meu filho porque seu irmão Juan José queria que ele crescesse nos Estados Unidos. O menino chama-se Dai Morales, tem um ano e nove meses, é muito saudável. Será um bom filho para você e um bom neto para seus veneráveis avós. Por favor, venha buscá-lo depressa. Estou doente e não viverei por muito tempo. Saúda-a com respeito, Thui Nguyen.*

– Sabia que Juan José tinha uma mulher lá naquelas bandas, tão longe? – perguntou Pedro Morales com a voz embargada pelo esforço em se manter sereno, enquanto Inmaculada torcia um lenço na cozinha, vacilando entre a felicidade de saber que tinha outro neto e as dúvidas semeadas pelo marido de que a coisa cheirava a fraude.

– Sim, eu sabia do filho – mentiu Cármen, a quem bastaram quinze segundos para adotar a criança em seu coração.

– Não temos provas de que Juan José seja o pai.

– Meu irmão contou-me por telefone.

– A mulher pode tê-lo enganado. Não seria a primeira vez que enganam um soldado com esse tipo de história. Sabe-se sempre quem é a mãe, mas não se pode saber quem é o pai.

– Então, também não pode ter certeza de que eu seja sua filha, papai.

– Não me falte ao respeito. E, se o sabia, por que não nos avisou?

– Não queria preocupá-los. Pensei que nunca iríamos conhecer o menino. Irei buscar o pequeno Dai.

– Não será fácil, Cármen. Neste caso não poderemos passá-lo pela fronteira escondido numa pilha de alfaces, como fizeram alguns amigos mexicanos com seus filhos.

– Vou trazê-lo, papai, pode estar certo.

Pegou o telefone e falou com Gregory Reeves, com quem não se comunicava há muito tempo, e contou-lhe a notícia sem preâmbulos, tão comovida e entusiasmada com a ideia de se tornar mãe adotiva, que se esqueceu por completo de manifestar qualquer sinal de compaixão pela mulher moribunda ou perguntar ao amigo como estava passando depois de tanto tempo sem se falarem. Seis horas mais tarde ele lhe anunciou a visita para colocá-la a par dos pormenores; entretanto, tinha feito algumas investigações e Pedro Morales estava certo, seria bastante complicado entrar com o menino no país. Encontraram-se no restaurante de Joan e Susan, agora tão conhecido que aparecia em guias de turismo. A comida não havia variado, mas em vez de réstias de alho na parede, afixavam-se cartazes feministas, retratos assinados das ideólogas do movimento, caricaturas do tema e, num canto de honra, o célebre sutiã enfiado num cabo de vassoura que as donas do local haviam convertido em símbolo vários anos antes. As duas mulheres haviam prosperado com o bom andamento de suas finanças e mantinham intacta a maneira calorosa de ser. Joan estava de caso com o guru mais solicitado da cidade, o romeno Balcescu, que já não pregava no parque, mas na sua própria academia, e Susan havia herdado do pai um pedaço de terra onde cultivava verduras biológicas e criavam frangos felizes, que, em vez de crescer quatro em cada gaiola, alimentados com produtos químicos, circulavam em plena liberdade bicando grãos autênticos até serem depenados para as panelas do restaurante. No mesmo lugar Balcescu plantava marijuana hidropônica, que se vendia como pão quente, sobretudo no Natal. Sentados à melhor mesa do restaurante, junto da janela aberta para o jardim selvagem, Cármen reiterou ao amigo que adotaria seu sobrinho mesmo que tivesse que passar o resto da vida plantando arroz no sudeste asiático. Nunca poderei ter um filho meu, mas esse menino é como se o fosse, porque tem o meu sangue; além disso, tenho o dever espiritual de tomar conta do filho de Juan José e nenhum serviço de imigração do mundo poderá impedir-me, disse ela. Gregory explicou-lhe com paciência que o visto não era o único problema, os trâmites passavam por uma agência de adoção que examinaria sua vida para comprovar se era uma mãe adequada e se poderia oferecer um lar estável ao bebê.

— Farão perguntas incômodas. Não aprovarão que você passe o dia na rua entre *hippies*, drogados, dementes e mendigos, que não tenha um salário fixo, seguro de saúde, previdência social e horários normais. Onde está morando agora?

— Bom, no momento estou dormindo no meu automóvel, no quintal da casa de um amigo. Comprei um *Cadillac* amarelo, de 49, uma verdadeira relíquia, tem que ver.

— Perfeito, isso vai encantar a agência de adoção!

— É uma situação temporária, Greg. Estou à procura de um apartamento.

— Precisa de dinheiro?

— Não, as vendas estão indo muito bem, ganho mais do que todos na rua e gasto pouco. Tenho algumas economias no banco.

— E por que vive como mendiga? Francamente, duvido que lhe entreguem o bebê, Cármen.

— Pode chamar-me Tamar? É meu nome agora.

— Farei isso, mas é difícil, para mim você será sempre Cármen. Também vão perguntar se tem marido, preferem casais.

— Sabia que lá eles tratam os filhos de americanos com mulheres vietnamitas como cães? Não gostam do nosso sangue. Dai estará muito melhor comigo do que num orfanato.

— Sim, mas não é a mim que você deve convencer. Terá de preencher formulários, responder perguntas e provar que se trata, na verdade, de seu sobrinho. Isso vai demorar meses, talvez anos.

— Não podemos esperar tanto, por alguma razão chamei você, Gregory. Você conhece a lei.

— Mas não posso fazer milagres.

— Não estou pedindo milagres, mas alguns subornos inofensivos por uma boa causa.

Traçaram um plano. Cármen destinaria parte de suas economias para se instalar num apartamento num bairro decente, procuraria deixar as vendas de rua, daria aulas a seus amigos e conhecidos para responder às capciosas investigações das autoridades. Perguntou a Gregory se ele se casaria com ela na hipótese de um marido ser requisito indispensável, mas ele lhe disse, divertido, que as leis não eram tão cruéis e que com um pouco de sorte não seria necessário ir tão longe. Em troca, ofereceu-se para ajudá-la com dinheiro, porque a aventura seria dispendiosa.

– Disse-lhe que tenho algumas economias. Mas obrigada de qualquer modo.

– Guarde-as para manter o garoto, se é que conseguirá trazê-lo. Pagarei as passagens e darei alguma coisa para a viagem.

– Está assim tão rico?

– O que tenho são dívidas, mas sempre posso obter outro empréstimo, não se preocupe.

Três meses mais tarde, depois de extenuantes trâmites em repartições públicas e consulados, Gregory acompanhou a amiga ao aeroporto. Para despistar suspeitas burocráticas, Cármen havia tirado seus disfarces, vestia uma roupa sem graça e tinha o cabelo preso; o único sinal de um fogo não extinto de todo era a pesada maquilagem de *khol* nos olhos, a que não pôde renunciar. Parecia mais baixa, bem mais gorda e quase feia. Os seios livres, que com as blusas de cigana ficavam atraentes, debaixo do casaco escuro pareciam uma prateleira. Gregory teve que aceitar que a exótica personagem que ela havia criado superava amplamente a versão original, e por isso prometeu não voltar a sugerir mudanças em seu estilo. Não se assuste, tão logo tenha meu menino comigo, voltarei a ser eu mesma, disse Cármen corando. Olhava-se no espelho e não conseguia encontrar-se. Em sua mala ia o pequeno dragão de madeira que Gregory lhe dera de presente no último momento, para dar sorte, porque vai precisar dela, disse-lhe. Também levava uma série de documentos, fruto da inspiração e audácia, fotografias e cartas do irmão Juan José, que pensava utilizar sem contemplações pelas regras da honestidade. Reeves havia contactado Leo Galupi, certo de que seu bom amigo conhecia todo mundo e não existiam obstáculos capazes de o deter. Assegurou a Cármen que podia confiar nesse simpático italiano de Chicago, apesar dos boatos que o tinham como ladrão. Dizia-se que havia feito fortuna no mercado negro, e que por isso não regressava aos Estados Unidos. A verdade era outra; o homem havia concluído o serviço militar há algum tempo e não ficara no Vietnam pelo dinheiro fácil, mas pelo gosto da desordem e da incerteza; havia nascido para uma vida de sobressaltos e ali estava em seu ambiente. Não possuía dinheiro, era um bandido vencido pelo próprio coração generoso. Em anos de negócios à margem da lei havia ganhado muito dinheiro, mas gastara-o sustentando parentes longínquos, ajudando amigos na desgraça e abrindo a bolsa quando via alguém em necessidade. Se a guerra lhe dava a oportunidade de fazer dinheiro em negócios escusos, por outro lado obrigava-o a gastá-lo em inúmeros atos de compaixão. Vivia numa *cave* onde se acumulavam caixas com as suas mercadorias, produtos americanos para vender aos vietnamitas e raridades orientais que oferecia a seus compatriotas, desde barbatanas de tubarão para curar a impotência até grandes tranças de donzelas para fabricar perucas, pós chineses para sonhos felizes e estatuetas de deuses antigos em ouro e marfim. Num canto havia instalado um fogão a gás, onde costumava preparar suculentas receitas sicilianas para consolo de sua nostalgia e para alimentar meia dúzia de meninos de rua que sobreviviam graças a ele. Fiel ao que prometera a Gregory Reeves, estava no aeroporto à espera de Cármen com um desmaiado ramo de flores. Custou localizá-la, porque esperava um torvelinho de saias, colares e pulseiras; em contrapartida, viu-se em frente de uma senhora anódina cansada pela longa travessia e derretida pelo calor. Ela também não o reconheceu, porque Gregory o havia descrito como um inconfundível mafioso; pelo contrário, pareceu-lhe ter à sua frente um trovador saído de uma pintura, mas como ele portava uma placa com o nome Tamar, identificaram-se na multidão. Não se preocupe com nada, querida, a partir de agora encarrego-me de você e de todos os seus problemas, disse-lhe beijando-a em ambas as faces. Cumpriu a palavra. Caber-lhe-ia jurar em falso, no cartório, que Thui Nguyen não tinha família, imitar a letra de Juan José Morales em cartas inventadas onde falava na gravidez de sua noiva, fazer trucagens em fotografias onde ambos apareciam de braços dados em diversos lugares, falsificar certificados e selos, suplicar a funcionários incorruptíveis e subornar os subornáveis, trâmites que efetuava com a naturalidade de quem sempre chafurdou nessas águas. Era um homem alto e forte, alegre e bem-vestido, com fortes traços mediterrâneos e uma brilhante cabeleira negra que prendia atrás em pequeno rabicho. Cármen pediu-lhe que a acompanhasse na visita a Thui Nguyen pela primeira vez, porque de tanto preparar-se para o encontro havia perdido a sua naturalidade, e só de pensar ver o menino fraquejavam-lhe os joelhos. A mulher vivia num quarto alugado, num casarão que antes da guerra devia ter pertencido a uma família de comerciantes ricos, mas que agora estava dividida em quartos para uns vinte inquilinos. Havia tal confusão de gente em seus afazeres, crianças correndo, rádios e televisores ligados, que lhes custou descobrirem o quarto que procuravam. Abriu-lhes a porta uma mulherzinha minúscula, uma sombra lívida com um lenço na cabeça e um vestido de cor indefinida. Bastou uma olhadela para saber que Thui Nguyen não havia mentido, estava muito doente. Certamente sempre fora baixa, mas parecia ter diminuído subitamente, como se o esqueleto lhe tivesse mirrado sem dar tempo à pele para se acomodar ao novo tamanho; era impossível calcular a idade dela, porque tinha uma expressão milenária num corpo de adolescente. Saudou-os com grande reserva, pediu desculpas pelo incômodo de seu quarto e convidou-os a sentar-se na cama; em seguida ofereceu-lhes chá e, sem esperar resposta, pôs água para ferver num fogareiro instalado na única cadeira disponível. Num canto via-se um altar doméstico com uma fotografia de Juan José Morales e oferendas de flores, frutas e incenso. Vou buscar Dai, disse, e afastou-se com passos lentos. Cármen Morales sentia pancadas no peito e tremia apesar da umidade quente que escorria pelas paredes, alimentando uma flora esverdeada nos cantos. Leo Galupi pressentiu que aquele era o momento mais intenso na vida daquela mulher e teve vontade de segurá-la nos braços, mas não se atreveu.

Dai Morales entrou pela mão da mãe. Era um menino magro e moreno, bastante alto para os seus dois anos, com cabelo eriçado como uma escova e uma cara muito séria onde os olhos amendoados e sem pálpebras visíveis constituíam o único traço oriental. Parecia igual à fotografia que Inmaculada e Pedro Morales tinham de seu filho Juan José na mesma idade, só que não sorria. Cármen ficou em pé, mas faltou-lhe ânimo e caiu sentada na cama. Achou, com certeza doentia, que aquela criança era a que tinha ido pela pia da cozinha da casa de Olga dez anos antes, o menino que lhe estava destinado desde o começo dos tempos. Por um instante perdeu a noção do presente e perguntou a si mesma, com angústia, o que seu filho estava fazendo naquele mísero quarto. Thui disse algo que soou como um trinado, e o pequeno avançou timidamente para apertar a mão de Leo Galupi. Thui corrigiu-o com outro som de pássaro, e ele se voltou para Cármen, esboçando uma saudação semelhante, mas olharam-se nos olhos e os dois ficaram observando-se por uns segundos eternos, como que se reconhecendo depois de uma longa separação. Por fim, ela estendeu os braços, levantou-o e sentou-o em seus joelhos. Era leve como um gato. Dai ficou quieto, em silêncio, olhando-a com expressão solene.

– A partir de agora ela é a sua mamãe – disse em inglês Thui Nguyen e logo o repetiu em sua língua, para que o filho entendesse.

Cármen Morales passou onze semanas cumprindo as formalidades de adoção do sobrinho e à espera do visto para levá-lo do país. Podia tê-lo feito em menos tempo, mas nunca descobriu isso. Leo Galupi, que a princípio se multiplicou para ajudá-la a resolver obstáculos aparentemente inultrapassáveis, à última hora fez tudo para complicar os papéis e atrasar os trâmites finais, enredando-a num emaranhado de desculpas e dilações que nem ele próprio podia explicar. A cidade acabou por ser muito mais cara do que o imaginado, e em menos de um mês Cármen ficou sem dinheiro. Gregory Reeves mandou-lhe uma transferência bancária que se esfumou em subornos e despesas de hotel, e, quando se dispunha a recorrer à sua conta de poupança, Galupi adiantou-se para ajudá-la. Havia começado um novo negócio de dentes de elefante, disse ele, e sobrava-lhe dinheiro nos bolsos, ela não tinha o menor direito de recusar sua ajuda, uma vez que o fazia por Juan José Morales, seu amigo do peito, a quem tinha querido tanto e de quem não havia podido despedir-se. Ela suspeitou de que, na realidade, Galupi nem sequer tinha ouvido falar de seu irmão antes de Gregory lhe pedir o favor de ajudá-la, mas não lhe convinha averiguar. Não quis que pagasse a conta do hotel, mas aceitou ir para a casa dele a fim de reduzir as despesas. Mudou-se com a sua mala e uma bolsa de contas e pedras, que vinha comprando nos momentos livres, incluindo uns pequenos fósseis de insetos neolíticos com os quais pensava fabricar alfinetes. Não imaginou que aquele homem, a quem tinha visto guiar um carro de magnata e gastar desmesuradamente, se alojava naquela espécie de armazém de estação ferroviária, um labirinto de caixotes e estantes metálicas onde se acumulava tudo que se podia imaginar. Numa rápida vista de olhos viu uma cama de campanha, pilhas de livros, caixas com discos e cassetes, um formidável equipamento de som e um televisor portátil com um cabide de roupa como antena. Galupi mostrou-lhe a cozinha e outras divisões da casa e apresentou-lhe as crianças que àquela hora apareciam para comer, avisando-a que não lhes desse dinheiro e não deixasse sua carteira ao alcance de suas mãos vorazes. No meio daquela desordem de acampamento, o banheiro foi uma surpresa, um cômodo impecável, de madeira, com banheira, grandes espelhos e toalhas turcas vermelhas. Isto é o mais valioso que passou pelas minhas mãos, não sabe como é difícil conseguir boas toalhas, sorriu o anfitrião, acariciando-as com orgulho. Por fim levou Cármen ao extremo da casa, onde isolou um amplo canto com caixas montadas umas sobre as outras e fazendo de porta um impressionante biombo Coromandel. No interior Cármen viu uma cama larga coberta com um mosquiteiro branco, delicados móveis de laca negra pintados à mão, com motivos de garças e flores de cerejeira, tapetes de seda, tecidos bordados cobrindo as paredes e pequenos candeeiros de papel de arroz que difundiam uma luz difusa. Leo Galupi havia criado para ela o quarto de uma imperatriz chinesa. Aquele seria o seu refúgio durante várias semanas, ali não chegava o barulho da rua nem o fragor da guerra. Às vezes perguntava a si mesma o que continham aqueles embrulhos misteriosos que a rodeavam, imaginava objetos preciosos, cada um com sua história, e sentia o ar tomado pelo espírito das coisas. Naquele lugar viveu com comodidade e em boa companhia, mas consumida pela angústia da espera.

– Paciência, paciência – aconselhava-lhe Leo Galupi quando a via frenética. – Pense que, se Dai fosse seu, tê-lo-ia esperado nove meses. Nove semanas não são nada.

Nas longas horas de ócio em que não visitava Thui e o menino, Cármen vagueava pelos mercados comprando materiais para as suas joias e desenhava novos motivos inspirados naquela exótica viagem. Parecia-lhe absurdo que, no meio de um conflito bélico de tais proporções, ela pudesse percorrer bazares como uma turista. Apesar de grande parte das tropas americanas já ter sido retirada, o conflito continuava em seu apogeu. Havia imaginado que a cidade era um imenso acampamento militar onde teria de procurar o sobrinho arrastando-se por entre soldados e trincheiras, mas, pelo contrário, passeava por ruelas estreitas regateando no meio de uma multidão aparentemente alheia à guerra. Se falasse com as pessoas, teria uma visão diferente, disse Galupi, mas como ela só podia se comunicar em inglês, ficava isolada do povo. Sem querer, acabou ignorando a realidade e embrenhou-se nos dois únicos assuntos que lhe interessavam: o pequeno Dai e seu trabalho. Sua mente parecia ter-se expandido para outras dimensões, a Ásia invadiu-a, seduziu-a. Pensou que lhe faltava muito mundo para conhecer, e se desejava verdadeiro êxito naquele ofício e alguma segurança para o futuro, como se havia proposto desde que aceitara encarregar-se de Dai, teria que viajar todos os anos para lugares distantes e exóticos em busca de materiais raros e ideias novas.

– Mandarei para você bolinhas de cera, tenho contatos por todo lado, posso conseguir qualquer coisa – ofereceu Galupi, que não entendia a natureza do trabalho de Cármen, mas era capaz de adivinhar suas possibilidades comerciais.

– Tenho de escolhê-las eu própria. Cada pedra, cada concha, cada pedacinho de madeira ou metal sugere-me algo diferente.

– Aqui ninguém usaria o que você está desenhando. Nunca vi uma mulher elegante com pedaços de ossos e penas nas orelhas.

– Lá elas brigam por isso. As mulheres preferem passar fome para comprar um pedaço de argolas como estas. Quanto mais caro as vendo, mais gostam.

– Pelo menos o que você faz é legal – riu Galupi.

Os dias pareciam-lhe muito longos, o calor e a umidade esgotavam-na. Usava os respeitáveis vestidos de matrona só para as coisas imprescindíveis, mas no resto do tempo cobria-se com simples túnicas de algodão e sandálias de camponesa compradas no mercado. Passava muitas horas sozinha lendo ou desenhando, acompanhada pelo rumor das grandes ventoinhas do armazém. À noite chegava Galupi com sacos de provisões, tomava um banho, vestia calções, punha um disco e começava a cozinhar. Apareciam logo diversos comensais, quase todos meninos, que pulavam, enchendo o barracão com sua voz ligeira e suas risadas, e quando acabavam de comer iam embora sem se despedir. Às vezes Galupi convidava amigos americanos, soldados ou correspondentes estrangeiros, que ficavam até muito tarde, bebendo e fumando marijuana. Todos aceitaram a presença de Cármen sem fazer perguntas, como se ela sempre tivesse feito parte da vida de Galupi. Algumas vezes convidava-a para jantar fora e quando estava livre guiava-a pela cidade, queria mostrar-lhe diversos aspectos, desde exóticos setores populares da verdadeira vida, até as zonas residenciais de europeus e americanos onde se vivia com ar-condicionado e água engarrafada. Vamos comprar para você uma roupa de rainha, temos um jantar na embaixada, disse-lhe um dia; levou-a ao centro comercial mais elegante e ali a deixou com um maço de notas na mão. Ela se sentiu perdida, durante anos tinha feito sua roupa e não suspeitava de que um vestido pudesse ser tão caro. Quando seu novo amigo passou para buscá-la, três horas mais tarde, encontrou-a sentada à porta da loja com os sapatos na mão, amaldiçoando sua frustração.

– O que está acontecendo?

– Tudo é horrível e muito caro. Agora as mulheres são magras. Estes melões não entram em nenhum vestido – grunhiu apontando os seios.

– Alegro-me por isso – riu Galupi e acompanhou-a ao bairro hindu, onde conseguiram um magnífico sari de seda vermelha, bordado a ouro, no qual Cármen se envolveu com a maior leveza, sentindo-se muito mais em paz consigo mesma do que dentro dos apertados vestidos franceses para mulheres esquálidas.

Nessa noite, ao entrar no salão da embaixada, distinguiu entre a multidão o homem em quem pensara muitas vezes e que nunca acreditara tornar a ver. Conversando com um copo de uísque na mão, vestido de *smoking* e com o cabelo grisalho, mas com o mesmo rosto de antes, estava Tom Clayton. O jornalista havia interrompido temporariamente seus artigos políticos para se mudar para o Vietnam e escrever um livro. Passava mais tempo em festas e em clubes do que na frente de batalha, fiel a seu acesso a lugares onde nenhum correspondente era bem-vindo e conhecia gente adequada no alto comando militar, no corpo diplomático, no governo e no mundo social da cidade, por isso mesmo ficou atraído pelo sortilégio daquela mulher que nunca tinha visto antes. Pela cor azeitonada da pele, a pesada maquilagem dos olhos e o sari deslumbrante, supôs que vinha da Índia. Notou que ela também o observava e procurou uma oportunidade para se aproximar dela. Cármen apertou-lhe a mão e apresentou-se com o nome que sempre usava, Tamar. Havia planejado muitas vezes sua reação caso tornasse a ver aquele primeiro amante, tão definitivo em sua vida, e a única coisa que jamais pensara foi que não lhe ocorresse nada para lhe dizer. Os anos haviam apagado o rancor, descobriu, surpresa, que não sentia mais do que indiferença por aquele homem arrogante a quem não conseguia recordar nu. Ouviu-o falar com Galupi enquanto a examinava de soslaio, evidentemente impressionado, e espantou-se por tê-lo desejado tanto. Não se perguntou, como muitas vezes o fizera em suas solidões, como teria sido o menino de ambos, porque já não podia imaginar outro filho seu que não fosse Dai. Suspirou, com uma mescla de alívio, ao constatar que ele não a havia reconhecido e de profundo fastio pelo tempo perdido em males de amor.

– Já não a vi antes, de onde vem você? – perguntou Tom Clayton virado para ela.

– Venho do passado – respondeu Cármen, e deu-lhe as costas para ir até a janela olhar a cidade, que brilhava a seus pés, como se a guerra fosse do outro lado.

De volta ao armazém, Cármen e Leo Galupi sentaram-se debaixo do ventilador para comentar a festa sem acender as luminárias, na penumbra das luzes da rua. Ofereceu-lhe uma bebida, e ela lhe perguntou se porventura tinha uma lata de leite condensado. Com a ponta da faca abriu-lhe dois orifícios e sentou-se no chão sobre uns almofadões para chupar o doce, consolo de tantos momentos críticos em sua existência.

Por fim, ele se atreveu a perguntar-lhe por Clayton, porque tinha notado algo estranho em sua atitude durante o encontro de ambos, disse-lhe. Então, Cármen contou-lhe tudo sem omitir nenhum pormenor, era a primeira vez que falava de sua experiência na cozinha de Olga, da dor e do medo, do delírio no hospital e o longo purgatório expiando uma culpa que não era apenas sua, mas que ele se negara a partilhar. Uma coisa levou a outra e acabou por lhe revelar a vida inteira. Amanheceu e continuava falando numa espécie de catarse; tinha arrebentado o dique dos segredos e dos choros solitários, e descobriu o gosto de abrir a alma a um confidente discreto. Com o último sorvo de leite condensado estendeu-se bocejando morta de cansaço, e depois inclinou-se sobre o seu novo amigo e roçou-lhe a testa com um beijo suave. Galupi agarrou-a pelos pulsos e puxou-a para si, mas Cármen afastou o rosto, e o gesto perdeu-se no ar.

– Não posso – disse ela.
– Por que não?
– Porque já não estou sozinha, agora tenho um filho.

Nessa noite Cármen Morales acordou ao nascer do sol e julgou ver Leo Galupi de pé junto ao biombo Coromandel, observando-a, mas ainda não clareara de todo e talvez a visão fosse parte de seu sonho. Estava mergulhada no mesmo pesadelo que a havia perseguido durante anos, mas nessa ocasião Tom Clayton não se encontrava ali, e o menino que lhe estendia os braços não tinha a cabeça coberta por um saco de papel; dessa vez distinguia-o claramente, tinha o rosto de Dai.

Acomodaram-se à convivência num tranquilo bem-estar, como num velho matrimônio de anos. Cármen habituou-se pouco a pouco à maternidade, levava o menino a passeios cada vez mais prolongados, aprendeu umas quantas palavras de vietnamita e ensinou-lhe outras em inglês, descobriu seus gostos, seus temores, as histórias de sua família. Thui levou-a a uma excursão de dois dias ao campo para visitar seus parentes a fim de que se despedissem de Dai. Eles haviam insistido em cuidar do menino, horrorizados com a ideia de mandar um dos seus para o outro lado do oceano, mas Thui tinha a consciência de que ali seu filho seria sempre um bastardo de sangue mestiço, um cidadão de segunda classe, pobre e sem esperanças de se afirmar. O desafio de se adaptar na América não seria fácil, mas, ao menos lá, Dai teria melhores oportunidades do que lavrar o pedaço de terra do clã familiar. Leo Galupi insistiu em acompanhá-los, porque os tempos não estavam bons para duas mulheres e um menino andarem sem proteção. Cármen constatou uma vez mais qualquer coisa que sabia desde a infância e para a qual Joan e Susan lhe haviam chamado a atenção tantas vezes, que homens e mulheres existiam no mesmo lugar e ao mesmo tempo, mas em dimensões diferentes. Ela vivia olhando para trás, por cima do ombro, guardando-se de perigos reais e imaginários, sempre na defesa, trabalhando o dobro do que trabalha qualquer homem para obter metade do salário. O que para eles era assunto banal que não merecia um segundo pensamento, para ela era um risco e requeria cálculos e estratégias. Algo tão simples, como um passeio ao campo, a uma mulher podia ser considerado uma provocação, um apelo ao desastre. Comentou isso com Galupi, que se surpreendeu por não ter pensado nunca nessas diferenças. Os parentes de Dai eram camponeses pobres e desconfiados que receberam os estrangeiros com ódio no olhar, apesar das longas explicações de Thui Nguyen.

A doente definhava muito depressa, como se tivesse mantido o câncer na fronteira até conhecer Cármen, mas, ao verificar que o menino ficaria em boas mãos, havia se dado por vencida. Despedia-se silenciosamente. Antes de sua morte, foi-se afastando suavemente para que Dai começasse a esquecê-la, como se sua mãe nunca tivesse existido, assim a separação seria mais leve. Explicou a situação com delicadeza a Cármen, e ela não se atreveu a contradizê-la. Frequentemente Thui pedia-lhe que ficasse com Dai durante a noite, não estou bem e sinto-me mais tranquila sozinha, dizia, mas, quando eles partiam, voltava o rosto para esconder as lágrimas, e, quando o filho regressava, iluminavam-se-lhe os olhos. Mal podia caminhar, a dor estava sempre presente, mas não se queixava. Desistiu dos medicamentos do hospital, que a deixavam exausta e com náuseas sem a aliviar, e consultava um velho acupunturista. Cármen acompanhou-a várias vezes a essas estranhas sessões num quartinho escuro cheirando a canela onde o homem tratava seus doentes. Thui, recostada numa esteira estreita com as agulhas cravadas em várias partes de seu corpo depauperado, fechava os olhos e dormitava. No regresso, Cármen ajudava-a a deitar-se, preparava-lhe um cachimbo de ópio, e, quando a via afundada no aniquilamento da droga, ia com o menino tomar sorvete. Daí até o fim, a enferma já não podia levantar-se, e Dai mudou-se definitivamente para o armazém, onde partilhava a grande cama chinesa com sua nova mãe. O italiano contratou uma mulher para cuidar da moribunda e levava-a em seu carro até o acupunturista para o tratamento diário. Com crescente impaciência, Thui Nguyen perguntava pelo andamento dos papéis, desejava assegurar-se de que Dai chegaria são e salvo à terra de seu pai, e cada atraso trazia-lhe um novo tormento.

Um domingo, levaram o pequeno para se despedir da mãe. Finalmente haviam resolvido as últimas dificuldades, Dai já estava registrado como filho legítimo de Cármen Morales, tinha um passaporte com visto e no dia seguinte iniciaria a viagem para a América, onde plantaria outras raízes. Deixaram Thui sozinha com o garoto alguns minutos. Dai sentou-se sobre a cama com o pressentimento de que aquele era um momento definitivo e assim deve ter sido, porque muitos anos mais tarde, quando já era um prodígio em matemática e vivia sendo entrevistado por revistas científicas, contou-me que a única recordação autêntica da infância no Vietnam era uma mulher lívida de olhos ardentes que o beijava no rosto e lhe entregava um embrulho amarelo. Mostrou-me esse objeto, um antigo álbum de fotografias amarrado com uma fita de seda. Cármen e Galupi aguardaram do outro lado da porta até que a doente os chamou. Encontraram-na recostada na almofada, calma e sorridente. Beijou o menino pela última vez e fez sinais a Galupi para que o levasse. Cármen sentou-se a seu lado e segurou-lhe a mão, enquanto lágrimas ardentes lhe caíam pelas faces.

– Obrigada, Thui, você me deu o que mais desejei em toda a minha vida. Não se preocupe, serei tão boa mãe para Dai como você, juro.

– Faz-se o que se pode – disse ela suavemente.

Pouco mais tarde, enquanto a família Morales celebrava com uma festa a chegada de Dai à América, Leo Galupi acompanhava os restos mortais de Thui Nguyen num singelo rito funerário. Aquelas onze semanas haviam mudado os destinos de várias pessoas, inclusive o daquele *bon vivant* de Chicago, que há dias sentia uma dor surda no peito, onde antes guardava um espírito inconsequente e fanfarrão.

Dai foi um vendaval de renovação na vida de Cármen Morales, que esqueceu os desastres amorosos do passado, as penúrias econômicas, a solidão e as dúvidas. O futuro apareceu ante seus olhos claro e limpo, como se o estivesse vendo numa tela, dedicar-se-ia àquele menino, ajudando-o a crescer, levando-o pela mão para evitar quedas, protegido de todos os sofrimentos possíveis, inclusive a nostalgia e a tristeza.

– Suponho qua a primeira coisa a fazer seja batizar este chinesinho para que seja um dos nossos e não fique ateu – opinou o padre Larraguibel nas festas de boas-vindas, abraçando o menino com a ternura que sempre estivera escondida em seu corpanzil de camponês basco, e que na juventude não se atrevera a expressar. Cármen, no entanto, fez tudo para adiar o assunto, não desejava atormentar Dai com tantas mudanças e, por outro lado, o budismo parecia-lhe uma disciplina respeitável e talvez mais leve do que a fé cristã.

A nova mãe cumpriu as cerimônias indispensáveis, apresentou o filho a cada um dos parentes e amigos do bairro e começou a ensinar-lhe com paciência os nomes impronunciáveis de seus novos avós e da multidão de primos, mas Dai parecia espantado e não dizia uma palavra, limitando-se a observar com seus olhos negros, sem largar a mão de Cármen. Também o levou à prisão para ver Olga, acusada de praticar magia negra, para ver se a mulher tinha alguma ideia para fazê-lo comer, porque, desde que saíra de seu país, ele só se alimentava de suco de frutas, havia emagrecido e estava a ponto de desvanecer-se, como um suspiro. Cármen e Inmaculada estavam preocupadas, haviam consultado um médico, que depois de minuciosos exames declarou-o com boa saúde e lhe receitou vitaminas. A avó esmerou-se em preparar pratos mexicanos com sabor asiático, insistiu em fazê-lo beber o mesmo óleo de fígado de bacalhau com o qual torturara os seis filhos na infância, mas nada disso deu resultado.

— Está sentindo falta da mãe — disse Olga, mal o viu através da grade da sala de visitas.

— Ontem avisaram-me que a mãe morreu.

— Explica ao menino que ela está ao seu lado, embora ele não a possa ver.

— É muito pequenino, não entenderia isso, nesta idade não captam ideias abstratas. Além disso, não quero enfiar superstições na cabeça dele.

— Ah, menina, você não sabe nada! — suspirou a curandeira. — Os mortos andam de mãos dadas com os vivos.

Olga habituou-se ao cárcere com a mesma facilidade com que antes se instalava em cada parada do caminhão errante, como se fosse ficar ali para sempre. A reclusão não afetara em nada o seu bom humor, era apenas um inconveniente menor, a única coisa que lhe deu raiva foi que as acusações eram falsas, nunca se havia interessado pela magia negra, porque não constituía um bom negócio, ganhava muito mais ajudando seus clientes do que amaldiçoando seus inimigos. Não temia pela sua reputação; pelo contrário, com certeza essa injustiça aumentaria sua fama, mas estava preocupada com os seus gatos, que havia confiado a uma vizinha. Gregory Reeves assegurou-lhe que nenhum jurado acreditaria nos efeitos maléficos de umas supostas práticas de bruxaria, mas devia evitar a todo custo que viesse à luz a verdadeira natureza de seu comércio; se isso acontecesse, a lei seria implacável. Resignou-se a cumprir discretamente sua sentença sem armar muito alvoroço, mas a moderação não era a sua principal virtude e, em menos de uma semana, havia transformado sua cela numa extensão de seu extravagante consultório caseiro. Não lhe faltavam clientes. As outras presas pagavam-lhe pelos conselhos de esperança, massagens terapêuticas, hipnotismo, tranquilizantes, poderosos talismãs e artes de adivinha, e, depressa, até os guardas passaram a consultá-la. Conseguiu pouco a pouco ter suas ervas medicinais, seus frascos de água magnetizada, as cartas do Tarô e o Buda de gesso dourado. De sua cela, transformada em bazar, praticava os eficazes encantamentos e estendia tentáculos sutis de seu poder. Não só se tornou a pessoa mais respeitada da prisão, como também a que mais visitas recebia, todo o bairro mexicano desfilava para vê-la.

Receando que Dai se consumisse de inanição, Cármen decidiu experimentar o conselho de Olga e esforçou-se por dizer ao menino, numa mescla de inglês, vietnamita e mímica, que sua mãe havia subido para outro plano, onde o corpo já não lhe era útil; agora tinha a forma de uma pequena fada translúcida que voava sempre sobre a sua cabeça para o proteger. Copiou a ideia do padre Larraguibel que descrevia assim os anjos. Segundo ele, cada pessoa tinha um demônio à esquerda e um anjo à direita, e o segundo media exatamente trinta e três centímetros, o número de anos da vida terrestre de Cristo, andava nu e era absolutamente mentira que tivesse asas, pois voava a propulsão a jato, sistema de navegação divina menos elegante, mas muito mais lógico do que as asas de pássaro descritas nos textos sagrados. O bom homem havia se tornado excêntrico com a idade, mas também havia despertado a visão de seu terceiro olho; existiam provas irrefutáveis de que era capaz de ver no escuro, assim como percebia o que se passava às suas costas; por isso mesmo, ninguém cochichava em sua missa. Com inquestionável autoridade moral, descrevia os demônios e os anjos, fornecendo pormenores precisos, e ninguém, nem Inmaculada Morales, que era muito conservadora em matéria religiosa, se atrevia a pôr em dúvida suas palavras. Para suprir as limitações da língua, Cármen fez um desenho onde Dai aparecia em primeiro plano e que, ao rodá-lo, fazia voar uma figura pequena com hélice na cabeça e fumaça na cauda, que tinha precisamente os inconfundíveis olhos negros amendoados de Thui Nguyen. O garoto observou-o por bom tempo, depois dobrou-o cuidadosamente e guardou-o no álbum de fotografias falsificadas por Leo Galupi, junto a retratos de seus pais de braços dados em lugares onde nunca haviam estado. Em seguida comeu o seu primeiro hambúrguer americano.

Após uma intensa semana familiar, Cármen regressou com seu filho a Berkeley, onde havia organizado sua nova vida. Antes de ir à procura de Dai havia alugado um apartamento e preparado um quarto com móveis brancos e uma profusão de brinquedos. A casa só tinha dois quartos, um para o filho e outro que servia de oficina e dormitório. Já não se instalava em qualquer esquina para vender suas joias, agora colocava-as em várias lojas, mas a tentação das vendas na rua era inevitável. Nos fins de semana partia em seu automóvel até outras cidades, onde montava sua banca nas feiras de artesanato. Tinha-o feito durante anos sem pensar no incômodo das viagens, de trabalhar dezoito horas sem descanso, alimentar-se de amendoim e chocolate, dormir no veículo e não dispor de banheiro, mas a presença do menino obrigou-a a fazer alguns ajustes. Vendeu o *Cadillac* amarelo, que já estava caindo aos pedaços, e comprou um furgão firme e amplo, onde podia estender dois sacos de dormir à noite, quando não havia um quarto disponível. Os dois viajavam lado a lado, como dois sócios; Dai ajudava-a a levar parte das coisas e a armar a mesa, depois sentava-se para atender clientes ou brincar sozinho; quando se enfadava, corria pela feira e, se ficava cansado, deitava-se para dormir no chão, aos pés da mãe. Como eram sempre os mesmos artesãos que se encontravam em diversas localidades, todos já conheciam o filho de Tamar; em parte alguma sentia-se tão seguro como naquelas feiras onde pululavam ladrões, ébrios e drogados. No resto da semana Cármen trabalhava em casa sempre acompanhada pelo pequeno. Arranjava tempo para lhe ensinar inglês, mostrar-lhe o mundo em livros emprestados na biblioteca, passear com ele pela cidade, levá-lo a piscinas e parques públicos. Quando se sentisse mais segura em sua nova pátria, então o mandaria para uma escola a fim de conviver com outras crianças da sua idade, mas, por agora, a ideia de se separar dele, mesmo que fosse por algumas horas, atormentava-a; derramou em Dai a ternura contida em muitos anos lamentando em segredo sua esterilidade. Não sabia como criar um menino e não tinha paciência para aprender em manuais, nem isso a preocupava. Ambos estabeleceram um vínculo indestrutível baseado na total aceitação mútua e no bom humor. O menino habituou-se a partilhar seu espaço em termos tão esplêndidos que podia armar um castelo com cubos de plástico na mesma mesa em que ela montava delicadas argolas de ouro com minúsculas contas de cerâmica pré-colombiana. À meia-noite, Dai passava para a cama de Cármen e acordavam abraçados. Depois do primeiro ano, começou a sorrir timidamente, mas, nas raras ocasiões em que se separaram, voltava sua antiga expressão ausente. Ela lhe falava todo o tempo, sem se angustiar porque ele não articulava palavra; como quer que o pobrezinho fale se ainda não sabe inglês e esqueceu o seu idioma, está no limbo dos surdos-mudos, mas quando tiver alguma coisa para dizer ele falará, explicava-lhe Gregory, às segundas-feiras, por telefone. Tinha razão. Aos quatro anos, quando já poucas esperanças restavam para que ele se expressasse, Cármen cedeu às pressões de todos e levou-o, resmungando, a um especialista, que depois de o examinar atentamente por longo tempo, sem obter dele nem o menor som articulado, constatou o que ela já sabia, que o seu filho não era surdo. Cármen pegou Dai pela mão e levou-o até o parque. Sentada num banco junto de um lago de patos, explicou-lhe que se ela tinha que pagar a um médico para fazê-lo falar, que fossem para o diabo as férias daquele ano, porque não conseguiria orçamento para tanto.

– Entre mim e você não necessitamos de palavras, Dai, mas para funcionar no mundo você terá que se comunicar, desenhos não bastam. Você precisa falar um pouco para podermos ter férias, senão estaremos lixados...

– Não gostei daquele doutor, mamãe, cheira a molho de soja – respondeu o menino em perfeito inglês. Nunca seria muito falante, mas o assunto da sua mudez ficou resolvido.

O tempo livre passou a ser o seu maior luxo, Cármen deixou de ver os amigos e recusava convites dos mesmos pretendentes que pouco antes a entusiasmavam. Até então, o amor havia-lhe causado mais sofrimento do que boas recordações; segundo Gregory, escolhia péssimos candidatos, como se apenas pudesse se apaixonar por aqueles que a maltratavam; ela estava convencida de que o seu período de má sorte havia passado, mas, de qualquer modo, decidiu ter cuidado. Durante anos Inmaculada Morales fez promessas a Santo Antônio de Pádua, para ver se o patrono das solteironas se encarregava de procurar um marido para aquela filha extravagante que já tinha passado dos trinta e ainda não dava sinais de assentar a cabeça. Encontrar companheiro adequado tinha sido uma calada obsessão de Cármen no passado; quando lhe faltava homem, seus sonhos povoavam-se de fantasmas luxuriosos, necessitava de um abraço apertado, de uma quente proximidade, mãos viris em sua cintura, uma voz rouca sussurrando-lhe; mas já não se tratava apenas de procurar um companheiro, mas também um pai capacitado para Dai. Pensou nos homens que tinha tido e, pela primeira vez, deu conta da raiva que sentia contra eles. Perguntava a si mesma se alguma vez teria apanhado diante do garoto ou se resignado em dar-lhe banho de água fria usada por outro, e se espantava com sua submissão. Revia os amantes recentes e nenhum passava em seu severo exame; sem dúvida estavam melhor sozinhos, concluiu. A maternidade tranquilizou-lhe o espírito, e, para as inquietações do corpo, decidiu seguir o exemplo de Gregory e conformar-se com amores de ocasião. Perguntava-se também por que lhe faltara coragem para ter um bebê dez anos antes, por que se deixara vencer pelo medo e pelo peso de inúteis tradições; não era assim tão difícil ser mãe solteira, apesar de tudo. As novas responsabilidades mantinham sua energia em ebulição, aumentou a vontade de trabalhar, e de suas mãos saíam desenhos trazidos de regiões remotas, tomavam vida com tenazes, maçaricos e alicates. Acordava subitamente de madrugada com a visão precisa de um desenho, por alguns minutos ficava na cama envolta no cheiro e calor de seu menino, depois levantava-se, vestia o roupão de seda bordada, presente de Leo Galupi, fervia água para preparar chá de manga, acendia os lustres vitorianos sobre a mesa e pegava nas ferramentas com alegre determinação. De vez em quando dava uma olhadela no filho adormecido e sorria contente. Minha vida está completa, nunca fui tão feliz, pensava.

Quarta Parte

Cuidado com o que pede, olha que o céu pode lhe dar, era um dos ditados de Inmaculada Morales e, no caso de Gregory Reeves, cumpria-se como uma brincadeira fatal. Nos anos seguintes realizou os planos que se havia proposto com tanto afinco; no entanto, por dentro, fervia no caldo de uma impaciência esmagadora. Não podia parar um momento; enquanto estava ocupado, conseguia ignorar os apuros da alma, mas, se lhe sobravam uns minutos e ficava quieto e em silêncio, sentia uma fogueira consumindo-o por dentro, tão poderosa, que estava certo de não ser apenas sua, haviam-na alimentado seu desaforado pai e, antes dele, seu avô, ladrão de cavalos, e, ainda antes, quem sabe, quantos bisavós marcados pelo mesmo estigma da inquietação. Cabia-lhe cozinhar-se no caldo de mil gerações. O impulso levava-o para a frente, tornou-se a imagem do triunfador precisamente quando o desprendimento bucólico e a inocência eterna dos *hippies* haviam sido esmagados pelas engrenagens da implacável maquinaria do sistema. Ninguém lhe podia censurar a ambição, porque, no país, já se gerava a época da cobiça desenfreada que haveria de chegar muito em breve. A derrota da guerra havia deixado no ar um sentimento de vergonha, um desejo coletivo de reivindicar por outros meios. Nao se falava do tema, teriam de passar mais de dez anos para que a história e a arte se atrevessem a exorcizar os demônios saídos do desastre. Cármen viu decair lentamente a rua onde antes ganhavam a vida seus melhores amigos, despediu-se de muitos artesãos expulsos pela pressão dos comerciantes de produtos ordinários de Taiwan e viu desaparecerem, um a um, os lunáticos inocentes, que morreram de inanição ou seguiram seus caminhos quando as pessoas se esqueceram de alimentá-los. Chegaram outros loucos, muito mais desesperados: os veteranos da guerra que sucumbiram ao horror das recordações. À rebeldia da rua de antigamente seguiu-se a peste do conformismo, contagiando até os estudantes da universidade. Aumentou o número dos miseráveis e dos bandidos, por todos os lados se viam mendigos, bêbados, prostitutas, traficantes de drogas, ladrões. O mundo está se decompondo a olhos vistos, lamentava-se Cármen. Gregory Reeves, que de qualquer modo nunca participara nas ilusões ingênuas dos que anunciavam a Era de Aquário, um tempo de suposta irmandade e paz, respondia com o exemplo do pêndulo, que vai e vem numa e noutra direção. A mudança não o afetava, porque estava entregue a uma corrida cega, adiantando-se à explosão do materialismo que marcaria a década de oitenta. Fazia alarde de seus êxitos, enquanto seus colegas se perguntavam como conseguia os melhores casos e onde ia buscar recursos para andar de festa em festa, passar uma semana dando voltas pelo Mediterrâneo e vestindo-se com camisas de seda. Nada sabia dos exorbitantes empréstimos dos bancos nem das manobras atrevidas de seus cartões de crédito. Reeves preferia não pensar que, mais dia menos dia, teria que pagar as contas; quando os fundos acabavam, solicitava outro crédito a seu banqueiro com o argumento de que, na falência ou na prisão, é que não conseguiria, de modo algum, cumprir suas obrigações e que dinheiro atrai dinheiro, como um ímã. Não se angustiava pelo futuro, estava muito ocupado lavrando o presente. Dizia que não tinha escrúpulos e nunca havia se sentido tão forte nem tão livre, que, por isso mesmo, não compreendia aquele impulso de fuga que não lhe dava descanso. Estava outra vez solteiro e sem outra cruz às costas do que a do próprio coração. Da filha, separava-o meia hora de caminho; no entanto, via-a apenas duas vezes por ano, quando ia buscá-la em seu carro de galã para levá-la a passeio com a pretensão de lhe dar, em quatro horas, o que não lhe dera em seis meses. Depois de cada visita, devolvia-a com um carregamento de presentes, mais apropriados para uma mulher *coquette* do que para uma colegial impúbere e doente pela atração dos sorvetes e bolos.

Tinha sido inútil convencer Margaret de chamá-lo de papai; ela decidiu que Gregory condizia melhor com aquele homem quase desconhecido que passava pela sua vida duas vezes por ano, como um desaforado Papai Noel. Tampouco usava a palavra "mamãe". A professora da escola chamou Samantha para lhe perguntar se porventura era verdade que Margaret havia sido adotada depois de os pais verdadeiros terem sido horrivelmente assassinados por um bando de ladrões. Recomendou um psicólogo infantil, mas a mãe só a pôde levar à primeira consulta, porque a hora da terapia interferia em sua aula de ioga. Não preciso que ninguém me diga quem são vocês, sei perfeitamente, mas gosto de confundir a professora, que é muito burra, explicou Margaret com a tranquila compostura que a caracterizava. Os pais concluíram que a garota era um prodígio de imaginação e senso de humor. Nem ficavam alarmados por ela urinar todas as noites na cama, como um bebê, enquanto insistia em vestir-se de mulher, pintava as unhas e os lábios, não brincava com outras crianças e se comportava com ares de cortesã. A não ser o inconveniente de lhe colocar fraldas à noite, na idade em que começava a receber as primeiras aulas de educação sexual, não causava dores de cabeça, desenvolvia-se como um ser misterioso e incorpóreo, cuja principal virtude era passar despercebida. Era tão fácil esquecer sua existência que em mais de uma ocasião o pai disse, em tom de brincadeira, que os colares de Olga para a invisibilidade cairiam muito bem na menina.

 Nos sete anos em que Gregory Reeves permaneceu em seu primeiro trabalho, adquiriu as ferramentas e os vícios da profissão. O chefe distinguia-o entre os demais advogados da firma e encarregou-se de lhe revelar pessoalmente os truques fundamentais. Era uma daquelas pessoas meticulosas e obsessivas que necessitam controlar até o menor detalhe, um homem insuportável, mas um esplêndido advogado, nada escapava ao seu escrutínio, tinha olfato de cão perdigueiro para encontrar a chave de cada problema legal e eloquência irresistível para convencer os jurados. Ensinou-lhe a estudar os casos minuciosamente, procurar os meandros insignificantes e planejar sua estratégia como um general.

— Isso é um jogo de xadrez, ganha quem antecipa mais jogadas. É necessária a agressividade de uma fera, mas também tem que se manter a cabeça fria. Quem perde a calma, está frito, aprenda a controlar seu caráter ou nunca será dos melhores, Reeves – repetia-lhe.
— Você tem perseverança, mas, na luta, costuma bater com os olhos fechados.
— O mesmo me dizia o padre Larraguibel, no pátio da Igreja de Lourdes.
— Quem?
— Meu professor de boxe.

Reeves era tenaz, incansável, difícil de domar, impossível de quebrar e feroz nos embates, mas suas próprias paixões derrubavam-no. O velho gostava da sua energia, ele próprio a havia tido, de sobra, na juventude e ainda lhe restava uma boa reserva; por isso mesmo sabia apreciá-la nos outros. Também admirava sua ambição, porque essa era a alavanca para o mover, bastava pôr-lhe uma cenoura na frente do nariz para fazê-lo correr como um coelho. Se em algum momento deu conta das manobras do outro para se apoderar de seus conhecimentos e utilizá-lo como trampolim para subir na firma, não o deve ter estranhado. O mesmo havia feito ele no seu tempo, com a diferença de que não tivera um chefe astuto capaz de o deter a tempo. Considerava-se bom conhecedor do caráter alheio, estava seguro de poder manter Reeves agarrado e explorá-lo em seu benefício por tempo indefinido; era como domar cavalos: devia dar-lhe corda, deixá-lo correr, cansá-lo e, mal o calor lhe subisse à cabeça, dar-lhe um esticão e obrigá-lo a morder o freio, para ele reconhecer a superioridade do amo. Não era a primeira vez que o fazia e sempre havia dado bom resultado. Em raras ocasiões de fraqueza sentia a tentação de apoiar-se no braço daquele jovem advogado tão parecido consigo mesmo; era o filho que gostaria de ter tido. Formara um pequeno império e, agora, perto dos oitenta anos, perguntava a si mesmo quem é que herdaria aquilo. Restavam-lhe poucos prazeres ao alcance da mão, o corpo já não respondia aos impulsos da imaginação, não podia saborear um prato refinado sem pagar as consequências com mal-estar, e, de mulheres, nem falar; era um tema demasiado doloroso. Observava Reeves com uma mistura de inveja e compreensão paternal, mas não era um velho sentimental nem estava disposto a entregar a menor ponta do poder. Tinha muita honra em haver nascido com o coração seco, como dizia a quem apelava à sua benevolência para lhe pedir um favor. O longo hábito do egoísmo e a invencível couraça de sua mesquinhez eram mais fortes do que qualquer assomo de simpatia. Era o mestre perfeito para a laboriosa aprendizagem da cobiça.

Timothy Duane não perdoou ao pai que o tivesse trazido ao mundo e que não tivesse morrido cedo e continuasse arruinando seus desejos de viver com boa saúde e seu mau gosto. Para desafiá-lo, cometeu uma série de barbaridades, tomando sempre a precaução de fazer com que o velho soubesse, e, assim, se passaram cinquenta anos num ódio rancoroso que lhe custou a paz e o bem-estar. Algumas vezes salvou-o o espírito de contradição, como quando decidiu desertar do serviço militar só porque o pai apoiava a guerra, não tanto por patriotismo, mas porque tinha interesses econômicos nas fábricas de armamento, mas, em geral, a rebeldia derrubava-o e o atingia em cheio. Decidiu não se casar nem ter filhos; mesmo nas poucas ocasiões em que esteve apaixonado, para destruir, no outro, a ambição de formar uma dinastia. Com ele morria o sobrenome familiar que tanto detestava, exceto por um ramo dos Duane na Irlanda, do qual ninguém queria falar por lhes recordar sua modesta origem. Culto e refinado, com a elegância dos que nasceram entre lençóis bordados, tinha uma inclinação apaixonada para as artes e uma simpatia que lhe fazia ganhar amigos facilmente, mas tudo fazia para ocultar essas virtudes na frente do pai, e comportava-se rudemente apenas para o provocar. Se o patriarca Duane organizava um jantar com a nata da sociedade, ele aparecia sem ser convidado de braço dado com uma mulherzinha e disposto a violar umas quantas regras de civilidade. Enquanto o pai rugia entre dentes que não desejava tornar a vê-lo na vida, a mãe protegia-o, mesmo à custa de ter de enfrentar o marido. Consulte um psiquiatra para que o ajude a curar as falhas de caráter, meu filho, recomendava muitas vezes, mas Timothy respondia que, sem falhas, não teria caráter.

Entretanto, levava uma existência miserável, não por falta de recursos, mas pela vontade de atormentar o pai. Tinha um apartamento no bairro mais caro da cidade, num prédio antigo decorado com móveis modernos e espelhos estratégicos, e uma renda para o resto da vida, último presente do avô. Como nada jamais lhe havia faltado, não dava a menor importância ao dinheiro e mantinha-se longe das múltiplas fundações inventadas pela família, não só para fugir aos impostos, mas também para despojá-lo de qualquer herança possível. Seus demônios perseguiam-no sem descanso, empurrando-o para vícios que lhe repugnavam, mas aos quais cedia para ferir o pai, embora pelo caminho o estivessem matando. Passava o dia em seu laboratório de patologia, enojado com a fragilidade humana e os infinitos recursos da dor e da decomposição, mas também maravilhado pelas possibilidades da ciência. Nunca o admitia, mas ali era o único local onde encontrava certa paz. Perdia-se na meticulosa pesquisa de uma célula doente e, quando largava as radiografias, os tubos de ensaio e raios laser, em geral muito tarde da noite, doíam-lhe os músculos do pescoço e das costas, mas sentia-se contente. Essa sensação durava até chegar à rua, ligava o motor do automóvel e compreendia que não tinha para onde ir, ninguém o esperava em parte alguma, então afundava-se outra vez no ódio por si mesmo. Frequentava os piores bares, onde esquecia até o nome, brigava com marinheiros e acabava na sala de emergência de algum hospital, provocava os homossexuais nas praias e escapava por um triz da violência que desencadeava, relacionava-se com prostitutas para comprar um prazer abjeto temperado pelo perigo de uma contaminação mortal. Rodopiava numa espiral abrupta com uma mescla de pavor e de gozo, amaldiçoando Deus e chamando a morte. Depois de algumas semanas de aviltamento, caía numa crise de culpa e ficava tremendo face ao abismo aberto a seus pés. Jurava a si próprio não voltar a tomar uma gota de álcool, recolhia-se como um anacoreta em casa para ler seus autores favoritos e para ouvir *jazz* até de madrugada, analisava seu sangue à procura das evidências de alguma doença, que no fundo talvez desejasse como castigo de seus pecados. Iniciava um período de tranquilidade, assistia a concertos e peças de teatro, visitava a mãe com atitude de bom filho, e voltava a frequentar as namoradas pacientes que o aguardavam sem perder a esperança de o mudar. Partia para as montanhas em longas excursões para ouvir a voz de Deus, chamando-o no vento. A única pessoa que via nas boas e más ocasiões era Gregory Reeves, que o safava de diversas encrencas e o ajudava a pôr-se novamente de pé. Duane não fazia mistério de sua existência dilapidada; pelo contrário, adorava exagerar suas vilezas para cultivar a fama de alma desgarrada, mas tinha um lado cuidadosamente oculto de que muito poucos suspeitavam. Enquanto debochava, com cinismo desafiador, de qualquer propósito nobre, contribuía para várias causas idealistas, tendo sempre o cuidado de manter seu nome em estrito sigilo. Destinava parte de sua receita a ajudar os necessitados que flutuavam em sua órbita e a sustentar obras em países remotos, desde crianças famélicas a presos políticos. Contrariamente ao que se esperava, quando escolheu esse campo da medicina, seu trabalho entre cadáveres desenvolveu sua compaixão pelos vivos; toda a humanidade sofredora lhe interessava, mas não tinha reservas emocionais para se comover com animais em vias de extinção, bosques destruídos ou águas contaminadas. Sobre tudo isso contava piadas ferozes, assim como disparatava sobre raças, religiões e mulheres, em parte porque partilhar tais causas estava na moda, e seu maior deleite consistia em escandalizar o próximo. Punha-o fora de si a falta de virtude dos que se horrorizavam por um golfinho apanhado numa rede para atuns enquanto passavam indiferentes junto aos mendigos abandonados nas ruas, fingindo não os ver. O mundo é uma grande merda, era a sua frase mais usada.

– O que você necessita é de uma mulher doce por fora, mas de aço por dentro, que o agarre pelo pescoço e o salve de você mesmo. Vou apresentar-lhe Cármen Morales – disse-lhe Gregory Reeves, quando, por fim, compreendeu que sua amiga estava fora de seu alcance e se resignou a querê-la apenas como irmã.

– É tarde demais, Greg. Só sirvo para as putas – respondeu Timothy Duane, desta vez sem sarcasmo.

Shanon apareceu na vida de Reeves como um sopro de ar fresco. Há dois anos vinha se esforçando para andar encosta acima e, apesar dos êxitos alcançados, sentia que não havia saído do mesmo lugar, como se corre nos pesadelos. Com artifícios de mágico, embaralhava no ar as dúvidas, viagens estonteantes, festas descomunais, um horário de louco e o seu rosário de mulheres, com a impressão diariamente renovada de que, à menor distração, tudo cairia por terra com o estrépito de um terremoto. Tinha entre as mãos mais casos legais do que podia manejar, mais dívidas do que podia pagar e mais amantes do que podia satisfazer. Ajudava-o a boa memória para recordar cada fio solto dessa meada, a boa sorte para não resvalar num descuido e a boa saúde para não morrer de esgotamento, como um burro de carga, ultrapassado o limite de sua resistência. Shanon chegou uma segunda-feira de manhã, vestida de branco nupcial, cheirando a flores, com o mais encantador dos sorrisos que se tinha visto no edifício de cristal e aço da firma. Tinha vinte e dois anos, mas, com o jeito de menina e a arrebatadora simpatia, parecia mais nova. Aquele era seu primeiro trabalho de recepcionista; antes, tinha sido balconista em várias lojas, empregada de pensões e cantora amadora, mas, como disse com sua encantadora voz de adolescente mimada, não havia futuro nessas ocupações. Gregory, deslumbrado pela sua radiante alegria e curioso pela variedade de ofícios desempenhados por alguém tão jovem, perguntou-lhe que vantagens via em atender ao telefone por trás de um balcão de mármore, e ela respondeu enigmática que, pelo menos, ali, conhecia gente adequada. Reeves incluiu-a logo em sua agenda de endereços e, em menos de uma semana, a havia convidado para dançar. Ela aceitou com a tranquila confiança de uma leoa em repouso, gosto de homens mais velhos, acrescentou sorridente, e ele não soube bem o que ela quis dizer, porque estava acostumado às mulheres jovens e não lhe pareceu significativa a diferença de idades. Depressa enfrentaria os abismos de idade que os separavam, mas já era tarde para voltar atrás. Shanon era uma garota moderna. Fugindo de um pai violento e de uma mãe que tapava com maquilagem as nódoas negras causadas pelas pancadas do marido, partiu a pé da aldeia perdida na Geórgia, onde nascera. Após alguns quilômetros, foi recolhida por um caminhoneiro que a percebeu como uma visão fantástica na faixa interminável do caminho e, depois de muitas aventuras, chegou a São Francisco. Sua mistura de ingenuidade e descontração enfeitiçava as pessoas e permitia-lhe flutuar acima das sórdidas realidades do mundo; na sua frente, as portas abriam-se por si, e os obstáculos esfumavam-se; o convite de seus olhos vegetais desarmava as mulheres e seduzia os homens. Dava a impressão de não ter consciência alguma de seu poder, ia pela vida afora com a leveza de um espírito celeste, eternamente surpreendida por tudo lhe sair bem. Sua natureza inconsequente impelia-a de uma coisa para outra com disposição jovial, sem pensar fosse o que fosse sobre as dificuldades e dores do resto dos mortais; não se inquietava com o presente e muito menos o fazia pelo futuro. Mediante um permanente exercício de esquecimento, superou as sórdidas cenas da infância, as penúrias e as pobrezas da adolescência, as traições dos amantes que, tão logo saciados, a deixaram e o fato incontestável de que nada possuía. Incapaz de guardar alguma coisa de um dia para o outro, sobrevivia com curtos empregos apenas suficientes para a subsistência, mas não se considerava pobre, porque, quando desejava qualquer coisa, não tinha mais nada a fazer do que simplesmente pedir; havia sempre vários pretendentes bêbados dispostos a satisfazer seus caprichos. Não utilizava os homens por malícia ou por perversão, mas porque simplesmente não lhe ocorria que servissem para outra coisa. Desconhecia a angústia do amor ou de qualquer outro sentimento profundo, entusiasmava-se fugazmente com cada namorado enquanto durava o ímpeto inicial, mas logo se cansava e partia, sem piedade por quem deixava para trás. Condenou vários amantes ao martírio do ciúme e do despeito sem se dar conta disso, porque ela própria era impermeável a esse tipo de sofrimento; se a abandonavam, mudava de rumo sem se lamentar; o mundo continha uma reserva inesgotável de homens disponíveis. Desculpe, você já sabe que sou como uma alcachofra, uma folhinha para este, outra para aquele, mas o coração é seu, disse a Gregory

Reeves, sem o enganar, dois anos depois de o conhecer, enquanto lhe enfaixava os dedos feridos devido a um murro que ele dera na cara de uma de suas conquistas. Desde o primeiro encontro, tornou-se evidente quem era o mais forte. Reeves foi vencido em seu próprio terreno, de nada lhe serviram a experiência acumulada nem a jactância de galanteador. Sucumbiu de imediato, não só pelos encantos físicos da nova recepcionista, em seu passado houvera várias tão belas como ela, mas pelo seu sorriso sempre pronto e a sua aparente candura. Naquela noite, perguntou a si próprio, com verdadeira inquietação, como podia salvar, dela própria, aquela esplêndida criatura; imaginou-a exposta a toda espécie de perigos e dissabores, e assumiu a responsabilidade de protegê-la.

– Por alguma razão, o destino a põe na minha frente – comentou com Cármen. – De acordo com o *Plano Infinito* de meu pai, nada acontece por acaso. Essa garota precisa de mim.

Cármen não o pôde prevenir, porque tinha as antenas da intuição voltadas para o lado de Dai e, naqueles dias, estava ocupada, costurando um traje de Rei Mago para a festa de Natal da escola. Enquanto segurava o telefone entre o ombro e a orelha, prendia plumas num turbante cor de esmeralda, perante os olhos atentos do filho.

– Tomara que não seja vegetariana – comentou distraída.

Não era. A jovem celebrava os suculentos assados de seu novo amante com entusiasmo contagioso e apetite insaciável; parecia, na verdade, um milagre poder devorar tais quantidades de comida e manter a silhueta. Bebia, também, como um marinheiro. No segundo copo, os olhos brilhavam-lhe de febre, e aquela menina angelical transformava-se numa lavadeira. A essa altura, Reeves não sabia ainda qual das duas personalidades era mais atraente: se a cândida recepcionista, que aparecia às segundas-feiras de blusa engomada atrás do balcão de mármore, ou a bacante nua e turbulenta do domingo. Era uma mulher fascinante, e ele não se cansava de explorá-la como um geógrafo nem de conhecê-la no sentido bíblico. Viam-se todos os dias no trabalho, onde fingiam uma indiferença suspeita, dada a reputação de mulherengo de um e a orgânica coqueteria da outra. Várias noites por semana enroscavam-se em incansáveis encontros, que confundiram com amor, e, às vezes, no escritório, escapavam para alguma sala trancada e, com risco de serem surpreendidos, fornicavam em pé, a um canto, com a urgência de adolescentes. Reeves apaixonou-se como nunca lhe sucedera, e, talvez, também ela, embora no seu caso não se pudesse falar muito. Para ele começou uma época semelhante à da sua juventude, quando o estalido vulcânico de seus hormônios o obrigava a perseguir quantas garotas lhe passavam pela frente, só que, agora, toda a carga de sua paixão estava dirigida para um único objetivo. Não conseguia tirar Shanon do pensamento, levantava-se constantemente da escrivaninha para olhá-la de longe, atormentado pelos ciúmes de todos os homens em geral e de seus companheiros de trabalho em particular, incluindo o velho das orquídeas, que também parava em frente da jovem recepcionista, tentando talvez conquistá-la como mais um troféu, mas travado pelo seu senso do ridículo e a plena consciência das limitações de sua idade. Ninguém passava em frente da entrada sem sofrer uma chicotada do refulgente sorriso de Shanon. Se uma tarde ela não estava disponível para sair, Gregory Reeves imaginava-a inevitavelmente nos braços de outro, e a simples suspeita o enlouquecia. Cobriu-a de presentes absurdos com a intenção de impressioná-la, sem perceber que ela não apreciava caixas russas pintadas à mão, árvores em miniatura ou pérolas para as orelhas, e preferia, sem dúvida, calças de couro para passear de motocicleta com os amigos da sua idade. Tentou iniciá-la em seus interesses, com o afã que os apaixonados têm de partilhar tudo. A primeira vez que a levou à ópera, ela ficou deslumbrada com os vestidos elegantes da concorrência e, quando se levantou a cortina, julgou tratar-se de um espetáculo humorístico. Aguardou até o terceiro ato, mas, ao ver uma dama gorda vestida de gueixa cravar uma faca na barriga enquanto o filho agitava uma bandeira do Japão numa mão e uma dos Estados Unidos na outra, suas gargalhadas interromperam a orquestra, e tiveram que abandonar a sala.

Em agosto, levou-a à Itália. Ela não cumprira ainda seu primeiro ano de trabalho e não tinha direito a férias, mas não houve inconveniente, porque havia apresentado sua demissão no escritório de advogados. Tinham-lhe oferecido um emprego como modelo de fotografias publicitárias. Gregory passou a viagem sofrendo de antemão, detestava a ideia de a ver exposta aos olhares alheios nas páginas de uma revista, mas não se atreveu a discutir o assunto por receio de parecer um homem das cavernas. Nem com Cármen comentou, porque a amiga o iria ridicularizar. Caminhando por um canteiro de flores na margem do lago de Como, sem ver o espelho diáfano da água nem as casas alaranjadas empoleiradas nas colinas, porque só tinha olhos para o corpo prodigioso da companheira, pensou numa solução para retê-la a seu lado e propôs-lhe que vivessem juntos; assim não teria de trabalhar e poderia entrar na universidade para se formar em alguma coisa, ela era uma pessoa inteligente e criativa, não havia nada que gostasse de estudar? Não havia de momento, respondeu Shanon com o riso solto de vários copos de vinho, mas ia pensar no assunto. Nessa noite, Reeves pegou o telefone para contar a novidade a Cármen do outro lado do oceano, mas não a encontrou. Sua amiga havia partido com Dai em viagem ao Extremo Oriente.

Bel Benedict não sabia sua idade exata nem queria averiguá-la. Os anos haviam oxidado um pouco seus ossos e escurecido sua pele de açúcar queimado até um tom mais próximo do chocolate, mas não havia alterado o brilho de topázio de seus olhos rasgados nem apaziguado de todo os desejos de seu ventre. Em algumas noites sonhava com o calor do único homem que amara na vida e despertava molhada de gozo. Devo ser a única velha no cio da história, que Jesus me perdoe, pensava sem ponta de vergonha, mas com secreto orgulho. Vergonha sentia ela quando se olhava ao espelho e via que o corpo de potranca escura era um montão de pelancas tristes; se o marido pudesse vê-la, viraria o rosto de tão espantado, pensava. Nunca lhe ocorreu que, no caso de estar vivo, os anos também teriam passado para ele, que já não seria o homenzarrão flexível e alegre que a seduzira aos quinze anos. Mas Bel não se podia dar ao luxo de ficar na cama recordando o passado nem em frente do espelho lamentando seu desgaste; levantava-se todas as manhãs ao nascer do sol, para trabalhar, menos aos domingos, quando ia à igreja e ao mercado. No último ano não lhe sobrava um momento, porque, quando terminava seu trabalho, voava para casa para cuidar do filho. Tinha voltado a chamar-lhe Baby, como nos tempos em que o levava agarrado aos seios e lhe cantava canções de ninar. Não me chame assim, mamãe, meus amigos vão rir de mim, dizia-lhe ele, mas, na verdade, já não tinha amigos, havia-os perdido todos, como perdera o emprego, a mulher, os filhos e a memória. Pobre Baby, suspirava Bel Benedict, mas não se compadecia dele; pelo contrário, invejava-o um pouco; não pensava em morrer tão cedo, e, enquanto ela vivesse, ele estaria seguro. Passo a passo, um dia de cada vez era a sua filosofia, de nada valia angustiar-se por um amanhã hipotético. Seu avô, um escravo do Mississippi, havia-lhe dito que temos um passado pela frente; é a única coisa real, do passado podemos tirar ensinamentos e experiências para a vida; o presente é uma ilusão, porque em menos de um instante já faz parte do passado; e o futuro é um buraco escuro que não se vê e talvez nem sequer esteja lá, porque a morte pode chegar a qualquer momento. Trabalhou como empregada dos pais de Timothy durante tantos anos, que era difícil recordar aquela casa sem ela. Quando a contrataram, era ainda um mulherão lendário, uma dessas negras quebradas na cintura que se movem como se nadassem debaixo d'água.

— Case-se comigo — dizia-lhe Timothy na cozinha, quando ela o regalava com panquecas, sua única proeza culinária. — Você é tão bonita, que deveria ser estrela de cinema em vez de empregada de minha mãe.

— Os únicos negros do cinema são pintados de negro — ria ela. Era muito jovem quando lhe apareceu pelo caminho um vagabundo de riso estrondoso à procura de uma sombra onde se sentar para descansar. Apaixonaram-se imediatamente com uma paixão tórrida, capaz de transtornar o clima e alterar as normas do tempo, e assim geraram King Benedict, que haveria de viver duas vidas, tal como Olga adivinhara na única vez em que esteve com ele, quando o caminhão do *Plano Infinito* o apanhou no caminho poeirento, nos tempos da Segunda Guerra Mundial. Poucos dias depois de dar à luz, Bel havia esquecido os nove meses carregando o peso do filho debaixo do coração e as angústias do parto, e já perseguia de novo o marido pelos cantos da granja. Fizeram amor encharcados de sangue menstrual junto das vacas do estábulo, dos pássaros dos milharais e dos escorpiões do celeiro. Quando o pequeno King começou a dar os primeiros passos vacilantes, o pai, cansado de amores e receoso de perder a alma e a virilidade entre as pernas daquela incansável huri, fugiu, levando de recordação uma mecha do cabelo de Bel, que lhe cortou enquanto dormia. Na turbulência de tanta cópula desenfreada, havia tapado os ouvidos às pressões do pastor da Igreja Batista, para que contraíssem o sagrado vínculo ante os olhos do Senhor, como ele dizia. Para Bel, uma assinatura no livro da paróquia não fazia diferença nenhuma, ela já se considerava casada. Durante o resto da sua existência usou o sobrenome do amante, e, aos muitos homens que repousaram no seu regaço no meio século seguinte, disse que o marido estava viajando temporariamente. De tanto o repetir, acabou por acreditar, por isso sentia raiva ao se ver nua no espelho; se não se apressa em regressar, encontrará um odre esvaziado, dizia ela, recordando o ausente. Nessa manhã de janeiro, a cidade acordou varrida por um vento inclemente que vinha do mar. Bel Benedict pôs seu vestido cor de turquesa, chapéu, sapatos e luvas do mesmo tom, seu traje de domingo e de todas as festas. Havia notado que a rainha Isabel vestia sempre esses conjuntos de uma só cor e não descansou até adquirir algo semelhante. Timothy Duane aguardava-a em seu automóvel, em frente da modesta casa onde ela vivia.

– Você não é imortal, Bel. Que vai ser do seu filho quando você já não estiver aqui? – inquiriu-lhe Timothy.

– King não será o primeiro garoto de quatorze anos a virar-se sozinho.

– Não tem quatorze; tem cinquenta e três.

– Para efeito prático, tem quatorze.

– Bom, é a isso precisamente que me refiro. Será sempre um adolescente.

– Talvez não, pode ser que amadureça...
– Com algum dinheiro tudo será mais fácil para vocês, não seja teimosa, mulher.
– Já lhe disse, Tim. Não há nada a fazer. O advogado da companhia de seguros foi muito claro conosco, não temos nenhum direito. Por bondade, talvez nos deem dez mil dólares, mas não será para já, há muitos trâmites a cumprir.
– Não entendo dessas coisas, mas tenho um amigo que pode nos aconselhar.

Gregory Reeves recebeu-os na selva de jardineiras do seu escritório. Bel fez uma entrada triunfal, vestida de rainha, sentou-se no surrado sofá de couro e começou a contar o estranho caso de seu filho, King Benedict. Reeves ouvia-a com atenção enquanto vasculhava sua memória inexorável à procura da origem daquele nome, que respirava como um eco longínquo do passado. Era impossível esquecer um nome tão sonoro; perguntava-se onde o tinha ouvido. King era um bom cristão, disse a mulher, mas Deus não lhe tinha dado uma vida fácil. Foram sempre pobres e, durante os primeiros tempos, iam de um lugar para outro à procura de trabalho, despedindo-se dos seus novos amigos e mudando de escola. King foi criado com a dúvida de que a mãe poderia desaparecer atrás de um pretendente, deixando-o sozinho num quarto alugado, numa aldeia sem nome. Foi um rapaz melancólico e tímido, de quem dois anos de guerra no Pacífico Sul não acabaram com a insegurança. Ao regressar, casou, teve dois filhos e ganhava o sustento como operário de construção. Nos últimos anos, seu casamento andava aos trambolhões, a mulher ameaçava deixá-lo, os filhos consideravam-no um pobre-diabo. Bel notava-o muito tenso e triste e receava que começasse a beber novamente, como havia acontecido em outras crises; as coisas iam mal e acabaram por se perder com o acidente. King Benedict encontrava-se num segundo andar, quando um andaime quebrou e ele caiu, estatelando-se no chão. O golpe atordoou-o por alguns segundos, mas conseguiu pôr-se de pé; aparentemente, só tinha leves contusões, mas, de qualquer modo, levaram-no para o hospital, onde depois de um exame de rotina deixaram-no ir embora. Mal passou a dor de cabeça e começou a falar, viu que não se lembrava de onde estava nem reconhecia os seus, achava que havia voltado à adolescência. A mãe descobriu logo que a memória só alcançava os quatorze anos de idade, dali para a frente só havia um abismo de fundo de mar. Examinaram-no por dentro e por fora, enfiaram-lhe sondas por todos os orifícios, deram-lhe choque, interrogaram-no durante semanas, hipnotizaram-no e fotografaram-lhe a alma, sem descobrir uma razão lógica para tão dramático esquecimento. Os recursos dos médicos não detectaram dano orgânico. Começou a comportar-se como um rapaz maniqueísta, inventando mentiras torpes para lisonjear os filhos, a quem tratava como companheiros de brincadeiras, e iludir a vigilância da mulher, que confundia com sua mãe. Não conseguia reconhecer Bel Benedict, recordava-a como uma mulher jovem e muito bela, mas, de qualquer modo, nos meses seguintes, agarrou-se a essa anciã desconhecida como a um salva-vidas; ela era a única coisa segura num mundo cheio de confusões. Parentes e amigos negaram sua amnésia, talvez se tratasse de uma brincadeira histérica, disseram eles, e logo se cansaram de indagar nos resquícios de sua mente em busca de um sinal de reconhecimento. Nem a companhia de seguros acreditou, foi acusado de inventar toda essa mentira para receber uma pensão e passar o resto da vida mantido como um inválido, quando, na verdade, tinha levado só uma queda; era um vigarista. Todas as vezes que sua mulher saía, King sentia-se abandonado, e, quando ela começou a trazer o amante para dormir em casa, Bel Benedict considerou que havia chegado o momento de intervir e levou o filho para viver com ela. Naqueles meses havia-o observado cuidadosamente sem detectar nenhuma recordação posterior aos quatorze anos. King havia-se tranquilizado pouco a pouco, era um bom companheiro, a mãe estava contente de o ter consigo, a única coisa rara em seu comportamento eram vozes e visões que dizia ter, mas os dois acostumaram-se à presença desses impalpáveis fantasmas da imaginação, a que os médicos não davam a menor importância; Timothy Duane tinha os relatórios do hospital e as cartas dos advogados da companhia de seguros Reeves examinou-os superficialmente, sentindo em todo o corpo o ardor da luta que conhecia tão bem, essa antecipação frenética do guerreiro, o melhor da sua profissão, gostava dos casos complicados, dos desafios difíceis, das escaramuças.

– Se decidir ir para tribunal, deve fazê-lo logo, porque só tem um ano de prazo a partir do acidente.

– Mas, então, não vão me dar os dez mil dólares!

– Esse caso pode valer muito mais, senhora Benedict. Possivelmente ofereceram-lhe isso para ganhar tempo e a senhora perder o direito de pedir.

A mulher aceitou, aterrada; dez mil dólares era mais do que tinha poupado em toda uma vida de esforço, mas aquele homem inspirou-lhe confiança e Timothy Duane tinha razão, tinha de proteger seu filho de um futuro muito incerto. Naquela tarde, Reeves levou o caso ao seu chefe, tão entusiasmado que as palavras lhe saíam atropeladas para lhe falar dessa negra formosa e de seu filho de idade madura transformado por um tombo em adolescente, imagine se ganhamos, mudaremos a vida dessa pobre gente, mas deparou com umas sobrancelhas diabólicas levantadas até a altura dos cabelos e um olhar irônico. Não perca tempo com besteira, Gregory, disse-lhe ele, não vale a pena meter-se nessa trapalhada. Explicou-lhe que as possibilidades de ganhar eram remotas, eram precisos anos de investigação, dezenas de especialistas, muitas horas de trabalho e o resultado poderia ser nulo; sem uma lesão cerebral que justificasse a perda de memória, nenhum juiz acreditaria nessa amnésia. Reeves sentiu uma onda de frustração, estava farto de obedecer às decisões dos outros, todos os dias se sentia mais inquieto e defraudado com seu trabalho, não via a hora de se tornar independente. Agarrou-se a essa negativa para atirar ao velho das orquídeas o discurso de despedida que tantas vezes ensaiara sozinho. Nessa noite, ao regressar a casa, encontrou Shanon estendida no chão da sala, assistindo televisão, beijou-a com um misto de orgulho e de ansiedade.

– Demiti-me do emprego. De agora em diante voarei sozinho.

– Temos que celebrar – exclamou ela. – E já que estamos nisso, façamos um brinde ao bebê.

— Qual bebê?

— O que estamos esperando — sorriu Shanon, servindo-lhe um copo da garrafa que tinha a seu lado.

Ao divorciar-se de seu segundo marido, Judy Reeves ficou com os filhos, incluindo os que ele tinha da primeira mulher. Com o tempo, o casamento tornou-se um pesadelo de rancores e lutas, em que o marido perdia sempre. Quando chegou o momento de separar-se definitivamente, nem sequer questionou a possibilidade de o pai levar os filhos, o afeto entre Judy e aquelas crianças morenas era tão sólido e efusivo que ninguém lembrava que não fossem suas. Mas só conseguiu permanecer solteira alguns meses. Um sábado quente levou a família à praia e ali conheceu um gordo veterinário do norte da Califórnia, que fazia turismo numa caravana, acompanhado pelos três filhos e uma cadela. O animal havia sido atropelado, ficara com os traseiros paralisados, mas, em vez de sacrificá-la para uma vida melhor, como sugeria a experiência profissional, o dono improvisou um arreio para mobilizá-la com a ajuda das crianças, que se revezavam para segurá-la pelas patas de trás enquanto ela corria com as da frente. O espetáculo da inválida, revolvendo-se nas ondas com latidos de gozo, atraiu os filhos de Judy. Assim se conheceram. Ela desmanchava as costuras de um maiô e tomava um sorvete atrás do outro sem pausa alguma. O veterinário ficou contemplando-a, com uma mistura de horror e fascínio perante tanta gordura nua, mas em pouco tempo de conversa tornaram-se amigos, esqueceu sua aparência e, ao pôr do sol, convidou-a para comer. As duas famílias acabaram o dia devorando *pizzas* e hambúrgueres.

O homem regressou com os seus para o Vale de Napa, onde vivia, e Judy ficou chamando-o com o pensamento. Desde os tempos de Jim Morgan, seu primeiro marido, não encontrava um homem capaz de lhe fazer frente tanto na cama como numa boa briga. Jim Morgan saiu da prisão por boa conduta e, apesar de ela estar casada com o baixinho de bigode, telefonou-lhe para lhe dizer que não havia passado um só dia de sua condenação sem dela se recordar com carinho. Mas ela já andava por outros caminhos. Além disso, Morgan havia se convertido a uma seita de cristãos fundamentalistas, cujo fanatismo era incompreensível para ela, que havia recebido a herança tolerante da fé Bahai de sua mãe, por isso não o quis ver quando voltou a ficar sozinha. As mensagens mentais de Judy cruzaram montanhas e extensos vinhedos, e pouco depois o veterinário voltou a visitá-la. Passaram uma semana em lua de mel com todos os filhos e Nora, a avó, que a essa altura dependia completamente de Judy. A cabana que Charles Reeves havia comprado trinta anos antes tinha voltado à sua precária condição original. O cupim, o pó e o correr do tempo tinham feito o seu lento trabalho nas paredes de madeira, sem que Nora fizesse alguma coisa para salvar a casa do desastre. Uma tarde, Judy e seu terceiro marido apareceram de visita e encontraram a velha sentada na poltrona de vime debaixo do salgueiro, porque o alpendre havia desmoronado; os pilares tinham apodrecido.

– Bem, a senhora vem morar conosco – disse o genro.

– Obrigada, meu filho, mas não é possível. Imagine a confusão do doutor em Ciências Divinas se não me encontrar aqui às quintas-feiras.

– O que sua mãe está dizendo?

– Ela acredita que o fantasma do meu pai vem visitá-la às quintas-feiras, por isso nunca quis deixar a casa – explicou Judy.

– Não tem problema, minha senhora. Deixamos um bilhete para seu marido com o novo endereço – resolveu o homem.

A ninguém havia ocorrido solução tão simples. Nora levantou-se, escreveu a mensagem com sua perfeita caligrafia de professora, pegou seu colar de pérolas salvo de tantas pobrezas, uma caixa com velhas fotografias e um par de quadros pintados pelo marido e foi tranquilamente sentar-se no automóvel da filha. Judy colocou a poltrona de vime na bagagem, porque a mãe poderia precisar dela, fechou a casa com um cadeado e partiram sem olhar para trás. Charles Reeves deve ter encontrado a mensagem, tal como encontrou as outras, sempre que a viúva mudava de domicílio, porque não faltou nem uma só quinta-feira ao encontro póstumo nem Nora perdeu de vista o fio laranja que a unia ao outro mundo. No ano em que Gregory se casou com Shanon, a irmã vivia com o veterinário, a mãe e um montão de crianças de diversas idades, cores e sobrenomes; esperava o oitavo bebê e confessava estar apaixonada. Sua vida não era fácil, metade da casa estava destinada à clínica de animais, tinha que suportar o desfile constante de bichos doentes, o ar cheirava a creolina, as crianças brigavam como feras, e Nora Reeves havia mergulhado no misericordioso mundo da imaginação e, na idade em que outras anciãs tricotavam sapatinhos para os bisnetos, ela havia retornado à juventude. No entanto, Judy considerava-se feliz pela primeira vez, tinha por fim um bom companheiro e não necessitava trabalhar fora do lar. O marido preparava panelões monumentais para alimentar a tribo e comprava biscoitos de chocolate por atacado. Apesar da gravidez, da mesa farta e do enorme apetite, Judy começou a emagrecer lentamente e, em poucos meses, depois de dar à luz, tinha o seu peso de menina. Foi ao casamento do irmão com um vestido de véus claros e um delicado chapéu de palha, pelo braço de seu terceiro marido, com sete filhos em roupa domingueira e outro nos braços, a mãe vestida de adolescente e uma cadela paralítica segura por correias, mas com a expressão de sorriso dos animais felizes.

— Cumprimente sua tia Judy e sua avó Nora — disse Gregory a Margaret, que então tinha onze anos e continuava sendo muito pequena em estatura, mas agia como uma mulher adulta. A garota nunca ouvira falar daquela mulherona obesa nem daquela velhota distraída com um laço na cabeça e achou que aquele circo era uma espécie de piada. Não apreciava o senso de humor do pai.

O noivo quis dar um ar latino ao seu casamento, contratou um grupo de *mariachis* do bairro da Missão, e a comida foi obra de Rosemary, uma de suas antigas amantes, uma bela mulher que não lhe guardava rancor pelo seu casamento porque nunca o quisera para marido. Tinha escrito vários livros de cozinha e ganhava a vida preparando banquetes; com a sua equipe de empregadas, servia com a mesma facilidade uma festa mexicana, um almoço para executivos japoneses ou um jantar francês. Shanon, ocupada com a recepção e usando um inocente vestido de organdi branco, exercitou-se em *pasodobles*, *boleros* e *corridos*, até que os copos lhe subiram à cabeça e teve de retirar-se. No resto da noite Gregory Reeves e Timothy Duane dançaram com Cármen, como nos velhos tempos do *jitterbug* e do *rock'n' roll*, enquanto Dai observava com expressão atônita aquele novo aspecto da personalidade de sua mãe.

– Este menino é igual a Juan José – notou Gregory.

– Não, é igual a mim – respondeu Cármen.

Tinha regressado da viagem à Tailândia, Bali e Índia com um carregamento de materiais e a cabeça cheia de novidades. Não dava vazão aos pedidos do comércio, havia alugado um local para a sua oficina e contratado dois refugiados vietnamitas que treinou para ajudá-la. Nas horas em que Dai ia à escola, dispunha de tranquilidade e silêncio para desenhar as joias que logo seus operários reproduziam. Contou a Gregory que pensava em abrir sua própria loja mal conseguisse poupar o suficiente para ir em frente.

– Isso não funciona assim. Você tem mentalidade de camponesa. Precisa pedir um empréstimo, os negócios são feitos a crédito, Cármen.

– Quantas vezes já lhe pedi que me chame de Tamar?

– Vou apresentá-la ao meu banqueiro.

– Não quero acabar como você, Gregory. Nem em cem anos poderá pagar tudo o que deve.

Era verdade. O banqueiro amigo teve que fazer-lhe outro empréstimo para montar seu escritório, mas não se queixava, porque naquele ano os juros dispararam até níveis nunca vistos no país; tinha que aproveitar clientes como Gregory Reeves porque não restavam muitos outros capazes de pagá-los. A sorte não podia durar demasiado, os especialistas previam que a incerteza econômica custaria a reeleição ao presidente, um bom homem a quem acusavam de fraco e demasiado liberal, dois pecados imperdoáveis naquele lugar e naquele tempo.

Instalou o escritório em cima de um restaurante chinês e mandou gravar nos vidros o seu nome e o seu título com grandes letras douradas, como tinha visto nos filmes de detetives: Gregory Reeves, advogado. Aquele letreiro simbolizava seu triunfo. Nota-se a sua pouca classe, homem, nunca vi nada mais vulgar, comentou Timothy Duane, mas Cármen gostou da ideia e decidiu copiá-la para a sua loja, com uma caligrafia de arabescos. Era um andar amplo, em pleno centro de São Francisco, com um elevador direto e uma saída de emergência, que haveria de ser útil em mais de uma ocasião. No mesmo dia em que Reeves entrou no edifício, o dono do restaurante, oriundo de Hong Kong, subiu para apresentar suas saudações, acompanhado pelo filho, um jovem míope, pequeno e de modos suaves, geólogo de profissão, mas sem a menor afinidade com os minerais e as pedras, porque, na realidade, só amava os números. Chamava-se Mike Tong e havia chegado muito jovem ao país, quando o pai transferira a família completa para aquela nova pátria. Perguntou se o senhor advogado necessitava de um contador para lhe fazer os livros, e Gregory explicou-lhe que, de momento, só tinha um cliente, de maneira que não podia pagar-lhe o ordenado, mas que poderia empregá-lo algumas horas por semana. Não suspeitava de que Mike Tong se tornaria seu mais fiel guardião e o salvaria do desespero e da falência. A essa altura, o contingente de trabalhadores latinos havia aumentado muito. Dentro de trinta anos, nós, os brancos, seremos minoria neste país, previa Timothy Duane. Reeves quis aproveitar a experiência do bairro onde se criara e o seu domínio do espanhol para procurar clientela entre eles, porque, em outros campos, a concorrência era grande, três quartas partes do total dos advogados do mundo trabalhavam nos Estados Unidos, havia um para cada trezentas e setenta pessoas. A razão mais importante, no entanto, foi ter-se apaixonado pela ideia de ajudar os mais humildes, podia compreender melhor do que ninguém as angústias dos imigrantes latinos, ele também tinha sido um *lombo-molhado*. Necessitava de uma secretária capaz de trabalhar em ambos os idiomas, e Cármen o pôs em contato com Tina Faibich, que preenchia esses requisitos. A candidata apareceu no escritório antes de chegarem os móveis; só havia o sofá de couro inglês, cúmplice de tantas conquistas, e dezenas de jardineiras com plantas; arquivos e expedientes jaziam, jogados, pelo chão. A mulher teve de abrir passagem na desordem e sentar-se sobre um caixote de livros. Gregory encontrou-se diante de uma senhora plácida e doce, que se expressava em perfeito espanhol e o olhava com uma indecifrável expressão em seus olhos amáveis de vitela. Sentiu-se à vontade com ela, irradiava uma serenidade que ele não tinha. Olhou-a apenas, não viu as suas recomendações nem fez demasiadas perguntas, confiava em seu instinto. Ao despedir-se, ela tirou os óculos e sorriu-lhe, não me reconhece?, perguntou-lhe com timidez. Gregory levantou os olhos e observou-a mais demoradamente, era Ernestina Pereda, o esquilo travesso das brincadeiras eróticas no banheiro da escola, a loba quente da adolescência que o salvara do suplício do desejo quando ele estava se afogando no caldo fervente de seus hormônios, a dos coitos precipitados e dos prantos de arrependimento, santa Ernestina, agora convertida em matrona tranquila. Depois de muitos amantes de um dia, havia casado, já madura, com um empregado da companhia telefônica, não tinha filhos e não precisava deles; o marido bastava-lhe, disse ela, e mostrou-lhe uma fotografia do senhor Faibich, um homem tão comum e corriqueiro que seria impossível recordar seu rosto um minuto depois de tê-lo visto. Gregory Reeves ficou com a foto na mão e os olhos cravados no chão, sem saber o que dizer.

– Sou boa secretária – murmurou ela, corando.

– Essa situação pode tornar-se incômoda para os dois, Ernestina.

– Não terá razão para se queixar de mim, sr. Reeves.

– Chame-me Gregory.

– Não. É melhor começarmos de novo. O passado já não conta – e começou a contar-lhe como mudara sua vida logo que conheceu o marido, um homem bonachão só em aparência, porque, a sós, era dinamite pura, um amante insaciável e fiel que conseguira tranquilizar seu ventre apaixonado. Do passado tormentoso apenas ficara uma imagem difusa, em parte porque não tinha interesse algum pelo que antes havia acontecido, bastava-lhe a felicidade de agora.

– No entanto, nunca o esqueci, porque foi o único que nunca me prometeu o que não estivesse decidido a cumprir – disse ela.

– Amanhã, espero-a às oito, Tina – sorriu Gregory apertando-lhe a mão.

Linda brincadeira você me fez, disse a Cármen, por telefone, e ela, que conhecia os sigilosos e culpados encontros de seu amigo com Ernestina Pereda, assegurou-lhe que não se tratava de uma brincadeira, pensava com toda a honestidade que ela era a secretária ideal para ele. Não se enganou, Tina Faibich e Mike Tong seriam os únicos pilares firmes do frágil edifício do escritório de Gregory Reeves. Também foi ideia de Cármen atrair clientes latinos com publicidade no canal espanhol na hora das telenovelas; lembrava-se da mãe, hipnotizada na frente da tela, mais inquieta pelos destinos daqueles seres de ficção do que pelos da sua própria família. Nenhum dos dois calculara o impacto do anúncio. Em cada interrupção do melodrama, aparecia Gregory Reeves com seu terno bem-talhado e seus olhos azuis, a imagem de um respeitável profissional anglo-saxão; mas, quando abria a boca para oferecer seus serviços, fazia-o em sonoro espanhol do bairro, com os termos e o inconfundível sotaque arrastado dos hispanos que o observavam do outro lado da tela. Pode-se confiar nele, diziam os clientes potenciais, é dos nossos, só que de outra cor. Logo era reconhecido pelos rapazes dos restaurantes, pelos motoristas de táxis, pelos operários da construção civil, e todos os trabalhadores de pele queimada que com ele cruzavam. King Benedict era o seu único caso quando começou; um mês depois, tinha tantos, que tratou de procurar um sócio.

– Subalternos sim, sócios nunca – comentou Mike Tong, que passava todo o dia no escritório, apesar de estar apenas contratado por duas horas por semana.

Dois anos depois, trabalhavam na firma seis advogados, uma recepcionista e três secretárias, Reeves atendia a casos de toda a Califórnia, mobilizava-se mais de avião do que por terra firme, ganhando montes de dinheiro e gastando muito mais do que entrava. Então, Mike Tong passava a maior parte da vida metido na desordem da sua espelunca, entre arquivos, papéis, livros de contabilidade, documentos bancários e a fotocopiadora, além da máquina de café, vassouras, provisão de papel higiênico e copos descartáveis, que fiscalizava com diligência de formiga. Os outros gozavam a mesquinhez do chinês, diziam que à noite regressava em segredo para tirar do lixo os copos plásticos, para os lavar e colocá-los novamente na caixa para serem usados no dia seguinte, mas Mike Tong não fazia o menor caso das piadas, estava muito ocupado fazendo as contas em seu ábaco.

As rotinas da vida e os deveres da monogamia oprimiram Shanon desde o começo; tinha a sufocante sensação de se arrastar por um deserto de dunas intermináveis, deixando pedaços de juventude a cada passo. O riso de cascavel que era o seu principal atrativo baixou de tom e tornou-se mais notório seu caráter indolente. Aborrecia-se sem consolação alguma, ligada a um marido por ilusão de segurança, ideia sugerida por sua mãe, que também lhe insinuou que a melhor maneira de apanhar Gregory Reeves seria com uma gravidez oportuna. Desejava casar-se, claro, não por razões mesquinhas, mas porque sentia carinho por aquele homem. A seu lado, sentia-se protegida pela primeira vez. Fico contente, minha filha, porque Reeves será rico muito em breve, a menos que já o seja, como ouvi dizer por aí, respondeu a senhora. Shanon não fez cálculos, não mostrava interesse específico pelo dinheiro, apesar dos conselhos da família de que apanhasse um peixe gordo que lhe desse a categoria de rainha, digna da sua beleza. Por outro lado, a ideia de ganhar a vida, cumprir um horário c conformar-sc com um ordenado era-lhe insuportável; tinha tentado fazê-lo, mas estava provado que não resistia a isso. Um marido próspero resolveria seus problemas, mas não pensara no preço que isso acarretaria. Agora, estava prisioneira dentro de casa e atada à criança que crescia em seu ventre. Nas primeiras semanas, distraiu-se tomando sol no cais junto do barco fantasma, mas logo convenceu Gregory a mudar de casa, e, no afã de procurar a mansão de seus sonhos, os meses passaram. Não encontrou o que procurava, nem teve ânimo para decorar a sua com algum esmero; comprou apressadamente móveis e adornos por um catálogo e, quando chegaram, empilhou-os de qualquer maneira. Deambulava pelos quartos abarrotados e entretinha-se falando ao telefone com os amigos; de brincadeira, telefonava aos antigos amantes fora de hora e sussurrava-lhes obscenidades, excitando-os e excitando-se até à demência. Necessitava exercitar sua natural coqueteria, de outro modo ficava mal-humorada, tal como quando lhe faltava licor. Por puro fastídio, foi aumentando o número de copos e acabou bebendo tanto quanto o pai. Nos primeiros meses, antes de a barriga crescer, ia para o escritório do marido e fumava de pernas cruzadas sobre a mesa de alguns dos jovens advogados, só pelo prazer de os ver perturbados. Possivelmente, não teria notado a presença de Mike Tong, não fosse por ele ser impermeável ao seu encanto; tratava-a com a distância cortês reservada a uma avó longínqua, situação que lhe provocava um rancor surdo, agravado pelo fato de o contador chinês lhe restringir o uso dos cartões de crédito e pôr freio em seu chefe quando fazia gastos desproporcionais para satisfazê-la. Nem gostava de Timothy Duane; convidou-o, certa ocasião, para almoçar com o pretexto de combinar uma festa de aniversário para o marido, mas ele apareceu acompanhado de uma turista austríaca com quem andava naquela semana e não deu sinais de perceber o quanto Shanon era mais bela e disponível. Cuide de sua mulher, advertiu Duane ao amigo, no dia seguinte, que chegou em casa disposto a exigir explicações, mas não pôde falar com ela porque a encontrou aturdida no chão da cozinha e, quando quis levantá-la, ela vomitou. É da gravidez, disse, mas cheirava a álcool. Ajudou-a a se deitar e, mais tarde, quando a viu dormindo entre os lençóis cor-de-rosa, achou que era muito jovem, um pouco ingênua e que talvez Duane, guiado pelo seu cinismo, tivesse interpretado mal um convite inocente. No entanto, não pôde continuar enganando-se por muito tempo; nos meses seguintes viu os sintomas do descalabro, tal como sucedera antes com Samantha, mas calculou que tinha muito mais em comum com Shanon do que com a primeira mulher e agarrou-se a essa ideia para não se deprimir. Pelo menos partilhavam o gosto pela boa comida e pelos gozos desmedidos na cama. Como ele, Shanon era irrequieta e aventureira, tinha prazer nas viagens, nas compras e nas festas. Vocês vão acabar mal, avisou Cármen, mas ele não via as coisas desse modo. Talvez essas semelhanças tivessem podido tecer os fundamentos de uma verdadeira relação de esposos, mas a paixão de seus primeiros encontros depressa se esfriou e, ao revolver a brasa da antiga fogueira, não encontraram amor. Gregory continuava deslumbrado pela juventude, alegria e beleza de Shanon, mas estava muito ocupado em seu trabalho e não dedicava tempo à família. Entretanto, ela se consumia de impaciência com a atitude de uma adolescente mimada. Nenhum deles demonstrou muito interesse em manter flutuando o barco no qual navegavam, por isso foi estranho que, quando finalmente ele afundou, guardassem tanto rancor um do outro.

O entusiasmo de Gregory por Shanon esfumou-se com rapidez, mas isso não se notou, porque durante os meses de gravidez sentiu por ela uma ternura protetora, uma mescla de compaixão e êxtase. Esteve a seu lado quando deu à luz, segurando-a, secando-lhe a transpiração, falando-lhe para a acalmar, enquanto os médicos se atarefavam sob as lâmpadas implacáveis da sala de parto. O cheiro de sangue trouxe-lhe a recordação da guerra e tornou a ver o rapaz do Kansas, como tantas vezes o vira em sonhos, suplicando-lhe que não o deixasse sozinho. Shanon agarrou-se a ele enquanto fazia força para expulsar a criança de suas entranhas, e nesses momentos Gregory acreditou que a amava. Gostava de crianças e estava entusiasmado com a ideia de ser pai novamente; desta vez seria diferente, prometeu a si próprio, o bebê não seria para ele um estranho, como Margaret. Quis ser o primeiro a iniciá-lo no mundo e estendeu as mãos para o receber mal assomou a cabeça. Levantou-o para mostrá-lo à mãe e não conseguiu dizer nada, porque a emoção secou-lhe a voz. Depois recordaria esse instante como o único de felicidade completa junto daquela mulher, mas essa chispa de felicidade desapareceu em poucos dias; ela não servia para os cuidados da maternidade, assim como para o papel de esposa ou de dona de casa, e, mal pôde enfiar seus *blue jeans* de solteira, bem justos, tratou de escapar da armadilha do casamento. Seu primeiro amante foi o médico que a assistiu no parto e, depressa, houve outros mais, enquanto o marido, absorto no trabalho, não tinha olhos para ver as evidências. Shanon transformava-se com cada novo amor segundo os pedidos de cada homem do momento; um dia aparecia com uma permanente e nova roupa íntima de renda preta, mas duas semanas mais tarde as ligas francesas ficavam esquecidas no fundo de uma gaveta porque estava de olho num vizinho escritor; então Gregory encontrava-a embrulhada num de seus xales, sem maquilagem e com novos óculos de tartaruga, lendo Jung. Entretanto, David, o bebê, crescia tão inquieto, chorão e manhoso, que nem a mãe desejava fazer-lhe companhia.

Um dia, Tina contou, envergonhada, ao seu chefe que tinha visto um dos advogados da firma beijando Shanon no estacionamento, desculpe meter-me nisso, Sr. Reeves, mas é minha obrigação dizer-lhe, concluiu com a voz tremendo. O mundo para Gregory tingiu-se de vermelho, pegou o acusado pelo paletó e esmurrou-o; o homem conseguiu entrar no elevador e escapar, mas ele correu pela escada de serviço e o alcançou na rua com tal escândalo, que a polícia interveio, e acabaram todos na delegacia, incluindo Mike Tong, que voltava do correio e conseguiu ser a testemunha do final da altercação, quando o galã jazia desmascarado com o nariz ensanguentado. Nessa noite, Shanon culpou o sucedido aos copos a mais e tentou convencer o marido de que essas travessuras não tinham importância alguma, só amava a ele. Gregory quis saber que diabo fazia ela naquele estacionamento, e ela jurou que se tratava de um encontro casual e um beijo de amiga.

– Vê-se logo a idade que você tem, Gregory; está muito fora de moda – concluiu.

– Parece é que nasci para corno! – rugiu Reeves saindo e batendo a porta com estrondo.

Dormiu num motel até que Shanon conseguiu localizá-lo e lhe suplicou que voltasse, jurando amor e assegurando-lhe que a seu lado se sentia segura e protegida; sozinha estava perdida, disse soluçando. Em segredo, Gregory a esperava. Tinha passado a noite acordado, atormentado pelo ciúme, imaginando represálias inúteis e soluções impossíveis. Fingiu uma raiva que na verdade não sentia, só pelo prazer de a humilhar, mas voltou para seu lado, tal como o faria todas as vezes nos meses que se seguiram.

Margaret desapareceu da casa de sua mãe aos treze anos. Samantha esperou dois dias antes de me telefonar porque achou que ela não tinha para onde ir e que depressa estaria de volta; certamente tratava-se de uma escapadela sem importância, todas as crianças nessa idade fazem essas loucuras, não é nada do outro mundo, já sabe que Margaret não dá problemas, é muito boa, disse-me ela. Sua capacidade para ignorar a realidade, como a de minha mãe, nunca deixou de me espantar. Avisei imediatamente a polícia, que organizou uma operação maciça para encontrá-la, pusemos avisos em todas as cidades da baía, chamamos pelo rádio e pela televisão. Quando fui à escola, soube que não a viam há meses, tinham-se cansado de mandar notificações à mãe e de deixar recados por telefone. Minha filha era péssima aluna, não tinha amizades, não praticava esportes e faltava demasiado às aulas, até que, por fim, deixou de as frequentar. Interroguei seus companheiros, mas pouco sabiam dela ou não quiseram dizer-me; pareceu-me que não simpatizavam com ela; uma garota descreveu-a como agressiva e grosseira, dois adjetivos impossíveis de associar a Margaret, que sempre se comportava como uma dama antiga num salão de chá. Depois falei com os vizinhos e, assim, soube que a tinham visto sair altas horas da noite; algumas vezes vinha-a buscar um rapaz numa motocicleta, mas regressava quase sempre em diferentes automóveis. Samantha disse que, certamente, se tratava de brincadeiras de mau gosto, ela não havia notado nada de anormal. Como ia notar a ausência da filha, se nem sequer notava sua presença, penso eu. Na fotografia que apareceu na televisão, Margaret estava muito bonita e inocente, mas lembrei-me de seus gestos provocantes e vieram-me à cabeça horríveis possibilidades. O mundo está cheio de pervertidos, disse-me uma vez um oficial da polícia quando um dos meninos que eu cuidava se perdera no parque. Foram dias de suplício correndo as delegacias de polícia, hospitais, jornais.

– Ela é um caso para São Judas Tadeu, patrono das causas perdidas – disse-me Timothy Duane muito sério quando fui ao seu laboratório à procura de uma mão amiga. –Tem que ir à Igreja dos Dominicanos, pôr vinte dólares na caixinha do santo e oferecer-lhe uma vela.

– Você está louco, Tim.

– Sim, mas essa não é a questão. A única coisa que me deixaram os doze anos de colégio de padres foi o senso de culpa e a fé incondicional em São Judas. Você não perderá nada experimentando.

– O Doutor Duane tem razão, não se perde nada em experimentar. Eu o acompanho – ofereceu-se suavemente minha secretária, quando soube, e foi assim que me encontrei de joelhos numa igreja, acendendo velas, como não fazia desde os meus tempos de menino de coro do padre Larraguibel, acompanhado pela incrível Ernestina Pereda.

Nessa noite alguém telefonou dizendo que tinha visto, num bar, uma pessoa parecida, só que bastante mais velha. Fomos lá com dois policiais e encontramos Margaret disfarçada de mulher, com unhas postiças, saltos altos, calças justas e uma máscara de maquilagem deformando seu rosto de bebê. Ao ver-me, começou a correr e, quando a pegamos, abraçou-me chorando e chamou-me de papai pela primeira vez desde que eu me lembro. O exame médico revelou que tinha marcas de agulhas nos braços e uma infecção venérea. Quando quis falar com ela no quarto da clínica particular onde a internamos, afastou-me com uma enxurrada de palavrões, que cuspia com voz de homem, vários dos quais eu nunca ouvira nem sequer no bairro onde me criara ou nos meus tempos de soldado. Tinha arrancado a sonda do braço, com o seu batom havia escrito horrendas obscenidades nas paredes do quarto, havia estraçalhado o travesseiro e atirado para o chão o que encontrara ao seu alcance. Foram necessárias três pessoas para agarrá-la enquanto lhe administravam um tranquilizante. Na manhã seguinte, fui com Samantha vê-la e encontramo-la serena e rodeada de flores, com caixas de chocolates e animais de pelúcia que lhe haviam mandado os empregados do meu escritório. Da endemoniada do dia anterior não havia nem rastro. Ao perguntar-lhe por que havia cometido semelhante barbaridade, desatou a chorar com aparente arrependimento, não sabia o que se passava, disse ela, nunca o tinha feito antes, era culpa das más amizades, mas não devíamos nos preocupar, tinha a noção do perigo e não veria mais essa gentalha, as picadas tinham sido só uma experiência e não se repetiriam, jurava.

– Estou bem. A única coisa de que necessito é de um gravador para ouvir música – disse-nos.

– Que tipo de música você quer? – perguntou a mãe acomodando-lhe as almofadas.

– Um amigo trouxe-me as minhas canções preferidas – respondeu letárgica. – E, agora, deixem-me dormir, estou um pouco cansada.

Ao despedir-nos, pediu que lhe levássemos cigarros, sem filtro, por favor. Achei estranho que fumasse, mas logo recordei que na sua idade eu havia fabricado um cachimbo e, de qualquer modo, comparado com seus outros problemas, um pouco de nicotina pareceu-me ser o de menos. Considerei pouco oportuno discutir sobre os perigos do fumo para os pulmões, quando podia morrer de uma *overdose* de heroína. Quando regressei para vê-la, à tarde, já não estava lá. Conseguira despistar a enfermeira do turno, vestira a mesma roupa de prostituta com que havia chegado e fugira. Ao limpar o quarto, descobriram uma seringa descartável debaixo do colchão junto ao gravador com uma fita de *rock* e os restos do batom. Havia perdido Margaret – desde então, via-a na prisão ou numa cama de hospital –, mas não o sabia ainda, demorei nove anos para dizer-lhe adeus, nove anos de esperanças defraudadas de buscas inúteis, de falsos arrependimentos, de incontestáveis artimanhas, traições, vulgaridades, suspeitas e humilhações, até que, por fim, aceitei no fundo do meu coração que era impossível ajudá-la.

A primeira loja Tamar surgiu numa rua do Centro de Berkeley, entre uma livraria e um salão de beleza, vinte e cinco metros quadrados com uma vitrine pequena e uma porta estreita, que teria passado despercebida entre as outras lojas da vizinhança se Cármen não decidisse aplicar os mesmos princípios decorativos da casa de Olga, mas ao contrário. A morada da curandeira tinha tantos adornos quanto um pagode de opereta e, por isso, destacava-se na arquitetura cinzenta e pobre do bairro latino. O local de Cármen estava rodeado de lojas vistosas, de restaurantes chineses, com seus dragões furibundos, e mexicanos, com os seus cactos de gesso, bazares da Índia, lojas para turistas e a florescente indústria da pornografia com letreiros de néon, mostrando casais nus em posições inverossímeis. Com semelhante concorrência, tornava-se difícil atrair clientela, mas ela pintou tudo de branco, pôs um toldo da mesma cor na porta e lâmpadas potentes para acentuar o aspecto de laboratório de sua loja. Dispôs as joias sobre simples bandejas de areia e transparentes pedaços de quartzo, onde o elaborado desenho e os ricos materiais brilhavam esplêndidos. Num canto pendurou algumas saias ciganas, como as que ela própria usava há anos, únicas notas quentes naquela brancura de neve. No ar flutuavam um aroma tênue de especiarias e os sons monótonos de uma guitarra oriental.

– Em breve terei cintos, carteiras e xales – explicou Cármen a Gregory quando lhe mostrou, ufana, o seu novo negócio na festa de inauguração. – Haverá pouca variedade, mas poderei combinar todas as peças, de maneira que, com uma visita à minha loja, a clientela possa sair vestida dos pés à cabeça.

– Não encontrará muito entusiasmo por esses disfarces – riu Gregory, convencido de que era preciso estar muito mal da cabeça para usar as criações da amiga; porém, minutos mais tarde, teve de engolir as palavras quando Shanon pediu que lhe comprasse vários brincos "étnicos", que, a ele, pareceram injustificadamente caros, e viu sua amiga Joan, pelo braço de Balcescu, exibindo uma dessas extravagantes saias zíngaras de pregas multicoloridas. As mulheres são um verdadeiro mistério, murmurou.

Cármen Morales conduzia seu negócio com prudência de hortelão. Fazia as contas todas as semanas, separando uma parte para manter a fábrica funcionando, outra para impostos, qualquer coisa para sobreviver sem luxo e aumentar sua conta da poupança. Contava com seus fiéis vietnamitas para reproduzir os desenhos e umas comadres mexicanas do bairro que, de acordo com instruções precisas, costuravam a roupa em suas casas e a enviavam por correio. Ela mesma escolhia todos os materiais e, uma vez por ano, durante o verão, ia fazer compras na Ásia ou no norte da África, em azarentas viagens que teriam aterrado outra mulher menos confiante, mas ela ia protegida dos riscos, porque era incapaz de imaginar a maldade alheia. Só podia ausentar-se durante as férias escolares de Dai, que se acostumou a esses safáris de trem, de jipe, de burro ou a pé por aldeias remotas nas florestas da Tailândia, acampamentos de pastores nômades nas montanhas do Atlas ou bairros de miséria nas populosas cidades da Índia. Seu corpo delgado e moreno resistia sem queixas a toda espécie de comidas, água contaminada, picadas de mosquitos, fadigas e calor infernal, tinha a força de um faquir para tudo que fosse difícil. Era um menino tranquilo que aprendeu as quatro operações aritméticas brincando com as contas para colares e, antes dos dez anos, havia descoberto várias leis matemáticas que tentava explicar em vão à mãe e à professora. Mais tarde, quando verificaram seu extraordinário talento para os números e os professores da universidade o examinaram, viu-se que eram princípios de trigonometria. Tinha um pequeno tabuleiro metálico de xadrez com peças com ímã e, na trepidação dos trens, meio esmagado pela multidão de passageiros, gaiolas com animais, malas desconjuntadas e cestas com comestíveis, Dai jogava, impassível, xadrez contra si mesmo, sem fazer roubalheira. Nem sempre dormiam em hotéis ou em cabanas de gente amiga, às vezes viajavam em pequenas caravanas ou levavam um guia e tinham de acampar num espaço ínfimo.

Numa esteira no chão ou numa rede pendurada sob um mosquiteiro, rodeado pelo grasnar ameaçador de pássaros noturnos e pelo rumor de patas sigilosas, sumido no inquietante odor dos resíduos vegetais e magnólias, Dai sentia-se totalmente seguro junto do corpo morno da mãe, julgava-a invulnerável. Com ela passou por muitas aventuras e, nas poucas vezes em que a viu assustada, sentiu também a alfinetada do medo, mas, então, recordava sua mãe, a dos olhos de amêndoas negras que voava a propulsão a jato sobre a sua cabeça, protegendo-o de todos os males. Num bazar do Marrocos, andando por entre a matizada multidão, o menino largou a mão de Cármen para admirar umas facas curvas com cabos de couro lavrado. O dono da tenda, um homenzarrão de cara patibular envolto em trapos, agarrou-o pelo pescoço, levantou-o no ar e deu-lhe um bofetão, mas antes de conseguir repetir o gesto caiu-lhe em cima uma fera brava, toda garras, grunhindo e dando dentadas de cadela raivosa. Dai viu sua mãe rolar com o árabe pelo chão numa confusão de saias rasgadas, cestos virados, mercadoria espalhada e risos de outros homens do mercado. Cármen levou um murro na cara e durante alguns instantes ficou atordoada, mas a violência do seu desespero reanimou-a e, antes que alguém o pudesse prever, empunhava uma das facas curvas, desembainhada. Nesse momento surgiu a polícia, desarmaram-na e salvaram o comerciante de uma punhalada certa, enquanto os homens reunidos em círculo acompanhavam a pancadaria e acusavam a estrangeira com gritos e insultos. Cármen e Dai acabaram na delegacia atrás das grades, rodeados de ladrões que não se atreveram a molestá-los, porque viam a morte nos olhos daquela mulher. O cônsul americano resgatou-a e, mais tarde, ao despedir-se, aconselhou-os a não voltar a pôr os pés naquele país. Vemo-nos para o ano, respondeu Cármen e não pôde sorrir, porque tinha o rosto inchado e um talho profundo no lábio. Dessas explorações voltavam com caixas cheias de contas variadas, pedaços de coral, vidro ou metais antigos, pedras semipreciosas, minúsculas esculturas em osso, conchas perfeitas, garras e dentes de animais desconhecidos, folhas e escaravelhos petrificados desde a idade glacial. Também traziam tecidos bordados e couros lavrados que serviam para unir pormenores a um cinturão ou a um bolso, fitas desbotadas pelo tempo para as saias, botões ou fivelas que descobriam em cantos esquecidos. Nessa altura, Cármen já não trabalhava em casa. Na oficina tinha os seus tesouros em caixas de plástico transparente organizadas por materiais e cores, fechava-se lá durante horas para fabricar cada modelo, pondo e tirando contas, lavrando metais, cortando e polindo num paciente exercício de imaginação. Iniciou a moda dos motivos astrológicos de luas e estrelas, o uso de cristais para a boa sorte, as joias de inspiração africana, as argolas diferentes para cada lado e o brinco único enroscado na orelha com uma cascata de pedras e peças de prata, que mais tarde seriam copiados até à saturação. Os anos deram-lhe segurança e afinaram um pouco o rosto, mas não atenuaram sua alegre disposição nem diminuíram o gosto pela aventura. Manobrava o negócio como uma especialista, mas divertia-se tanto ao fazê-lo que não o considerava trabalho. Era incapaz de levar as coisas a sério. Não via diferença entre a sua próspera empresa e os tempos em que fabricava artefatos em casa dos pais para vender no bairro latino ou se vestia com lenços de cores para fazer malabarismos na Praça Pershing. Tudo fazia parte do mesmo passatempo ininterrupto da existência, e o fato de aumentarem os zeros em suas contas bancárias não mudava em nada a índole brincalhona de sua maneira de ser. Era a primeira a ficar surpreendida com seu êxito, custava-lhe acreditar que houvesse gente disposta a pagar tanto por aqueles adornos inventados num rasgo de inspiração só para se divertir. As dificuldades da vida e os enganos do êxito também não alteraram sua natureza amável, continuava aberta, confiante e generosa. As viagens ensinaram-lhe as infinitas misérias e dores que a humanidade suporta e, ao comparar-se com outros, sentia-se muito afortunada. Para ela, não existia conflito entre o bom olho para o comércio e a compaixão; desde o princípio fez por dar trabalho, nas melhores condições possíveis, aos mais pisoteados na escala social e, depois, quando sua fábrica cresceu, contratava tantos latinos pobres, refugiados asiáticos e centro-americanos, inválidos e até dois deficientes mentais que encarregou das plantas e dos jardins, de tal modo que Gregory chamava o negócio de sua amiga de "o hospício de Tamar". Gastava tempo e dinheiro em fatigantes cursos e aulas de inglês para seus operários, que, de uma maneira geral, acabavam de chegar ao país, escapando de inconfessáveis penúrias. Sua espontânea caridade originou uma visionária medida empresarial: refeitório gratuito, recreios obrigatórios, música ambiental, cadeiras confortáveis, aulas de ginástica e relaxamento para os músculos presos pelo minucioso esforço de montar as joias e tantas outras inovações, porque o pessoal respondia com felicidade e eficiência assombrosas. Em suas viagens, Cármen aprendeu que o mundo não é branco e nunca o seria, por isso mesmo ostentava com orgulho sua pele queimada e seus traços latinos. Sua figura arrogante enganava os outros, dava a impressão de ser mais alta e mais jovem, e apresentava-se com tanta desenvoltura, envolta em seus vestidos ciganos e acompanhada pelo tilintar de suas pulseiras, que ninguém se dava ao trabalho de pormenorizar sua escassa estatura, seios pesados e corpo de violão ou suas primeiras cãs e rugas. No recreio da escola Dai ganhou um concurso entre os companheiros por ter a mãe mais bela.

– Nunca se casará, mamãe? – perguntou-lhe o menino.

– Sim, quando você crescer, vou me casar com você.

– Quando eu crescer, você estará muito velha – explicou-lhe Dai, para quem os números eram verdades irrefutáveis.

– Então terei que procurar um marido tão decrépito como eu – riu Cármen e, numa chispa de memória, viu o rosto de Leo Galupi, tal como o havia recordado frequentemente nesses anos e tal como o vira pela primeira vez meio oculto por um ramo de flores murchas, esperando-a no aeroporto de Saigon. Perguntou a si própria se porventura ele a recordaria também e decidiu que um dia teria de averiguar, porque Dai crescia rapidamente e talvez em breve não precisasse mais dela. Por outro lado, estava cansada de amantes esporádicos, escolhia homens mais novos porque necessitava de harmonia e beleza à sua volta, mas começava a pesar-lhe o vazio afetivo.

Enquanto seu amigo Gregory vivia como rico, acumulando dívidas e dores de cabeça, ela vivia como uma operária, mas ganhava dinheiro e lisonjas. Depressa o nome de Tamar havia passado a ser o símbolo de estilo original e de qualidade impecável. Sem querer, encontrou-se dirigindo desfiles de moda e dando conferências, como uma especialista, sem perder de vista que tudo aquilo era uma brincadeira. Um dia vão descobrir que não sei nada de nada, que ando invadindo o mundo por pura fanfarronice, comentava com Gregory, quando saía em revistas femininas e de arte ou em publicações de economia como exemplo de empresa que cresce rápido. Poucos anos mais tarde, quando havia sucursais Tamar em várias capitais, quase duzentas pessoas trabalhando sob suas ordens, sem contar os vendedores que percorriam vários continentes oferecendo a mercadoria nas lojas mais luxuosas, e quando o departamento de contabilidade ocupava todo um andar da fábrica, ela ainda viajava de mula pela selva ou de camelo pelo deserto, comprando seus materiais, e vivia modestamente com o filho; não por mesquinhez, mas porque não sabia que a existência pode ser mais confortável.

King Benedict desejava mais de que tudo no mundo um trem elétrico para armar na sala da casa de sua mãe. Já havia construído a estação, uma aldeia com casinhas de madeira, árvores de papelão e uma natureza com montes e túneis em miniaturas que se estendia de parede a parede, impedindo a passagem no quarto. Só esperava o trem, porque Bel lhe havia prometido que essa seria a primeira compra quando recebessem o dinheiro do tribunal. Sentia-se como um inválido e aferrava-se àquela mulher de pescoço alto e olhos amarelos, que dizia ser mãe e representava a única bússola numa tempestade de incertezas. Desde o acidente, sua memória era só neblina, quarenta anos apagados no momento em que sua cabeça bateu no chão. Lembrava-se da mãe jovem e formosa, como é que ela se transformara nessa velha gasta pelo trabalho e pelos anos? Quem é Bel realmente? Tomara que compre o trem para mim... Compreendia que já não estava para brincadeiras infantis, mas, na verdade, não lhe serviam para nada os assuntos que obcecavam os homens. Passava horas aparvalhado em frente da televisão, esse prodigioso invento antes desconhecido para ele, e, quando via beijos apaixonados na tela, sentia uma cega ansiedade, algo palpitante nas entranhas que, por sorte, não durava muito. O catálogo dos trens elétricos atraía-o muito mais do que as revistas de mulheres nuas que lhe oferecia o jornaleiro na banca da esquina. Às vezes via a si próprio a distância, como se estivesse no cinema contemplando o próprio rosto numa cruz implacável. Não reconhecia seu corpo. A mãe havia lhe explicado o acidente e a amnésia, não era burro, sabia que não tinha quatorze anos. Olhava-se longamente ao espelho sem reconhecer aquele avô que o saudava do outro lado, fazia um inventário das mudanças e perguntava em que momento tinham ocorrido, como se acumulara tanto desgaste. Ignorava como perdera o cabelo, ganhara peso e lhe tinham aparecido rugas, onde tinham ido parar alguns dos seus dentes, por que lhe doíam os ossos quando atirava uma bola, acabava o fôlego quando tentava subir as escadas correndo e não podia ler sem óculos. Não recordava ter comprado aquelas lentes. Agora estava sentado na frente de uma mesa grande de um escritório cheio de plantas e livros entre dois homens que o perseguiam com perguntas, algumas impossíveis de responder, enquanto uma secretária escrevia palavra por palavra numa máquina. Quem era o presidente no ano em que você se casou? A mãe obrigava-o a ir diariamente à biblioteca ler os jornais antigos para se inteirar do acontecido no mundo durante esses quarenta anos que lhe tinham sido varridos da mente. Os dados abstratos eram para ele mais compreensíveis do que os artefatos de uso diário, como um forno de micro-ondas e outras coisas fascinantes e misteriosas. King sabia os nomes dos presidentes, os mais notáveis resultados do beisebol, as viagens à Lua, as guerras, os assassinatos de John Kennedy e Martin Luther King, mas não fazia a menor ideia de onde estava na época desses acontecimentos e podia jurar que nunca havia se casado. A mãe passava as tardes contando-lhe coisas da sua própria vida para ver se, de tanto as repetir, conseguia dissipar as brumas do esquecimento, mas esses exercícios obrigatórios de memória eram um interminável e aborrecido calvário. Custava-lhe acreditar que seu destino tivesse sido tão insignificante, que nada importante tivesse feito, nada tivesse realizado de seus planos juvenis. Sentia angústia pelo tempo desperdiçado nesse colar de rotinas minúsculas, por isso mesmo agradecia aquela segunda oportunidade neste mundo. Seu futuro não era um buraco negro nas costas, como dizia a mãe, mas um caderno em branco na frente de seus olhos. Podia enchê-lo com o que sempre ambicionara, percorrer uma vez mais os anos já vividos. Correria aventuras, encontraria tesouros, cometeria atos heroicos, iria à África à procura das suas raízes, nunca se casaria nem envelheceria. Se pelo menos pudesse recordar os erros e os acertos... Sempre quisera um trem elétrico, não era um capricho de momento, mas seu mais antigo desejo, o sonho de sua infância. Quando o disse a Reeves, o homem sorriu com seus olhos claros e confessou-lhe que essa era também a sua máxima aspiração, mas nunca o tivera. Mentira, se pode pagar este escritório com letras de ouro nas janelas, também pode comprar um trem e até dois se lhe der vontade, tinha concluído King Benedict, mas não se atreveu a dizê-lo, não podia passar por grosseiro. Por que razão a mãe escolhera um advogado branco? Não lhe havia dito muitas vezes que por princípio devia desconfiar sempre dos brancos? Agora o outro homem mostrava-lhe filas de fotografias sobre a mesa e tinha de reconhecê-las, mas nenhuma daquelas pessoas lhe era familiar, exceto a bela mulher sentada no peitoril de uma janela com metade do rosto iluminada e a outra na sombra, sua mãe sem dúvida, ainda que muito diferente da anciã de agora. Depois testaram-no com fotos de revistas para ele identificar cidades e paisagens quase todas desconhecidas para ele. E isto agora? Que plantação de algodão era essa? E essa camionete? Não conseguia recordar, mas tinha certeza de ter estado num lugar parecido. Onde é, mamãe? Mas, antes que pudesse modular as palavras, começou a sentir picadas nas têmporas, e num instante a dor tomou-o. Levantou as mãos para proteger a cabeça e tentou escapar, mas caiu de joelhos no chão.

– Sente-se mal, sr. Benedict? Senhor Benedict... – e a voz chegou-lhe de longe. Depois sentiu na testa a mão de sua mãe e virou-se para se abraçar à sua cintura e se esconder em seu peito, cansado pelas surdas marteladas retumbando dentro de seu cérebro e a onda de náusea que lhe enchia a boca de saliva e o fazia tremer.

Gregory Reeves demorou um ano para aceitar que não havia razão para continuar lutando por um casamento que nunca deveria ter-se realizado, e outro tanto para tomar a decisão de separar-se, porque não queria deixar David e lhe custava muito admitir um segundo fracasso.

– O problema não é Shanon, é você – diagnosticou Cármen.

– Nenhuma mulher pode resolver os seus problemas, Greg. Ainda não sabe o que quer. Se não consegue gostar de si próprio, como é que vai gostar de alguém?

– Fala a voz da experiência! – disse ele, gracejando.

– Pelo menos não me casei duas vezes!

– Isto vai custar uma fortuna – lamentou-se Mike Tong quando soube que o seu chefe pensava divorciar-se outra vez.

Reeves foi viver algum tempo com Timothy Duane. Depois de uma briga escandalosa em que se insultaram aos gritos e Shanon lhe atirou uma garrafa na cabeça, meteu sua roupa em duas malas e partiu, jurando que dessa vez não voltava. Chegou ao apartamento do amigo quando esse se encontrava no meio de um jantar com outros médicos e suas mulheres. Entrou na sala de jantar e com um gesto dramático deixou cair a bagagem no chão.

– Isso é tudo que resta de Gregory Reeves – disse, taciturno.

– A sopa é de champignons – respondeu Timothy sem se alterar.

Mais tarde, a sós, ofereceu-lhe o quarto dos hóspedes e comentou que em boa hora havia se separado daquela velhaca. – Estou precisando de um companheiro de farra – acrescentou.

– Não é o caso, tenho má sorte com as mulheres.

– Não diga besteira, Greg. Vivemos no paraíso. Aqui, não só as mulheres são bonitas, como não temos concorrência. Você e eu devemos ser os últimos heterossexuais solteiros em São Francisco.

– Até agora, essa estatística não me serviu de nada...

Shanon ficou com o menino e pouco depois instalou-se numa casa sobre uma colina com vista para a baía. Gregory regressava à sua, agora sem móveis, mas ainda com os barris das rosas. Não se preocupou em substituir o que perdera, porque na destruição dos últimos tempos foi interiorizando sua indignação de marido traído e os quartos vazios pareceram-lhe coisa adequada ao seu estado de espírito. Quando o ressentimento contra a mulher se transformou em desejo de vingança, quis procurar amantes para consolo, como havia feito antes, mas descobriu que, longe de o aliviar, essa solução complicava-lhe o horário e aumentava-lhe a raiva. Mergulhou no trabalho, sem tempo nem boa disposição para trabalhos domésticos, limitou-se a manter vivas as plantas.

Por seu lado, Shanon não estava muito melhor, o caminhão da mudança descarregou os caixotes na sala de sua nova casa e ali ficaram espalhados; só conseguiu ter forças para arrumar as camas e alguns utensílios de cozinha, enquanto à sua volta cresciam a desordem e a confusão. Era incapaz de lidar com David. O menino tornou-se uma tarefa sobre-humana, precisava mais de um domador de feras do que de uma babá, tinha nascido com o organismo acelerado e vivia como um selvagem. Expulsaram-no das creches onde tentaram deixá-lo algumas horas por dia, sua conduta era tão bárbara que mantinha a mãe em permanente estado de alerta, porque qualquer descuido podia terminar numa catástrofe. Aprendeu bem cedo a chamar a atenção retendo a respiração e aperfeiçoou esse recurso até conseguir fazer espuma pela boca; revirava os olhos e caía em convulsões sempre que lhe negavam um capricho. Não usava escova de dentes, pente ou colher, comia no chão, lambendo os alimentos, não o podiam deixar com outras crianças, porque mordia, nem entre adultos, porque soltava um guincho de estilhaçar vidros, capaz de moer os nervos do mais corajoso. Shanon deu-se por vencida mal a criança começou a engatinhar, o que coincidiu com as piores discussões com o marido, e procurou alívio na genebra. Enquanto o pai se atordoava no trabalho e nas viagens, que o mantinham sempre ausente, e a mãe o fazia no licor e na frivolidade, ambos ocupados numa guerra de inimigos irreconciliáveis, o pequeno David acumulava a raiva surda das crianças abandonadas. O divórcio evitou pelo menos a iniquidade dessas diárias batalhas campais que deixavam a família extenuada, incluindo a empregada mexicana, que ia todos os dias limpar a casa e cuidar do menino, mas que, por fim, preferiu a incerteza da rua àquele manicômio. Sua partida foi mais trágica para Shanon do que a do marido. A essa altura julgou-se desamparada e não voltou a tentar um sinal de controle, deixou que o lar e sua vida se enchessem de pó e desordem, que à sua volta se acumulassem roupa e pratos sujos, contas a pagar, máquinas estragadas e deveres que procurava ignorar. No mesmo estado de confusão começou sua vida de mulher divorciada, não voltou a dedicar-se ao papel de mãe nem de dona de casa, renunciou a toda pretensão de decência doméstica, vencida na partida, mas sobrou ânimo para se salvar do naufrágio e escapar, primeiro por pequenos momentos roubados e depois por horas, até que, por último, foi embora de todo.

Reeves ficou em sua casa vazia, com o barco apodrecendo no cais e as roseiras morrendo nos barris. Não era uma solução prática para um homem sozinho, como todos lhe fizeram ver, mas num apartamento sentia-se prisioneiro, necessitava de amplos espaços onde pudesse esticar o corpo e deixar a alma solta. Trabalhava dezesseis horas por dia, dormia menos de cinco por noite e bebia uma garrafa de vinho a cada refeição. Pelo menos não fuma, não vai morrer de câncer no pulmão, consolou-o Timothy Duane. O escritório parecia uma fábrica de fazer dinheiro, mas, na realidade, mantinha-se em equilíbrio graças ao contador chinês, que fazia milagres para pagar as contas mais urgentes. Foi em vão que Mike Tong tentou explicar a seu chefe os princípios básicos da contabilidade, que examinasse as sangrentas colunas de livros e visse como faziam piruetas de olhos vendados numa corda bamba. Não se preocupe, homem, vamos nos safar, isso não é como na China, aqui se anda sempre para a frente, esta terra é dos corajosos, não dos prudentes, tranquilizava-o Reeves. Olhava à sua volta e via que não era o único a tomar essa posição, a nação inteira sucumbia no caos do esbanjamento, lançada numa bacanal de gastos e numa estrepitosa propaganda patriótica, dirigida para recuperar o orgulho humilhado pela derrota da guerra. Marchava ao tambor de sua época, mas, para o fazer, tinha que calar as vozes de Cyrus, com sua cabeleira de sábio e suas enciclopédias clandestinas, de seu pai com a jiboia mansa, dos soldados afogados em sangue e espanto e de tantos outros espíritos inquietos. Nunca se viu tanto egoísmo, corrupção e arrogância desde o Império Romano, dizia Timothy Duane. Quando Cármen o preveniu contra as armadilhas da cobiça, ele lhe recordou que a primeira lição de esperteza tinha sido dada por ela na infância, ao tirá-lo do gueto e obrigá-lo a fazer dinheiro no bairro dos burgueses. Graças a você atravessei a rua e descobri as vantagens de estar do outro lado; é muito melhor ser rico, mas, se não puder ser, pelo menos vou viver como se fosse, disse ele. Ela não conseguia conciliar essas piadas do amigo com outros aspectos de sua vida, que revelava sem lhe propor nas longas conversas das segundas-feiras, como a sua tendência cada vez mais acentuada de defender sozinho os mais pobres, nunca as empresas ou as companhias de seguros, onde havia lucros substanciais sem tantos riscos.

– Você é contraditório, Greg. Fala em fazer dinheiro, mas pelo seu escritório só passam pobres.

– Os latinos, foram-no sempre, sabe tão bem quanto eu.

– É isso que quero dizer. Com esse tipo de clientes, ninguém enriquece. Mas agrada-me que continue a ser o bobo sentimental de sempre, por isso gosto de você. Sempre assume o problema dos outros, não sei como consegue ter tanta força.

Esse traço de seu caráter não se notava tanto quando era apenas uma porca a mais na complicada engrenagem de um escritório alheio, mas ficou evidente ao se tornar patrão de si mesmo. Era incapaz de fechar a porta a quem pedisse ajuda tanto no escritório como na vida privada. Cercava-se de gente na desgraça e mal conseguia cumprir a palavra; Ernestina Pereda fazia milagres para esticar as horas do seu calendário. Frequentemente os clientes acabavam tornando-se seus amigos; em mais de uma ocasião, esteve morando em sua casa alguém que ficara sem teto. Um olhar agradecido parecia-lhe recompensa suficiente, mas muitas vezes sofria graves decepções. Não tinha bom olho para detectar a tempo os sem-vergonhas e, quando queria libertar-se deles, já era tarde, porque se viravam contra ele, como escorpiões, acusando-o de todas as espécies de vícios. Cuidado, evite qualquer processo por mau uso da profissão, avisava Mike Tong ao ver que o seu chefe confiava demasiado nos clientes, entre os quais havia ladrões que sobreviviam abusando do sistema legal e possuíam uma história de processos nas costas, trabalhavam alguns meses, conseguiam ser despedidos e depois instauravam um processo por terem perdido o emprego;

outros provocavam ferimentos para receber o seguro. Reeves também se enganava ao contratar seus empregados, a maioria tinha problemas com o álcool; outro era jogador e apostava não apenas o seu, mas tudo que podia roubar do escritório, e havia um que padecia de depressão crônica e que o encontraram mais de uma vez com as veias abertas no banheiro. Demorou muitos anos para perceber que sua atitude atraía os neuróticos. As secretárias não davam vazão a tanto sobressalto, poucas permaneceram mais de dois meses. Mike Tong e Tina Faibich eram as únicas pessoas normais naquele circo de alucinados. Aos olhos de Cármen, o fato de seu amigo ainda não ter afundado era prova irrefutável de sua força, mas Timothy Duane chamava a esse milagre pura e simplesmente boa sorte.

Entrou no seu escritório pela porta de serviço, como fazia frequentemente, para evitar os clientes da sala de espera. Sua mesa era uma montanha de papéis, no chão empilhavam-se também documentos e livros de consulta, sobre o sofá havia um colete e várias caixas com sininhos e cervos de cristal. A desordem crescia à sua volta, ameaçando devorá-lo. Enquanto tirava o impermeável, passou em revista as plantas, preocupado com o aspecto fúnebre dos brotos. Não chegou a tocar a campainha, Tina esperava-o com a agenda do dia.

– Temos que fazer alguma coisa com este aquecimento, está matando as plantas.

– Hoje tem uma escritura às onze horas e lembre-se de que à tarde terá de ir aos tribunais. Posso arrumar um pouco isso aqui? Está parecendo uma lixeira, se não se importa que eu diga isso, Senhor Reeves.

– Está bem, mas não mexa no arquivo de Benedict, já estou trabalhando nele. Escreva outra vez para o Clube de Natal para não me mandarem mais bugigangas. Pode trazer-me uma aspirina, por favor?

– Creio que precisa de duas. Sua irmã Judy telefonou várias vezes, é urgente – disse Tina e saiu.

Reeves pegou o telefone e ligou para a irmã, que lhe comunicou em poucas palavras que Shanon havia passado muito cedo para deixar David em sua casa antes de viajar com destino desconhecido.

– Venha buscar seu filho o quanto antes, porque não pretendo tomar conta desse monstro, já bastam os meus e a minha mãe. Sabe que agora usa fraldas?

– David?

– Minha mãe. Vejo que também não sabe nada do seu próprio filho.

– Temos que interná-la numa clínica geriátrica, Judy.

– Claro que essa é a solução mais fácil; abandoná-la, como se fosse um sapato gasto; sem dúvida, é o que você faria, mas eu não. Ela cuidou de mim quando eu era pequena, ajudou-me a criar meus filhos e tem estado a meu lado em todas as necessidades. Como pode pensar em colocá-la num asilo? Para você ela não passa de uma velha inútil, mas eu gosto dela e espero que morra em meus braços e não abandonada, como um cão. Você tem uma hora para vir buscar o seu filho.

– Não posso, Judy, tenho três clientes à espera.

– Então vou entregá-lo à polícia. Nesse pouco tempo em que está em minha casa já enfiou o gato no secador de roupa e cortou o cabelo da avó – disse Judy procurando dominar o timbre histérico da voz.

– Shanon não disse quando regressará?

– Não. Disse que tem direito de seguir sua vida ou qualquer coisa assim. Cheirava a álcool e estava muito nervosa, quase desesperada; não a culpo, aquela pobre mulher não tem nenhum controle sobre a própria vida, como poderia tê-lo sobre o filho?

– E que vamos fazer agora?

– Não sei o que você vai fazer. Devia ter pensado nisso há mais tempo, não sei para que põe filhos no mundo se não tem intenção de os criar. Já tem uma filha drogada, não é o suficiente? Ou quer que David siga o exemplo da irmã? Se não pode estar aqui exatamente dentro de uma hora, vá à polícia, e lá encontrará o garoto – e desligou o telefone.

Reeves chamou Tina para lhe pedir que cancelasse as entrevistas do dia. Ela o alcançou na porta, vestindo o sobretudo, de guarda-chuva na mão, certa de que, naquele momento, seu chefe iria precisar dele.

– Que pensa de uma mulher que abandona o filho de quatro anos, Tina? – perguntou Reeves à secretária a meio do caminho.

– O mesmo que penso de um pai que abandona os três – respondeu ela num tom que nunca usava, e, assim, acabou a conversa, no resto da viagem foram calados, ouvindo um concerto na rádio e procurando afastar as turbulências da imaginação. Podiam esperar tudo de David.

Judy aguardava à porta com a bagagem do sobrinho, enquanto o menino, vestido de soldado, corria pelo jardim atirando pedras na cadela inválida. Tina abriu seu gigantesco guarda-chuva e fê-lo girar como uma roda de carrossel, isso teve o poder de fazer David parar. O pai avançou com a intenção de agarrá-lo, mas o garoto atirou-lhe uma pedra e saiu disparado para a rua. Não chegou lá. Numa manobra de ilusionista, Tina fechou o guarda-chuva, enganchou-lhe uma perna com o cabo, atirou-o de boca no chão, em seguida agarrou-o pela roupa, levantou-o no ar e meteu-o à força no automóvel, tudo isso sem perder seu habitual sorriso. Fez de tudo para mantê-lo imóvel durante o caminho de volta para a cidade. Nessa tarde, Gregory apresentou-se no tribunal com mais vontade de lutar do que habitualmente, enquanto sua invencível secretária o aguardava do lado de fora, controlando David com histórias, batatas fritas e um ou outro beliscão.

Assim começou a convivência de Gregory com o filho. Não estava preparado para aquela emergência e não tinha tempo em seu trabalho para uma criança, muito menos para uma tão chata como a sua. Era tanta a insegurança de David, que não podia ficar sozinho um só momento; à noite, enfiava-se na cama do pai para dormir agarrado à sua mão. Nos primeiros dias, Gregory teve de levá-lo consigo para todo lado, porque não tinha idade para ficar sozinho e não conseguiu ninguém disposto a tomar conta dele, nem sequer Judy, apesar de sua inclinação natural para os meninos e a bela quantia que lhe ofereceu. Se em poucos minutos pelou a cabeça de minha mãe, em uma hora irá cortá-la, foi a resposta de Judy ao seu pedido. A casa e o carro de Reeves encheram-se de brinquedos, comida rançosa, chicletes mascados, pilhas de roupa suja. À falta de outra solução, levou-o para o escritório, onde a princípio seus empregados brincavam com a criança, mas logo se deram por vencidos, reconhecendo honestamente que a odiavam. David corria por cima das mesas, mastigava clipes e depois cuspia-os sobre os documentos, desligava os computadores, inundava os banheiros, arrancava os fios dos telefones e tanto viajou de elevador que a máquina enguiçou. Por sugestão de sua secretária, Gregory contratou uma imigrante ilegal, salvadorenha, para cuidar dele, mas a mulher só aguentou quatro dias. Foi a primeira de uma longa lista de babás que passaram pela casa sem deixar recordações. Para o diabo com os traumas, eu lhe daria uma boa surra, recomendou Cármen pelo telefone, embora ela nunca tivesse tido oportunidade de o fazer com Dai. O pai preferiu consultar um psiquiatra infantil, que aconselhou uma escola especial para crianças com problemas de conduta, receitou remédios para o acalmar e tratamento imediato, porque, segundo explicou, as feridas emocionais dos primeiros anos de vida deixam cicatrizes para sempre.

– E, de passagem, sugiro que o senhor faça terapia também, porque necessita dela mais do que David. Se o senhor não resolve seus problemas, não poderá ajudar seu filho – acrescentou, mas Reeves pôs essa ideia de lado sem um segundo pensamento. Havia-se criado num meio onde essa possibilidade não se apresentava e naquele tempo ainda acreditava que os homens devem resolver as coisas sozinhos.

Aquele foi um ano difícil para Gregory Reeves. É o pior do seu destino; você já não tem com que se preocupar, porque o futuro será muito mais fácil, assegurou-lhe Olga mais tarde, quando tentou convencê-lo do poder dos cristais para combater a má sorte. Juntaram-se-lhe várias desgraças, e o frágil equilíbrio de sua realidade desmoronou-se. Uma manhã, Mike Tong apresentou-se aflito para lhe dizer que devia ao banco uma soma impossível de pagar, que os juros estavam estrangulando a firma e que, além disso, não havia terminado com os gastos de seu divórcio. As mulheres com quem ele saía foram desaparecendo uma a uma à medida que tinham ocasião de conhecer David; nenhuma teve força de caráter para partilhar o amante com aquela indômita criança. Não era a primeira vez que as circunstâncias o perseguiam, mas agora somava-se a de cuidar do filho. Madrugava para conseguir pôr a casa em ordem, preparar o café da manhã, ouvir as notícias, programar a comida e vestir o menino, deixava-o na escola logo que os calmantes faziam efeito e voava para a cidade. Esses quarenta minutos de viagem eram o único momento de paz durante todo o dia; ao passar entre as soberbas torres da ponte do Golden Gate, com altos campanários chineses de laca vermelha, com a baía de um lado, um espelho escuro cruzado por veleiros e botes de pesca, e a silhueta elegante de São Francisco na frente, lembrava-se do pai.

O lugar mais formoso do mundo, dizia-lhe ele. Ouvia música, tentando manter a mente em branco, mas quase nunca era possível, porque a lista de assuntos pendentes era interminável. Tina marcava as entrevistas para as primeiras horas; assim podia ir buscar David às quatro, levava os documentos para casa com intenção de os estudar à tarde, mas não lhe chegava o tempo, nunca imaginara que uma criança ocupasse tanto espaço, fizesse tanto barulho e necessitasse de tanta atenção. Pela primeira vez teve pena de Shanon e até chegou a compreender que tivesse desaparecido. Além disso, o garoto colecionava mascotes, e a ele cabia lavar o aquário, alimentar os ratos, limpar a gaiola dos pássaros e passear com o cão, um pastor amarelo a que puseram o nome de Oliver em recordação do primeiro amigo de Gregory.

— Você parece maluco. Em primeiro lugar, não devia ter comprado esse jardim zoológico — disse-lhe Cármen.

— Podia ter-me avisado antes, agora não há nada a fazer.

— Claro que há. Dê o cão, solte os pássaros e os ratos, e atire os peixes na baía. Todos ganharão com isso.

Os papéis acumulavam-se sobre os caixotes que lhe serviam de mesa de cabeceira. Teve de renunciar às viagens e entregar os casos de outras cidades a seus empregados, que nem sempre estavam sóbrios ou sãos, e cometiam erros bem caros. Acabaram os almoços de negócios, as partidas de golfe, a ópera, as escapadas para dançar com mulheres da sua lista e as farras com Timothy Duane; nem sequer podia ir ao cinema para não deixar o menino sozinho. Nem pôde recorrer aos vídeos, porque David só gostava de filmes de monstros e de extrema violência, quanto mais sangrentos, mais o garoto gostava deles. Enjoado com tantos mortos, torturados, zumbis, homens-lobos e pérfidos extraterrestres, Gregory tentou iniciá-lo em comédias musicais e desenhos animados, mas ambos aborreciam-se da mesma maneira. Era impossível convidar amigos para sua casa, David não suportava ninguém, considerava todos que se aproximavam do pai como uma ameaça e tinha tremendas crises de ciúmes que invariavelmente precipitavam a fuga das visitas. Às vezes, se havia uma festa ou um encontro com uma conquista interessante, conseguia que alguém vigiasse o garoto por algumas horas, mas, ao regressar, encontrava sempre a casa como se varrida por um furacão e a babá desolada à beira de um ataque de nervos. A única pessoa com suficiente paciência e resistência foi King Benedict, que se mostrou bem-dotado para o papel de babá e que também se divertia com os videogames e filmes de horror, mas vivia demasiado longe e, por outro lado, era tão desvalido como a criança. Ao deixá-los sozinhos, Gregory partia preocupado e regressava angustiado, imaginando as inúmeras desgraças que podiam ocorrer na sua ausência. Os fins de semana dedicava-os por completo ao filho, a limpar a casa, ir ao mercado, reparar os destroços, mudar a palha dos ratos e lavar o aquário; os peixes costumavam amanhecer flutuando, exangues, porque David atirava na água tudo que lhe vinha à mão. Até quando dormia era perseguido pelas dívidas, impostos atrasados e a possibilidade de ver-se num beco sem saída, porque não confiava em seus advogados e ele próprio tinha descuidado de alguns clientes. Para culminar, teve de suprimir o seguro profissional por falta de fundos, para o espanto de Mike Tong, que profetizava toda espécie de catástrofes financeiras e argumentava que trabalhar naquele campo sem a proteção de um seguro era uma atitude suicida. A Reeves não chegavam o dinheiro, as forças nem as horas; estava muito cansado, tinha saudades de um pouco de solidão e silêncio, necessitava pelo menos de uma semana de férias em qualquer praia, mas tornava-se impossível viajar com David. Ofereça-o a um laboratório; sempre estão precisando de meninos para fazer experiências, sugeriu-lhe Timothy Duane, que também não aparecia na casa do amigo pelo pavor de enfrentar o garoto. Gregory sentia a cabeça cheia de ruído, como nos piores tempos de guerra, o descalabro crescia avassalador à sua volta, começou a beber demasiado e suas alergias não lhe davam tréguas, afundava-se como se tivesse os pulmões cheios de algodão. O álcool dava-lhe uma euforia breve e, logo, o mergulhava numa grande tristeza; no dia seguinte, acordava com a pele avermelhada, um zumbido nos ouvidos e os olhos inchados. Pela primeira vez na vida, sentiu que lhe falhava o corpo; até então havia gracejado do fanatismo californiano para se manter em forma, achava que a saúde é como a cor da pele, algo irrevogável que se traz ao nascer e sobre o que nem vale a pena falar. Nunca se havia preocupado com o colesterol, o açúcar refinado ou as gorduras saturadas; permanecia indiferente aos alimentos orgânicos e às fibras, igualmente ao óleo bronzeador e à corrida, a menos que tivesse de chegar depressa em qualquer lugar. Estava convencido de que não teria tempo para ter doenças, não morreria de velhice, mas de um acidente repentino.

Pela primeira vez, diminuiu seu interesse pelas mulheres; isso lhe causava uma certa angústia, mas, ao mesmo tempo, sentia-se aliviado; por um lado, temia perder a virilidade e, por outro, pensava que, sem obsessão, sua vida teria sido mais leve. Os programas tornaram-se menos frequentes, reduziram-se a encontros apressados ao meio-dia, porque à tarde tinha que estar com David. A sexualidade, como a fome ou o sono, era para ele um apetite que devia satisfazer de imediato; não era homem de grandes preâmbulos, seu desejo tinha uma condição desesperada.

– Estou ficando rabujento. Deve ser idade – comentou com Cármen.

— Já não é sem tempo. Não compreendo como um homem tão seletivo com a roupa, a música e os livros, que tem prazer por um bom restaurante, compra o melhor vinho, viaja de primeira classe e se aloja em hotéis de luxo, possa andar com essas mulherezinhas.

— Não exagere, algumas até que não são nada más – respondeu ele, mas no fundo dava razão à amiga, tinha muito que aprender nesse campo. O único prazer no qual se distraía com apuro, com a intenção de o fazer durar, era a música. Durante a noite, quando não podia dormir e a impaciência o impedia de ler, deitava-se na cama olhando o escuro o acompanhado por um concerto.

Em fins de março Nora Reeves morreu de pneumonia. Ou talvez estivesse morrendo aos poucos havia mais de quarenta anos e ninguém tivesse percebido. Nos últimos anos, sua mente divagava por enredados caminhos espirituais, e, para não perder o rumo, andava sempre com a invisível laranja do *Plano Infinito* na mão. Judy pedia-lhe que a deixasse em casa quando saíam, temia que as pessoas pensassem que sua mãe levava a mão estendida para pedir esmola. Nora julgava ter dezessete anos e viver num palácio branco onde a visitava o noivo, Charles Reeves, que aparecia à hora do chá com chapéu de vaqueiro, uma serpente mansa e uma bolsa de ferramentas para consertar as imperfeições do mundo, tal como a havia visitado religiosamente todas as quintas-feiras desde o dia longínquo em que foi levado de ambulância para outro mundo. A agonia começou com febre intermitente, e, quando a anciã entrou em estado crepuscular, Judy e o marido na internaram num hospital. Permaneceu ali umas duas semanas, tão fraca, que parecia volatilizar-se aos poucos, mas Gregory tinha certeza de que mãe não agonizava. Presenteou-a com uma aparelhagem de som, para ela ouvir seus discos de ópera, notou que movia levemente os pés embaixo dos lençóis ao ritmo das notas e qualquer coisa como um sorriso infantil passava-lhe pela boca, prova concludente de que não pensava ir-se embora.

— Se ainda se comove com a música, é porque não está morrendo.

— Não tenhas ilusões, Greg. Não come, não fala, quase não respira – dizia Judy.

– Faz isso só para nos chatear. Verá que amanhã estará bem – respondia ele, aferrado à recordação de sua mãe quando jovem.

Mas, uma madrugada, telefonaram-lhe do hospital e viu nascer o dia com a irmã junto de uma maca onde jazia o corpo leve de uma mulher sem idade. A mãe ia fazer oitenta anos, mas se despedira da vida havia muito, abandonando-se a uma loucura benigna que a ajudou a evadir-se por completo das dores da existência, ainda que sem afetar seus modos educados nem a delicadeza de seu espírito. À medida que avançava a decrepitude de seu corpo, Nora Reeves retrocedia para outro tempo e para outro lugar, até perder a conta do esquecimento. No fim de seus dias, julgava ser uma princesa dos Urais e deambulava cantando árias pelas alvas habitações de um lugar encantado. Havia muito tempo que só reconhecia Judy, a quem confundia com sua avó, e falava-lhe em russo. Regressou a uma juventude imaginária, onde não existiam deveres nem sofrimentos, mas apenas tranquilas diversões de música e livros. Lia pelo prazer de comprovar as infinitas variações de vinte e quatro signos impressos sobre papel, mas não recordava as frases nem tinha a noção dos temas, folheava com o mesmo interesse uma novela clássica ou o manual de instruções de um eletrodoméstico. Com os anos, havia encolhido até o tamanho de uma boneca transparente, mas, com os cosméticos milagrosos de suas fantasias ou, talvez, simplesmente com a inocência da morte, recuperou o frescor perdido em tão longa vida e, ao morrer, estava como Gregory a recordava quando menino e ela lhe apontava as constelações no firmamento. As semanas de febre, o prolongado jejum e o cabelo cortado a tesouradas pelo neto, que não voltou a crescer, não conseguiram destruir essa ilusão de beleza. Foi-se-lhe a alma com a doce timidez que lhe era própria, de mãos dadas com a filha. Enterraram-na sem cerimônia nem lágrimas num dia chuvoso. Judy guardou num saco o pouco que restou: dois vestidos surrados, uma lata com alguns documentos que provavam sua passagem por este mundo, dois quadros pintados por Charles Reeves e seu colar de pérolas amareladas pelo uso. Gregory levou só duas fotografias.

Nessa noite, depois de dar banho em David e lutar com ele para que se deitasse, Gregory alimentou os animais domésticos, enfiou a roupa suja na máquina de lavar, apanhou os brinquedos espalhados por todo lado e atirou-os num armário, levou o lixo para a garagem, limpou as estantes dos livros que o menino havia usado para fabricar uma fortaleza e, por fim, ficou sozinho no quarto com sua pasta cheia de documentos que tinha de rever para o dia seguinte. Pôs uma sinfonia de Mahler, encheu um copo de vinho branco e sentou-se na cama, único móvel do quarto. Já era meia-noite e necessitava pelo menos de duas horas de trabalho para desemaranhar o caso que tinha em mãos, mas não se achava com forças para o fazer. De dois tragos bebeu o vinho, encheu outro e depois mais outro até terminar a garrafa. Abriu a torneira do banheiro, tirou a roupa e olhou-se ao espelho, o pescoço grosso, as costas largas, as pernas firmes. Tão acostumado estava a que seu corpo lhe respondesse como máquina exata, que não podia se imaginar doente. As únicas oportunidades em que caíra na cama, em toda a vida, foram quando lhe rebentaram as veias da perna e naquele hospital do Havaí, mas eram episódios quase esquecidos. Ignorava teimosamente as campainhas de alarme chamando-o à ordem, as alergias, a dor de cabeça, a fadiga, a insônia. Passou as mãos nos cabelos e comprovou que não só estavam ficando brancos, como também caíam. Recordou King Benedict, que pintava a cabeça com graxa preta de sapatos para disfarçar a calvície que o desconcertava, porque ainda se julgava em plena juventude. Observou sua imagem procurando a marca de sua mãe e encontrou-a nas mãos de dedos compridos e nos pés finos; o resto pertencia à sólida herança de seu pai. Margaret tinha as feições da avó, um rosto de gato com maçãs salientes, olhar angelical, suavidade nos gestos. Que seria feito dela? A última vez que a vira tinha sido na prisão. Da rua à prisão, da prisão à rua, de um desatino a outro, assim transcorria sua existência desde que fugira da casa de Samantha pela primeira vez. Era muito jovem, mas já havia percorrido os círculos do inferno e tinha a atitude aterradora de uma cobra pronta a atacar. Queria imaginar, contra todas as coincidências, que, sob a carcaça dos vícios, ainda lhe restavam sinais de pureza. Achou que, assim como Nora

Reeves se havia transfigurado na morte, Margaret poderia salvar-se da corrupção e, por um milagre, ressuscitar entre as cinzas. Sua mãe havia vegetado várias décadas, intocada pelas grosseiras provas do mundo e, tinha certeza, converter-se-ia em névoa dentro de seu ataúde, a salvo do diligente trabalho das larvas da decomposição. Do mesmo modo sua filha se preservaria, talvez o longo calvário que a havia conduzido tão longe num caminho degradante não houvesse destruído ainda aquela beleza essencial, e bastasse um daqueles purgantes colossais que Olga receitava e um bom banho com sabonete e escova para deixá-la limpa, sem uma só mancha, sem picadas de agulhas, arranhões nem chagas, a pele novamente luminosa, os dentes brancos, o cabelo brilhoso e o coração lavado de culpa para sempre.

Sentia-se um pouco enjoado, não estava enxergando bem. Enfiou-se na banheira e deixou-se invadir pelo bem-estar da água quente, relaxando os membros presos pela tensão, sem pensar em nada, mas os acontecimentos do dia acudiram à sua mente em tropel, os trâmites da morte no hospital, o rápido serviço religioso, o solitário funeral onde a única nota de cor tinham sido os grandes ramos de cravos vermelhos que havia comprado para calar a consciência de não se ter ocupado da mãe em tantos anos. Recordou a chuva, o silêncio obstinado e sem lágrimas de Judy, seu próprio incômodo, como se a morte fosse uma indiscrição, a única falta de cortesia e boas maneiras de Nora Reeves. Durante a viagem ao cemitério ia pensando no trabalho acumulado no escritório, que devia tratar do caso de King Benedict ou decidir ir a juízo com risco de perder tudo, tinha perseguido como um cão obstinado cada pista, por insignificante que ela parecesse, mas não havia nada concreto a que se agarrar. Sentia especial carinho pelo seu cliente, era como um bom menino no invólucro anacrônico de um cinquentão, mas, sobretudo, admirava Bel Benedict, aquela mulher estupenda que merecia sacudir a pobreza de cima de si. Por ela devia antecipar as manobras dos outros advogados e derrotá-los no seu próprio terreno; não ganha quem tem razão, mas quem luta melhor, tinha sido a primeira lição do velho das orquídeas. Odiou-se por se distrair com essas considerações naquele momento, quando o cadáver da mãe ainda estava quente. Recordou os últimos anos de Nora Reeves, reduzida à condição de uma menina retardada, de quem Judy cuidava com brusca e impaciente solicitude, como de uma criança a mais em sua tribo de oito filhos. Ao menos a irmã estava com ela; ele, pelo contrário, encontrava sempre desculpas para não a ver, limitava-se a pagar as contas quando era necessário e fazer-lhe uma breve visita duas vezes por ano. Angustiava-o que ela não o reconhecesse, que a sua mente não registrasse a existência de um filho chamado Gregory, sentia-se castigado pela amnésia senil da mãe, como se o esquecimento fosse apenas outro pretexto para o apagar definitivamente de seu coração. Suspeitou sempre de que ela não o amava e que, quando tentara libertar-se dele, colocando-o no orfanato ou em casa dos fazendeiros, não agira por miséria, mas por indiferença. A água estava demasiado quente, a pele ardia, e a cabeça parecia que ia explodir; pensou que não lhe cairia mal outro copo, saiu da banheira enrolado na toalha, foi à cozinha à procura de uma garrafa e, de passagem, apagou o aquecimento, porque estava ficando sufocado. Espreitou o quarto de David e verificou que dormia tranquilo, atravessado na porta de sua tenda de índio. Encheu outro copo de vinho branco e tornou a sentar-se na cama; o disco havia terminado e pôde ouvir o silêncio, raro luxo desde que vivia com o filho. A mãe acudiu de novo, como uma recordação persistente, sua voz a sussurrar-lhe, tentando dizer alguma coisa, e se deu conta de que não a conhecia, era uma estranha. Na infância, a havia adorado, mas, depois, afastou-se e, em muitos momentos, julgou odiá-la, sobretudo nos anos mais difíceis, quando se sentou em sua poltrona de vime, resignada com a pobreza e a impotência, enquanto ele tentava a vida na rua. Olhou as velhas fotografias, pedaços amarelados de um passado alheio que, de certa forma, era seu também, e procurou compor os pedaços dessa anciã suave e obediente. Não a pôde visualizar assim; pelo contrário, viu-a jovem, com o vestido de gola de renda e o cabelo preso num coque, de pé à saída de uma aldeia poeirenta, e viu-se, também, um rapazinho magro, de feições precisas, olhos azuis e boca grande; às suas costas, dois homens violavam uma garota negra, ela gritava e eles riam, mas a menina soltava-se daquele terrível abraço e aparecia junto de Nora Reeves, que lhe oferecia um folheto do *Plano Infinito*. Depois viu-a caminhando, em grandes passadas, por uma estrada solitária, ela na frente, e ele tentando alcançá-la, mas, quanto mais corria, maior era a distância, e a figura que perseguia se tornava menor e mais apagada no horizonte, o asfalto ardia e estava amolecido, os pés colavam-se nele, nunca teria forças para vencer a fadiga, não podia avançar, caía, arrastava-se de joelhos, o calor não o deixava respirar. Sentiu uma tremenda compaixão por esse menino, por si mesmo. Mãe, chamou-a primeiro com o pensamento e depois com um grito desgarrado, e então as imagens imprecisas concentraram-se, as linhas difusas perfilaram-se como firmes traços de uma caneta e Nora Reeves apareceu de corpo inteiro, real e presente, e estendeu-lhe as mãos, sorrindo. Quis ficar de pé para abraçá-la, como nunca o fizera, mas não conseguiu mover-se e permaneceu no mesmo lugar, repetindo mamãe, enquanto o quarto se enchia de uma luz incandescente e, pouco a pouco, chegavam outros visitantes: Cyrus, Juan José Morales de mãos dadas com Thui Nguyen, o rapaz do Kansas que morrera em seus braços e outros lívidos soldados. Martínez sem sinais da antiga insolência, mas ainda com a roupa da gangue, e muitos mais, que foram entrando silenciosos e encheram o quarto. Gregory Reeves sentiu-se banhado pelo sorriso de Nora, de que tanto necessitara em menino e procurara em vão quando adulto. Permaneceu imóvel no silêncio tranquilo de um tempo parado nos relógios, até que, lentamente, desapareceu o séquito dos mortos. A última a ir embora foi sua mãe, que recuou flutuando e, diluindo-se na parede, lhe deixou a certeza de um carinho que não soube expressar em vida, mas que sempre lhe dera.

Quando todos partiram e ficou sozinho, algo estalou em sua alma, uma dor horrível cravada no peito e espalhando-se daí em ondas pelo resto do corpo, queimando-o, abrindo-o, partindo-lhe os ossos e arrancando-lhe a pele; perdeu a capacidade de se conter, já não era ele mesmo, mas esse intolerável sofrimento, essa atormentada medusa alastrando-se pelo quarto e ocupando o espaço, uma única ferida sangrando. Tentou levantar-se outra vez, mas não pôde mexer os braços, dobrou-se e caiu de joelhos sem poder respirar, fulminado por uma lança que o atravessara lado a lado. Durante vários minutos ficou estendido no chão, à procura de ar, com batidas de tambor nas têmporas. Uma parte lúcida de sua mente registrou o que ocorreria e soube que devia pedir ajuda ou morreria ali mesmo, mas não conseguiu aproximar-se do telefone nem lhe saiu a voz para gritar; encolheu-se como um recém-nascido, tremendo e tentando recordar o que sabia sobre ataques cardíacos. Perguntou-se quanto tardaria para sucumbir, e a ideia aterrorizou-o por momentos, mas logo imaginou a paz de não existir, de não continuar a rolar pelo pó, lutando com as sombras, de não se arrastar por um caminho atrás dessa mulher que se afastava e, tal como fazia na infância quando se escondia com seu cão no covil das raposas, abandonou-se à tentação de não ser. Muito lentamente a dor passou, levando parte do seu tremendo cansaço. Teve a impressão de ter vivido antes aquele momento. Voltou a respirar, apalpando o peito para comprovar que algo latejava ali dentro; não, não lhe havia arrebentado ainda o coração. Começou a chorar, como não fazia desde a guerra, um lamento visceral que vinha do passado mais distante, de antes do seu nascimento talvez, uma encosta alimentada pelas lágrimas reprimidas nos últimos anos, uma torrente incontida. Chorou pelo abandono da infância, pelas lutas e derrotas que tentava em vão transformar em vitórias, as dívidas por pagar e as traições suportadas ao longo de sua existência, a ausência da mãe e a compreensão tardia de seu carinho. Viu Margaret caindo num abismo e quis agarrá-la, mas ela lhe fugiu das mãos. Murmurou o nome de David, tão vulnerável e ferido, perguntando a si próprio por que razão seus filhos estavam marcados por esse estigma do pesadelo, por que a vida era tão difícil para ele, se porventura lhes havia transmitido, nos genes, uma maldição ou se eles teriam de pagar as culpas dele. Chorou pela soma de seus erros e por esse amor perfeito com o qual sonhava e julgava impossível de alcançar; pelo seu pai morto fazia tantos séculos e pela sua irmã Judy, presa às piores recordações; por Olga no seu ofício de enganar, inventando o futuro em suas cartas marcadas; e por seus clientes; não pelos mendigos nem pelos espertalhões, mas pelas vítimas, como King Benedict e tantos infelizes, negros, latinos, ilegais, pobres, marginais e humilhados que chegavam para pedir ajuda nessa Corte dos Milagres em que se havia convertido seu escritório, e continuou soluçando, agora, pelas recordações da guerra, dos companheiros em sacos plásticos, Juan José Morales, as garotas de doze anos que se vendiam aos soldados, a centena de mortos na montanha. E quando compreendeu que, na verdade, só estava chorando por si próprio, abriu os olhos e deparou, enfim, com a besta, e teve que lhe olhar a cara, e, então, soube que aquele animal espreitando às suas costas, aquele sopro que tinha sentido na nuca desde sempre, era seu próprio terror obstinado da solidão, que o afligia desde a infância, quando se trancava na despensa, tremendo. A angústia envolveu-o em seu fatídico abraço, entrou-lhe pela boca, pelos ouvidos, pelos olhos, por todo lado, e tomou-o por inteiro enquanto murmurava quero viver, quero viver...

Nesse momento, soou uma campainha, sacudindo-o do transe. Demorou uma eternidade para reconhecer o som, dar-se conta de onde se encontrava e ver-se caído no chão, nu, encharcado de urina, vômitos e pranto, bêbedo, aterrorizado. O telefone tocava, como um aviso urgente, vindo de outra dimensão, até que, por fim, pôde arrastar-se e pegar o fone.

– Greg? Tamar. Hoje você não me ligou, é segunda-feira...
– Venha, Cármen, por favor, venha – balbuciou.

Meia hora depois, ela estava a seu lado, depois de fazer a viagem de Berkeley à velocidade proibida. Abriu-lhe a porta embrulhado numa toalha, descomposto, e abraçou-se à amiga, tentando explicar-lhe apressadamente onde lhe doía, aqui no peito, na cabeça, nas costas, em todo lado; Cármen vestiu-lhe um roupão, pegou David meio dormindo, colocou os dois no automóvel e voou até o hospital mais próximo, onde em poucos minutos tinham Gregory Reeves numa maca, ligado a uma sonda e com uma máscara de oxigênio.

– Meu pai vai morrer? – perguntou David.
– Sim, se você não dormir – respondeu Cármen, feroz.

Ficou na sala de espera junto ao menino adormecido até a manhã seguinte, quando o cardiologista a avisou de que não corria perigo, não se tratava de um enfarte, mas de um ataque de ansiedade, o paciente podia ir embora, mas devia ir a seu médico fazer uma série de exames e seria bom consultar um psiquiatra, porque andava perdido em desvarios loucos. De volta, Cármen ajudou Gregory a tomar um banho e a deitar-se, preparou café, vestiu David, serviu-lhe o café da manhã e levou-o à escola. Depois telefonou para Tina Faibich e explicou que o chefe não estava em condições de trabalhar naquele dia, voltou para junto do amigo e sentou-se na cama ao seu lado. Gregory estava extenuado e atordoado pelos tranquilizantes, mas já podia respirar sem angústia e até sentia um pouco de fome.

– O que aconteceu? – quis saber Cármen.

– Minha mãe morreu.

– Por que não me avisou?

– Foi tudo tão rápido, não quis incomodar ninguém, além disso você não poderia fazer nada – e começou a contar-lhe o sucedido sem ordem nem razão, um rio de frases inacabadas, de mãos dadas a essa mulher que era mais do que sua irmã, era o seu mais antigo e leal amor, sua amiga, sua camarada, parte íntima de si mesmo, tão próxima e tão diferente dele, Cármen morena e essencial, Cármen valente e sábia, com quinhentos anos de tradição indígena e castelhana no sangue e um sólido bom senso anglo-saxão que lhe haviam servido para andar com passos firmes pelo mundo.

– Lembra-se de quando éramos crianças e eu corria na frente do trem? Curei-me dessa ideia fixa da morte e passei muitos anos sem me lembrar dela, mas agora voltaram-me as mesmas ideias e estou com medo. Estou arrasado, nunca conseguirei pagar os bancos, minha filha está perdida nas drogas, durante os próximos quinze anos terei que cuidar de David. Minha vida é um desastre, sou um fracasso.

– O fracasso e o êxito não existem, Greg, são invenções dos *gringos*. Vive-se, nada mais, o melhor possível, um pouquinho cada dia, é como uma viagem sem meta, o que conta é o caminho. É hora de parar, por que tanta agitação? Minha avó dizia que não devíamos ser escravos da pressa.

– Sua avó estava louca, Cármen.

— Nem sempre; às vezes, era a mais lúcida da casa.

— Estou afundado e sozinho como um cão.

— Você tem que chegar no fundo; então, dê um impulso e suba à superfície novamente. As crises são boas, são a única forma de crescer e mudar.

— Sou isto que vê, nada mais. Fiz tudo errado, começando pelos meus filhos. Sou como a Torre de Pisa, Cármen, tenho o eixo torcido, e, por isso, tudo sai torto.

— Quem disse que a vida era fácil? Há sempre dor e esforço. Olhe para você, Greg, parece um trapo... Deixe de lamentar-se e levante-se de uma vez. Você sempre viveu fugindo, mas não se pode fugir sempre, num dado momento é preciso parar e enfrentar a si próprio. Por mais que corra estará sempre dentro da mesma pele.

Pela mente de Gregory passou seu pai nômade, deslocando-se, atravessando fronteiras, tentando alcançar o horizonte, chegar ao fim do arco-íris e encontrar mais além algo que aqui lhe negavam. O país oferece grandes espaços abertos para escapar, enterrar o passado, deixar tudo e partir de novo, quantas vezes seja necessário, sem carregar culpas nem nostalgias, pode-se sempre cortar as raízes e voltar a começar, o amanhã é uma folha em branco. Era assim a sua própria história, nunca quieto, um eterno transeunte, mas o resultado desse viver tinha sido a solidão.

— Já lhe havia dito, Cármen, estou ficando velho.

— Acontece com todos. Eu gosto das minhas rugas.

Olhou-a de perto, pela primeira vez atentamente, notou que já não era jovem e alegrou-se por ela não fazer nada para disfarçar as linhas do rosto, marcas do seu percurso, nem os cabelos brancos que iluminavam a cabeleira negra. O peso dos seios inclinavam-lhe os ombros e, fiel ao seu estilo, exibia uma ampla saia, sandálias, argolas e pulseiras, tudo isso era Cármen, Tamar. Imaginou que nua deveria parecer um gato molhado, mas, de qualquer maneira, pareceu-lhe bonita, muito mais do que na infância, quando era uma menina gorducha e travessa com aparelho nos dentes, ou na adolescência, a garota mais atraente da escola, ou já mulher, quando atingiu sua forma definitiva e andava com um japonês no bairro gótico de Barcelona. Sorriu-lhe e ela retribuiu o sorriso, olharam-se com imensa simpatia, com a cumplicidade partilhada desde crianças. Gregory tomou-a pelos ombros e beijou-a levemente nos lábios.

– Gosto de você – murmurou, consciente de que soava banal, mas era verdade absoluta. – Acredita que faríamos um belo casal?

– Não.

– Quer fazer amor comigo?

– Acho que não. Devo ter um problema de personalidade – ela riu. – Descanse e procure dormir. Mike Tong irá buscar David na escola e virá ficar com você uns dias. Eu voltarei à noite, tenho uma surpresa para você.

Daisy era a surpresa, noventa quilos de negra linda e alegre, puro chocolate reluzente, originária da República Dominicana, que atravessou metade do México a pé e depois cruzou a fronteira com outros dezoito refugiados no fundo falso de um caminhão carregado de melões, disposta a ganhar o sustento no Norte. Daisy iria mudar a vida de Gregory e David. Tomou a seu cargo o menino sem queixas nem delicadezas, com a mesma estoica atitude com que havia sobrevivido às misérias de seu passado. Não falava uma palavra de inglês e seu patrão teve de servir de intérprete. O método de Daisy para educar meninos deu bons resultados com David, embora também seja verdade que o mérito não foi só seu, o garoto estava nas mãos de uma dispendiosa equipe de professores, médicos e psicólogos. Ela não acreditava em nenhum desses modernismos, nem sequer aprendeu a pronunciar a palavra hiperativo em espanhol. Estava convencida de que a causa de tanta confusão era a mais simples: o manhoso estava possuído pelo demônio, coisa bastante comum, como afirmava; ela conhecia pessoalmente muitas pessoas que tinham tido igual sorte, mas isso se curava mais facilmente do que um vulgar resfriado, qualquer bom cristão podia fazê-lo. Desde o primeiro dia dedicou-se a expulsar os íncubos do corpo de David, mediante uma combinação de vodu, orações aos santos da sua devoção, saborosos pratos de comida do Caribe, muito carinho e algumas sonoras bofetadas que lhe dava às escondidas do pai sem que o atingido se atrevesse a denunciá-la; a perspectiva de viver sem Daisy era-lhe intolerável. Com louvável paciência a mulher encarregou-se de domesticá-lo; se o via eriçado que nem um porco-espinho a ponto de subir pelas paredes, envolvia-o em seus grandes braços morenos, acomodava-o entre seus seios de mãe e coçava-lhe a cabeça, cantando-lhe em sua língua cheia de sol até acalmá-lo. A tranquilizadora presença de Daisy, com seu aroma de abacaxi e açúcar, o riso sempre pronto, o espanhol sem consoantes e as intermináveis histórias de santos e bruxas, que David não compreendia, mas cujo ritmo o arrulhava para dormir, deram por fim segurança ao menino. Graças a essa ajuda nos assuntos fundamentais da existência quotidiana, Gregory Reeves pôde iniciar a lenta e dolorosa viagem ao interior de si mesmo.

Todas as noites, durante um ano, Gregory Reeves achou que morria. Quando o filho estava dormindo e a casa entrava em repouso, ele ficava sozinho, sentindo o fim aproximar-se. Fechava a porta do quarto à chave, para David não o surpreender se acordasse, não queria assustá-lo e abandonava-se ao sofrimento sem opor resistência. Era tudo muito diferente da vaga angústia de antes, à qual estava mais ou menos acostumado. Durante o dia, funcionava com normalidade, sentia-se forte e ativo, tomava decisões, trabalhava no escritório e, em casa, ocupava-se do filho, e por instantes tinha a fantasia de que tudo estava andando bem, mas, mal se encontrava sozinho à noite, caía-lhe em cima um medo irracional. Via-se prisioneiro num quarto acolchoado por todos os lados, uma cela para loucos onde era inútil gritar ou bater nas paredes, não havia eco, vibração nem resposta, apenas um fatigante vazio. Não conhecia o nome para esse pesadelo composto de incerteza, inquietação, culpa, sensação de abandono e profunda solidão, de maneira que acabou por chamá-lo apenas a besta. Havia tentado enganá-la por mais de quarenta anos, mas finalmente compreendeu que ela nunca o deixaria em paz, a menos que a derrotasse numa luta corpo a corpo. Cerrar os dentes e resistir, como naquela noite na montanha; parecia-lhe a única estratégia possível contra esse inimigo implacável, que o atormentava com uma opressão de tenazes no peito, um bater de martelos nas fontes, um ardor de madeira ardendo-lhe no estômago, uma urgência por começar a correr até o horizonte e perder-se para sempre, onde ninguém nem nada pudesse alcançá-lo, muito menos suas próprias recordações. Algumas vezes, o romper do dia surpreendia-o encolhido como um animal perseguido; outras, dormia depois de várias horas de luta surda e desesperada, suando no tumulto dos sonhos que não podia recordar. Em duas ou três ocasiões, tornou a arrebentar-lhe uma granada dentro do peito, deixando-o sem ar, mas já conhecia os sintomas e limitava-se a esperar que desaparecessem, fazendo por manter a distância o desespero, para não morrer de verdade. Havia passado a vida enganando-se com truques de mágica, mas chegara a hora de sofrer sem atenuantes com a esperança de cruzar a porta e um dia ressuscitar são. Isso lhe dava forças para ir em frente: o túnel tinha saída, era tudo questão de resistir à marcha da viagem, até chegar ao outro lado.

Pôs de lado o alívio do álcool, porque teve o pressentimento de que qualquer recurso de consolo retardaria a cura de teimoso que tinha imposto a si mesmo. Quando chegava ao limite de suas forças, invocava a visão da mãe, tal como lhe aparecera depois da morte, com os braços estendidos e um sorriso de boas-vindas, que o acalmava, embora soubesse, no fundo, que se agarrava a uma ilusão, essa mãe afetuosa era uma criação da sua mente. Nem procurava mulheres, ainda que não permanecesse totalmente celibatário; de vez em quando aparecia-lhe alguma disposta a tomar a iniciativa, e pelo menos durante algumas horas podia relaxar, mas não voltou a cair na ratoeira das fantasias românticas; tinha compreendido que não poderia se agarrar a ninguém, tinha que se salvar sozinho. Rosemary, sua antiga amante, autora de livros de cozinha, costumava convidá-lo para provar suas novidades culinárias e, em algumas ocasiões, acariciava-o mais por bondade do que por desejo, e acabavam amando-se sem paixão, mas com sincera boa vontade. Mike Tong, ainda agarrado a um ábaco inverossímil, apesar do espantoso equipamento de computadores do escritório, não havia conseguido explicar ao chefe todos os mistérios de seus grandes livros garatujados em tinta vermelha, mas, pelo menos, havia lançado as primeiras sementes de prudência financeira. Tem que pôr ordem em suas contas ou iremos todos à merda, pedia-lhe o contador chinês com seu inalterável sorriso e uma reverência cortês, esfregando as mãos com nervoso. Por carinho ao chefe e desconhecimento do inglês acabara usando o mesmo vocabulário de Reeves. Tong tinha razão, não só tinha que pôr ordem nas contas, como no resto de sua vida, porque parecia estar indo a pique. Seu barco enchia-se de água por tantos lados que os dedos não chegavam para tapar os buracos do naufrágio. Comprovou o valor da amizade de Timothy Duane e Cármen Morales, que aguentavam durante horas seus teimosos silêncios e não deixavam passar uma semana sem lhe telefonar ou vê-lo, apesar de a sua companhia resultar pouco divertida. Você está insuportável, não posso levá-lo a lugar nenhum, o que está acontecendo? está sempre muito aborrecido, queixava-se Timothy Duane, mas também ele próprio começava a ficar cansado com a desordem. Havia abusado muito de sua robusta constituição irlandesa, seu corpo já não resistia às bacanais que antes preenchiam seus fins de semana de pecados e remorsos. Visto que Reeves não falava de seus problemas, em parte porque nem ele mesmo sabia que diabo se passava, Duane teve a ideia salvadora de levá-lo à força ao consultório da doutora Ming O'Brien, depois de fazê-lo jurar que não a tentaria seduzir. Conheceu-a numa conferência sobre múmias, a que assistiu para ver se existia alguma relação entre os embalsamadores do Egito Antigo e a patologia moderna, e ela para ver que tipo de maluco podia interessar-se por semelhante tema. Encontraram-se durante um intervalo na fila para o café. Ela olhou de soslaio a maltratada estátua do Partenon que acendia um cachimbo a três passos do letreiro que proibia fumar, e Duane fixou-a, achando que aquela criatura pequena, de cabelos negros e olhos sagazes, devia ter sangue chinês nas veias. Com efeito, seus pais eram de Taiwan. Aos quatorze anos embarcaram-na rumo à América, para a casa de uns compatriotas que conheciam vagamente, com um visto de turista e instruções precisas de estudar, ir para frente e nunca se queixar, porque qualquer coisa que lhe sucedesse sempre seria preferível ao destino de uma mulher em sua terra natal. Um ano depois de chegar, a garota havia se adaptado tão bem ao temperamento americano que lhe passou pela cabeça escrever uma carta a um deputado, enumerando as vantagens da América e pedindo-lhe, a propósito, um visto de residente. Por uma dessas absurdas coincidências, o político colecionava porcelanas Ming, de imediato o nome da garota lhe chamou atenção e, num arrebatamento de simpatia, mandou tratar de seus papéis. O apelido O'Brien vinha de um marido da juventude, com quem Ming convivera dez meses antes de abandoná-lo, jurando que nunca mais voltaria a casar-se. Um segundo olhar revelou a Duane a discreta beleza da doutora e, quando deixaram de falar em múmias e começaram a explorar outros temas, descobriu que pela primeira vez, em muitos anos, uma mulher o fascinava. Não ficaram até o final da conferência, partiram juntos para um restaurante do cais e, depois da primeira garrafa de vinho, Timothy Duane percebeu-se recitando-lhe um monólogo de Brecht. A doutora falava pouco e observava muito. Quando a quis levar ao seu apartamento, Ming negou-se amavelmente e continuou a fazê-lo nos meses sucessivos, situação que manteve viva por muito tempo a curiosidade do pretendente. Na época em que, por fim, começaram a viver juntos, Timothy Duane já estava vencido.

– Nunca vi uma mulher com tanta graça, parece uma figura de marfim, e, além disso, é culta, nunca me canso de a ouvir... Acho que ela gosta de mim, não entendo por que resiste tanto.

– Pensei que só pudesse transar com putas.

– Com ela seria diferente, tenho certeza.

– Como é que eu o aguento, Greg? Com paciência chinesa... Além disso, gosto dos neuróticos, e Tim é o pior da minha carreira – explicaria, anos mais tarde, Ming O'Brien a Reeves com uma careta travessa, enquanto ralava o queijo na cozinha do apartamento que partilhava com Duane. Mas isso foi muito mais tarde.

Depois de muitas hesitações consegui superar a ideia de que os homens não falam de suas fraquezas nem de seus problemas, preconceito arraigado em mim desde os tempos do bairro latino, uma das marcas fundamentais da virilidade. Vi-me instalado num escritório onde tudo parecia harmônico, quadros, cores e uma única rosa, perfeita, num jarro de cristal. Suponho que tudo isso convidava ao repouso e às confidências, mas sentia-me muito incomodado e, em pouco tempo, tinha a camisa ensopada, enquanto perguntava a mim mesmo por que, diabo, tinha seguido o conselho de Timothy. Sempre me parecera uma estupidez pagar a um profissional que cobra por hora, especialmente quando não se podem medir os resultados. As circunstâncias obrigaram-me a fazê-lo com David, que não funciona sem esse tipo de ajuda, mas não pensei que pudesse servir para mim. Por outro lado, minha primeira impressão de Ming O'Brien foi de que pertencia a outra constelação, nada tínhamos em comum, deixei-me enganar por seu rosto de boneca e tirei conclusões que hoje me envergonham. Julguei-a incapaz de imaginar sequer os vendavais de meu destino, que podia ela saber da sobrevivência num bairro pobre, de minha desventurada filha Margaret, dos incontestáveis problemas de David, ligado perpetuamente a um cabo de alta voltagem, de minhas dívidas, de minhas ex-esposas e do rosário de amantes passageiras, da luta com os clientes e advogados da firma, uma cambada de espertos, da dor no peito, insônia e medo de morrer a cada noite. Muito menos saberia ela da guerra. Durante anos tinha evitado os grupos de terapia de ex-combatentes; cansava-me partilhar a maldição das recordações e o terror do futuro, não me parecia necessário falar desse aspecto do meu passado, se nunca o havia feito entre homens, menos o faria agora com essa imperturbável senhora.

– Conte-me algum sonho de que se lembre – pediu-me Ming O'Brien.

Foda-se, só me faltava agora um Freud de saias, pensei, mas, depois de uma pausa demasiado longa, calculei quanto me custava cada minuto de silêncio e, à falta de qualquer coisa mais interessante, ocorreu-me mencionar-lhe o da montanha. Reconheço que comecei num tom irônico, sentado de pernas para o ar, observando-a com olho treinado em mulheres; já vira muitas e, naquela época, ainda lhes dava notas numa escala de um a dez; a doutora não estava nada mal, achei que merecia uns sete. No entanto, à medida que contava o pesadelo, foi-se apoderando de mim a mesma horrível angústia que sentia ao sonhá-lo, vi meus inimigos vestidos de negro, avançando para mim, centenas deles, silenciosos, ameaçadores, transparentes, meus companheiros caídos como pinceladas vermelhas no cinzento opressivo da paisagem, as velozes fagulhas das balas atravessando os invasores sem os fazer parar, e acho que começou a escorrer suor pelo meu rosto, tremiam-me as mãos de tanto empunhar a arma, chorava pelo esforço de apontar na espessa neblina e cambaleava, procurando o ar, que me estava transformando em areia. As mãos de Ming O'Brien, sacudindo-me pelos ombros, devolveram-me o senso da realidade e encontrei-me numa sala aprazível em frente de uma mulher de traços orientais que me trespassava a alma com um olhar inteligente e firme.

– Olhe o inimigo, Gregory. Olhe-o na cara e diga-me como ele é.

Obedeci, mas não distinguia nada na bruma, apenas sombras. Ela insistiu, e, então, pouco a pouco, as figuras tornaram-se mais precisas e pude ver o que estava mais próximo e compreendi, atordoado, que estava me olhando num espelho.

– Meu Deus... um deles se parece comigo!

– E os outros? Olhe os outros, como são?

– Também se parecem comigo... são todos iguais... todos têm a minha cara!

Bastante tempo passou; tive oportunidade de secar a transpiração e recuperar um pouco a compostura. A doutora cravou em mim seus olhos negros, dois abismos profundos por onde se perderam os meus, aterrorizados.

– Viu o rosto de seu inimigo, agora pode identificá-lo, já sabe quem é e onde está. Esse pesadelo nunca voltará a atormentá-lo porque agora sua luta será consciente – disse-me com tal autoridade que não tive a menor dúvida de que seria mesmo assim.

Pouco depois, saí do consultório sentindo-me ridículo, porque não controlava a fraqueza nas pernas nem havia conseguido despedir-me dela, a voz não me saía. Regressei um mês mais tarde, quando tive certeza de que o pesadelo não se havia repetido e esqueci por fim que necessitava de ajuda. Ela estava à minha espera.

– Não conheço remédios mágicos. Estarei a seu lado para ajudá-lo a remover os obstáculos mais pesados, mas o trabalho você terá que fazer sozinho. É um caminho muito longo, poderá durar vários anos, muitos o iniciam, mas muito poucos chegam ao fim, porque é doloroso. Não há soluções rápidas nem permanentes, apenas poderá fazer mudanças com esforço e paciência.

Nos cinco anos seguintes, Ming O'Brien cumpriu o prometido, esteve lá todas as terças-feiras, serena e sábia entre suas tênues gravuras e suas flores frescas, disposta a ouvir-me. Cada vez que eu tentava escapulir por alguma via lateral, ela me obrigava a parar e rever o mapa. Quando dava com uma barreira intransponível, mostrava-me a forma de a desmontar, peça por peça, até superá-la. Com a mesma técnica, ensinou-me a lutar contra meus antigos demônios, um de cada vez. Acompanhou-me, passo a passo, na viagem até o passado, tão atrás que eu pude recordar o terror de nascer e aceitar a solidão a que estava destinado desde o momento em que a tesoura de Olga me separou de minha mãe. Ajudou-me a ultrapassar as múltiplas formas de abandono sofridas, desde a morte prematura de meu pai, única fortaleza de meus primeiros anos, e o escapismo irreparável de minha pobre mãe, esmagada muito cedo pela realidade e perdida em caminhos improváveis onde não a pude seguir, até as traições recentes de Samantha, Shanon e de muitas outras pessoas. Apontou meus erros, um caminho muitas vezes repetido ao longo de minha vida, e advertiu-me de que devia estar sempre alerta, porque as coisas reaparecem quando menos se espera. Com ela pude por fim nomear a dor, compreendê-la e manejá-la, sabendo que estaria sempre presente de uma forma ou de outra, porque faz parte da existência, e, quando essa ideia criou raízes, minha angústia diminuiu de maneira milagrosa. Desapareceu o terror mortal de cada noite, pude ficar sozinho sem tremer de medo. No devido tempo descobri quanto gosto de chegar a minha casa, brincar com meu filho, cozinhar para os dois e, de noite, quando tudo fica calmo, ler e ouvir música. Pela primeira vez pude permanecer em silêncio e apreciar o privilégio da solidão. Ming O'Brien agarrou-me para levantar os joelhos do chão, para fazer o inventário de minhas fraquezas e limitações, sentir minha força e aprender a desprender-me das pedras que levava num saco às costas. Não é tudo culpa sua, disse-me certa vez, e comecei a rir, porque Cármen já me havia dito antes a mesma frase; parece que tenho queda para me sentir culpado... Não era eu quem fornecia drogas a Margaret, era ela quem as tomava por decisão própria, e seria inútil suplicar-lhe, insultá-la, pagar as fianças da prisão, encerrá-la num hospital psiquiátrico ou persegui-la com a polícia, como tinha feito em tantas ocasiões; minha filha havia escolhido esse purgatório, e estava além das minhas possibilidades e do meu carinho. Devia ajudar David a crescer, disse Ming O'Brien, mas sem lhe dedicar minha experiência completa nem suportar seus caprichos para compensar o amor que não soube dar a Margaret, porque o estava tornando um monstro. Vimos juntos, linha a linha, meu torpe caderninho de telefones e verifiquei envergonhado que quase todas as amantes de minha longa trajetória eram do mesmo estilo, dependentes e incapazes de retribuir afeto. Também vi claramente que, com as mulheres diferentes, como Cármen ou Rosemary, nunca pude estabelecer uma relação sã, porque não sabia render-me nem aceitar a entrega completa de uma companheira a sério, nada sabia da comunhão no amor. Olga havia me ensinado que o sexo é o instrumento e o amor é a música, mas não aprendi a lição a tempo, vim a sabê-lo quando já vou a caminho de meio século, mas suponho que mais vale tarde do que nunca. Descobri que não sentia rancor contra minha mãe, como julgava, e pude recordá-la com a boa vontade que não soubemos expressar, nenhum dos dois, quando ela estava viva. Já não me importou inventar uma Nora Reeves de acordo com minhas necessidades, de qualquer modo cada um arruma o passado, e a memória está composta de muitas fantasias. Lembrei-me de que seu espírito invencível me acompanhava como faz o anjo a propulsão a jato de Thui Nguyen com seu filho Dai, e isso me deu uma certa segurança. Deixei de culpar Samantha e Shanon pelos nossos fracassos, fosse como fosse, escolhi-as como companheiras, o problema residia principalmente em mim e nascia nas camadas profundas de minha personalidade, onde estava a semente do abandono mais antigo. Uma a uma, examinei todas as minhas relações, incluindo filhos, amigos e empregados, e, numa daquelas terças-feiras, tive a súbita revelação de que, em toda a minha vida, me havia rodeado de pessoas fracas com a calada esperança de que, em troca de cuidar delas, obteria o carinho ou pelo menos o agradecimento, mas o resultado havia sido desastroso, quanto mais eu dava mais rancor recebia. Apenas os fortes me apreciavam, como Cármen, Timothy Duane, Mike, Tina.

— Ninguém agradece ser transformado em inválido — explicou-me Ming O'Brien —, você não pode assumir outros a seu cargo para sempre, mas chega um momento em que se cansa e, quando os deixa cair, sentem-se traídos e, naturalmente, odeiam-no. Foi assim com suas esposas, alguns amigos, vários clientes, quase todos os seus empregados, e quase está sucedendo com David.

As primeiras mudanças foram as mais difíceis, porque, mal começaram a estremecer os alicerces do edifício em escombros que era a minha vida, o equilíbrio perdeu-se, e tudo veio abaixo.

Tina Faibich atendeu ao telefonema na terça-feira à tarde; seu chefe estava em reunião com dois advogados da companhia de seguros sobre o caso de King Benedict e não o podia interromper, mas havia tal urgência na voz do desconhecido, que não se atreveu a esperar. Foi uma decisão acertada, porque salvou a vida de Margaret, pelo menos por algum tempo. Venha depresssa, disse o homem, deu o endereço de um motel em Richmond e desligou o telefone sem se identificar. King Benedict folheava uma revista de histórias em quadrinhos na sala de espera quando viu Gregory Reeves sair e, enquanto esse esperava o elevador, conseguiu perguntar-lhe onde ia tão apressado.

— Por esses lados você não pode andar sozinho e muito menos num automóvel como o seu — disse-lhe ele e, sem esperar resposta, acompanhou-o. Quarenta e cinco minutos mais tarde estacionaram em frente de uma fileira de quartos perdidos numa ruela cheia de lixo. À medida que entravam pelos bairros mais pobres da cidade, tornou-se evidente que Benedict tinha razão, não havia um único branco à vista. Nos umbrais das portas, em frente dos bares e nas esquinas, agrupavam-se jovens ociosos que o ameaçavam com gestos obscenos e gritavam impropérios à sua passagem. Algumas ruas não tinham nome, e Reeves começou a dar voltas, perdido, sem se atrever a baixar o vidro do carro para perguntar o endereço, com medo de que lhe cuspissem ou atirassem uma pedra, mas King Benedict não tinha o mesmo problema. Fê-lo parar, desceu tranquilamente, interrogou duas ou três pessoas e regressou, saudando o grupo de rapazes que já havia rodeado o carro fazendo piadas e dando pontapés nos para-lamas. Foi assim que deram com Margaret. Bateram à porta do quarto número nove de um motel bem sujo e abriu-lhes um negro forte, com a cabeça raspada e cinco alfinetes atravessados na orelha, a última pessoa que Reeves gostaria de ver com a filha, mas não teve tempo de o examinar detalhadamente, porque o homem o pegou pelo braço com mão de tenaz e guiou-o até a cama onde estava a garota.

– Acho que está morrendo – disse ele.

Era um cliente casual, o primeiro do dia, que por alguns dólares obtivera um tempo com aquela garota desgrenhada que todos conheciam no bairro e deixavam em paz apesar de sua raça, porque de qualquer modo já estava muito aquém das agressões habituais, havia cruzado para o outro lado da aflição. Mas, quando lhe arrancara o vestido com um rápido puxão e a levantara para a estender no colchão, ficou com uma marionete desarticulada nas mãos, um pobre esqueleto ardendo de febre. Sacudiu-a um pouco com a intenção de lhe afastar a modorra das drogas, e ela deixou cair a cabeça para trás, sem forças para a segurar no pescoço, tinha os olhos semicerrados e um fio de saliva amarela corria-lhe da boca. Merda, resmungou o homem, e seu primeiro impulso foi deixá-la ali, estendida, e sair disparado antes que alguém o visse e pudesse acusá-lo de a ter matado, mas, quando a largou sobre a cama, pareceu-lhe tão patética, que não pôde evitar a compaixão e, num rasgo de generosidade dentro da violência de sua própria vida, inclinou-se sobre ela, chamando-a, deu-lhe água para beber, apalpou-a por todos os lados à procura de alguma ferida e verificou que tinha o corpo em chamas. A garota vivia há pouco tempo naquele quarto bolorento, no chão espalhavam-se garrafas vazias, filtros de cigarros, seringas, restos de uma *pizza* já seca e quanta imundície era possível imaginar. Sobre a mesa, entre cosméticos abertos, havia uma bolsa plástica; esvaziou-a sem saber o que procurava; encontrou uma chave, cigarros, uma dose de heroína, uma carteira com três dólares e um cartão com o nome de um advogado. Não lhe passou pela cabeça chamar a polícia, mas pensou que devia haver alguma razão para ela possuir aquele cartão, e correu ao telefone público da esquina para chamar Reeves, sem suspeitar de que falava com o pai daquela miserável prostituta agonizante sobre uma cama sem lençóis. Dada a voz de alarme, foi ao bar tomar uma cerveja, disposto a esquecer o assunto e fugir dali caso a polícia aparecesse, mas num lugar recôndito de sua alma sentiu que a garota o chamava e concluiu que ninguém gosta de morrer sozinho, nada perderia em acompanhá-la alguns minutos mais e, de passagem, meter nos bolsos os dólares e a droga, que de qualquer maneira já não lhe seria necessária. Regressou ao quarto número nove com outra cerveja e um copo plástico com gelo, e, na urgência de lhe dar de beber, passar-lhe o gelo pela testa e ensopar uma combinação para lhe refrescar o corpo com água fria, esqueceu-se de esvaziar a carteira, e foi o tempo de Reeves chegar ao motel.

– Bom, agora vou embora – disse desconcertado ao ver aquele homem branco de terno cinza e gravata, que parecia uma brincadeira num lugar daqueles, mas ficou à porta por curiosidade.

– O que aconteceu? Onde é que há um telefone? Quem é você? – perguntou Reeves enquanto tirava o casaco para cobrir a filha nua.

– Eu não tenho nada a ver com isso, nem sequer a conheço. E você quem é?

– Sou o pai. Obrigado por me haver telefonado – e embargou-lhe a voz.

– Merda... foda-se, que merda... deixe-me ajudá-lo.

O negro levantou Margaret como se fosse um recém-nascido e levou-a para o automóvel, onde esperava King Benedict para impedir que o dilapidassem. Reeves partiu a toda velocidade para o hospital, livrando-se do tráfego, em meio a uma neblina de lágrimas, enquanto a filha mal respirava dobrada sobre os joelhos de King Benedict, que lhe cantarolava uma daquelas antigas canções de escravos com que a mãe o adormecia quando era menino. Entrou na sala de emergência com a garota nos braços. Duas horas mais tarde, permitiram vê-la por uns minutos na sala de terapia intensiva onde jazia crucificada sobre uma maca, com várias sondas e um respirador ligado ao corpo. O médico de plantão deu a primeira informação: uma infecção generalizada que lhe havia afetado o coração. O prognóstico era muito pessimista, disse ele, talvez pudesse salvar-se com doses maciças de antibióticos e uma mudança radical de vida. Os exames posteriores revelaram que o organismo de Margaret correspondia ao de uma velha, seus órgãos estavam destruídos pelas drogas, as veias traumatizadas pelas picadas, os dentes soltos, a pele em escamas, e caía-lhe o cabelo. Pingava sangue por causa dos incontáveis abortos e doenças venéreas. Apesar de tantas tribulações, a menina prostrada com os olhos fechados na penumbra do quarto parecia um anjo dormindo, sem marcas aparentes de opróbrio, com a inocência intacta. A ilusão não durou muito, depressa o pai verificou quão abjeto era o abismo onde havia caído. Procuraram manter afastado seu sofrimento, mas a alma ia-se-lhe em espasmos de angústia. Administraram-lhe metadona e deram-lhe nicotina em goma de mascar, mas também tiveram que a amarrar para que não ingerisse o álcool para desinfetar feridas nem roubasse os barbitúricos. Nesse ínterim, Gregory Reeves não conseguia se comunicar com Samantha, que andava na Índia, seguindo os passos de um guru. Desesperado, telefonou a Ming O'Brien, solicitando ajuda, embora, na verdade, tivesse perdido toda a esperança de arrancar Margaret das garras de seu maldito destino. Mal a enferma superou a crise de morte dos primeiros dias, a doutora O'Brien ia visitá-la com regularidade, fechando-se com ela horas a fio. À tarde,

Gregory chegava ao hospital e encontrava a filha destruída pela lástima de si própria, com expressão de louca e um tremor incontrolável nas mãos. Sentava-se a seu lado, desejando acariciá-la, mas sem se atrever a tocá-la, e permanecia em silêncio ouvindo uma enfiada de censuras e execráveis confissões. Assim, soube do tenebroso martírio que a filha havia suportado. Quis averiguar como tinha ido parar naquele gólgota, que raiva impenetrável e que solidão de trevas lhe haviam transtornado a existência daquele modo, mas ela própria não sabia. De vez em quando, dizia-lhe, soluçando, gosto de você, papai, mas, um instante depois, virava-se contra ele, bramindo um ódio visceral e culpando-o de toda a sua desolação.

– Olhe para mim, maldito filho da puta, olhe para mim – e com um safanão afastava os lençóis e abria as pernas mostrando-lhe o sexo, chorando e rindo com a ferocidade de uma louca. – Quer saber como ganho a vida enquanto você viaja pela Europa e compra joias para as suas amantes e a minha mãe medita em posição de lótus? Quer saber o que me fazem os bêbados, os mendigos, os sifilíticos? Não preciso contar nada porque você é especialista em putas, você nos paga para que façamos em você as porcarias que nenhuma mulher faria de graça.

Ming O'Brien tentou confrontar Margaret com a sua própria realidade, para que ela aceitasse a evidência de que não se podia salvar sozinha, necessitava de tratamento a longo prazo, mas era como um jogo de enganos em espelhos deformadores. A garota fingia escutá-la e confessava-se enjoada de sua vida de perdição, mas, mal conseguia dar os primeiros passos, deslizava até o telefone do corredor para pedir a seus contatos que lhe levassem heroína ao hospital. Em outras ocasiões abatia-se por completo, horrorizada de si mesma, começava a contar pormenores da sua longa degradação e logo submergia num lodaçal de remorsos. O pai ofereceu-se para lhe pagar um programa de reabilitação numa clínica particular, e, por fim, a jovem aceitou, aparentemente resignada. Ming passou a manhã mexendo pauzinhos para que a admitissem, e Gregory foi comprar passagens para levá-la no dia seguinte para o sul da

Califórnia. Naquela noite, roubou a roupa de uma enfermeira e fugiu sem deixar pista.

– A infecção não está curada, apenas desapareceram os sintomas mais alarmantes. Se os antibióticos forem interrompidos, morrerá com certeza – disse o médico em tom neutro. Estava acostumado a toda espécie de emergências, e os drogados não lhe inspiravam nenhuma simpatia.

– Não a procure, Gregory. Tem de aceitar, de uma vez por todas, que nada mais pode fazer por sua filha. Tem de deixá-la ir, ela é dona de sua própria vida – aconselhou Ming O'Brien ao desconsolado pai.

Nesse ínterim, aproximava-se a data do julgamento de King Benedict. A companhia de seguros mantinha-se firme ao negar uma indenização pelo acidente, argumentando que a suposta amnésia era uma farsa. Haviam-no submetido a humilhantes exames médicos e psiquiátricos para provar que não existia nenhum dano físico que se pudesse atribuir à queda, interrogaram-no durante semanas sobre quanto acontecimento insignificante havia ocorrido entre o período de sua adolescência e o ano em curso, teve de identificar antigas equipes de futebol, perguntaram-lhe o que se dançava em 1941 e em que dia estourara a guerra na Europa. Também colocaram detetives para espioná-lo durante meses com a esperança de o apanhar em falso. De boa-fé, Benedict respondia aos intermináveis questionários, porque não queria ser considerado ignorante, mas, à parte alguns fatos que reteve de suas leituras diárias na biblioteca, o resto permanecia oculto na sossegada névoa dos fatos por viver. Nada sabemos do futuro, talvez nem sequer exista, ante os nossos olhos só temos o passado, havia-lhe dito sua mãe muitas vezes, mas no seu caso não podia utilizar-se do seu, era uma sombra escorregadia onde se perdiam quarenta anos de sua passagem pelo mundo. Para Gregory Reeves, que tinha vivido atormentado por uma memória pesada, a tragédia de seu cliente tornava-se fascinante. Ele também o interrogava, não para o apanhar em mentiras, mas para saber como se sente um homem quando tem oportunidade de apagar a vida e construí-la de novo. Conhecia King havia quatro anos e nesse período ouvira suas fantasias de rapaz e suas ambições de grandeza, enquanto o via ir, passo a passo, pelo mesmo caminho já percorrido, como um sonâmbulo atado a um sonho que ia e vinha.

King não apresentou grandes mudanças, como se pisasse sobre as suas próprias marcas, foi à escola noturna para cursar o segundo grau, obteve as mesmas má notas de sua época de adolescente e por fim largou-a no meio do caminho; dois anos mais tarde, pela data em que sua mente devia atingir os dezessete anos, apresentou-se em várias repartições de recrutamento das Forças Armadas, suplicando que o admitissem, mas em todas foi recusado. Havia assistido a muitos filmes de guerra e, hipnotizado pelas fanfarronices militares, acabou comprando um uniforme de soldado que usava para se consolar.

— Dentro de uns dois anos casará com uma fulana semelhante à sua primeira mulher e terá dois filhos, como os meus condenados netos — comentou Bel Benedict amargamente.

— Custa-me acreditar que alguém tropece duas vezes na mesma pedra — respondeu Gregory Reeves, que havia iniciado uma viagem silenciosa até seu passado e perguntava, amiúde, o que teria acontecido se tivesse feito isto em vez daquilo.

— Não se pode viver duas vezes nem dois destinos diferentes. A vida não tem borracha — disse ela.

— Se podemos, senhora Benedict, eu estou tentando. Pode-se mudar o rumo e consertar o apagador.

— O vivido não tem conserto. Pode-se melhorar o que vem pela frente, mas o passado é irreversível.

— Quer dizer que é impossível desfazer os erros cometidos? Não há esperança para a minha filha Margaret, por exemplo, que ainda não tem vinte anos?

— Esperança sim, mas os vinte anos perdidos jamais poderá recuperá-los.

— É uma ideia aterradora... Significa que cada passo faz parte da nossa história, seguimos para sempre com todos os nossos desejos, pensamentos e ações. Em outras palavras, somos o nosso passado. Meu pai pregava sobre as consequências de cada ato e a responsabilidade que nos cabe na ordem espiritual do Universo, dizia que tudo que fazemos volta a nós, mais cedo ou mais tarde pagamos pelo mal e nos beneficiamos com o bem.

— Esse homem sabia muito.

— Estava desaparafusado e morreu demente. Suas teorias eram um emaranhado de confusões, nunca as entendi.

— Mas seus valores eram claros, segundo parece.

— Ao pregar não dava o exemplo. Minha irmã dizia que era alcoólatra e pervertido, que tinha obsessão de controlar tudo e nos arruinou a vida, pelo menos a dela. Mas era um homem forte, eu me sentia bem a seu lado e tenho boas recordações dele.

— Segundo parece, ensinou-o a caminhar direito.

— Tentou fazê-lo, mas morreu muito cedo. Meu caminho tem sido sinuoso demais.

Comentando isso com a doutora Ming O'Brien, acabou contando-lhe a vida de seu cliente e a sua, e ela, que em geral ouvia atentamente e raras vezes abria a boca para dar opiniões, dessa vez interrompeu-o para lhe perguntar detalhes. King Benedict tinha estado submetido a muita pressão? Como havia sido a sua infância? Era uma pessoa tranquila e equilibrada ou, pelo contrário, era instável? E, finalmente, revelou-lhe que esse tipo de amnésia era raro, mas havia alguns casos registrados. Tirou um livro da estante e o passou a Gregory.

— Dê uma olhadela nisso. É provável que, na adolescência, seu cliente tenha sofrido um choque emocional muito forte ou um golpe semelhante ao que recebeu no acidente. Quando a experiência se repetiu, o impacto do passado foi insuportável e bloqueou-lhe a memória.

— Aparentemente não aconteceu nada disso.

— Deve haver algo muito doloroso ou ameaçador que não quer recordar. Pergunte à mãe.

Gregory Reeves passou a noite em claro, lendo e, à hora do desjejum, tinha uma ideia clara do que Ming O'Brien sugerira. Lembrou-se da ocasião em que King Benedict desmaiara em seu escritório ao pedir que identificasse fotografias de revistas e da estranha reação de Bel. Ela esperava lá fora durante a declaração e, ao ouvir o barulho, correu à biblioteca, viu-o no chão e inclinou-se para o socorrer, mas, nesse momento, descobriu a revista aberta sobre a mesa e, com um gesto impulsivo, tapou a boca de King com a mão. Depois não permitiu que continuasse o interrogatório, levou-o num táxi e, a partir desse dia, insistiu em estar presente em todas as entrevistas. Reeves atribuiu-o à preocupação pela saúde do filho, mas agora tinha dúvidas. Excitado com esse resquício por onde se via um pouco de luz, foi diretamente à casa dos pais de Timothy Duane para falar com a mulher. Bel estava na cozinha, enxugando os talheres de prata quando o mordomo anunciou a visita, mas não chegou a sair para o receber, porque o advogado entrou na cozinha. Temos que falar, disse-lhe ele, agarrando-a por um braço sem lhe dar tempo de tirar o avental nem de lavar as mãos. A sós com ela em seu escritório, explicou-lhe que logo se jogaria a última cartada do futuro de seu filho, e a vitória dependia de seus argumentos para convencer o juiz de que King não estava fingindo. Até ontem, isso lhe parecia quase impossível, mas, com a sua ajuda, hoje poderia mudar a direção do caso. Repetiu a teoria de Ming O'Brien e pediu-lhe que lhe contasse o que acontecera a King Benedict na juventude.

– Como quer que me lembre de coisas que se passaram há tanto tempo?

– Tenho certeza de que não precisa fazer um esforço para o recordar, porque nem por um minuto o esqueceu, senhora Benedict – respondeu ele, abrindo o arquivo e pondo em frente a seus olhos a revista que provocara o ataque do filho. – Que significa esse rancho?

– Nada.

– King e você estiveram num lugar assim?

– Estivemos em muitos lugares, deslocávamo-nos todo o tempo à procura de trabalho. Várias vezes colhemos algodão em lugares como esse.

– Quando King tinha quatorze anos?

– Talvez, não me lembro.

– Por favor, não torne as coisas mais difíceis para mim, porque não temos muito tempo. Quero ajudá-la, jogamos na mesma equipe, minha senhora, não sou seu inimigo.

Bel Benedict guardou silêncio, observando a fotografia com expressão de teimosa dignidade, enquanto Gregory Reeves a olhava admirado, pensando que na sua juventude ela devia ter sido uma beldade e que, se tivesse nascido noutra época ou noutra circunstância, talvez se tivesse casado com um magnata poderoso que levaria de braços dados aquela pantera negra sem que ninguém se atrevesse a objetar sua raça.

– Bom, senhor Reeves, estamos num beco sem saída – disse ela por fim com um suspiro. – Se calo a boca, como fiz durante quarenta anos, o meu Baby será um velho desvalido e pobre. Se digo o que se passou, vou presa, e meu filho ficará sozinho.

– Pode haver mais do que duas alternativas. Se me consulta como advogado, tudo o que disser é confidencial, não sairá dessas quatro paredes, asseguro-lhe.

– Quer dizer que você não pode denunciar-me?

– Não.

– Então nomeio-o meu advogado, porque vou necessitar de um de qualquer maneira – concluiu depois de longa pausa. – Foi em legítima defesa, como se diz, mas quem irá acreditar em mim? Eu era uma pobre negra, de passagem na zona mais racista do Texas, andava com o meu filho de um lado para outro, ganhando a vida no que pudesse encontrar, só tinha uma mala com roupa e dois braços para trabalhar. Nesse tempo tinha dores de cabeça de sobra. Sem querer, metia-me sempre em confusão, atraía a desgraça como o açúcar atrai as moscas. Nunca ficava muito tempo em nenhuma parte, acontecia sempre alguma coisa e tínhamos de partir mais uma vez. Surpreendeu-me que o dono do rancho me desse emprego, os outros *braceros* eram homens, e quase todos latinos, gente de passagem, mas era época de colher algodão, supus que necessitasse de trabalhadores. Não podia alojar-me nos dormitórios comuns, colocou-nos, ao Baby e a mim, numa cabana imunda, no limite da propriedade, bastante longe, onde, de manhã, nos recolhia num caminhão e para onde nos levava de volta no fim do dia. Era um bom trabalho, mas o patrão botou os olhos em mim. Já sabia que teríamos problemas, mas aguentei o quanto pude, acredite. Não sou uma pessoa impertinente, mas tenho as minhas prioridades muito claras, a primeira delas foi sempre dar de comer a meu filho, que me importava deitar-me com um homem? Dez ou vinte minutos e pronto, em seguida esquecia. Mas ele era daqueles que não podiam fazê-lo como todo mundo, gostava da coisa com violência e, se não me via sangrando, não conseguia fazê-lo. Quem o diria, parecia tão boa pessoa, os trabalhadores respeitavam-no, pagava o que era justo, ia à igreja aos domingos, um modelo de patrão. Aguentei umas duas vezes que me chicoteasse e me chamasse de negra porca e muitas coisas mais; não foi o único, eu estava mais ou menos acostumada; haverá alguma mulher a quem não tivessem feito isso? Nesse domingo Baby tinha ido jogar beisebol, e o homem chegou em sua camionete à cabana; eu estava sozinha e logo vi o que ele procurava, além disso cheirava a álcool! Não sei muito bem como as coisas se passaram, senhor Reeves, ele havia tirado o cinturão e estava me surrando com força, e acho que eu gritava; nisso chegou Baby, meteu-se no meio, e o sujeito atirou-o para longe com um murro. Baby bateu com a nuca na ponta da mesa. Vi meu rapaz atordoado no chão e não pensei duas vezes, peguei o taco de beisebol e acertei-o na cabeça. Foi um só golpe, com toda a alma, e matei-o. Quando Baby abriu os olhos lavei-lhe a ferida, tinha um corte profundo, mas não podia levá-lo a um hospital, onde nos teriam feito perguntas; estanquei-lhe o sangue com água fria e uns trapos. Pus o corpo do patrão na camionete, cobri-o com sacos, e depois escondi-a longe de casa. Esperei a noite e levei a camionete até uns trinta quilômetros de distância, fora da propriedade, e atirei-a por um barranco. Ninguém soube. Caminhei mais de cinco horas de volta à cabana. Lembro-me de que o resto da noite dormi com a consciência tranquila e, no dia seguinte, estava à porta à espera de que me recolhessem para o trabalho, como se nada tivesse acontecido. Com o meu filho jamais falei sobre o ocorrido. A polícia encontrou o corpo e achou que o patrão havia bebido além da conta e capotara com a camionete. Interrogaram os *braceros*, mas, se algum viu alguma coisa, não me denunciou, e o caso não foi adiante. Pouco depois parti com Baby e nunca mais pusemos os pés no Texas. Imagine o que é a vida, senhor Reeves, quarenta anos mais tarde vem esse fantasma foder-me a vida.

– Pesou-lhe na consciência? – perguntou Reeves pensando nos mortos que ele mesmo carregava.

– Nunca, graças a Deus. Aquele homem procurou o seu fim.

– Minha amiga Cármen, que é uma fonte inesgotável de bom senso, disse-me uma ocasião que não há necessidade de confessar o que ninguém pergunta...

– Mas sairá no julgamento, senhor Reeves?

– King ainda tem a cicatriz na cabeça?

– Sim, ficou muito feia porque não levou pontos.

– Demonstraremos que aos quatorze anos quebrou a cabeça ao cair contra uma mesa, e, com sorte, não teremos necessidade de mencionar o resto da história. Se conseguir um especialista que relacione o primeiro golpe com o acidente da construção, talvez possamos resolver o caso sem ir a juízo, senhora Benedict.

Na audiência de reconciliação, Ming O'Brien provou que o quadro de King Benedict correspondia a uma amnésia psicogênita e, dada a falta de progressos, provavelmente nunca se recuperaria. Explicou que os antecedentes coincidiam com as causas habituais desse distúrbio, King tivera uma infância e juventude atormentadas, sofrera um golpe grave durante a adolescência, antes do acidente estivera submetido a fortes pressões e era de temperamento depressivo. Ao cair do andaime, sofrera um trauma semelhante ao anterior, e sua mente dera um salto para trás, refugiando-se no esquecimento, como defesa contra os pesadelos que o atormentavam. Os advogados de defesa fizeram o possível para desfazer o diagnóstico, mas esbarraram contra a firmeza da doutora, que mostrou meio metro de volumes com referências a casos semelhantes. Por outro lado, os agentes contratados para o observar apenas obtiveram fotografias do suspeito entretido com um trem elétrico, lendo revistas de aventuras e brincando de guerra disfarçado de soldado. A juíza, uma matrona de caráter tão forte como o de Ming O'Brien, chamou os réus em particular e fê-los ver que lhes convinha pagar sem mais problemas, porque, se fossem a julgamento, perderiam muito mais. De acordo com a minha larga experiência, disse, os membros de qualquer júri seriam benévolos com esse pobre homem e a sua abnegada mãe, tal como eu o seria se fosse um deles. Depois de dois dias de brigas, os advogados cederam. Gregory Reeves celebrou a vitória convidando Bel, King e o filho David para irem à Disneylândia, onde se perderam num mundo fantástico de animais que falam, luzes que anulam a noite e máquinas que desafiam as leis da física e os mistérios do tempo. Na volta, ajudou Bel a comprar uma casa modesta no campo e colocou o resto do dinheiro do seguro numa conta para que King e ela tivessem uma pensão para o resto de seus dias.

Quando Dai abandonou o computador, começou a usar loção de barbear e a examinar-se no espelho com ar desolado, Cármen Morales convidou-o para comer fora a fim de falar com ele, seguindo o costume de marcar encontros de namorados para tratar de assuntos importantes. A vida havia se complicado para ambos, e, com os anos, perdera-se a parte da carinhosa intimidade que os unira no princípio, embora continuassem sendo os melhores amigos. Dai era um adolescente de aspecto latino, parecido com o pai, porém mais intenso e sombrio. Nada herdou do espírito aventureiro de Juan José nem da explosiva personalidade de Cármen, era um rapaz introvertido e um pouco solene, demasiado sério para a sua idade. Aos quatro ou cinco anos demonstrou um talento pouco habitual para a matemática e, desde então, foi tratado como um prodígio por todos, menos pela mãe adotiva. As professoras apresentaram-no em diversos programas de televisão e concursos, onde aparecia resolvendo de cabeça complicadas equações. Ganhou assim vários prêmios, incluindo uma motocicleta quando não tinha idade para pilotar. Seu temperamento orgulhoso estava ficando arrogante, mas Cármen manteve-o a distância, pondo-o para trabalhar na fábrica durante as férias, para aprender desde pequeno quanto custa ganhar a vida e ter contato com os trabalhadores. Também lhe cultivou a curiosidade e abriu-lhe a mente a outras culturas. Aos quinze anos, Dai tinha estado no Oriente, África e em vários países da América do Sul, falava alguma coisa de espanhol e vietnamita, tinha na ponta dos dedos a contabilidade do negócio de sua mãe, dispunha de uma poupança, e várias universidades já lhe haviam oferecido bolsas, para estudar no futuro. Enquanto o país inteiro discutia a crise de valores entre os jovens e o desastre do sistema educativo, que havia criado uma geração de ignorantes e frouxos, Dai estudava com consciência, trabalhava e, no seu tempo livre, explorava a biblioteca e divertia-se com o seu computador. Tinha em seu quarto um pequeno altar com a fotografia da mãe e do pai, montada por Leo Galupi; junto a uma cruz de madeira, um pequeno Buda de louça e um recorte de uma revista com a imagem da Terra vista de uma nave espacial. Não era sociável, preferia ficar só e, até então, Cármen fora sua única e grande companheira. Aquele rapaz amável, satisfeito com a vida e relaxado em sua pele de lobo solitário, mudou de repente nos finais da primavera. Passava horas barbeando-se, começou a vestir-se, a falar, a andar como os cantores de *rock*, saía fora de hora e fazia esforços gigantescos para ser aceito pelos rapazes cuja companhia antes desprezava. Renegou a paixão pela matemática porque desejava ser um do grupo, e isso o separava de seus companheiros. Quando a mãe o viu sofrer empastando o cabelo com laquê para domar as mechas negras, passando pasta de dentes nas espinhas e passeando em frente ao telefone, soube que o tempo da idílica cumplicidade com o filho estava acabando e teve uma crise de ciúmes que não se atreveu a confessar, nem sequer a Gregory Reeves nas conversas das segundas-feiras. Nessa época, havia lojas Tamar espalhadas pelo mundo e ela contava com uma eficiente equipe de empregados para conduzir seu negócio, limitando-se a desenhar linhas novas e promover a imagem da companhia. Comprou uma casa de madeira em meio a grandes árvores nas colinas de Berkeley, onde vivia com o filho e a mãe. Pedro Morales tinha morrido havia alguns anos. Quando pressentiu o fim, negou-se a ir para o hospital e não quis que lhe prolongassem a vida com recursos artificiais, achou que as despesas com os médicos arruinariam a família, e sua mulher ficaria na rua. Trabalhou uma vida inteira para levar para a frente sua pequena tribo e não desejava prejudicá-los em seus últimos momentos. Estava muito orgulhoso dos seus, sobretudo de Cármen e do neto Dai, em quem via a reencarnação de seu filho Juan José. Foi para o outro mundo sem deixar pendências, com a sensação de ter cumprido o destino. Inmaculada ajudou o marido no último suspiro e depois consolou os aflitos filhos, noras e netos. Ao desaparecer o patriarca, não se desmembrou a família, porque ela manteve bem atados os laços do afeto e da ajuda mútua. Depois do enterro decidiu ficar com Cármen por algum tempo e, em poucas semanas, repartiu seus bens e vendeu a casa. Durante anos tinha-se empenhado para juntar aqueles móveis e adornos, testemunhos de sua prosperidade, mas, ao perder o marido, nada de material possuía significado para ela. Passa-se metade da vida juntando coisas e a segunda desfazendo-se delas, dizia. Apenas conservou a cama que havia partilhado com Pedro Morales durante meio século, porque nela desejava morrer um dia. A mulher havia mudado pouco, parecia congelada numa idade indefinida, a força de sua raça indígena parecia protegê-la do desgaste do corpo e das falhas da memória, nunca tinha estado tão lúcida, era uma velha firme e diligente, imune ao cansaço, à fraqueza ou à doença. Encarregou-se dos assuntos domésticos de Cármen com fervor militante, tinha criado seis filhos na estreiteza de um bairro pobre e aquela casa cheia de comodidades não representava nenhum desafio para ela. Custou muito impedi-la de ter problemas de coluna lavando roupa ou batendo ovos, era partidária de manter as mãos sempre ocupadas, o ócio produz doenças, dizia ela para se justificar quando a encontravam empoleirada numa escada lavando janelas ou de cócoras pondo armadilhas para os *mapaches** que tinham formado uma colônia nos alicerces da casa. Continuava cozinhando manjares mexicanos que só Dai e ela saboreavam, porque Cármen estava de

---

**Mapache* – mamífero carnívoro da América do Norte. (N.T.)

dieta, levantava-se ao amanhecer para regar a horta de verduras e ervas aromáticas, limpar, cozinhar e lavar, e era a última a ir deitar-se, depois de telefonar para cada um dos filhos, em diferentes cidades do país; não era mulher para renunciar ao rastro de seus descendentes. Tinha o hábito da servidão muito arraigado, não podia modificá-lo na velhice, mas era a primeira a tripudiar dos serviços domésticos. Anos antes aplaudira secretamente Cármen quando regressara de suas viagens feito uma *"gringa* liberta", como resmungava Pedro Morales. O fato de a filha ganhar a vida melhor do que os irmãos provocava-lhe um íntimo prazer, compensava sua própria vida sempre baixando a cabeça na frente dos homens. Cármen obrigou a mãe a usar máquinas modernas, comprava as *tortillas* em embalagens plásticas, e abriu-lhe uma conta no banco que ela tratava com o mesmo respeito que dedicava a um missal. Inmaculada foi a primeira a adivinhar que Dai tinha entrado na fase do amor não correspondido e disse-o à filha.

– Conte-me tudo – disse Cármen ao rapaz, no restaurante.

Dai tratou de esquivar-se, mas traíram-no o ar de desamparo e o rubor; era de pele morena, e o afogueamento dava-lhe um certo tom de berinjela. A mãe não lhe ofereceu escapatória, e, à sobremesa, não teve remédio senão confessar, comendo o bolo de chocolate e dando voltas na cadeira, que não podia dormir, nem estudar, nem pensar, nem viver, passava horas junto ao telefone à espera de uma chamada que nunca chegava, que vou fazer, mãe, com certeza ela me despreza porque não sou branco nem jogo futebol, para que nasci, para que me buscou no Vietnam e me criou tão diferente dos outros, não sei o nome dos conjuntos de *rock* e sou o único idiota que chama asiáticos aos orientais e afro-americanos aos negros, que se preocupa com os buracos na camada de ozônio, com os mendigos na rua e com a guerra contra a Nicarágua, o único politicamente correto da minha maldita escola, ninguém se importa um caralho com isso, mãe, a vida é uma merda, e, se Karen não me telefonar hoje, juro que montarei na motocicleta e me atirarei barranco abaixo porque não posso viver sem ela. Cármen interrompeu-lhe o discurso com uma bofetada no rosto que ressoou como o bater de uma porta na esotérica paz do restaurante vegetariano. Nunca lhe havia batido. Dai levou a mão à face, tão surpreso que os lamentos se congelaram em seus lábios.

– Não volte a falar em matar-se, ouviu?
– É só uma maneira de dizer, mãe!
– Não quero ouvir isso nem brincando. Vai viver a vida inteira, ainda que isso lhe custe. E, agora, me diga quem é essa desgraçada que se dá o luxo de desprezar meu filho.

Tratava-se de uma companheira de turma que, por sua vez, estava enamorada, como todas as outras garotas da escola, pelo capitão da equipe de futebol, com quem Dai nem em sonho podia competir. No dia seguinte, Cármen acompanhou o filho para procurar uma saída, encontrou uma loura com cara de bebê, meio escondida por trás de uma bola de chiclete. Suspirou aliviada, certa de que Dai se refaria do mal de amor e encontraria rapidamente alguém mais interessante, mas, se isso não acontecesse, nada se poderia fazer, era impossível poupar-lhe experiências ou sofrimentos, como fizera quando era pequeno. Depois compreendeu que sua sensação de alívio tinha uma causa mais profunda do que a insignificante personalidade de Karen e a certeza de que Dai não sofreria por ela eternamente; começava a intuir as vantagens de o filho voar sozinho. Pela primeira vez, nos treze anos em que estavam juntos, podia pensar em si mesma como um ser separado e individual, até então Dai era o seu prolongamento, e ela o dele, siameses ligados pelo coração, como dizia Inmaculada. Nessa tarde, a mãe encontrou-a sentada na cozinha em frente a uma xícara de chá de manga, olhando as sombras escuras das árvores na última luz do dia.

– Parece que estou ficando velha, mamãe.
– Mais velha do que no ano passado, mas menos do que no ano que vem, graças a Deus – respondeu Inmaculada.
– Sabe que eu já podia ser avó? A vida passa voando.
– Na sua idade passa depressa, filha, julga-se que se vive para sempre. Na minha idade os dias são sal e água, nem dou conta de como passo as horas.
– Acha que alguém ainda pode se apaixonar por mim?

— Pergunte, antes, se você ainda pode se apaixonar. A felicidade que se vive vem do amor que se dá.

— Não duvido de que eu possa apaixonar-me.

— Fico contente, porque logo morrerei e Dai sairá do seu lado, isso é normal. Não deve ficar sozinha. Canso-me de lhe dizer para se casar.

— Com quem, mãe?

— Com Gregory, esse rapaz é melhor do que todos os seus noivos que conheci, o que não é dizer muito, é claro. Temos de reconhecer o mau olho que você tem para os homens!

— Gregory é meu irmão, casarmos seria pecado de incesto.

— É uma pena. Então procure um da sua idade, não entendo por que anda com sujeitos mais novos do que você.

— Não é má ideia, velha... — respondeu Cármen com um sorriso atrevido que inquietou um pouco a mãe.

Três semanas mais tarde disse em casa que partiria para Roma à procura de um amigo. Por intermédio de um detetive particular localizou Leo Galupi na vasta extensão do Universo, tarefa que resultou bastante fácil, porque seu nome estava em letras destacadas na lista telefônica de Chicago. Ao terminar a guerra, regressara a seu ponto de partida tão pobre como tinha ido; havia perdido o dinheiro ganho nos estranhos negócios, mas voltou rico em experiência. Os anos traficando na Ásia tinham-lhe refinado o gosto, sabia muito sobre arte e tinha bons contatos; criou, assim, a empresa dos seus sonhos. Abriu uma galeria com objetos orientais e foi tal o seu êxito que em dez anos tinha uma sucursal em Nova Iorque e outra em Roma, onde vivia boa parte do ano. O detetive informou Cármen de que Galupi continuava solteiro e mostrou-lhe uma série de fotografias, tiradas com teleobjetiva, onde ele aparecia vestido de branco caminhando pela rua, entrando num automóvel e tomando um sorvete nos degraus da Praça de Espanha, no mesmo lugar onde ela tantas vezes havia se sentado quando ia àquela cidade visitar as lojas Tamar. Ao vê-lo, seu coração deu um salto. Naqueles anos havia esquecido seus traços, na verdade não havia pensado muito nele, mas aquelas imagens meio desfocadas provocaram-lhe uma onda de nostalgia, descobriu que sua recordação permanecia a salvo num compartimento secreto da memória. É melhor agir logo, tenho muito que fazer, concluiu. Foram dias nervosos, preparando a viagem, muito diferentes dos outros; em certo sentido, tratava-se de uma missão de vida ou morte, como disse à mãe quando esta a surpreendeu com o conteúdo dos armários no chão, experimentando vestidos num furacão de impaciente coqueteria. Uma vez resolvidos os assuntos da fábrica e da casa, fez um exame médico, pintou os cabelos brancos e comprou roupa íntima de seda. Observou-se com impiedosa atenção no espelho grande do banheiro, contou as rugas e arrependeu-se de nunca ter feito ginástica e do leite condensado com que enganara a dieta ao longo dos anos. Beliscou braços e pernas e constatou que já não eram firmes, encolheu a barriga, mas ali havia uma prega rebelde, examinou as mãos arruinadas pelo trabalho com os metais, e os seios que lhe tinham pesado sempre como uma carga alheia. Não tinha o mesmo corpo da época em que Leo Galupi a conhecera, mas achou que o inventário de seus encantos não estava mal, pelo menos não havia marcas de varizes nem estrias de gravidez, sem se lembrar de que não era a mãe de Dai e nunca havia parido. Com os pormenores sob controle foi almoçar com Gregory Reeves, com quem não quis falar desde logo de seus planos porque receou que a julgasse louca. Timidamente a princípio e entusiasmada depois, falou-lhe do que averiguara sobre Leo Galupi e mostrou-lhe as fotografias. Teve uma surpresa: seu amigo recebeu com naturalidade o súbito impulso de empreender uma peregrinação à Europa para propor casamento a um homem que não via há mais de dez anos e com quem nunca havia falado de amor. Pareceu-lhe tão congruente com o caráter de Cármen, que perguntou por que não o fizera antes.

— Estava muito ocupada com Dai, mas meu filho já está crescido e precisa menos de mim.

— Poderá ter uma decepção.

— Vou estudá-lo com cuidado antes de tomar uma decisão. Isso não me preocupa... mas talvez ele não goste de mim, Greg, estou muito mais velha.

— Olhe as fotografias, mulher. Os anos também passaram para ele — disse Reeves, colocando-as na frente, e então ela viu pela primeira vez que Leo Galupi tinha menos cabelo e mais peso. Começou a rir contente e decidiu que, em vez de lhe escrever ou de lhe telefonar para anunciar a visita, como havia pensado, iria simplesmente vê-lo para destruir as armadilhas da imaginação e saber, de imediato, se seu extravagante projeto tinha algum fundamento.

Cármen Morales apareceu três dias mais tarde na galeria de arte em Roma, onde chegou diretamente do aeroporto, enquanto as malas aguardavam no táxi. Ia rezando para encontrá-lo, e, pelo menos dessa vez, suas orações deram o resultado esperado. Quando entrou no local, Leo Galupi, vestido com calças e camisa de linho enrugado e sem meias, discutia os pormenores do próximo catálogo com um jovem de roupa tão desengomada como a sua. Entre tapetes da Índia, marfins chineses, madeiras talhadas do Nepal, porcelanas e bronzes do Japão e um sem-fim de objetos exóticos, Cármen parecia fazer parte da exposição, com seu torvelinho de roupas ciganas e o tênue brilho de suas joias de prata envelhecida. Ao vê-la, deixou cair o catálogo das mãos e ficou contemplando-a como a uma aparição muitas vezes sonhada. Ela achou que, tal como receava, aquele noivo improvável não a havia reconhecido.

— Sou Tamar... lembra-se de mim? — e avançou vacilante.

— Como é que não vou lembrar-me! — e pegou sua mão e sacudiu-a por alguns segundos até que, dando conta do absurdo daquela acolhida, estreitou-a em seus braços.

— Vim perguntar se quer casar comigo — atirou-lhe Cármen, murmurando meio afogada, porque não era assim que havia planejado, e enquanto o dizia se amaldiçoava por colocar tudo a perder na primeira frase.

— Não sei — foi a única coisa que ocorreu a Galupi quando pôde falar, e ficaram olhando-se maravilhados, enquanto o jovem do catálogo desaparecia sem fazer ruído.

— Está apaixonado por alguém — balbuciou ela, sentindo-se cada vez mais idiota, mas incapaz de se lembrar da estratégia programada até os mínimos detalhes.

— Neste momento, não.
— Você é homossexual?
— Não.
— Quer tomar um café? Estou um pouco cansada, a viagem foi longa...

Leo Galupi levou-a até a rua, onde o sol radiante do verão, o bulício das pessoas e o trânsito devolveram aos dois o sentido do presente. Dentro da galeria retrocediam ao tempo de Saigon, estavam de volta ao quarto da imperatriz chinesa que ele havia preparado para ela e onde tantas vezes a espreitara de noite pelas ranhuras do biombo para vê-la dormir. Quando então se despediram, Galupi sentiu a picada da solidão pela primeira vez na vida, mas não quis admiti-la e curou-a com teimosa indiferença, submergindo na urgência dos negócios e das viagens. Com o tempo desapareceu a tentação de lhe escrever e depois acostumou-se ao sentimento doce e triste que ela lhe provocava. Sua recordação servia-lhe de proteção contra o ataque de outros amores, uma espécie de seguro contra os enredos românticos. Quando muito jovem, havia decidido não se prender a nada nem a ninguém, não era homem de família nem de grandes compromissos, considerava-se um solitário, incapaz de suportar o tédio da rotina ou as exigências da vida de casal. Em várias ocasiões escapou de uma relação demasiado intensa explicando à noiva despeitada que não a podia amar porque em seu destino só cabia amor por uma mulher chamada Tamar. Essa limitação, muitas vezes repetida, acabou por se tornar uma espécie de certeza trágica para ele. Não examinou em profundidade seus sentimentos, porque gostava de sua liberdade, e Tamar era apenas um fantasma útil ao qual recorria se necessitava desfazer-se de um compromisso incômodo. E agora, justamente quando já se sentia a salvo dos sobressaltos do coração, aparecia ela cobrando as mentiras que durante anos havia dito para outras mulheres. Custava acreditar que tivesse entrado em sua loja meia hora antes pedindo-lhe subitamente que se casassem. Agora tinha-a a seu lado e não se atrevia a olhar para ela, enquanto sentia seus olhos examinando-o sem disfarçar.

— Desculpe-me, Leo, não pretendo encurralá-lo, não foi assim que pensei fazer.

— Como foi então?

— Pensava seduzi-lo, comprei uma camisola de renda preta.

— Não é necessário ter tanto trabalho — riu Galupi. — Vou levá-la à minha casa para tomar um banho e dormir um pouco, deve estar moída. Depois falaremos.

— Perfeito, isso lhe dará tempo para pensar — suspirou Cármen sem intenção de ironia.

Galupi vivia numa antiga *villa* dividida em vários apartamentos. O seu tinha uma só janela para a rua, o resto olhava para um pequeno jardim antigo, onde cantarolava a água de uma fonte e onde cresciam trepadeiras à volta de estátuas mutiladas e cobertas pelo limo do tempo. Muito mais tarde, sentados no terraço, saboreando um copo de vinho branco, enquanto admiravam o jardim iluminado por uma lua resplandecente e aspiravam o perfume discreto dos jasmins silvestres, despiram a alma. Os dois tinham tido incontáveis paixões e decepções, tinham dado muitas voltas e praticado quase todos os jogos do engano que fazem sucumbir os apaixonados. Foi refrescante falar de si mesmos e de seus sentimentos sem segundas intenções nem táticas, com uma honestidade brutal. Contaram suas vidas em traços largos, disseram o que desejavam para o futuro e verificaram que a antiga alquimia que antes os havia atraído ainda estava ali, bastava só um pouco de boa vontade para a reanimar.

— Até há duas semanas não tinha pensado em casar-me, Leo.

— E por que pensou em mim?

— Porque não consegui esquecê-lo, gosto de você e acho que, há um montão de anos, você gostava também um pouco de mim. De todos os homens que conheci há apenas dois que quero ter ao lado quando estou triste.

— Quem é o outro?

— Gregory Reeves, mas ele não está preparado para o amor e não tenho tempo para esperar por isso.

— De que espécie de amor está falando?

— Amor total, nada de meias-tintas. Procuro um companheiro que goste muito de mim, seja fiel, não minta, respeite meu trabalho e me faça rir. É pedir muito, eu sei, mas ofereço mais ou menos o mesmo e além disso estou disposta a viver onde você quiser, desde que aceite meu filho e minha mãe, e eu possa viajar com frequência. Sou saudável, sustento-me a mim própria e nunca me deprimo.

– Isso parece um contrato.

– E é. Você tem filhos?

– Não, que eu saiba, mas tenho uma mãe italiana. Isso será um problema, nunca aprova as mulheres que lhe apresento.

– Não sei cozinhar e sou muito simples na cama, mas, em minha casa, dizem que é agradável viver comigo, principalmente porque me veem pouco, passo muitas horas trancada na minha oficina. Não chateio muito...

– Ao contrário, eu não sou nada fácil.

– Poderá fazer um esforço, pelo menos?

Beijaram-se pela primeira vez, a princípio em tentativa, depois com curiosidade e logo com a paixão acumulada em muitos anos de enganar, com encontros banais, a necessidade de um amor. Leo Galupi levou aquela noiva imponderável para seu quarto, uma divisão alta, adornada com ninfas pintadas no gesso do teto, uma cama grande e almofadões de tecido antigo. Ela sentia a cabeça rodando, atordoada, e não soube se estava enjoada pela longa viagem ou pelos copos de vinho, não quis averiguar, abandonou-se àquela languidez, sem forças para impressionar Leo Galupi com sua camisola de renda preta nem com destrezas aprendidas com amantes anteriores. Atraiu-a seu cheiro de homem são, um cheiro limpo, sem ponta de fragrâncias artificiais, um pouco seco, como o do pão ou da madeira, meteu o nariz no ângulo do seu pescoço com o ombro, aspirando-o como um cão perdigueiro atrás de um rastro, os aromas persistiam em sua memória mais do que qualquer outra recordação, e, nesse momento, voltou-lhe a imagem de uma noite de Saigon, quando estavam tão perto que sentiu a marca de seu odor sem saber que ia permanecer com ela todos aqueles anos. Começou a desabotoar-lhe a camisa, mas os botões não passavam nas casas demasiado estreitas, então pediu-lhe, impaciente, que a tirasse.

Uma música de cordas chegava-lhe de muito longe, trazendo a milenária sensualidade da Índia àquela casa romana, banhada pela lua e pela vaga fragrância dos jasmins do jardim. Durante anos tinha feito amor com rapazes vigorosos e agora acariciava umas costas um pouco encurvadas e passava os dedos por uma testa ampla e por cabelos finos. Sentiu uma ternura complacente por aquele homem já maduro e por um momento tentou imaginar quantos caminhos e mulheres ele teria percorrido, mas imediatamente sucumbiu ao prazer de o abraçar sem pensar em nada. Sentiu-lhe as mãos tirando-lhe a blusa, a saia, as sandálias e ficarem vacilantes com as suas pulseiras. Nunca se despojava delas, eram a sua última couraça, mas considerou que havia chegado o momento de se desnudar completamente, sentou-se na cama para as tirar uma a uma. Caíram sobre o tapete sem ruído. Leo Galupi percorreu-a com beijos exploradores e mãos sábias, lambeu-lhe os mamilos ainda firmes, o caracol da orelha e o interior das coxas onde a pele palpitava ao menor contato, enquanto para ela o ar ia ficando mais denso, ofegando pelo esforço em respirar, uma quente urgência apoderava-se de seu ventre, fazia-lhe ondularem os quadris e saía-lhe em gemidos, até que não pôde aguentar mais, voltou-o e montou-o como uma animada amazona para se espetar nele, imobilizando-o entre as pernas na desordem dos almofadões. A impaciência ou a fadiga tornavam-na desajeitada, mexia-se como uma cobra procurando-o, mas escorregava na umidade do prazer e do suor do verão; por último começou a rir e deixou-se cair, esmagando-o com a dádiva dos seios, envolvendo-o na desordem de seus cabelos revoltos e dando-lhe instruções em espanhol que ele não compreendia. Ficaram assim abraçados, rindo, beijando-se e murmurando besteiras num rumor de idiomas misturados, até que o desejo foi mais forte, e numa dessas reviravoltas de cachorros, Leo Galupi abriu caminho sem pressa, firmemente, detendo-se em cada estação do caminho para a aguardar e conduzir até os últimos jardins, onde a deixou atuar sozinha até ela sentir que se afundava por um abismo de sombras e uma explosão feliz lhe sacudia todo o corpo. Depois foi a vez dele, enquanto ela o acariciava agradecida por aquele orgasmo absoluto e sem esforço. Finalmente adormeceram num novelo de pernas e braços. Nos dias que se seguiram descobriram que se divertiam juntos, ambos dormiam para o mesmo lado, nenhum dos dois fumava, gostavam dos mesmos livros, filmes e comidas, votavam no mesmo partido, detestavam esportes e viajavam regularmente para lugares exóticos.

– Não sei se sirvo para marido, Tamar – desculpou-se Leo Galupi, uma tarde numa *trattoria* da Via Venetto. – Preciso mover-me em liberdade, sou um vagabundo.

– É isso o que eu gosto em você, eu também o sou. Mas estamos numa idade em que não nos faria mal um pouco de tranquilidade.

– A ideia me dá medo.

– O amor nasce com o tempo... Não tem que me responder já, podemos esperar até amanhã – riu ela.

– Não é nada pessoal; se alguma vez decidir casar-me, só o farei com você, prometo.

– Isso já é alguma coisa.

– Não é melhor sermos amantes?

– Não é a mesma coisa. Já não tenho idade para experiências. Quero um compromisso a longo prazo, dormir de noite abraçada a um companheiro permanente. Acha que teria atravessado meio mundo para lhe propor sermos amantes? Será agradável envelhecer de mãos dadas, vai ver – respondeu Cármen, categórica.

– Que horror! – exclamou Galupi, francamente pálido.

A oportunidade de me sentar uma vez por semana no consultório de Ming O'Brien para falar de mim e meditar sobre minhas ações era uma experiência que eu desconhecia. A princípio custou um pouco descontrair-me, mas ela ganhou a minha confiança e pouco a pouco fomos abrindo os compartimentos selados de meu passado. Pela primeira vez, falei daquele dia no quarto das vassouras, quando Martínez me violou, e a partir dessa confissão pude explorar os recantos mais secretos da minha vida. O segundo ano foi o pior, saía de cada sessão congestionado pelo choro, Ming não mentiu quando me disse que era um processo doloroso; várias vezes estive a ponto de me dar por vencido. Por sorte que não o fiz. Ao passar em revista meu destino durante esses cinco anos, compreendi o rumo da minha vida e dei os passos necessários para mudá-lo; com o tempo aprendi a vigiar meus impulsos e a deter-me quando estava a ponto de repetir os velhos erros. Minha vida familiar continuava a ser um pesadelo e não havia muito que pudesse fazer por melhorá-la; Margaret estava fora do meu alcance, mas concentrei-me para dar certa estrutura a David. Até então tinha usado o sistema da balança automática, como o chamou Ming; sempre que meu filho aprontava, era só questão de girar a alavanca da máquina, certo de que, em algum momento, receberia um prêmio. Pedia-me algo, eu dizia que não, ele começava a massacrar-me sem descanso até me estourar os nervos, ganhava-me pelo cansaço e eu cedia. Pôr-lhe limites não foi fácil, porque eu próprio não os tivera quando criança, criei-me com rédea solta na rua e pensei que as pessoas se formavam sozinhas, que a experiência ensinava, mas, no meu caso, recebi disciplina e valores quando meu pai estava vivo, dizem que os primeiros cinco ou seis anos são muito importantes na formação, além disso tinha que me virar sozinho, sempre tive que trabalhar. Meus filhos, ao contrário, cresceram como selvagens, sem cuidados e sem verdadeiro amor, mas nunca lhes faltou nada de ordem material. Tentei compensar com dinheiro a dedicação que não lhes soube dar. Má ideia.

    Uma das decisões mais importantes foi desfazer-me de algumas cargas que eu trazia às costas e reorganizar meu escritório. Era impossível modificar a natureza de meus empregados, mas podia substituí-los, não era meu papel curá-los de seus vícios, pagar pelos seus erros ou resolver seus problemas. Por que eu me rodeava invariavelmente de alcoólatras? Por que se colava a mim gente neurótica ou fraca? Tive de rever esse aspecto da minha personalidade e defender-me. O escritório custava mais do que produzia, só eu ficava com a maior parte da receita; no entanto, andava sempre de carteira vazia e haviam-me cancelado quase todos os cartões de crédito. Meu bom amigo Mike Tong levava anos de sufoco tentando acertar as contas, e Tina avisou-me até a saciedade que os outros advogados não só descuidavam dos clientes, mas que às vezes resolviam casos particularmente, sem deixar registro na contabilidade, e que também me encarregavam de seus gastos pessoais, telefonemas, contas de restaurantes, viagens e até presentes para as amantes. Não lhe dei importância, andava demasiado ocupado chafurdando no meu próprio caos. Achava que não podia afundar, que encontraria sempre a forma de resolver os problemas, tinha vencido outros obstáculos e não seria derrotado por contas a pagar e roubos mesquinhos, mas, por fim, a carga tornou-se insuportável. Durante um bom tempo, debati-me com dívidas e culpas até que Mike Tong, com a precisão de seu ábaco, e Ming O'Brien, com sua perseverança, ajudaram-me a despedir um a um os zangões e fechar as sucursais de outras cidades. Conservei Tina, Mike e uma advogada jovem, inteligente e leal. Aluguei também parte do andar a dois profissionais para aliviar o orçamento e, assim, reduzi as despesas ao mínimo. Comprovei, então, que o trabalho em pequena escala me resultava mais rentável e mais divertido, tinha as rédeas na mão e podia dedicar-me aos desafios da minha profissão em vez de dilapidar energia pondo em ordem uma série esmagadora de ofensas insignificantes. Além disso, tinha maior contato com os clientes, o de que mais gosto no meu trabalho. Nessa época eu também me transformara, tal como fiz com o escritório, desprendi-me de muitas coisas supérfluas e de aspectos que me prejudicavam, renunciei aos arrogantes charutos espanhóis; na realidade, deixei completamente de fumar e não tornei a provar uma gota de álcool, única forma de acabar com as minhas alergias. A agenda com a lista de amantes ficou perdida em alguma gaveta e não voltei a encontrá-la. À falta de fundos, não tive outro remédio senão reduzir meu nível de vida, as farras passaram para a história, porque estava muito ocupado com David e meu trabalho; além disso, Timothy Duane já não me levava ao pecado. Isso não significa que começasse a viver como um anacoreta, suponho que sempre serei fiel à minha natureza de *bon vivant*.

– Muito bem, se não voltar a casar-se, em três anos teremos pago todas as dívidas – disse-me, feliz, Mike Tong, na primeira vez em que as receitas superaram os gastos.

Naquele ano vendi uma casa que tinha na praia e acabei de acertar contas com Shanon, que, mal recebeu o último cheque, partiu sem planos fixos, disposta a começar uma nova vida o mais longe possível. Vi-a afastando-se até se esfumar numa autoestrada, tal como havia chegado, só que agora não ia a pé, mas num automóvel de luxo. Meses mais tarde vi sua fotografia numa revista, anunciando cosméticos com um sorriso de maçã, tive de olhá-la duas vezes para a reconhecer, parecia muito melhor do que eu recordava. Recortei-a e trouxe-a para David, que a colou na parede de seu quarto. Tinha uma imagem difusa da mãe, uma criatura formosa e alegre que aparecia de vez em quando para cobri-lo de beijos e levá-lo ao cinema, uma voz melodiosa ao telefone e agora um rosto sedutor em anúncios de publicidade. Havia construído com a minha ajuda um cofre de madeira para lhe oferecer no seu aniversário, dedicava-lhe desenhos da escola que mandava pelo correio; Shanon era a fada etérea das fábulas, uma princesa em *blue jeans* que passava de vez em quando como uma brisa feliz e logo partia. Para efeitos práticos, no entanto, não contava muito, sua mãe era Daisy, que o penteava com água benta para lhe exorcizar os demônios e estava a seu lado quando abria os olhos de manhã e os fechava à noite.

– Quero ver minha mãe – disse-me um dia.

– Foi para muito longe e não vai regressar por agora. Sente a sua falta, mas por causa do trabalho vive em outra cidade. Agora é uma modelo muito famosa.

– Para onde foi?

– Não sei, mas vai escrever logo, tenho certeza.

– Não gosta de mim, por isso foi embora.

– Gosta muito de você, mas a vida é muito complicada, David. Não vai vê-la por algum tempo, isso é tudo.

– Acho que a minha mãe morreu e você está me enganando.

– Dou-lhe a minha palavra de honra que é verdade. Não viu a fotografia dela na revista?

– Jure-me.

– Juro-lhe.

– Jure-me também que nunca voltará a se casar.

– Não posso fazer isso, meu filho. Já lhe disse que a vida é muito complicada.

Nos dias seguintes, ficou retraído e silencioso, passava horas à janela olhando o mar, o que era invulgar nele, que andava sempre num torvelinho de atividade e ruído, mas logo se distraiu com o alvoroço de preparar as férias. Prometi-lhe que iríamos acampar nas montanhas, levaríamos Oliver e compraria uma espingarda para caçar patos. Shanon continuou a ser, para o filho, o que sempre tinha sido, uma doce miragem.

A acusação por mau exercício da profissão caiu-me em cima em finais desse mesmo ano e pareceu-me tão descabida que não me inquietou absolutamente nada. Tratava-se de um de meus antigos clientes, alguém a quem a minha firma representara havia vários anos. Era alcoólatra. Tudo começou quando viajava num ônibus interestadual para Oregon; havia bebido demasiado e a meio do caminho delirava com monstros que o perseguiam. Na bebedeira sacou de uma faca e atacou outros passageiros, feriu dois e não matou um terceiro por milagre, a lâmina atravessou-lhe o pescoço a milímetros da jugular. Com a ajuda de alguns valentes, o motorista desarmou o atacante, obrigou-o a descer do veículo e voou para o hospital mais próximo, onde desembarcou as vítimas encharcadas em sangue. A polícia não pôde apanhar o acusado, que se havia escondido, mas, quatro dias mais tarde, um caminhão recolheu-o na estrada. Era inverno, seus pés haviam congelado, tiveram que amputá-los. Ao sair da prisão, onde cumpriu pena, procurou quem o representasse num processo contra a empresa de ônibus, por o ter abandonado em terreno descampado. Minha firma tomou conta do caso; nesse tempo recebíamos qualquer pessoa que nos batesse à porta. Três passageiros esfaqueados são uma boa razão para ter feito descer aquele desalmado do meu ônibus, azar o dele que tenha congelado quando se escondeu da polícia, bem mereceu o que passou, disse o motorista em seu depoimento. Apesar desses antecedentes, pudemos assumir o caso por uma soma respeitável, porque ao réu saía mais barato pagar uma indenização do que ir a julgamento. Logo que gastou o dinheiro o homem dirigiu-se a outro advogado, que cheirou no ar a possibilidade de dar a sua estocada, acusando-me de má prática. Eu não tinha seguro, se perdesse, estava frito, mas nunca imaginei que tal sucedesse, nenhum juiz do mundo daria fosse o que fosse ao criminoso. Mike Tong não estava de acordo, disse que, se o julgamento fosse contra o motorista do ônibus, o júri seria implacável, qualquer um que se ponha no papel dos passageiros e das vítimas votaria contra o acusado, mas, agora, tratava-se de mim.

– De um lado veriam um pobre inválido com muletas e do outro um advogado com gravata de seda. Teremos o júri contra, Senhor Reeves, as pessoas detestam os advogados. Além disso, precisa contratar um defensor, onde é que vamos arranjar dinheiro para isso? — suspirou o contador e, pela primeira vez, pôs de lado o protocolo com o qual sempre me tratava, pegou-me pelo braço, sentou-me em sua cadeira e confrontou-me com a inquestionável realidade dos livros.

Mike Tong tinha razão. Três meses depois o júri decidiu que o motorista não devia ter expulsado o homem do veículo e que a minha firma havia atendido mal o cliente, privilegiando a empresa de ônibus em vez de levar o caso a julgamento. Esse veredicto, que causou certo espanto no mundo da lei, foi a minha condenação definitiva. Durante anos havia me equilibrado à beira de um precipício, mas agora caía no abismo. A menos que eu encontrasse o tesouro de Francis Drake enterrado em meu pátio, não tinha a menor esperança de pagar aquela soma, mas depressa a gravidade do ocorrido não deixava espaço para brincadeiras; em questão de horas tinha que tomar medidas drásticas. Chamei Tina e Mike, agradeci-lhes a longa fidelidade e expliquei-lhes que tinha que me declarar falido e fechar o escritório, mas prometi-lhes que, se no futuro conseguisse recomeçar, haveria sempre trabalho para eles. Tina começou a chorar inconsolável, mas Mike não deixou transparecer a menor emoção em seu impassível rosto asiático. Pode contar conosco, foi tudo o que disse e fechou-se no seu gabinete para pôr os livros em ordem.

Durante as eternas semanas de julgamento, estive junto do meu defensor, lutando ferozmente em cada pormenor; foi um tempo de muita tensão, mas, quando tudo terminou, aceitei o veredicto com um sangue-frio de que não me sabia capaz. Tive a sensação de ter passado antes por situações semelhantes, encontrava-me novamente apanhado num beco, como algumas vezes estive no bairro latino. Recordei as correrias desesperadas, perseguido pela gangue de Martínez com a certeza de que, se me alcançassem, me matariam; no entanto, ainda estava vivo. Também saí ileso de incontáveis combates no Vietnam onde outros deixaram a pele e sobrevivi naquela noite na montanha quando os dados haviam sido lançados contra mim. Os castigos na escola e as duras lições da guerra ensinaram-me a defender-me e a resistir, sabia que não devia perturbar-me nem perder o senso das proporções; comparado com as batalhas do passado, o acontecido era apenas um tropeção, minha vida continuava. Passou-me pela mente mudar de rumo, a profissão de advogado tem demasiados aspectos obscuros, questionei a validade de estar sempre com a espada na mão, consumindo-me numa agressividade sem sentido. Ainda me faço essa pergunta de vez em quando, mas não encontro resposta, suponho que me é difícil imaginar uma existência sem luta.

No domingo já estava resignado a fechar o escritório. Entre outras probabilidades, considerei a hipótese de partir para um país latino-americano; tenho laços muito fortes com essa parte do mundo e gosto de falar espanhol, pensei ir para uma aldeia pequena onde a vida fosse mais simples, onde pudesse fazer alguma coisa pelas pessoas, e fazer parte da comunidade, como fizera na aldeia do Vietnam; mas depois pareceu-me uma espécie de fuga. Cármen e Ming têm razão, por mais que se corra, se está sempre dentro da mesma pele. Também pensei instalar-me no campo. A semana de férias que passamos acampando, David e eu, dedicados a caçar patos e a pescar, sem mais companhia do que o cão, foi muito importante para mim e revelou-me um aspecto desconhecido de meu caráter. Na solidão da paisagem, recuperei o silêncio da infância, o silêncio da alma em paz com a natureza, que perdi quando meu pai adoeceu e tivemos de nos instalar na cidade. No resto da minha vida estive marcado pelo barulho, e de tal maneira me havia acostumado a um ressoar incessante no cérebro, que cheguei a esquecer o bem-estar do verdadeiro silêncio. A experiência de dormir sobre a terra, sem mais luz do que a das estrelas, voltou a dar-me a única época realmente feliz, as viagens com a minha família no caminhão. Regressou essa primeira imagem de felicidade, eu mesmo aos quatro anos, urinando na colina sob a abóbada alaranjada de um céu soberbo, ao entardecer. Para medir a vastidão sem fim do espaço reconquistado, gritei meu nome junto do lago, e o eco da montanha devolveu-o purificado. Nesses dias o ar livre também fez um bem enorme a David, seu organismo pareceu entrar numa marcha mais calma, não tivemos uma única discussão, regressou à escola de boa vontade e depois passou mais de dois meses sem birras. Estaríamos muito melhor se abandonássemos este meio, onde as pressões costumam ser insuportáveis, mas a verdade é que não me vejo ainda feito agricultor ou guarda-florestal, para que me enganar, talvez um dia... ou nunca. Gosto das pessoas, necessito sentir-me útil para os outros, não acredito que aguentasse muito tempo recolhido como um ermitão. Sabe que nesse lugar selvagem soube de você? Cármen havia me oferecido sua segunda novela e li-a durante essas férias, sem imaginar que chegaria a conhecê-la e que faria essa longa confissão. Como poderia suspeitar, então, que iríamos juntos ao bairro latino onde me criei? Em mais de quatro décadas não me havia passado pela cabeça regressar, se você não insiste, nunca teria visto novamente a cabana em ruínas, mas ainda de pé; ou o salgueiro, ainda vigoroso, apesar do abandono e do lixo que cresceu à sua volta. Se você não me leva lá, não teria recuperado o desmantelado letreiro do *Plano Infinito*, que me aguardava com a pintura descascada e a madeira meio apodrecida, mas com a sua eloquência intacta. Olhe quanto andei para chegar aqui e constatar que não existe plano infinito, apenas a luta pela vida, disse-lhe eu. Talvez cada um de nós tenha o seu plano dentro de si, mas é um mapa confuso, que custa decifrar, por isso damos tantas voltas e por vezes nos perdemos, você respondeu.

  Dei por perdidos o automóvel e a casa, únicos bens terrenos que me pertenciam, o resto eram dívidas, que depois veria como enfrentar. Em última instância, isso seria problema dos auditores e advogados, que na segunda-feira se lançariam como piranhas sobre meus despojos. A ideia enraivecia-me, mas não me assustava. Ganhei o pão desde os sete anos em toda espécie de trabalho, estou convencido de que nunca me faltará o que fazer. Preocupam-me os meus empregados, isso sim. Eles são a minha verdadeira família, mas supus que Mike e Tina encontrariam outro trabalho sem dificuldade e que certamente Cármen levaria Daisy consigo, porque dona Inmaculada já não está em idade de cuidar da casa sozinha. Ao anoitecer visitei Timothy e Ming para lhes contar o que se havia passado. Seis meses antes tinha terminado a minha terapia e agora Ming e eu éramos excelentes amigos, não só pela longa relação cultivada em seu consultório, mas porque vivia com Tim, que se havia transformado noutra pessoa desde que ela entrara em seu destino para estabelecer a ordem com recursos de sabedoria. Ming foi um bálsamo admirável para o meu atormentado amigo. Nesses cinco anos de penosa exploração, dei a volta completa ao perímetro de tudo o que vivera até então e, quando cheguei ao fim e toquei de novo o ponto de partida, ela deu por concluída a sua ajuda. Disse que a partir daquele momento começava a etapa mais importante da minha cura e devia cumpri-la sozinho, que eu era como um inválido a quem ensinaram a caminhar e que só a prática laboriosa de cada passo poderia dar-me equilíbrio e firmeza. Com muita paciência de seu lado e esforço do meu, conseguimos despejar a confusão vulcânica em que decorreu a primeira metade do meu destino. Pela sua mão entrei no quarto das máquinas desconjuntadas e dos artefatos inacabados, do qual tanto falava meu pai, e arrumei-o pouco a pouco, eliminei o lixo, colei pedaços, compus imperfeições e acabei o que estava por concluir. Ainda ficava muito por limpar, mas isso eu podia fazer sozinho. Sabia que a minha viagem por este mundo seria sempre um tapete surrealista cheio de fios soltos, mas pelo menos consegui ver o desenho.

— Dessa vez foderam-me a sério. Acabou o crédito dos bancos e não posso pagar as minhas dívidas. Não tenho outro remédio senão declarar-me em falência – comentei aos amigos.

— Os aspectos essenciais estão a salvo desta crise, Greg, só há perdas materiais, o resto está intacto – respondeu Ming, e tinha razão, como sempre.

– Suponho que tenho de começar novamente – murmurei com uma estranha sensação de euforia.

A vida é uma soma de ironias. Quando vi desintegrar-se a minha família e eliminei uma boa parte das minhas relações, a solidão deixou de me atormentar. Depois, ao desmoronar-se o castelo de cartas do meu escritório e ao ficar arruinado, experimentei pela primeira vez verdadeira segurança. E justamente agora, quando deixei de procurar uma companheira, apareceu você e obrigou-me a plantar as roseiras em terra firme. Verifiquei que, no fundo, o dinheiro nunca me interessou tanto como eu quis acreditar; os cobiçosos propósitos feitos no hospital do Havaí não passavam de um equívoco e, muito dentro de mim, suspeitei disso, sempre. Os triunfos aparentes não me enganaram, a verdade é que me perseguia sempre uma vaga sensação de fracasso. No entanto, demorei uma eternidade até aceitar que quanto mais acumulava mais vulnerável eu era, porque vivo num meio onde se amassa a mensagem contrária. É preciso ter uma tremenda lucidez, como a de Cármen, para não cair nessa armadilha. Eu não a tinha, foi necessário afundar-me até tocar o fundo para a adquirir. No momento da queda, quando não me restava nada, descobri que não me sentia acabado, mas livre. Compreendi que o mais importante não tinha sido sobreviver ou ter êxito, como imaginava antes, mas a busca da minha alma deixada para trás nos areais da infância. Ao encontrá-la, soube que esse poder, pelo qual desperdicei tão desesperados esforços, sempre estivera dentro de mim. Reconciliei-me comigo mesmo, aceitei-me com um pouco de benevolência e então tive o meu primeiro assomo de paz. Creio que esse foi o instante preciso em que tomei consciência de quem sou na realidade e senti-me por fim controlando o meu destino.

Na segunda-feira cheguei ao escritório disposto a ocupar-me dos últimos pormenores e encontrei um ramo de rosas vermelhas sobre a secretária e os sorrisos cúmplices de Tina Faibich e Mike Tong, que me aguardavam desde bem cedo.

– Não temos o tesouro de Francis Drake, mas consegui crédito – disse o meu contador, endireitando a gravata, como faz sempre quando está nervoso.

– Que está dizendo, homem?

– Tomei a liberdade de telefonar para a sua amiga Cármen Morales, em Roma. Vai mandar-nos uma boa quantia. Também tenho um tio banqueiro, que está disposto a fazer-nos um empréstimo. Com isso poderemos negociar. E, se declararmos falência, os outros não cobrarão nada, convém-lhes dar-nos facilidades e ser pacientes.

– Não posso oferecer nenhuma garantia.

– Entre chineses basta a palavra de honra. Cármen disse que você a financiou desde que tinham seis anos, que não faz mais do que lhe estender a mão.

– Mais dívidas, Mike?

– Já estamos acostumados, uma risca a mais no tigre que importância tem?

– Quer dizer que continuamos a luta – sorri com a certeza de que dessa vez seria nos meus próprios termos.

O resto você já conhece, porque o vivemos juntos. Na noite em que nos conhecemos, pediu-me que lhe contasse a minha vida. É longa, eu lhe avisei.

Não importa, tenho muito tempo, disse-me, sem saber a enrascada em que se metia com esse plano infinito.

Este livro foi impresso no
Sistema Cameron da Divisão Gráfica da
DISTRIBUIDORA RECORD DE SERVIÇOS DE IMPRENSA S.A.
Rua Argentina, 171 – Rio de Janeiro/RJ – (21) 2585-2000